新潮文庫

いい人になる方法

ニック・ホーンビィ
森田義信訳

ジル・ホーンビィに

トニー・レイシー、ヘレン・フレイザー、ジュリエット・アナーン、ジョアナ・プライアー、アニヤ・ワディントン、ジェレミー・エッティングハウゼン、マーティン・ブライアント、ウェンディ・カールトン、スーザン・ピーターセン・ケネディ、アマンダ・ポージー、ルース・ホールガーテン、キャロライン・ドーネイ、アナベル・ハードマン、メアリー・クラニッチ、アナ・ライト、ギャビー・チアッペ。以上の人々に感謝を。

いい人になる方法

主要登場人物

ケイティ・カー……………医師
デイヴィッド・グラント…ケイティの夫
トム…………………………　〃　　息子
モリー………………………　〃　　娘
マーク………………………　〃　　弟
スティーヴン・ガーナー…　〃　　浮気相手
ベッカ………………………　〃　　同僚
ブライアン・ビーチ………　〃　　心痛患者ナンバー・ワン
ミセス・コルテンサ………　〃　　患者
モンキー……………………ホームレスの少年
DJ グッドニュース………癒し手《ヒーラー》

1

もういっしょに暮らしていたくないと夫に告げながら、わたしはリーズの町の駐車場にいる。あろうことか、夫のデイヴィッドはここにはいない。彼は家にいて、子供の面倒を見ている。それにわたしが電話したのはただ、モリーの担任の先生にメモを書くのを忘れないでねと言うためだ。ほかの話はつい……口をついて出てしまった。明らかに、してはいけないことだ。自分でも驚いてしまうのだけれど、はたから見ればわたしは、駐車場で、携帯電話を使いながら、もういっしょに暮らしていたくないと夫に告げるような人間なのだろう。自分では、こんな形でこんなことができる人間だとは思っていなかったのだが、どうやら、自己評価を変更しなければいけないらしい。たとえばわたしは、自分のことを、他人の名前をうっかり忘れてしまうような人間だとは思っていない。これまで何千人という人の名前を覚えてきたが、忘れたのはたった一度か二度だけだ。けれど、回数のことを言うなら、ほとんどの人にとって結婚生活にピリオドを打つための会話は、一生かわさないか、かわしてもせいぜい一度くらいのものだろう。そんな大切な話をリーズの、それも駐車場で、携帯電話を使いながら伝えてしまうのだから、そこにわたしの性格があらわれていないと力説してもむだなことにちがいない。まるで、リー・ハーヴィー・オズワルドが、大統領を撃つなんて自分らしくなかったと告白するようなものだ。たった一度のあやまちで人間性が評価されてしまうことだってある。

そしてわたしはホテルの部屋のなか、眠れずにいる。しかしそれは、ある意味なぐさめでもある。駐車場で結婚生活にピリオドを打つような女になってしまったのだとしても、少なくとも、そのことで苦しむだけのまっとうな神経を持つ人間であることが実感できるからだ。可能なかぎり細かい部分まで、頭のなかで会話を思い起こしてみる。どうしてあんなこと（モリーの歯医者の予約）からこんなこと（離婚宣言）まで、たった三分で行きついてしまったのだろう。三分は大げさでも、せいぜい十分だ。そしてわたしは、朝の三時にベッドで輾転《てんてん》としながら、あんなこと（一九七六年、大学のダンスパーティでの出会い）からこんなこと（離婚宣言）までの二十四年間に思いをはせることになる。

正直に言えば、これまでの結婚生活に関する追想にはほとんど時間なんてかからない。たった二十四年間のことだし、ほんのささいな会話だとかいった、どうでもいいような細部が次々と甦《よみがえ》ってくるだけだからだ。もしわたしたちの結婚生活に対するわたしの思いが映画化されたとしたら、評論家たちは、不必要な部分ばかりで肝心のプロットが立っていないと言うだろう。映画を要約すれば、こんな感じ——ふたりの人間が出会って、恋に落ち、子供を作り、ケンカをはじめ、太って不機嫌になり（彼）、退屈し、望みをなくして不機嫌になり（彼女）、そして別れる。あらすじはこれでいい。わたしたちは特別な人間ではないからだ。

それにしてもあの電話での会話……ささいな家庭的伝達事項からはじまった、どちらかと言えば穏やかで、どこから見ても平凡な会話が、いったいどうやって、ほらやっぱり世界の終わりだよ的大転換をなしとげてしまったのか、そのつながりがどうしてもわからない。だが最初の部分なら、ほとんどひとことひとこと明確に思い出せる。


わたし…「もしもーし」

彼…「よう、どう、調子は？」

わたし…「うん、だいじょうぶ。子供たちは？」

彼…「うん、モリーはここでテレビを見てる。トムはジェイミーんとこだよ」

わたし…「明日モリーに学校へ持っていかせるメモを書いてほしいと思って電話したの。

歯医者のこと」

ほら、ほらね。こんな感じじゃあんな話になるわけがないと、誰だって思うはずだ。でも、大まちがい。わたしたちは、やってのけた。今記憶をたどってみれば、第一回目のワープが行われたのは、この瞬間だったとほとんど確信できる。電話の向こうで、不吉な沈黙が続いた。わたしは「何？」というようなことを言い、彼は「何も」と答えた。そしてわたしは再び「何？」と言い、彼は再び「何も」と言ったのだけれど、彼はこちらの質問に対して困ってでも喜んでもいなくて、明らかにただいらついているだけだった。それはつまり、当然のことながら、もっと突っ込んでやってしかるべき態度だ。だからわたしはさらに突っ込んでやった。

「どうしたのよ」

「いいんだって」

「どうしたわけ？」

「いいんだよ。ただきみの言ったことがさ」

「わたしの言ったことが何？」

「モリーのメモのことで電話してくるなんてね」

「どうしていけないのよ」

「ほかの理由で電話してくれたらよかったってこと。ただ、なんとなく、とかさ。夫と子供のことを思って、とかね」

「ああ、デイヴィッド」

「『ああ、デイヴィッド』ってどういう意味だよ」

「だって最初に聞いたじゃない。『子供たちは？』って」

「そうか。なるほど。『子供たちは？』か。『あなたは？』じゃなくてね」

うまくいっているときには、決してこんな会話にはならない。もっと仲のいいほかの男女なら、こんなふうに始まった電話が離婚話で終わったりしないし、終わりようもないだろう。仲のいい男女なら、歯医者の話題なんてさっさと飛びこえて、ほかのこと――今日一日の仕事のことや、これから夜どうするかなんてことを話しあったはずだし、また、とんでもなくうまく機能している夫婦だったら、家庭外の世界で起きた出来事や、ニュースを見ながらなぜだか咳《せ》きこんでしまったこと――つまり、ごく平凡であいのない生活に関する話題――ごく平凡であいのない、それでいて、愛すべき生活を根底から支えているような話題へと移っていったはずだ。けれどデイヴィッドとわたしは……そんな感じではない。もう、今は。電話での会話がこんなふうになってしまうなんて、何年もおたがいに傷つき、傷つけあってきたからだ。最近では、口にする言葉も耳にする言葉もすべて、よくできた暗いお芝居のセリフみたいに、言外のふくみや裏の意味といった複雑な他意がどっさりあるように思えてしまう。実際、ホテルの部屋で眠れないままさまざまなことを頭のなかでつなぎあわせていると、わたしたちの言葉がどれだけ緻密《ちみつ》に暗号化されてしまったかということに気づかされて、我ながら驚いてしまう。ここまで来るには、何年も何年も、みじめな思いで工夫を重ねなければならなかった。

「ごめんね」

「ぼくがどんな感じでいるか、少しは気にかけてくれる？」

「正直に言うとね、デイヴィッド、あなたがどんな感じでいるかなんてたずねる必要はないの。だって、声の調子だけでわかるんだもの。ふたりの子供たちの面倒を見ながらわたしにネチネチ文句を言うくらいには、元気。それに、今のわたしにはどうしてなんだかさっぱりわからないままだけれど、とっても機嫌が悪い。どうしてなんだか、教えてくれるんでしょうね」

「どうしてぼくの機嫌が悪いだなんて思うわけ？」

「ふん！　機嫌が悪いっていう言葉の定義そのままじゃないの。いつもいつもね」

「冗談じゃないよ」

「デイヴィッド、あなた、機嫌を悪くしてないと生きてられない人なのね」

それはある意味、ほんとうだ。デイヴィッドの唯一《ゆいいつ》の定期的収入は、地元紙に連載中のコラムから発生している。コラムを飾っているのは彼が歯を剝《む》いてカメラを威嚇《いかく》しているイラストだし、タイトルは『ホロウェイで最も怒れる男』だ。最後にわたしが読みとおすことのできた記事は、バスを使う老人たちへの悪口雑言だった。どうしてあいつらは、小銭を用意しておかないのか？　なぜバスの前部に特別に作られた専用席を使わないのか？　バス停に着く十分前になんとしても立ちあがろうとし、その結果、しばしば無様に転んで他人を心配させるのはなぜなのか。――あとは、言わなくてもわかると思う。

「どうもわかってないみたいだな。まあ、きみはぼくのどうでもいい記事なんてわざわざ読んでくれたりしないから……」

「モリーはどこ？」

「あっちの部屋でテレビを見てるよ。クソ、クソ、クソ。クソッタレ」

「いかにもオトナっぽい反応ね」

「……きみがオトナなのは、ぼくのどうでもいい記事なんてわざわざ読んでくれたりしないからだろうけどさ、あれは皮肉ってやつなんだぜ」

わたしは皮肉な笑い声をあげた。

「あら、皮肉がわからなくてごめんなさいね。ウェブスター・ロード三十二番地の住人たちを許してあげてくれる？　わたしたち、ホロウェイでいちばん怒ってる男と同じ場所で、毎朝毎朝目覚めてるってのにね」

「こんなこと言いあってて、何になるんだ？」

　もしわたしたちの映画が作られるとしたら、脚本を担当した人は、この退屈で上《うわ》っ面《つら》だけの会話を注意深い筆で優雅に短くまとめ、大切な場面にしたてあげてくれるだろう。「いい質問ね……わたしたちはどこに行くのか……何をしてるのか……何か、何か、何かなのよ……もう終わりね」うん、もう少し磨きをかけたほうがいいかもしれないけれど、これでも言いたいことはわかるだろう。だけど、デイヴィッドとわたしはトム・クルーズとニコール・キッドマンではない。だから、物事を微妙にほのめかすなんてできるわけがない。

「いったいどうしてこんなことやってるのか、全然わかんない。あなた、元気かどうか聞いてくれないって、怒ったわよね」

「ああ」

「元気？」

「死んじまえ」

　わたしは、彼にしっかり聞こえるように、携帯の送話口へ直接ためいきを吹きかけた。そのためには、耳から携帯を離して口もとに近づけなければならなかった。おかげで、ふとためいきがもれてしまったという感じは失われたけれど、わたしの携帯が言葉のニュアンスを伝えるのに不向きなのは、経験からわかっていた。

「なんだよ！　今の、なんなんだ？」

「ためいきよ」

「まるで何から何まで自分が正しいって感じだよな」

わたしたちはしばらく、何も言わずにいた。彼は何も言わないままノース・ロンドンのキッチンにいて、わたしは何も言わないままリーズの駐車場にいた。そしてわたしは突然、この手の沈黙にすっかり慣れ親しんでしまったことを、いやというほど思い知らされた。この手の沈黙の持つ形と感触。尖《とが》ったいくつもの角（もちろんそれは、ほんとうの意味での沈黙ではない。心は怒りと憎悪《ぞうお》の言葉にまみれてカタカタ鳴っていたし、耳の奥ではどくんどくんと鼓動が聞こえたし、おまけにこのときは、となりの駐車スペースにフィアット・ウーノがバックで入ってくる音がした）。家庭内の連絡事項と離婚しようという決意のあいだには、なんのつながりもない。それが真実だった。ないものは、見つけることなんてできない。きっとそういうことだったのだろう。わたしは切りだした。

「もう疲れちゃった、デイヴィッド」

「何にだよ」

「こういうこと。いつもケンカばっかり。そして黙りこんで。雰囲気が悪くなって。こういうこと……ものすごくイヤ」

「ふん。そういうことか」屋根の雨漏り穴から猛毒がわたしたちの家庭へと滴《したた》りおちてきたかのような声だった。おまけに彼は、そんなことを言いながら、雨漏りをなおそうとしていた。「ああ、まあね。でももう手遅れだよ」

わたしは深呼吸した。今度は彼にあてつけるためではなく、ふと出てしまったものだったから、電話はしっかり耳につけておいた。

「手遅れじゃないかも」

「どういう意味だ？」

「こんなふうにして、死ぬまで生きていたいって思う？」

「もちろん思わないさ。だけどほかに道があるってのか？」

「うん、あると思う」

「じゃあ、悪いけど、教えてくれないかな」

「わかってるでしょ」

「もちろん。でもきみのほうから言いだしてほしいね」

ここまで来たら、もうどうでもよかった。

「離婚したい？」

「そう言ったのがぼくじゃなくてきみだってこと、しっかり記録に残しておいてほしいね」

「わかった」

「ぼくじゃなくて、きみなんだからな」

「あなたじゃなくて、わたし。いいかげんにしてよ、デイヴィッド。悲しいことを大人としてきちんと話そうとしてるってのに、あなたって、有利か不利かしか考えないのね」

「だってそうしておけば、みんなに、離婚したがったのはきみのほうだって言えるからな。まったく、突然にさ」

「へえ、まったく突然ってわけ？　つまり、そんな雰囲気なんて影も形もなくって、わたしたち、どこまでも幸せだったってわけ？　あなたの考えてることって、そういうことなのね？　みんなに言うときのことなのね？　あなたにしてみたら、大切なのって、そういうことなの？」

「この電話が終わったら、すぐにまた電話をかけることにするよ。きみがきみの言い分を広める前に、ぼくはぼくの言い分を広めたいからね」

「わかった、いいわよ。だったらこのまま電話、切らないから」

そして、自分のことも彼のことも、ふたりのあいだにあったこともすべて嫌になったわたしは、言葉とは裏腹に、電話を切ってしまった。つまり、そうやってわたしは、リーズのホテルの部屋で眠れぬ一夜を過ごすはめになったわけだ。ベッドのなかで輾転反《てんてん》側しながら会話の内容を最初から思い出そうとし、眠れないいらだちにときおり呪《のろ》いの言葉を吐き、テレビや部屋の明かりをつけたり消したりし、恋人の気分をすっかり害しながら。そうそう、彼のことは映画の脚本のどこかに入れておくべきだろう――ふたりは結婚し、男は太って不機嫌になり、女は望みをなくして不機嫌になり、恋人を作る。

聞いてほしい。わたしは悪い人間じゃない。わたしは医者だ。医者になりたいと思った理由のひとつは、それがいいことだと思ったからだ――つまり、「善」という意味での「いいこと」。おもしろいとか、給料がいいとか、見栄《みば》えがするとか、そういうことじゃなくて。「わたしは医師になりたい」。そんな言葉の響きが好きだった。「医者になるために勉強してます」。「ノース・ロンドンの小さな病院で一般医をやってます」。正しい人間になれるだろうと思った――プロフェッショナルで、ちょっとアタマが切れて、あんまり見かけだおしじゃなくて、ある程度の地位もあって、成熟していて、やさしい人間。みなさんは、医者なんて医者なんだから、他人からどう思われようが気にしてない、と考えるんだろうか。もちろん、そんなことはない。とにかくわたしはいい人間で、医者で、スティーヴンという名前のあまりよく知りもしない人とホテルのベッドに寝ていて、ついさっき、夫に離婚を申し出た。

スティーヴンも、当然のことだけれど、起きている。

「だいじょうぶ?」彼がたずねる。

彼のほうを見ることができない。二時間ほど前は彼の手がわたしのあちこちに触れ、わたしも触れてほしいと思っていたというのに、今では、いっしょのベッドになんていてほしくないと思っている。それどころか、この部屋にも、リーズにもいてほしくない。「なんだかイライラしちゃって」わたしはベッドから出て服を着はじめる。「散歩してくる」

わたしの部屋だ。だからカードキーも持って出る。だけど、それをバッグに入れながらも、すでにわたしはもうここには戻ってこないだろうと考えている。家に帰りたい。子供たちの人生をめちゃくちゃにしようとしているという罪の意識で、泣き叫びたいような気持ちだ。部屋代は保険局が払ってくれる。ミニ・バーのお金はスティーヴンにまかせてしまおう。

二時間ほど車を運転し、ガソリンスタンドに寄ってお茶とドーナッツで休憩する。もしこれが映画だったら、家に帰る途中、このドライブの意味を浮き彫りにし、解明するような何かが起きるはずだ。誰かに出会ったり、ちがう人間になろうと決心したり、犯罪にまきこまれたり……誘拐されるなんてのもアリかもしれない。犯人は十九歳の前科者で、麻薬中毒者で、教育もあまり受けてなくて、でもあとから、ほんとうは頭がよくてわたしなんかよりずっとやさしい人間であることがわかる――わたしが医者であり彼が武装強盗だという点が、この話のいかにも皮肉なところだ。そして彼は、なんだかはわからないが、わたしから何かを学び、わたしも彼から何かを学び、そうやって短い時をともに過ごしたふたりは、ささいだけれどとても大切な変化を心に感じながらそれぞれ人生の旅路を続けていく。だけど、前にも言ったように、これは映画ではない。だからわたしはドーナツを食べ、お茶を飲み、車に戻る（どうして映画にこだわりつづけるんだろう。ここ二年のあいだ、映画館には二度しか行ったことがないし、どちらの映画も、主演はアニメの昆虫だった。それにわたしにとってはどうせ、最近公開されているオトナ向けの映画なんてどれもほとんど、リーズからノース・ロンドンまでたいした出来事もなく、お茶とドーナツで休憩しながらM1号線を走る女たちの話みたいなものだ）。旅はドーナツもふくめて三時間しかかからない。家に着いても、朝の六時だ。まだ眠っている家。そこから、敗北の酸《す》っぱいにおいが漂っていることに、わたしは気づく。

八時十五分前までは誰も起きない。だからわたしはソファでうとうとする。携帯電話の件や恋人のことはあったけれど、家に帰れてうれしい。何も知らない子供たちが、ぎしぎしときしる床を通じて自然に漂わせてくるあたたかさを感じていられるのが、うれしい。今夜は、というか今朝――どっちでもかまわないけど――は、夫婦のベッドには戻りたくない。スティーヴンのこととは関係なく、また再びデイヴィッドとベッドをともにするのかどうか、まだ決めかねているからだ。そんなことをして、なんの意味があるというのだろう。いや、もう一歩進んで考えれば、離婚しようがしまいが、なんの意味があるというのだろう。わたしは、「寝室を別にしている」いろんな夫婦を相手にしたり、彼らを話題にしたりしながら、同じベッドで寝ることが結婚生活を続ける最大の秘訣《ひけつ》でもあるかのように、何度も話をしてきた。どんなにひどい状況になろうと、わたしにとって、彼と同じベッドで寝ることはたいした問題ではなかった。ほかの時間のほうが、ずっと恐ろしかった。わたしたちの仲が険悪になりはじめてからというもの、わたしはときに、目覚めているデイヴィッドが仕事をしたり、歩いたり、話をしているだけで吐き気を催し、嫌悪感をつのらせた。だけど、夜になると話はちがった。あまり気の乗らない、機械的な作業ではあったけれど、わたしたちはそれでも愛しあった。きっとあれはセックスというより、どうやったらふたりで眠りを分かちあえるか、二十数年間にわたって試してきた結果といったほうがいいのだろう。わたしはデイヴィッドのひじやひざやお尻《しり》にフィットする輪郭を持つに至ったし、デイヴィッドほどわたしにぴったりする体を持つ人もいなかった。スティーヴンなんて、とんでもない。デイヴィッドよりやせていて、背も高くて、ベッド・パートナー募集中の女性に推薦してあげたくなる理由ならいくつも見つかるような人だけれど、体のいろんな部分がいろんなほうに突きだしていて、どうにも具合が悪い。昨日の夜なんて、結局のところ心地よく眠れるのはデイヴィッドとだけなのだろうかと考えて、気持ちが暗くなってしまったくらいだ。わたしたちの結婚生活も、そのほかの無数の男女の結婚生活も、まだ誰もきちんと研究したことのない体重と身長の黄金律みたいなものに支えられて続いているのかもしれない。もし男女のうちのどちらかが、ほんの一ミリでも背が高すぎたり低すぎたりしたら、結婚生活なんて成り立たないのかもしれない。おまけに、それだけではなかった。デイヴィッドが眠っていると、いまだにわたしは、愛する男に彼を戻すことができる。デイヴィッドがどんな男性であるべきか、どんな男性であったのか、寝姿の上に理想を重ねることができる。そんなデイヴィッドと過ごす七時間のおかげで、次の日、別のデイヴィッドと生きる気力が生まれてくるわけだ。

ということで、わたしがソファでうとうとしていると、トムがパジャマ姿でおりてきてテレビをつけ、シリアルを混ぜると、アームチェアに腰をおろしてアニメを見はじめる。わたしのほうは見ようとしないし、何も言わない。

「おはよう」わたしは明るく言った。

「おはよ」

「調子はどう?」

「いいよ」

「昨日、学校はどうだった?」

でももう彼はいなくなっている。我が息子が朝開いてくれる二分間の会話の窓には、すでにカーテンがおりてしまったというわけだ。わたしはソファから立ちあがり、ケトルを火にかける。次におりてきたのはモリー。すでに制服姿だ。彼女はわたしをにらみつける。

「出張だって言ったじゃん」

「帰ってきたの。あなたたちが恋しくて」

「あたしたちは別に恋しくなかったよ。でしょ、トム?」

トムからの返答はない。見たところ、わたしにあるのは以下のふたつの選択肢だけだ――娘のむきだしの敵意か、息子の静かな無関心か。あるいは、もちろんこれは純粋な自己憐憫《れんびん》なのだけれど、ふたりは敵意むきだしでも無関心でもなく、ただ単に子供であるだけなのかもしれない。よりによって今朝、ふたりが一夜にして大人の洞察力を身につけたわけではないだろう。

最後に御大《おんたい》がやってくる。デイヴィッド。いつものTシャツとボクサー・ショーツ。ケトルを火にかけようとして、すでに火にかかっていることに一瞬とまどい、それから家じゅうにぼんやり視線をさまよわせて、予期せぬケトルの動きの原因を解明しようとする。原因は、ソファに寝そべっている。

「ここで何してるんだ?」

「わたしがいないあいだ、あなたがどれだけ親の役目を果たしてるか、チェックしに戻ってきたの。感心よね。最後に起きてきて、子供たちは自分で朝ごはんを食べて、テレビがついてて……」

もちろん、フェアな言いかたじゃない。だって、わたしがここにいようといまいと、いつもこんなふうだからだ。それでも、彼の攻撃を待っていることはない。「やられる前にやれ」という言葉を、わたしはかたく信じている。

「ってことは」と彼は言う。「二日間のコースが一日早く終わったってことだ。普段の二倍のスピードでくだらないことをしゃべってきたってわけ?」

「そんなこと話す気分じゃないの」

「へえ、そりゃそうだろうな。だったらどういう気分なんだ?」

「あとにしない? 子供たちが学校へ行ってから」

「へえ、そうかいそうかい、あとで、ね」最後のひとことは嫌味たっぷりに、どこか神秘性さえ感じさせる苦々しさをもって吐き出された――わたしがなんでも後回しにする人間でもあるかのように。問題のすべては、なんでも後回しにしなければならないと思いこんでいるわたしの強迫観念が原因だとでもいうように。わたしは彼をあざけるように笑った。ぴりぴりした雰囲気はほとんど軽くならなかった。

「なんだよ」

「あとで話したいって提案することの、どこがいけないわけ？」

「ひどいもんだぜ」と言うだけで、彼は少しも、何がひどいんだかヒントをくれようとはしない。もちろん彼の望みにしたがって、ふたりの子供たちの前で離婚への思いをぶちまけるという行為に魅力を感じなかったわけではない。だけど、少なくとも今のところは、わたしたちのどちらかが大人らしくものを考えたほうがいい。だからわたしは首を振ってバッグをつかんだ。二階にあがって、寝よう。

「いい一日をね、子供たち」

デイヴィッドはわたしをにらみつける。「どこへ行くんだ？」

「くたくたなの」

「我々の労働分担に関する問題のひとつは、きみが一度も子供たちを学校へ送っていけないってことだと思ってたんだがな。きみは母親の基本的権利を行使できずにいるんだぜ」

子供たちが朝出ていく前に診療時間が始まるせいで、学校の送り迎えはしなくていいことになっている。たしかにそのことについて感謝はしているけれど、だからと言って、わたしたちのどちらかが決められた仕事をしないという理由で口論が始まると、こちらが不利な立場になるのは避けようがなかった。それにデイヴィッドは言うまでもなく、わたしが心の底から子供たちの送り迎えをしたいと思ってはいないことを知っている。

昔の火ダネを今さらのように持ちだしてほくそ笑んでいるのは、そのせいだ。デイヴィッドはわたしと同じくらい、結婚という場における戦闘技術に長《た》けている。一瞬、自分の立場を忘れて、彼の悪意と頭の回転の早さをほめてやりたくなるくらいだ。よくできました、デイヴィッド君。

「ほとんど寝てないんだってば」

「いいじゃないか。子供たち、喜ぶぜ」

もう、こいつ、最低。

もちろん、前にも離婚を考えたことはあった。考えない人がいるだろうか。わたしなんて、結婚前からバツイチになった自分を空想していたくらいだ。そんな空想のなかのわたしは、ちゃんと仕事を持ったすばらしいシングル・マザーであり、もとの夫とも最高の関係にあった――いっしょに学校の保護者会にも出るし、古いアルバムの類《たぐい》を眺めて懐《なつ》かしい思いにひたったりもする。それに、ボヘミアンの若者や年上の男（たとえばクリス・クリストファーソン。『アリスの恋』は十七歳のときいちばん好きな映画だった）と次々に恋に落ちる。デイヴィッドと結婚する前の晩でさえ、こんな空想にふけったことを覚えている。そのときの思いを信じたらよかったのに。当時のわたしはきっと、自分の人生によじれやひねりが足りないと感じていたのだろう。育ったのは緑多き郊外

(リッチモンド)だし、両親はそのころも今も幸せな結婚生活を送っている。学校でも理想的な生徒だったし、試験にも合格したし、大学にも行って、いい仕事につき、いい男に出会い、その男と婚約した。恋いこがれていた都会的洗練を夢見るとしたら、離婚後の自分を考えるしかなかった。だからわたしは、そこに精神的エネルギーを集中させたわけだ。

別れるその瞬間を空想したこともある。デイヴィッドとわたしは、旅行のパンフレットを見ている。彼はニューヨークに行きたいと言い、わたしはアフリカでサファリがしたいと言う。ふたりはもう何度となく、こんなたあいない、笑いたくなるような食いちがいを経験している。わたしたちはお互いを見かわして、やさしさにあふれた笑い声をあげ、抱きあい、別れることに同意する。彼は二階へあがり、荷物をまとめて出ていく。たぶん行き先は隣のアパートだ。同じ日の夜、わたしたちはお互いの新しいパートナーを交えて夕食をとる。パートナーとはその午後、出会ったばかりだ。そしてみんながすばらしい関係をたもち、やさしい気持ちでからかいあう。

でも今わたしは、そんな空想がどれほど無意味な空想であったかを思い知った。すでに、アルバムを広げて懐旧にひたる夜なんてありえないだろうと思いはじめているくらいだ。実際には、古い写真なんてまんなかですっぱりと切断されるのがオチだろう。デイヴィッドのことだから昨晩の電話のあと、さっさとその作業を終えてしまったかもしれない。考えてみれば、あたりまえだった。同じ家に住みたくなくなるほど憎みあっているふたりが、そのあとでいっしょにキャンプなんて行きたくなるわけがない。わたしの空想の難点は、幸せな結婚から幸せな離婚へと一足飛びに飛んでしまったことだ。だが当然のことながら、結婚と離婚のあいだには、いくつもの不幸な出来事がある。

車で子供たちを学校へ送り、戻ってくる。デイヴィッドはすでにドアを閉めて仕事部屋にこもっている。今日はコラムの締切日ではないから、どっさり原稿料がもらえる会社のパンフレットを書いているか、一文にもならない小説を書いているかのどちらかだろう。パンフレットより小説にとりくんでいる時間のほうが長い。そのことは、わたしたちの仲が険悪になると、いさかいのタネでしかなくなる。うまく行っているときは、わたしだって彼を支えてあげたいと思うし、面倒を見てあげたいと思うし、充分に力を発揮させてあげたいと思う。でもうまく行かなくなると、バカらしい小説の原稿なんてずたずたに破って、むりやりでもいいから、まともな仕事につかせたくなる。ちょっと以前、原稿に目を通したことはあったけれど、全然つまらなかった。『グリーン・キーパーズ』というタイトルで、いろんなものの垣根が低くなったダイアナ後のイギリス文化を皮肉った内容だ。最後に読んだ部分は、バナナ・エルボー・クリームやブリー・チーズ・フット・ローションといった、笑えるくらいに使えない化粧品ばかり売っているグリーン・キーパーズという会社のスタッフが、社でひきとっていたロバが死んだせいで悲嘆に沈み、カウンセリングを受けるという筋だった。確かにわたしは、文芸評論家になんてなれっこない。本なんて、ちっとも読まないんだから。以前、もっと幸せで真剣に生きていたころのわたしはちがった。本だって読んだ。でも今は、『コレリ大尉《たいい》のマンドリン』を手に持ったまま眠りに落ちてしまう。六か月もかかっているというのに、最初の章だってまだ読みおえてはいない（言っておくけれど、それは作者のせいではない。友達のベッカが貸してくれたとき言っていたように、とてもとてもいい本なのだろう。悪いのはわたしのまぶただ）。だから、合格点をあたえられる文学作品というものがどんな要素で成り立っているかなんて、わたしにはさっぱりわからないのだけれど、それでも、『グリーン・キーパーズ』がひどい出来だということは、わかる。冗談になっていないし、思いやりもないし、ひとりよがりでしかない。デイヴィッドにそっくりだと言えばいいだろうか。あるいは、ここ数年で現れてきたデイヴィッドの本性に。

そんなシーンを読んだ翌日、わたしは死産を経験した女性を診察した。子供がすでに死んでいることを知りながらの出産だった。もちろんわたしは、カウンセリングを受けることを薦めたし、デイヴィッドとあの意地の悪い小説のことを考えたし、そしてもちろん、家に帰ると彼に向かって、毎月ローンが払えるのは彼が軽蔑《けいべつ》しているカウンセリングそのものをわたしがほかの人たちに薦めているからだと言って溜飲《りゅういん》を下げた。あれはいい晩だった。

仕事場のドアが閉まっているということは、邪魔をするなということだ。妻が離婚をせまろうとしているときでも、それは変わらない（少なくともわたしの頭には離婚がある――それしか結論がないという結論に、ふたりで達したわけではないのだけれど）。わたしはもう一杯お茶をいれ、キッチンのテーブルから『ガーディアン』をとると、ベッドに戻る。

新聞のなかで、読みたい記事はひとつしか見つからない。飛行機のビジネス・クラスで知らない男にフェラチオして罰せられた既婚女性の記事。相手の既婚男性だって困ったことになったのだろうが、わたしにとって興味があるのは女のほうだ。わたしも彼女みたいな女なんだろうか。社会的な意味ではちがっても、内面は似ている気がする。私にはもう右も左もわからない。怖いくらいだ。スティーヴンのことならわかっている。たしかに、わかっている。でも二十年間もひとりの男と結婚生活を送っていると、ほかの男との性的コンタクトなんて、でたらめでおふざけ半分で、ほとんどケモノどうしの関係のようなものでしかない。コミュニティ・ヘルス・フォーラムでひとりの男と出会い、彼と一杯飲みに行き、また一杯飲みに行き、ディナーを食べ、また飲みに行き、そのあとでキスをし、そして最後は、会議のあとリーズで彼と寝られるように計画を立てる……わたしにとってそれは、満員の乗客の前でブラとパンティだけの姿になり――少なくとも新聞によれば――まったく見知らぬ男に性行為をしてあげるのと同じことだった。わたしは『ガーディアン』のページに囲まれて眠りに落ち、ちっともセクシーではないセックスの夢を見る。おおぜいの人がおたがいにいろんなことをしている。それはまるでどこかの画家が描いた地獄絵のようだ。

目覚めると、デイヴィッドがキッチンにいてサンドイッチを作っている。「よう」と言いながら、彼はナイフでパン切り用のボードを指ししめす。「食べる？」そんな言葉の家庭的なあたたかさに、わたしは泣きたくなる。離婚とは、もう誰にもサンドイッチを作ってもらえなくなるということだ――少なくとも、もとの夫には（でもそれって、ほんとうのことなんだろうか、あるいはセンチメンタルなたわごとなんだろうか。デイヴィッドがパンのあいだにチーズを一切れはさんでくれるなんて、これから先、想像することさえ不可能になるんだろうか。わたしはデイヴィッドを見る。うん、きっと不可能になるだろう。デイヴィッドと別れたら、彼は一生怒りを抱きつづけるにちがいない――わたしを愛しているからではなく、彼がそういう人だからだ。通りを横切っている わたしをひき殺すのを、ようやく思いとどまっているデイヴィッドなら――そのときわたしは、疲れたモリーをだっこしているかもしれない――想像はできる。しかし、どんなささいな行為であれ、彼があたたかい気持ちを見せてくれるなんて、とうてい考えられない)。

「いらない」

「ほんとに？」

「ほんと」

「好きにすれば」

このほうが、らしい。どこかに不満の色がにじんでいる。まるで、矛先をかわすかわりに愛をかわそうという彼の奮闘努力が、絶え間ない好戦性と遭遇してしまったかのようだ。

「話がしたい？」

彼は肩をすくめる。「ああ。でも、なんについて？」

「ほら。昨日のこと。電話で言ったこと」

「電話でなんて言ったんだっけ？」

「離婚したい、って」

「そうだっけ？　うわ。あんまりやさしい言葉じゃないよな？　妻が夫に言うにしては、あんまりいい言葉じゃない」

「そういうの、やめてよ」

「どうすればいいってんだ？」

「ちゃんと話をして」

「わかった。きみは離婚したがってる。でもぼくはしたくない。ってことは、ぼくが残酷だったり家庭をかえりみなかったり、どこかで浮気してるなんてことが証明できないかぎり、きみがこの家を出ていかなきゃいけないってことさ。おまけに、それから五年くらいたってからじゃないと、離婚はできない。ぼくだったら、やめとくね。五年は長いぜ。そこまでずるずるしたくないだろ?」

もちろん、そんなことは何も考えていなかった。心のどこかで、わたしが切りだせばそれで充分だろうと思っていたからだ。離婚の意思を表明しさえすれば、結婚生活がうまく行っていないことの証明になるだろうと思っていた。

「でも、もしわたしが……わかるでしょ?」

「わかんないよ」

こんなことを話す覚悟なんてできていない。会話が勝手に進んでいるかのようだ。

「――浮気してたら」

「きみが? きみみたいないい子ちゃんが?」彼は笑う。「まず最初に、きみと浮気したいと思ってる男を見つけなきゃいけないよな。それから、ふたりの子の母親である医師、ケイティ・カーであることをやめて、そいつの誘いに乗らなきゃいけない。もしそうなったとしても、べつにどうってことはない。だって、それでもぼくは離婚しないだろうからね。――ってことで」

わたしの心は安堵《あんど》と――わたしは引き返せなくなるような告白をするぎりぎりのところで一歩あとずさった――怒りのあいだで引き裂かれた。浮気をする根性もないと思われてるなんて！　昨日してきたばかりなのに！　さらにひどいことに、誰もわたしと浮気なんてしたがらないと思われてるなんて！　だがもちろん、安堵の気持ちのほうが勝ってしまう。彼の侮辱よりわたしの臆病《おくびょう》のほうがずっと強い。

「ってことは、わたしが昨日言ったことはなかったことにするってわけね」

「ああ。基本的にはね。くだらないしさ」

「あなたは幸せ？」

「ああ、うっせえな、もう」

基本的にして適切な設問に対し、いらだちがにじむ軽度の悪口雑言をもって答える人々の集団というものが、この世には存在する。デイヴィッドはそんな集団の熱心なメンバーだ。「だからなんだってんだよ？」

「昨日あんなことを言ったのは、わたしが幸せじゃないからでしょ。あなただって、同じだと思うんだけど」

「もちろん、幸せなんかであるわけがない。アホらしい質問だね」

「どうして幸せじゃないの？」

「相変わらずのどうしようもない理由でさ」

「どういう理由？」

「たとえば、アホな妻から離婚を申し出られる、とかさ」

「わたしの質問の目的は、どうしてあなたがアホな妻から離婚を申し出られたのか理解する道筋をたてることなんだけど」

「え？　離婚したいのはおれが不幸せだからなのか？」

「それもある」

「なんと心が広いんだろうね」

「心が広いわけじゃないんだって。そんな不幸せな人と暮らしてたくないだけ」

「そりゃお生憎《あいにく》」

「いいえ。お生憎じゃない。わたしにだって、なんとかできるはずよ。そんな不幸せな人と暮らしてるわけにはいかないの。あなたにはイライラさせられっぱなしだもの」

「好きにすればいいじゃんかよ」

そして彼はサンドイッチを持ったまま、皮肉に満ちた小説を書くためにいなくなってしまう。

病院で働いているのは全部で十三人だ。医師が五人。残りはセンターの運営スタッフ。

事務主任もいるし、フルタイムの看護師もパートタイムの受付担当もいる。みんなといい関係ではあるが、とくに仲がいいのは同じ医師であるベッカだ。ベッカとわたしはできるかぎりいっしょにお昼を食べるようにしているし、一か月に一度は外でピザとお酒を楽しむ。病院では、わたしのことを最もよく知っている人だろう。だが、ベッカとわたしはまるっきりちがう。彼女は、わたしたちの仕事に関しても、どうして医者をやっているかということについても、割り切ってシニカルに考える。医学も広告も仕事としては同じだと思っているし、わたしがモラル的な自己満足を感じていることを笑い飛ばす。仕事のことを話していないとき、わたしたちが話題にするのは彼女のことだ。確かに彼女だって、トムやモリーやデイヴィッドのことをたずねてはくれるし、わたしもよくデイヴィッドのひどい仕打ちを持ちだして彼女を笑わせたりはするけれど、なぜだか、会話のタネは彼女の生活のほうに多く転がっている。ベッカはいろんなことを見たり体験したりする人だ。恋愛面でもずいぶん混沌《こんとん》としていて、紆《う》余曲折《よきょくせつ》があって、時間をかけて話をする価値がある。年はわたしより五つ下。二年ほど前、大学時代からの恋人と長くつらい別れを経験してから、特定の相手はいない。そして今夜、彼女は先月三度デートした男のことでぶうぶう文句を言っている。結局どうにもなりようのない関係だし、どうして気が合うんだかわからないし、でもとりあえず、体だけは合うらしい。……この手の話を聞くと、たいていの場合わたしは、年を感じながらも興味を惹《ひ》かれてしまう

――秘密を打ちあけてもらえるのがうれしいし、別れや出会いや恋愛遊戯がまるで自分のことのように思えてわくわくするし、恋愛と恋愛のはざまにいて相手のいないときのベッカの深い孤独がかすかにうらやましくなったりもする。彼女の人生からは活気が感じられる。ずっと以前、わたしが鍵《かぎ》をかけてしまった心の部屋――そんな部屋に電気が充満してくるかのようだ。だけど今夜、わたしは退屈している。ベッカの話なんてどうだっていい。その男に会おうが会うまいが、わたしには同じことだ。失うものがどこにあるっていうんだろう。わたしのほうは、結婚していながら恋人もいるっていうのに……。

「よくわからないんだったら、何も今決める必要はないでしょ？　そのまましばらくつきあってみれば？」わたしの声には退屈がにじんでいるけれど、彼女は気づかない。ベッカと会っているときに退屈しているなんて。それこそ話がちがう。

「わかんないいんだけどね。あのさ、彼とつきあってると、ほかの人とはつきあえないのよ。ひとりでいろんなことをやってきたはずなのに、つい、彼といっしょにやってるところを想像しちゃうわけ。明日の夜、スクリーン・オン・ザ・グリーンに中国の映画を見に行くの。そういうのって、この人だって決めた人とすることでしょ？　そうじゃない？　でも決めてないいんだったら、全然意味のない時間になるよね。だって、スクリーン・オン・ザ・グリーンで誰に出会えるっての？　真っ暗なのにさ。話もできないのに」

突然わたしは、心の奥深くで、スクリーン・オン・ザ・グリーンに中国の映画を見に行きたいという欲望にかられる。中国っぽい映画であればあるほど、いい。これこそ、電気がさっぱり充満しなくなってしまったわたしの心のもうひとつの部屋だ——映画を見て感動したり、本を読んで啓発されたり、音楽を聞いて泣きたくなったりしたときに、チカチカとまぶしくまたたいた心の部屋。わたしはありふれた理由から、自分の手でそんな心の部屋を閉ざしてしまった。今はもう、生活のことしか考えない悪魔と契約してしまったかのようだ。もう一度あの部屋を開けてみたい。そうじゃなきゃ、仕事をしたあと首をくらずにすむだけのエネルギーと希望しか残らなくなってしまう。

「ごめん。バカみたいでしょ。わたし自身、バカな話だなって思うもん。家庭のある友達に向かって、独身でいることのごたごたを持ちだすなんて、そんな女になるってわかってたら、わたし、ずっと以前に自分を撃ち殺してたよ。ほんと。だから、やめる。今、やめる。もうこんな話、しない」彼女は大げさに息を吸って見せ、吐き出す前にまた話を始める。

「でも彼、いい人かもしんないよね、でしょ？　そんなの、まだわかんないよね。それが問題なんだなあ。とんでもなく結論を急ぎすぎてて、わたし、こういうのがいいことがどうか判断する時間さえないんだもん。クリスマス・イヴに買い物するみたいなもんよね」

「わたし、浮気してるの」

ベッカはぼんやりした笑みを浮かべ、一瞬静止してから、話を続ける。

「買い物カゴにありったけ詰めこんじゃって。そしてクリスマスがすぎたら……」

彼女はそこで言葉を切る。きっと、説明になっていないことに気づいたのだろう。男とデートすることとクリスマスの買い物や買い物カゴは、なんの関係もない。

「わたしの言ったこと、聞こえた？」

彼女は再び笑みを浮かべる。「ううん。あんまり」わたしは幽霊になってしまった。子供向けの本やテレビ番組に出てくるような幽霊。笑えるくらい無力で、ちっとも怖くない幽霊。どれだけ大声で叫んでも、わたしの言葉はベッカには届かない。

「あなたの弟って、独身よね？」

「わたしの弟は半分失業中の鬱病《うつびよう》病みよ」

「それって遺伝的なもの？　それとも環境のせい？　だって遺伝性だとしたら……リスクになるから。でもしばらくはだいじょうぶね。だって鬱病の子供なんて、あんまりいないじゃない？　あれ、けっこう年をとってなるもんなんだよね。だから、産んだ子が鬱病の大人になるころには、わたしなんてすっかり年をとっていなくなってるってわけ。そういうこと。考えてみるべきかもしれないな。もし彼にその気があるんなら、わたしはOKだよ」

「伝えとくわ。弟も子供は好きだから、うん」

「すごい。サイコー」

「何を聞き漏らしたか、わかってる？」

「わかんない」

「わたしが『わたしの言ったこと、聞こえた？』ってたずねたら、あなた、『ううん』って答えたよね」

「うん」

「だよね」

「彼って、わたしと同い年くらいでしょ？　だいたいのとこだけど」

そしてわたしたちは、弟の子供を産むというアイデアにベッカが飽きてしまうまで、彼と、彼の精神状態と、彼の向上心のなさについておしゃべりを続ける。

2

二週間ほど、何事も起きずに過ぎる。わたしたちはほとんど、話らしい話もしていない。週末には、子供のいるほかのカップル――わたしたちとほぼ同じ郵便番号を使っていて収入も同レベルのカップルといっしょにディナーを食べに行くという習慣も、これまでどおりだ。スティーヴンが携帯に三度メッセージを残していたけれど、返事はしなかった。リーズで開かれたファミリー・ヘルス・ワークショップの二日目をわたしが欠席したことは、誰も気づいていない。わたしは夫婦のベッドに戻ったし、デイヴィッドとセックスもしてしまった。理由は、ただ彼が同じベッドで隣に寝ていたからだ（デイヴィッドとのセックスとスティーヴンとのセックスのちがいは、サイエンスとアートのちがいのようなものだ。スティーヴンとの行為は、感情移入と想像力と探求と新たな驚きに満ちていて、結果はなりゆきまかせ――そう言えばわかってもらえるだろうか。確かにわたしはそんな関係に自分から飛びこんだわけだけれど、かといって、彼との関係がどんなものなのか、よく把握してはいない。いっぽうデイヴィッドとの関係は、このボタンを押して、あのボタンを押したら、ほら！——結果が生まれる。エレベーターを動かしているようなものだ——ロマンスなんてほとんど感じないけど、でも、使い勝手はいい)。

わたしたちと同じ郵便番号を使い、同レベルの収入を得ている人々は一様に、言葉の力に多大な信頼をよせている。わたしたちは読み、話し、書く。まわりには、わたしたちの話を聞いて何をすべきか教えてくれるセラピストやカウンセラーがいる。聖職者にその役割をまかせている人たちだっている。だからわたしにとって、自分の言葉、それも、大いなる覚悟をもって口にした言葉が、泡のように意味のないものだったなんて、とんでもないショックだ。あのときのわたしには、人生が変わってしまってもかまわないというくらいの覚悟があった。だがデイヴィッドはそんな言葉の泡をぱちんと弾《はじ》いて消してしまった。泡が存在していた証拠なんて、もうどこにもない。

どうなるのだろう。言葉が使えなくなった今、何が起きるのだろう。もしわたしがどこかほかの世界——言葉や感情より行動のほうがモノを言う世界に住んでいたのだとしたら、何かをしたり、どこかに行ったりするだけでいい。誰かを殴ったっていい。でもデイヴィッドはわたしがそんな世界に住んではいないことを承知している。だから高をくくったわけだ。彼はルールには従ってくれないだろう。以前トムを、遊園地にある体感シューティング・ゲームに連れていってやったことがある。電気仕掛けのリュックみたいなものを背負って撃ちあい、撃たれたときはピーッと音が鳴って死んだことを教えてくれるゲーム。もちろん、そんな音なんて結局は音でしかないのだから、アナーキストになってゲームをめちゃくちゃにしたければ、無視して撃ちつづければいい。離婚を申し出たときに起きたのは、まさにそんなことだった。わたしがピーッという音を立てたのに、デイヴィッドは気づこうともしなかった。

今のわたしの気分を説明してみよう。とある部屋に入ると、うしろでドアが閉まって鍵《かぎ》がかけられ、そのせいでちょっとパニックしながらも、鍵だとか窓だとか、何か外に出られる手がかりはないかと探し、そして、出口などないのだということがわかったら、あとはその場でできるかぎりのことをする。置いてある椅子《いす》に座ってみると、さほど居心地は悪くない。テレビがあって、本が何冊かあって、冷蔵庫には食料がつまっている。だからとんでもなくひどいことになんて、なりようがない。わたしが離婚を申し出たのは、つまりパニックしていたからだ。それでもすぐにその次の段階に進んで、まわりのものを見なおしてみた。そこにあったのは、ふたりのかわいい子供たちと、すてきな家と、いい仕事と、夫だ。その夫はわたしを殴ったりしないし、エレベーターではいつも正しいボタンを押してくれる……だいじょうぶ、とわたしは思う。こうやって、生きていけるはずだ。

とある土曜日の夜、わたしたちは、ジャイルズとクリスティーンというカレッジ時代からの友人と食事に出かける。デイヴィッドとわたしはいい感じだし、レストランもおなじくいい感じだ。カムデンのチョーク・ファームにあるオールド・ファッションなイタリアン・レストラン。ブレッドスティックが置いてあって、ワインはバスケットに入って出てくるし、子牛がとてもおいしい（小さな子供や年金生活の老人に致死量の薬剤を注射するような「死のドクター」でもなければ医者というのは根っから悪い人間ではない――そんな風説に従えば、わたしだって、たまに子牛くらい食べても罰はあたらないだろう）。ディナーが終わりかけ、デイヴィッドが「ホロウェイの最も怒れる男」ぶりを遺憾なく発揮しているとき（マダム・タッソー蠟《ろう》人形館の意思決定の過程を口汚く罵《ののし》っているのだが、そんな話、誰がおもしろがるんだろう）、わたしはジャイルズとクリスティーンが身も世もないくらいに笑いころげていることに気づく。彼らはデイヴィッドを笑っているわけではなく、デイヴィッドといっしょになって笑っている。デイヴィッドの暴言や、どこまでも疲れを知らずに人をまきこんでいく怒りにはうんざりだけれど、それでもわたしはふと、彼には他人を楽しませる力があるのだということを発見する。この人、いい人なんだ――そんなあたたかい気持ちがわいてきて、家に帰りつくと、わたしたちはまたふたりでボタンを押しあいながら甘い時間をすごす。

次の朝、わたしたちはモリーとトムをアーチウェイのプールに連れていく。モリーがウェイブ・マシーンの作ったなんでもない波に押し倒されて、たった五十センチくらいの深さしかない水中に呑《の》みこまれ、わたしたち四人はみんなで――デイヴィッドもふくめて――くすくす笑い声をあげる。そして笑いがおさまるとわたしは、なんてわがままな人間になってしまったんだろう、と思いはじめる。おセンチになってるわけじゃない。この幸せそうな家族のスナップショットは、あくまでただのスナップショットだ。それはわかっている。未編集のフィルムには、プールに着く前にだだをこねたトムの姿（彼はわたしたちといっしょに泳ぐのを嫌がり、かわりにジェイミーのところへ遊びに行きたがった）や、あとになって嫌味を言うデイヴィッドの姿（プールからまっすぐ帰って家で昼食をとるつもりだったから、わたしは子供たちに自動販売機でお菓子を買わせなかった。デイヴィッドはここぞとばかり、わたしのことを管理国家の回し者だと言ってなじった）が、しっかり写っているはずだ。自分のことばかり考えてしまって、よくわからずにいたけれど、でも大切なのはきっと、黄金の夏を楽しみながら生きていくことではないのだろう（もしかしたらずっと黄金の夏が続いているのかもしれないけれど、どうせ自分のことばかり考えていて、わたしにはよくわからなかった）。大切なのは、幸せな瞬間が生まれる可能性があるということだ。そうであるかぎり、それ以上のことを望む権利は、わたしにはない。どれだけ混乱した事態が発生しようと。

夜になってわたしはデイヴィッドと大げんかをし、そして翌日、スティーヴンが仕事場に姿を現わす。わたしはもう、コップ半分の水を浴びたような状態だ。

口論のことを言ってもしかたがないだろう。口げんかがあたりまえになってしまうくらい、わたしたちの愛情は醒《さ》めている。それだけのことでしかない。はじまりは、穴のあいたビニール袋だった（わたしは穴があいているなんて知らなかったし、だからデイヴィッドが使っても……ああ、そんなことなんて、どうでもいい）。そして最後には、わたしが彼に向かって、あなたなんて才能のないただの嫌なヤツだと言い、彼がわたしに向かって、おまえの声を聞くといつだって吐き気がすると言った。だがスティーヴン問題は、さらに深刻だ。月曜の朝は外来患者の処置にあてられていて、わたしは、直腸ガンにかかったのだと突然信じこんでしまった男性を診おえたばかりだった（ガンなんかではなく、ただのおできだ。原因は彼が男らしくも自らの衛生状態をかえりみなかったせいなのだけれど、まあ、詳しい解説はやめておこう）。そして次のカルテをとってこようと受付まで行くと、待合室の椅子にスティーヴンが座っていた。自分で包帯を巻いて、手を吊《つ》っている。

受付のイヴァがデスクから上体を乗りだして、わたしに耳打ちする。

「腕を吊ってるあの人。このあたりに引っ越してきたばかりで、住所を証明するものも診察券もないっていうし、あなたにしか診てもらいたくないって言うの。誰かに紹介されたんだって。追い出しちゃおうか？」

「ううん、いいの。今、診るわ。名前は？」

「ええと……」彼女は目の前のカルテを見る。「スティーヴン・ガーナーさん」

本名だ。まさか本名を使うなんて。わたしは彼を見つめる。

「スティーヴン・ガーナーさん？」

彼は跳ねるように立ちあがる。「そうです」

「じゃあ、こちらへ」

廊下を歩いていると、待合室にいた患者の何人かが、どうしてミスター・ガーナーは順番を守らないんだとイヴァにつめよるのが聞こえる。罪の意識が襲ってきたせいでわたしはさっさと声の届かない場所へ逃げたくなるのだが、スティーヴンがこの瞬間を心から楽しみ、おまけに足まで引きずっているせいで、なかなか診察室にたどりつけない。わたしは彼を部屋に招きいれる。彼は満面の笑みを浮かべながら腰をおろす。

「いったいどういうつもりよ」わたしはたずねる。

「じゃ、ほかにどうやったら会えるっていうの？」

「あのね、メッセージに返事をしなかったのは、まさにそういうことがわかってほしかったからなの。会いたくないのよ。もう充分。あれはまちがいだった」

クールでどこか不機嫌そうな、いつものわたしの声だ。だけど、居心地が悪い。怖いし、興奮しているし、少女に返ってしまったみたいだ。おまけに、突発的に出現した少女の心は、ミスター・ガーナーがどれだけハンサムか、イヴァは気づいてくれただろうかと考えている（彼女にはあとでこんなふうに言ってほしい――「あの、腕を吊ってた人、見た？　すっごくいい男なんだから」。そしてわたしは、得意満面になりそうな自分を抑えていたい）。

「どこかでコーヒーでも飲みながら話さない？」

スティーヴンは、政治難民の問題をあつかっている圧力団体の広報担当だ。難民収容法や、コソボや東ティモールのことを心配している。ときには、心配で眠れなくなることだってあるという。彼も、わたしと同じように、いい人だ。でも怪我《けが》をしたふりをして診療室に姿を現し、医者に恥ずかしい思いをさせるなんて……いいことじゃない。悪いことだ。わたしは混乱してしまう。

「外には患者さんがいっぱいいるのよ。あなたとちがって、ひとりの例外もなく、どこか具合の悪い人たちがね。好きなときに外へコーヒーを飲みにいくなんて、無理よ」

「この包帯、いい感じだと思わない？」

「お願いだから出てって」

「いつ会えるか、約束してくれたらね。どうして真夜中にホテルを出てったの？」

「つらかったから」

「何が？」

「どこかに夫とふたりの子供がいるっていうのに、あなたと寝てることが」

「ああ。そういうことか」

「そう。そういうこと」

「会う約束してくれないと出ていかないよ」

彼をつまみだしてもらわないのは、不思議なスリルを感じているからだ。数週間前、スティーヴンに出会う前のわたしは、こんな人じゃなかった。つかのまの時間をわたしとすごすために、男に大怪我をしたふりをさせるような女じゃなかった。確かにわたしはちっとも恥ずかしくない容姿をしているし、努力すればまだ、嫌々ではあっても、夫から賞賛の言葉を引き出せることを知っている。でも今の今まで、異性を欲望に狂わせる力があるなんて知らなかった。わたしはモリーのママであり、デイヴィッドの妻であり、そのへんの医者でしかない。もう二十年も、ひとりの人との関係を続けてきた。それにわたしは、ノン・セックス的人間になったわけではない。だってセックスなら、してきた。でもそれはデイヴィッドとのセックスだ。うっとり、なんていう言葉はもう似合わない。デイヴィッドとわたしがセックスしてきたのは、ほかの人とはセックスしないとふたりで合意したからであって、ほかの人に触手を伸ばせなかったからではない。

なのに今、懇願するスティーヴンを前にして、わたしはうぬぼれを感じはじめている。うぬぼれ！　診療室の鏡に映った自分の姿をちらりと見て、ほんの一瞬、ほんの一秒だけだけれど、誰かがわざわざ腕を吊ってまで会いたくなる理由がわかったような気がした。でもこのくらいなら、うしろ指さされるほどのうぬぼれじゃないはずだ。男が崖《がけ》から身を投げたくなったり、餓死したり、家でウィスキーを飲みつづけながら悲しい歌ばかり聞きたくなるような、そんな女だと言ってるわけじゃない。三角巾《きん》で腕を吊るなんて、いくら不慣れでもせいぜい二十分でできるだろうし、ケンティッシュ・タウンから運転してくることを考えても、最大四十五分間の苦労しかいらない。ほとんど損はないし、全然つらくない作業だ。『危険な情事』なんかとは、まったくちがう。そう、わたしは分をわきまえている。ニセの三角巾以上の価値がある女だなんていう畏《おそ》れおおい考えは、持ちあわせていない。ただ、ふと、ニセの三角巾と同程度の価値はあるんじゃないかと思っただけだ。それは、今までに感じたことのない気分だった。とくに居心地は悪くない。もしわたしが独身だったり、何人もの男とつきあったあと新しい相手を見つけたばかりだったりしたら、スティーヴンの行動を少なくとも哀れだと思ったり、脅迫だと思ったり、迷惑千万だと思ったりしただろう。でもわたしは独身ではなく、結婚している女だ。そうやってわたしは、逆説的な結論にたどりつき、仕事が終わったらお酒でも飲みながら会いましょう、と彼に言ってしまう。

「ほんと?」彼は驚いたような声を出す。まるで、自分が一線を踏み越えたことを知っていて、こんな状況でイエスと言ってくれる女性などいないと思っていたかのようだ。

一瞬、発見されたばかりのわたしの性的自信が揺らぐ。

「ほんと。あとで携帯に電話して。でも今は帰ってね。具合の悪い人を診察しなきゃいけないんだから」

「三角巾、とろうか？　なおしてもらったみたいにさ」

「バカなこと言わないでよ。でも、足はひきずらなくてもいいから」

「やりすぎだった？」

「やりすぎだった」

「オッケー。じゃ、あとで」

彼は快活な足どりで診療室を出ていく。

振りつけ師のようなタイミングの良さで、その数秒後、ベッカが入ってくる。スティーヴンとはすれちがったにちがいない。

「話があるんだけど」と彼女は言う。「謝らなきゃいけないの」

「なんで？」

「夜、眠れないとき、ベッドに横になったまま最近したばかりの会話を書き出していくっての、やったことない？　まるでドラマの脚本みたいに」

「いいえ」ベッカが大好きだ。でもわたしは、彼女が少しばかりイカれてるんじゃないだろうかと思いはじめる。

「やってみるべきだって。おもしろいんだから。書いたものはとっておくの。ときどき見なおしたりして」

「会話をした相手に来てもらって、自分のパートを声に出して読んでもらうべきね」

彼女はわたしを見る。まるで、イカれてるのはそっちだと言いたげな表情だ。

「どうしてそんなことしなきゃいけないの？　ま、いいわ。この前、ピザを食べにいったときのこと、覚えてるよね」

「うん」

「そのときの会話を書き出してたの。あなたの弟のことをしゃべってたの、思い出しながら。で——笑わないでよね、いい？——あなた、浮気してる、みたいなこと、言った？」

「シーッ！　シーッ！」わたしは彼女のうしろにまわってドアを閉める。

「うわあ！　言ったんだ！　言ったんだよね！」

「うん」

「なのにわたしったら、気づかなかった」

「うん」

「ケイティ、ごめん。わたし、どうして聞いてなかったんだろ」

わたしは、そんなことなんてわからないという表情を作ってみせる。

「だいじょうぶ？」

「うん、まあ、なんとか」

「で、どういうことになってるの？」

彼女の声の調子を聞いているのはおもしろい。いくつかのトーンがある。キャーキャー女の子っぽい驚きも、全部教えてね的好奇心も。もちろん、彼女はデイヴィッドを知っているし、トムもモリーも知っているから、そこには警戒するようなトーンもある。そして気づかいも。たぶん、いくらかの非難も。

「本気？」

「そのことは話したくないの、ベッカ」

「だって、話したじゃん」

「話した。でももう、どう言ったらいいのかわかんないのよ」

「どうしてそんなことしたの？」

「わかんない」

「彼のこと、愛してる？」

「してない」

「じゃ、何？」

「わかんないんだって」

でも、わかっている——と、思う。ただ、ベッカにはわからないだけだ。わかったとしても、耐えられなくなるくらい哀れまれるだけだろう。ここ二週間で感じた興奮や、この世のものとは思えないほどのラブメイキングの夢うつつを伝えることならできる。だけど、スティーヴンの興味や関心がわたしにとって唯一《ゆいいつ》の未来であるように思えるなんて、言えやしない。そんなの、悲惨すぎる。彼女だって嫌がるはずだ。

仕事のあとスティーヴンに会うと、わたしはすっかり舞いあがっている。第二段階に突入しつつあるような気がするからだ。第二段階は、第一段階よりもっと深刻だろう。もちろん、第一段階だって深刻だった。それくらい、わかっている——たとえば、背信や嘘《うそ》。すぐ思いつくだけでも、深刻な事柄はふたつもある。だけど、それはもう終わったのだし、終わってもなんとも思わなかった。スティーヴンとのことは、パン屑《くず》みたいに、あとになんの痕跡《こんせき》も残さず振りはらえるものだと思っていた。なのに、振りはらったと思っていたパン屑が、今朝、ニセの三角巾をあてた姿で診察室へやってきた。すると、パン屑だと思っていたものが次第に、赤ワインだとか、脂《あぶら》だとか、お持ち帰りのインド料理のソースをこぼしてできた、くっきり汚らしいシミのように思えてきた。ともかく、肝心なのは、今わたしが舞いあがっているということだろう。舞いあがっているのは、もう二度と会いたくないと伝えるつもりでスティーヴンに会おうとしてはいないからだ。

同僚に詮索《せんさく》されたくなかったから、仕事場に迎えに来させたりはしなかった。かわりに、すぐ近くにある住宅街の通りに面した家の前で会うことにした。そうしておけば、行きちがいになることはない。そこまで歩いていくあいだ、わたしはおできのできた男のことを考えようとした。どれだけうしろ暗く、嘘にまみれた悪いことをしようとしていても、他人の直腸部分にできたおできをのぞきこむなんて、いい人じゃなきゃできやしない（頽廃《たいはい》して薄汚れた変態なら別だろうけど、その場合は、とんでもなく悪い人だってことになる）。そんなことを考えていたくらいだから、スティーヴンの車が目に入っても、自分が何をやっているのか、どんな態度をとるべきなのか、集中して考えられるような状態ではなかった。わたしが乗りこむと、車は出発した。行き先はクラーケンウェル。スティーヴンは、静かなバーのある瀟洒《しょうしゃ》で小さなホテルを知っているという。カムデンにある圧力団体の仕事をしている人間が、どうしてクラーケンウェルの瀟洒で小さなホテルを知っているのか不思議に思ったのは、あとになってからだった。

だがそのバーはわたしたちにぴったりだ。ひっそりしていて、無味乾燥で、ドイツ人やアメリカ人でいっぱいで、ウェイターは飲み物といっしょにボウルに入れたナッツを持ってきてくれる。そうやってしばらく座っていて、わたしははじめて、この男のことをほとんど何も知らないことに気づかされる。いったい何を言えばいいんだろう。デイヴィッドとならいつもの話題に終始していればいいんだし、どうやって話を切りだしたらいいのかもわかっている――あまりに長いつきあいなんだから、そんなの当然だ――でも、この人とは……この人の妹の名前だって知らない。そんな人にどうやって、夫とふたりの子供を捨てるべきかどうかなんていう話ができるんだろう。

「あなたの妹の名前って何？」

「え？」

「あなたの妹さん、なんて名前？」

「ジェインだけど。どうして？」

「なんとなく」

あまり役には立たない。

「どうしたい？」

「え？」

「わたしとのこと。わたしに何を期待してるわけ？」

「どういう意味？」

怒りがこみあげてくる。だが怒って見せても彼は、ここに至るまでの最小限の会話――「え？」が二回と、聞かれたから答えた妹の名前――がそんな反応をまきおこしたことに驚くだけだろう。それに彼は、わたしが怒っているなんて気づいていないようだ。わたしは愛《いと》おしく思っているものを——少なくとも愛おしく思っていたものを今にもすべて破壊しかねない事態に直面している。なのに彼は、有名ブランドのビールを飲みながら、周囲の居心地のよさとわたしがいることの喜びにひたって座っているだけでしかない。今にも彼が椅子《いす》の上で体をうしろに反らせ、満足そうにためいきをつきながら「いい雰囲気だね」と言いそうで、怖い。わたしが求めているのは、苦悩と痛みと混乱だ。

「つまり、わたしに家を出てほしいのかってこと。あなたと暮らしてほしい？　あなたと逃げてほしい？　どう？」

「そんなあ」

「『そんなあ』？　それしか言えないの？」

「考えたこともなかったんだよ、正直言ってさ。ただきみに会いたかっただけで」

「考えたほうがいいんじゃない？」

「今すぐ？」

「わたしが結婚してて、子供もいることは知ってるんでしょ？」

「うん、でも……」彼はためいきをつく。

「でも、何？」

「でも、今はそんなこと、考えたくないんだ。まず、きみをもっとよく知りたい」

「ラッキーな人だわ」

「どうしてラッキーなわけ？」

「みんなにそんな余裕があるわけじゃないから」

「何？　まずぼくと逃げて、それからぼくがどんな人間だか知りたいってわけ？」

「つまり、あなたはただ遊びたいだけなのね」

「今夜ぼく、ここに泊まるつもりにしてるって、このタイミングで言っていいかな」

「なんですって？」

「部屋を予約したんだ。もしかしたらと思って」

わたしはグラスの中身を飲みほすと、外に出る。


(「あのときはどうしたの？」次に会ったとき、彼はたずねた。そう、次の機会は、あった。そんなこと、あのときタクシーに乗って夫や子供のもとへ帰ろうとしていたとき、すでにわかっていた。「どうしてぼくをひとりでホテルに残して出てっちゃったんだよ？」だからわたしは、いったいこのわたしをどんな女だと思ってるの的な寒いジョークを飛ばしたのだが、もちろんあまり笑えなかった。悲しすぎたからだ。ナイトクラブの下品なオーナーみたいな彼の行動にどうしてわたしが応《こた》えなかったのか、そんなこともわからないスティーヴンが悲しかった。そんな行動をとりかねない男が、人生において大きな意味と価値を持つ人間だと自分に言いきかせてしまったわたし自身が悲しかった。だけどわたしたちは悲しいことを話題にはしない。わたしたちがしているのは、火遊びだ。火遊びは楽しすぎるくらい楽しいことのはずだ）

家にたどりつくと、デイヴィッドがまた腰を痛めている。それがわたしたちの人生の転機になることなど、わたしはまだ知らない——知るわけがない。デイヴィッドの腰は、いつだって問題だったのだから。もちろん、今みたいな彼——痛みを抱えながら二冊の本を枕《まくら》にして床に横たわり、じっと動かない彼を見ていたくはない。デイヴィッドは充電の必要なコードレス・フォンをおなかの上にうまく乗せている（ってことはつまり、わたしの携帯に電話はしなかった）。しかしこんな彼なら何度も目にしてきた。心配は、もうしない。

彼はわたしの予想以上に腹を立てている。わたしが遅く帰ってきたことにも腹を立てているし（だけどラッキーなことに、あまりに腹を立てているせいで、わたしがどこで何をしていたのかということには興味がないようだ）、体を動かせない状態の彼に子供の面倒を見させたことにも、腰痛の出る間隔がどんどん短くなるくらい年をとってしまったことにも腹を立てている。

「きみは医者なのにさ、どうしてなんにもできないんだよ」

無視する。

「体を起こすの、手伝ってほしい？」

「体を起こすのなんて手伝ってほしいわけがないだろ、バカな女だな、まったく。ぼくはこうしてたいんだよ。でも、こうしていながら、同時にふたりの子供の面倒なんて見たくないけどね」

「あの子たち、おやつは食べた？」

「ああ、食べたよ。あたりまえだろ。いっつもグリルの網の下に転がり落ちちまうフィッシュ・スティックを自分たちで料理して食べたさ」

「バカな質問で悪かったわね。いつ腰痛が出たのか知らなかったんだもん」

「クソみたいに何時間も前だよ」

この家では、下品な言葉が不用意に使われることはない。いつだって、細心の注意をもって使用される。ふたりの子供の前でこの手の言葉を使うとき——テレビを見ているふりをしているけれど、聞くべきではない言葉を聞いたとたん、ふたつの頭がくるりとこっちを向く——デイヴィッドは自分がどれだけ不幸せか、人生がどれだけ最悪か、わたしのことがどれだけ嫌いか、家族全員に伝えようとしている。言葉を選ぶ余裕なんてないくらい、ひどい事態というわけだ。もちろん彼は言葉を選ぶことのできる人だし、ほとんどの場合、きちんと選んでいる。だからわたしはお返しに、そうやって他人を操ろうとする彼を憎んでやる。

「黙っててよ、デイヴィッド」

彼はためいきをついて何事かつぶやき、わたしの思いやりの欠如と文句の多さに対する絶望で心を充《み》たしていく。

「どうしろってわけ？」

「あの子たちにお茶でもいれて、ぼくのことはほっといてほしい。すぐ起きあがれるだろうからね。このままじっとしてればさ」これじゃまるでわたしが、リンボー・ダンスをしてくれと頼んだり、本棚をいくつか作ってくれと頼んだり、二階に連れていってセックスしてくれと頼んだみたいだ。

「新聞、欲しい？」

「もう読んだ」

「じゃあ、ラジオでもつけましょ」

そうしてわたしたちはラジオ4で芸術鑑賞のコメントを聞き、『シンプソンズ』を聞き、グリルの下でフィッシュ・スティックが弾《はじ》けるのを聞く。わたしは夫の機嫌を損ねないようにしながら、リーズやクラーケンウェルのホテルの部屋に思い焦《こ》がれる——そこで行われた行為が恋しいわけじゃない。恋しいのは、あの部屋自体だ。静けさ。ベッドのリネン。今ここにあるよりずっと心地よくて空っぽな生活をほのめかしてくれるもの。

デイヴィッドは予備の部屋にフトンを敷いて夜をすごす。服を脱ぐのを手伝ってあげなくてはならず、だからわたしはつい、欲求や欲望や権利や義務や直腸におできのできた男のことを考えてしまう。でも頭のなかはちっともまとまらない。それからわたしもベッドに入って新聞を読む。カンタベリー大主教が離婚や隣の芝生症候群に関するエッセイを寄せていて、肉体的精神的にはずかしめられるような結婚生活なら離婚の権利を否定したくはないと述べている。だけど……（どうして新聞っていうのは、ひっきりなしにわたしのことばかり書くんだろう。読みたいのは、わたしには関係のない列車事故や、どうせ食べもしない危険な牛肉や、住んでもいない場所の和平協定の記事なのに。かわりにわたしの眼は、オーラル・セックスと現代の家庭の崩壊について書かれた記事に吸いよせられる）。結局考えるのは夫から肉体的精神的にはずかしめられるような結婚生活のことだ。わたしはそんな結婚生活を送っているのだろうか。だが「肉体的精神的にはずかしめられる」なんていう言葉の意味は、わたしたちの住んでいるこの郵便番号区域とほかの場所では意味が異なる。デイヴィッドは、わたしを「バカな女」と呼び、わたしの家族が遊びに来たときに嫌な雰囲気を漂わせ、わたしが大事にしているものに決まって否定的な反応を示し、年寄りどもはバスに乗ったら専用席に座るべきだと考えている――それだけだ。だからどんなに大げさに考えようと、わたしが肉体的精神的にはずかしめられるような結婚生活を送っているとは思えない。デイヴィッドからそんな仕打ちなんて受けてはいない。単純に、わたしの気に入らないだけだ。それは、まったくちがう種類の不満だと言っていい。

基本に立ち戻ってみよう。どうして浮気なんてするんだろうか。それから三週間のあいだで、わたしはスティーヴンと二度セックスをした。どちらの場合も、達しなかった(達することがすべてだと思っているわけじゃないけれど、長い目で見てみればそうなのかもしれない)。わたしたちはいろんな話をした。子供のころの休日の過ごしかた、わたしの子供たち、アメリカへ帰ってしまった前の恋人とスティーヴンの同棲《どうせい》生活、疑問というものを持たない人たちに対する共通した嫌悪《けんお》感《かん》……でも、そんなことを話して、いったいどうなるっていうんだろう。わたしはどうなりたいって思ってるんだろう。確かにデイヴィッドとは、最近、子供のころの休日の話なんてしていない。そんなの、あたりまえだ。しかし、わたしの結婚生活に足りないものって、そういうものなんじゃないだろうか――ちょっと昔のことを思い出しながら、コーンウォールの自然プールの楽しい思い出なんかを夢中で話しあったりすること。ほかの夫婦が子供を家に置いてきたり、かわりにエッチな下着を持ってきたりしてふたりだけで旅行するように、わたしもいろいろ試してみるべきなのだろうか。家に帰ってこう言うべきなのだろうか――「前にも言ったと思うけど、パパからさわっちゃダメだって言われたのに、死んだ蟹《かに》をひっくりかえして下から半クラウン見つけた話、もう一回してもいい?」。でも最初にしたときだって、退屈な話だと思った。ぎごちなくならなかったのは、デイヴィッドが、出会う以前のわたしの話ならどんなことでも尽きせぬ興味を示してくれたからだ。今じゃ、ためいきとほとんど聞きとれない嫌味だけですめばラッキーなほうだろう。

わたしが欲しているもの、スティーヴンとの関係から得ようとしているものとは、どのつまり、自分自身をゼロから作りなおすチャンスなのだろう。デイヴィッドの描いたわたしのイメージは、すでに完成しているし、ふたりのうちのどちらも明らかにあまり気に入っていない。だから子供のころお絵かきに失敗したときのように、そのページを破いてしまって、また白紙から始めたい。白紙の役目をするのが誰なのかは、この際どうでもいい。よって、わたしがスティーヴンを好きなのかどうか、彼がベッドのなかでわたしのあつかいかたを心得ているかどうか、なんていうことは問題外になる。いちばん好きな本はジョージ・エリオットの『ミドルマーチ』だと伝えたら、しっかり興味を持って聞いてほしい。いっしょにいても、どこかであやまちを犯してしまったなんていう気分にはならずにいたい。

スティーヴンとの関係を弟のマークに伝えようと思いたつ。弟には今のところ子供も恋人もいない。彼はモリーやトムのことが大好きだし、わたしが家をあけているときはデイヴィッドと飲みに行ったり、たまには食事をしに行ったりしているようだけれど、モラルを振りかざしたりはしないだろう。マークとわたしは仲がいいし、彼の言うことも、カンの良さも心から信頼している。

でもマークはこんなことを言う――「アタマ、完璧《かんぺき》におかしくなったんじゃないの？」。わたしたちはマスウェル・ヒルの、彼の住んでいるところからすぐ近くにあるタイ・レストランにいる。まだ前菜だって出ていない。難しい話は後回しにしておけばよかった（でも難しい話になるなんて、思っていなかった。どうしてそんな勘ちがいをしたんだろう。どうして聞き流してくれるなんて思ったんだろう。冷たいビールを飲みながら東南アジア風の肉の串焼きでもつまみ、ここぞジョークまじりに「ここだけの話」をすればいいなんて思ったのは、見当ちがいだった。第一、微笑《ほほえ》んで愛おしそうに首を振ったりすれば、弟は弟としての役割をはたしていないことになってしまう）。

わたしは彼を見て、かすかな笑みを浮かべる。「そういうふうに見えるだろうけど、でも、あなた、よくわかってないのよ」

「そう。じゃ、説明してよ」

「すごく落ちこんでたの」わたしは言う。落ちこむってことなら、弟はよく知っている。彼はカー家において、いわゆるはみだし者的存在だ。何度も職を変わったし、結婚もしていないし、薬も飲んでいるし、セラピーも受けている。

「じゃあ、自分で処方を書けばいいじゃんか。誰かと話をするとかさ。浮気してたって、助けにはならないよ。離婚なんて、もってのほかだね」

「話、聞いてくれないわけね」

「もちろん聞くって。でもさ、聞くってことは励ますってこととはちがうだろ？　そういうことなら、女友達にでも頼むべきだね」

わたしはベッカを思いうかべ、鼻を鳴らす。

「この話、ほかに誰にしたの？」

「誰にも。えっと、ひとりだけ。でも聞いてないみたいだった」

マークはわたしが女同士でしか通じない言葉でも使っているかのように、いらだたしげに首を振る。

「どういう意味だよ」

わたしは答えに窮してしまう。マークはずっと、わたしがベッカのような人たちと仲良くしているのをうらやましがってきた。だからベッカがまるで、発作を起こしてうわごとを言っている患者に向かってするように、ただ寛大な笑みを浮かべただけだったということが信じられないのだろう。

「あのさ、姉さん。デイヴィッドはぼくの友達なんだぜ」

「だっけ？」

「わかった、大親友ってわけじゃない。でもさ、ほら、家族の一員じゃないか」

「だから永遠に家族でいなきゃいけないってわけね。何度かカレーを食べに行った義理の兄っていうだけで。彼がわたしに何をしようと」

「姉さんに何をしたの？」

「べつに……何かしたってわけじゃないけど。何かした人なんて、まわりにはひとりもいない。でもただ……彼、わたしのことが嫌いなのよ」

「そりゃ、おかわいそうに」

「ちょっと、マーク、デイヴィッドみたいな口のききかた、しないでよ」

「じゃ、ぼくとも離婚すりゃいいじゃないか。毎日毎晩姉さんを崇《あが》めてくれない人のところからは、逃げ出しちまえばいいだろ」

「あの人といると、精神的にダメになっちゃうの。神経がすりへっちゃうの。正しいことなんて何もできないし、彼を幸せにもできないし……」

「カウンセリングを受けるってのは、考えた？」

わたしは鼻を鳴らす。デイヴィッドのことを話しているのに、『シンプソンズ』のホーマーが「ゲー！」と言うときみたいな音を立てる――その瞬間だけ、わたしたちは姉と弟に戻る。

「わかった、わかった」彼は言う。「冗談だよ。ぼくがデイヴィッドと話をしてみようか？」

「いいの」

「どうして？」

わたしは何も言わない。どうして何も言わないのかも、わからない。ただ、弟とかわした言葉をひとことも現実世界にリークしたくないだけだ。マークには、今夜わたしが入っているおかしな泡のなかへはいってもらいたかっただけ。いっしょにうなずいてほしかっただけ。行動が必要なわけじゃない。

「じゃ、どうなればよくなるわけ？」

この質問になら答えられる。すでに考えてあったし、言いかただって完璧だ。

「もうデイヴィッドにはデイヴィッドでいてほしくないの」

「ふうん。なら、どうなってほしいの？」

「ちがう人。もっときちんと愛してくれる人。わたしをいい気分にしてくれて、ほめてくれて、最高の女だって思ってくれる人」

「デイヴィッドは姉さんを最高だと思ってるよ」

わたしは思わず笑い声をあげる。皮肉な笑いでも、苦い笑いでもない。苦笑するならまさにばっちりのタイミングだったのだろうけれど、出てきたのは、おなかの底からわきあがる大笑いだ。こんなに笑えるセリフを聞いたのなんて、何か月ぶりだろう。いろんなことがわからなくなっているわたしだけれど、ひとつだけ、体のなかのすべての原子に至るまでわかっていることがある――デイヴィッドはわたしを最高だなんて思っていない。

「なんだよ。なんでそんなに笑うんだよ」

落ち着くまでしばらく時間がかかる。「ごめん。だって、デイヴィッドがわたしを最高だと思ってるなんて」

「でも、そうなんだぜ」

「どうしてわかるの？」

「ただ……わかるんだよ」

「わたしにはわからない。そのことこそが問題なのよ、マーク」

デイヴィッドにもうデイヴィッドでいてほしくないというのは、ほんとうだ。構造的には何も変わってほしくない――子供たちに対しては父親の役目を果たしてもらいたいし、二十年間生活をともにしてきた人でいてほしいし、太ってしまっても、腰が悪くてもいい。ただ、あの声、あの口調、あのひっきりなしのしかめっ面《つら》が嫌なだけだ。簡単にいえば、彼にはわたしを好きになってほしい。それって、求めすぎなんだろうか。

3

家に帰ると、デイヴィッドがほとんどスキップしそうな勢いで仕事場から出てきて、声をかけてくる。「ほら」と彼は言い、大げさな身ぶりでお辞儀までしてみせる。まるでわたしが女王で、彼が狂信的な愛国主義者になったかのようだ。

「何？」

「ぼくの腰。なんにも感じない。ピリッともしないよ」

「ダン・シルヴァーマンに診てもらったの？」ダン・シルヴァーマンとは、病院で薦めている整骨師だ。デイヴィッドにはもう何か月も、いや、何年も、彼のところで診てもらうように言ってきた。

「いや」

「じゃ、どうしたの？」

「別の人に診てもらったんだよ」

「誰？」

「すごいんだって」

「誰なのよ」

「フィンズリー・パークにいてさ」

「フィンズリー・パーク？」ダン・シルヴァーマンの診療所は一流の医者が集まるハーリー・ストリートにある。フィンズリー・パークにはわたしの知るかぎり、ハーリー・ストリートにあたるような場所などない。「どうやってその人のこと、見つけたの？」

「新聞売り場のウィンドウ」

「新聞売り場のウィンドウ？　その人、どんな資格を持ってるわけ？」

「ひとつも持ってないさ」当然のことながら、その情報は大いなる誇りや攻撃性とともにもたらされる。医療資格とは、結婚生活の分水嶺《ぶんすいれい》に即して言えば、わたしサイドに属するものだ。だから、彼サイドにおいては侮蔑《ぶべつ》の対象でしかない。

「つまりあなたは、医療資格なんて何も持ってない人に腰をいじらせたってわけね。バカじゃないの、デイヴィッド。二度と立てなくされたかもしれないのに」

デイヴィッドは再びお辞儀する。「立てなくなったように見えるか？」

「今のところは、見えないけどね。でも、たった一回の診療で腰痛をなおすなんて、誰だって無理よ」

「でも、グッドニュースには、できるんだな」

「いい知らせ《グッド・ニュース》って、何よ」

「それが名前なんだよ。グッドニュース。グッドとニュース。それで一語。ほんとはDJグッドニュースっていうんだけどね。正式にはさ」

「DR《ドクター》じゃなくて、DJなんだ」

「ほら、クラブってやつだよ。ディスコかどこかで働いてたんだと思う」

「DJって、腰に痛みを抱えた人を診るには役に立つ経験よね。へえ。あなた、グッドニュースって呼ばれてる人のところに行ったんだ」

「行ったときはまだ、グッドニュースって呼ばれてるなんて知らなかったけどね」

「そんなのどうだっていいわよ。で、ウィンドウの貼《は》り紙《がみ》にはなんて書いてあったの？」

「よく覚えてないけどさ。『腰痛？　一回の治療でなおします』みたいなことだよ。それと電話番号」

「それだけで心が動いたわけね」

「ああ。もちろん。ぐずぐずしてたって、しかたないだろ？」

「まさかそのグッドニュースって、代替医療系のセラピストじゃないでしょうね」デイヴィッドがこれまで代替医療なるものをいっさい嫌ってきたと言っても、驚く人はあまりいないだろう。彼はずっとわたしにも、そしてコラムの読者にも、幼児や妊産婦に悪影響をおよぼさない治療にはなんの興味も持てないと主張してきたし、それ以外の意見を述べる人間は低脳でしかないと言いつづけてきた（それはそうと、デイヴィッドは政治以外のことにはあくまで保守的だ。考えてみれば、わたしのまわりにはそんな人がおおぜいいる。死刑を復活させたいと思ったり、アフロ・カリビアン系の人々を国に帰らせたいと思ったりするくらいには怒りを感じているくせに、このあたりで同じ郵便番号を所持している人々と同じくリベラルであるため、そんな意見を口には出さず、どこかほかのところに怒りのはけ口を求める人々。毎日、リベラル系の新聞にはそんな人々の書いたコラムや投書が掲載されていて、気に入らなかった映画やおもしろくないと思ったコメディアンや頭にスカーフを巻いた女たちをなじっている。デイヴィッドがすっかり政治的に転向して、ホメオパシーやバスに乗った老人やレストラン評論家のかわりに、ホモや共産主義者へ怒りをぶつけてくれたほうが、わたしも彼も楽な人生が生きられるのではないかと思うくらいだ。あんなに大きな怒りを抱えているくせに、こんなに小さなはけ口しかないなんて、さぞいらいらするだろう）。

「あいつのことをどう呼んだらいいかなんて、わからないよ」

「薬をくれた？」

「いや」

「それって、あなたの言ってる代替医療ってやつじゃないの？　薬も出さないなんて」

「大切なのは、なおしてくれたってことだよ。役立たずの国民健康保険とはちがってね」

「役立たずの国民健康保険を、あなた、何度利用したことがあるっての？」

「そんなの、どうだっていいね。役立たずには変わりがない」

「で、その人、どんなことしたわけ？」

「ディープ・ヒートってやつで、ぼくの背中をマッサージして、それで終わり。たった十分だった」

「いくら？」

「二百ポンド」

わたしは彼を見る。「冗談でしょ」

「いいや」

とんでもない金額を口にしながら、デイヴィッドは誇らしげだ。そう顔に書いてある。これまでの彼だったら、笑い飛ばしたか、たった十分の作業で二百ポンドもふっかけてくる無免許のニセ医者を殴りつけたかしただろう。だが今、グッドニュースは（もしこのグッドニュースっていう人がわたしたちの会話にレギュラー・クラスで登場するようになるのなら、別の呼びかたを考えなきゃいけない）、ふたりの戦争における有効な武器になってしまった。彼が二百ポンドも払ったのは、わたしが二百ポンドなんて高すぎると思っているからだ。なんというアマノジャク。いったいどこまで行けば気がすむんだろう。もしかすると、たとえば、わたしが気も狂わんばかりになるからという理由だけで、子供たちを小児性愛者の一味に売り飛ばしてしまったり――それも二束三文で――するのだろうか。確かに彼は子供たちを愛してはいる。だが同じくらい、わたしのことが嫌いだ。油断はできない。

「二百ポンド、ね」

「でも、それで何度だって診てくれるんだぜ。どんな場合でも。ただでね」

「でも一度でなおしちゃうわけでしょ？　だったらもう行く必要はないじゃないの」

「だからそれだけのおカネを払う価値があるんだよ。だからそれだけ高いこと言うんだ」

　彼はまたしてもバタバタとお辞儀をしてみせ、にやりと笑う。わたしは首を振り、子供たちを探しに行く。


　その後一家でテレビを見ていて、わたしは、どうして人生が異常な状態にあるっていうのに、一家の団欒《だんらん》はこうも普通に過ぎていくのだろうと考える。このところもう何度も考えてきたことだ。スティーヴンの一件があり、デイヴィッドとは何度もケンカしたというのに、わたしたちはここ何週間かで、月曜の夜、ひざの上に夕食を置いてみんなで『恐竜と歩く』を見るという習慣を作ってしまった。家族の儀式というのは、とてつもなく生命力の強い砂漠の植物みたいなものだ。どんなに苛酷《かこく》な状況でも、がんばって花を咲かせてしまう。

デイヴィッドはまだ調和を乱そうとしている。まず最初は床に寝そべって腹筋をしてみせた（おなかのまわりには贅肉《ぜいにく》がついているし、腰の問題というより体力そのものが低下しているのだけれど、腰がすっかりよくなったことを誇示するために何分も続けてみせ、そのあいだずっとグッドニュースのすばらしさを吹聴《ふいちょう》しつづけたせいで、子供たちが黙らせなければならなかったほどだった）。そして次は、ナレーションに対する意地悪なコメントだ。「二週間たったら、オスはまた交配するために戻ってきます」とケネス・ブラナーが言うと、デイヴィッドは「二週間で戻ってきたっておかしくないぜ、ケネス」と言いかえす。「だって何億年も前のことだろ？　何日かの誤差くらいあるだろうさ」

「黙っててよ、デイヴィッド。ふたりは楽しんでるんだから」

「ちょっと的確な批判をしたからって、死ぬわけじゃないだろ？」

「子供にそんなことが必要だってわけ？　的確な批判なんてものが？」

だがそのうちにわたしたちは矛をおさめ、番組を見終えて、子供たちをお風呂《ふろ》に入れてからベッドに寝かしつけ、ほとんど黙ったままふたりで食事をとる。何か言おうと思ったり、しようと思ったりはするのだけれど、何を言ったりしたりすればいいのかはわからない。

　翌朝、トムは食事をしながらわたしとデイヴィッドをにらみつけていて、次第にわたしも気になりはじめる。トムは気になる子供だ――物静かで、理解が早く、ほとんど粗暴なほど率直。物腰だけは早熟の天才といったところだけれど、そこまでの才能は、ない。

「どうしたの？」わたしは息子にたずねる。

「何も」

「どうしてにらんでるわけ？」

「パパとママ、離婚するのかなって思ってさ」

　これが映画だったら、わたしはまさにコーヒーを飲もうとしているところで、トムの言葉に思わず吹きだし、鼻からコーヒーを垂れ流してブラウスを汚してしまうのだろう。だがわたしは今、トースターにパンを入れようとしている。彼に背中を向けたまま。

「どうしてわたしたちが離婚するの？」

「学校でそう言われたんだよ」

　悲しみなど少しもにじんでいない声だ。もし職場で離婚を噂《うわさ》され、その心当たりがないのだったら、わたしは何よりまず、誰がそんな噂を流したのかと憤慨するだろう。でも子供の世界なんて、いろんな情報がいろんなところから飛んでくるものだ。トムにしてみれば、母親や父親から聞かされようが、二年C組にいるチビのビリーから聞かされようが、同じことなのだろう。

「そんなこと誰が言った？」とデイヴィッドがいささかきびしすぎる口調で言い、そうすることで、自分が噂の出所であることを明らかにしてしまう。

「ジョー・ソルター」

「ジョー・ソルターって誰だ」

「学校にいるやつ」

「どうしてそいつがそんなこと言うんだ」

トムは肩をすくめる。彼にしてみれば、ジョー・ソルターなんてどうでもいいのだろう。どうでもよくないのは、デイヴィッドとわたしが離婚するかどうかだ。その気持ちはわかる。

「もちろん離婚なんてしないわよ」とわたしは言う。デイヴィッドが勝ち誇ったようにこちらを見る。

「じゃ、なぜジョー・ソルターがそんなこと言ったのさ」トムがたずねる。

「わからない」わたしは答える。「でも離婚なんてしないんだから、ジョー・ソルターがなんて言おうと、関係ないでしょ？」ジョー・ソルターなんていう名前は三分前に聞いたばかりだけど、もうその子が大嫌いになった。頭にくっきりとイメージが浮かぶ。気どった顔に悪意を秘めたブロンドの男の子。一見天使のようだけれど、クラスメートも、そして今やデイヴィッドとわたしも、彼の腐った性根を垣間見《かいまみ》てしまった。「そんな子の言うことより、わたしたちの言うことのほうがほんとうよ。わたしたち離婚なんてしないわよね、そうでしょ、デイヴィッド？」

「きみがそう言うならね」彼は心から楽しんでいる。そしてわたしは、そんな彼を責められずにいる。

「でもいつかは離婚するの？」とモリーがたずねる。ああ、もう。今、ようやくわかった。一度隠した秘密は絶対に明かしてはならないこと。だが、秘密を隠しておくには限界があること。

「そんなこと、しないってば」わたしは娘に言う。

「でももし離婚したら、わたしたち、誰といっしょに暮らすの？」

「うん、誰といっしょに暮らすんだ？」デイヴィッドもたずねる。どんなにメチャクチャな子育ての本にも、こんなときこんなことを言えとは書いてないはずだ。

「パパがいい！」とモリーが言う。そしてこうつけくわえる。「でもトムは嫌」

「じゃ、トムはママといっしょにいればいいよな。それがフェアってもんだ」

「パパは冗談を言ってるのよ」わたしはすかさずトムに言う。だが、もう遅すぎる。デイヴィッドは、ボウル一杯のシリアルを食べ終えるより早く、兄と妹を、娘と母親を、息子と父親を敵対させてしまった。おまけにわたしは、離婚なんてしないと約束したばかりだ。「ゲーッ！」――わたしの弟も、息子も、そして『シンプソンズ』のホーマーもそう言うだろう。

わたしがどうしてもと言ったせいで、デイヴィッドは昼食時、診療室へやってくる。そしてふたりですぐ近くの安食堂へ行き、朝食での出来事を話しあう。デイヴィッドは強情だ（いや、こう言うべきだろう。デイヴィッドこそが強情そのものだ。ジェイムズ・ボンドこそが００７であるように）。

「どうせ離婚しないんだったら、たいしたことじゃないだろ？　あくまで仮定の話なんだからさ」

「ねえ、デイヴィッド、もうちょっとマシな言いかた、あったんじゃない？」

「どんな言いかたさ？　ぼくが何をしたってんだ？」

「罠《わな》にかけたでしょ」

「なんだ、『離婚しないんだったら』って言ったことか？　それが罠だってのか？」

「あなたはわたしに『でも、離婚するかもしれない』って言わせたいわけよね……そうすれば、一貫性がないのはわたしのほうだって攻撃できるから。あなたに対して言ってることと、子供たちに言ってることがまるっきりちがうじゃないかって」

わたしはここしばらくのあいだ、デイヴィッドの言語爆弾投下を冷ややかな眼で眺めてきた。彼が攻撃に転じていることは明らかだった（デイヴィッドはあの『グリーン・キーパーズ』の作者なのだから、話し言葉であろうが散文であろうが、攻撃的であったとしても驚くにはあたらないだろう）。でも同じく明らかなのは、わたしの対応があまりにヘタだったってことだ。最後になるといつもわたしは、彼が言わせたがっている言葉を口にしてしまう。そして彼は、待ってましたと言わんばかりにその言葉へ食らいついてくる。

「ちょっと待って、ちょっと待ってくれないか。リーズから電話してきたとき、きみ、なんて言ったんだっけ？」

「あれは……そうだけど、でもわたし、ただ……」

「いやいや、そうじゃなくてさ。なんて言ったんだ？」

「わかってるじゃないの」

「もう一度言ってくれよ」

「こんなことしなくてもいいでしょ、デイヴィッド。あのときわたしが何を言ったかもわかってるし、今朝子供たちに何を言ったかもわかってるくせに」

「それで、一貫性があるっていうのか？」

「あなたから見れば、一貫性なんてないように見えるでしょうね」

「じゃ、きみのほうからはどう見える？　いや、ほんとに興味があるんだよ。一度離婚したいって言ったくせに、やっぱりしないなんて、どう見えるってんだ？」

「問題は、そういうことじゃないんだってば」まさにそのとおりだ。どちらの親を選ぶかなんて、どの口で娘に質問できたのか。どうしてトムにあんな残酷なことをしたのか。そしてどうしてジョー・ソルターという子の親に――あるいはジョー・ソルターという子の親の知り合いに、またあるいはジョー・ソルターという子本人に、わたしたちの結婚生活が岐路にあることを言いふらしたのか。わたしが知りたかったのはそういうことだ。当然だろう。はたから見れば、突然わたしが結婚を解消したいと言いはじめたのがなぜなのか、彼が知りたがっているのと同じくらい当然だ。しかし話をする時間はランチタイムしかない。いや、このまま死ぬまで話を続けても、充分じゃないかもしれない。朝食の席でのささいな会話だって、こんなに修復できないほどこじれてしまうのだから、ここまで四半世紀の生活に発生した無数のこじれやよじれを修復するのにどれだけの時間がかかるのだろう。彼があんなことを言ったからわたしはこんなことを言って、わたしがこんなことを言ったから彼はあんなことを言って、彼があんなことを考えたからわたしはこんなことを考えて、わたしがこんなことを考えたから彼はあんなことを考えて、だからわたしはこんなことをして、彼はあんなことをして……そんなふうであって、いいわけがない。そんなの、あるべき姿じゃない。もしわたしたちがあんなことを考えたりこんなことをしなければ、争いのタネなんて存在しなかったはずだ。いつもいっしょに何かを考えたりやったりできたはずだ。なのに、わたしたちがいっしょにやれたのは、ひどい混乱を生みだすことだけだった。いったいどうしてこんな……。

「デイヴィッド、どうやったらこんな状況からぬけだせるのか、わたしにはわからない」

「今度は何を言いだすんだよ」

ほんとうに言いだしてみようとした。一度は口にした言葉。今朝は、なんとか呑《の》みこんでおいた言葉。——だが幸運なことに、出てこなかった。かわりにわたしは泣きくずれた。何度も何度もくすんくすんとすすりあげながら、デイヴィッドにつきそわれるようにして、店から外へ出た。

わたしは狂いはじめているのかもしれない。いや、単純に、混乱していて不幸せなだけなのかも。いやいや、どうしたいのかはっきりわかっているくせに、その後の苦痛を考えて踏みだせずにいるだけなのかも。ふたつの精神状態のあいだで引き裂かれそうになっているだけなのかも。だがデイヴィッドにあのやりかたで——やさしさと愛と慈《いつく》しみにあふれたやりかたで触れられるたび、すべての悩みは泡と消えてしまう。ただ彼や子供たちと、これから死ぬまでずっといっしょにいたくなってしまう。スティーヴンに触れたいとは思わない。デイヴィッドが他人に言ったり言わなかったりした可能性のあることや、彼が実際にモリーやトムに言ったことで言いあらそいたくはない。ただ、昼のあいだは仕事をして、夕方になったら『恐竜と歩く』を見て、夜になったらデイヴィッドと眠りたい。ほかのことなんて、どうでもいい。この気持ちにすがってさえいれば、わたしはだいじょうぶだ。

わたしたちはふたりで車のなかに座っている。デイヴィッドはわたしを気のすむまで泣かせてくれる。

「こういうことが続くようじゃ、いかんな」と彼は言う。

「続かない。もうこれが最後」

「何が起きてるのか、教えてくれないかな」

まさにデイヴィッドらしい。いかにも男の言いそうなことだ。こんな精神状態になるには、「何かが起きて」いなきゃいけないなんて……でもまあ、きっと彼は正しいのだろう。確かに何かが起きていて、それが、一点の曇りもない明白さでわたしをこんな不幸せな状況に追いこんでいるのだろう。突然わたしは、『恐竜と歩く』を見る決意をし、やさしいデイヴィッドを思い、この涙こそがすべてを終わらせてくれるのだと考える。するとすると頭のなかに、何を言って何をすべきなのか、すべてがきれいに浮かびあがる。

「あのね……わたし、つきあってる人がいるの」

告白したのは、もうつきあわないと決めたからだ。ほんとうは何が欲しいのかがわかり、それをデイヴィッドに伝えられると確信したからだ。しかし告白してしまえば、わたしのなかで何かが終わるかわりに、今度はデイヴィッドの心のなかで何かが生まれるのだということには気づいていなかった。これまで二十五年間のわたしを知っているからといって、今のわたしを知っていたり、理解してくれるとはかぎらない。彼はしばらく口をつぐんでから言う。「今夜はまっすぐ帰ってきてくれるかな」

「ええ。もちろん。絶対。そのとき話しましょう」

「話すことなんて何もないよ。でもぼくはモリーの湿疹《しっしん》をなんとかしたいし、きみはトムの面倒を見なきゃいけないからね」


どんな気分になるのか、心のなかでゲームをしてみる。こんなゲームだ――わたしは腰をおろして、宿題をしている息子を眺めている。だがそこは、みんなで暮らしていた家のキッチンではなくて、近くの小さなアパートのキッチンだ。夫と別れたあと、わたしはそこに住んでいる。モリーはいない。わたしとは口をきいてくれないからだ。娘は、こんなことになったのがわたしのせいだと思っている（デイヴィッドが一方的な見解を伝えたにちがいない）。わたしが話しかけようとしても、背中を向けるだけだ。家族をまっぷたつに分けようというデイヴィッドの残酷なジョークは、なんのふくみもない明確な予言だった。

ある意味、このゲームは示唆《しさ》的だ。たとえば、なぜわたしは、想像上のキッチンがどこかちがう家のキッチンであると考えたのか。べつの言いかたをすれば、家族崩壊後、それまでの家に住みつづけるのが自分だと想像することが難しいと思ったのはなぜか？それは、わたしが罪を犯したからではなく（情状酌量の余地はあるし、全責任を負っているわけではないし、いくらそれが中産階級バージョンだったとしても、結婚生活において肉体的精神的はずかしめを受けたことは事実だろう）、家計を支えているのがわたしだからだ。子供たちを学校へ送っていくのはデイヴィッド。お茶をいれてやるのも、宿題を見てやるのも、友達の家まで――わたしが会ったこともない友達の家まで迎えにいってやるのもデイヴィッド。デイヴィッドとわたしが別れた場合、わたしが出ていくほうが被害は少なくてすむ。逆に彼が出ていったら、どうしていいかわからなくなるだろう。わたしが、男手だ。わたしが、パパだ。彼が先に立って家族の面倒を見ているのは、わたしが仕事をしているからではなく、彼が仕事をしていないからだ。だからこそ、わたしが出ていく場面を想像することが容易になる――出ていくのはいつだって父親なのだから。そして、だからこそモリーが口をきいてくれなくなる事態も、容易に想像できる。どんなことがあっても、モリーはわたしでなくデイヴィッドを選ぶだろう。父親の浮気を知った娘は、二度と父親とは口をきかなくなるものだ。フロイト的な問題だって複雑にからんでくる。モリーがわたしに性的な嫉妬《しっと》をしているなんて、考えすぎだろうか？

「トム？」

「うん」

「わたしのこと、ママだと思ってる、それともパパだと思ってる？」

「え？」

「考えないで。頭に浮かんだまんまを答えてね」

「ママ」

「絶対？　ちょっと迷って、二、三秒考えたりしなかった？」

「いいや。ママはママだと思うよ。パパはパパだし」

「どうして？」

「ママ、ぼく、とっても忙しいんだけど。もういい？」彼は悲しげに首を振る。

モリーはほんの小さなころから、ずっと湿疹に苦しんできた。体のどこにでも症状が出てしまうし――手にも腕にも脚にもおなかにも――クリームや食餌《しょくじ》療法やホメオパシーの薬《レメディー》をどれだけ試そうが変化はなかった。今朝は、学校へ行く前、いかにも痛そうな罅割《ひびわ》れが走っていた手に、強くてたぶん害のありそうなステロイドクリームを塗ってあげたばかりだ。しかし、家に帰ってくるなり廊下を走ってきてこちらへ突きだした娘の手には、なんの痕跡《こんせき》も残っていない。フリースを持ちあげておなかを見ても同じだ。脚の裏側も見せてくれたが、そこにも何もない。続いてデイヴィッドが部屋に入ってくると、当然のことながら、わたしは追いつめられたような気分になる。いったい今夜はどんなことになるんだろう。きっと、どうしてモリーのひどいぶつぶつが消えてしまったのかという話題に終始するにちがいない（もしモリーの湿疹のほうがわたしの浮気より大切なんだったら、そもそも浮気なんてする必要がどこにあったんだろう）。

「びっくりね」とわたしは言う。

「あの人がさわったら、よくなっちゃったの」とモリー。「目の前で消えてったよ」

「ただされったただけじゃないよ」とデイヴィッド。「クリームを使ったじゃないか」

「使ってないよ、パパ。見てたもん。なんにもしなかった。ただされったただけ」

「クリームを使ってね」

「ただされったただけなんだって、ママ」

「誰がさわったの？」

「DJグッドニュース」

「ああ。DJグッドニュースね。聞く必要もなかったわ。DJグッドニュースにできないことなんてあるのかしら」

「湿疹をなおすのは得意だって聞いたもんでね」とデイヴィッド。「頼んでみてもいいって思ったんだ」

「腰痛と湿疹ね。専門分野としては妙な組み合わせだわ」

「パパの頭痛もなおしてくれたの」モリーが言う。

「頭痛って?」わたしはデイヴィッドにたずねる。

「いや……ただの頭痛だよ。つい、頭痛がしてるって言っちゃったら、彼が……その、こめかみをマッサージしてくれてね。いい感じだった」

「頭痛も、湿疹も、腰痛も、ってことね。まったく天才だわ。それでまた二百ポンド?」

「その価値はないってことか?」

わたしは鼻を鳴らしたが、そうすることでどんな気持ちを伝えていいのかはわからずにいる。どうしてわたしってこうなんだろう。モリーの湿疹がなおるんだったら、その倍だって出していいはずだ。なのにどんな状況にあっても、デイヴィッドの揚げ足をとる機会に目をつぶることができない。

「トムも行ったほうがいいよ」とモリー。「すごいんだもん。全部あったかくなって」

「クリームのせいだよ」とデイヴィッド。「パパの背中もそうやってくれたんだから」

「クリームなんて使わなかったってば、パパ。使わなかったのに、使ったって、どうしてずっと言ってるの？」

「やってるところはモリーには見えなかったじゃないか」

「見えたもん。それに、クリームの感じだったら知ってるもん。クリームの感じだもん……」

「ケッ！」とトム（子供たちの一見意味のないような短い発言に慣れていない人たちのために解説しておくと、「ゲーッ」と「ケッ」はまったくちがう。わたしの理解しているところでは、前者は話し手のバカさかげんを容認してやるという意味であり、後者はその人がまったくバカだと指摘するための表現だ。だから後者の場合には、当該するバカさかげんを図説するために不愉快な表情――瞳《ひとみ》を鼻のほうに寄せたり、前歯をつきだしたり――を浮かべることが必要となる）。モリーは無視して続ける。「……それにあの人の手、クリームの感じなんて全然しなかったもん」

何か妙なことが起きている。デイヴィッドが娘の話をやめさせようとしない。モリーが自分の感じたことを否定するまで、この会話が続いていくのは明らかだ。

「バカなことを言うんじゃない、モリー。よく聞くんだ。彼は……クリームを……使って……ました」

「そんなことが大切なの？」わたしはやわらかくたずねる。

「大切に決まってるじゃないか！」

「どうして?」

「この子は嘘《うそ》をついてるんだ。嘘はついちゃいけないだろ、ね、モリー?」

「そうだぜ」とトムがむっつり言う。「嘘つき!　デタラメ女!」

モリーがぼろぼろ涙をこぼしながら叫ぶ。「ひどい!　みんな嫌い!」そうして彼女は二階の部屋へ走っていき、数週間ぶりのグッドニュースはまたしてもすみやかに混乱と争いのタネになってしまう。

「よくできました、デイヴィッド。相も変わらずね」

「あいつ、デタラメなんて言っちゃダメだよね、パパ?」

「クリームは使ってたんだ」とデイヴィッドはひとりごとのように言う。「この目で見たんだよ」


デイヴィッドがモリーに謝り（謝りたかったからではなく、そうしたほうが大人らしくて父親らしい行動なんじゃないの、とわたしがお尻《しり》を叩《たた》いたからだということは、言っておかねばならないだろう）、トムがモリーに謝り、モリーがみんなに謝ったおかげで、わたしたちは元の鞘《さや》におさまる。ニセ医者とクリームに関する議論と、わたしの浮気問題や、それが結婚生活を終える原因となるのかという討議のあいだの二時間――これこそが、今現在、わたしたちの生活における安らぎを形作っているものだ。

「じゃ、話、しようか」子供がベッドにはいると、わたしはデイヴィッドに言う。

「なんの話だよ」

「ランチタイムに言ったこと」

「どういう話がしたいんだ?」

「わたしに何か言ってほしいんだと思ってたけど」

「別に」

「このままでいいってわけ?」

「このままでいいなんて、ちっとも思っちゃいない。ただぼくは、きみがこれから数日のあいだに出ていくんだろうって想定してるだけさ」いつものデイヴィッドとはどこかちがうのだけれど、どこがちがうのかはわからない。わたしが期待していたのは、まくしたて、怒鳴り声をあげる普段のデイヴィッドであり、数百万にわたる辛辣《しんらつ》な言葉や、嫌になるくらいの悪意をスティーヴンに投げつける彼だ。なのにそんな雰囲気は少しも感じられない。もうどうでもよくなってしまったかのようだ。

「もうあれは終わったの。今この瞬間では」

「それはわからないな。でも、エルヴィス・プレスリーにただで歌ってもらおうなんて、誰も思わないってことは、わかってるよ」

パニックが襲ってきて、気分が悪くなる。もう彼の言いたいこともその口調も理解できない。

「どういうこと?」

「マネージャーのトム・パーカー大佐がホワイトハウスにそう言ったのさ」

「わかるように話してよ」

「ニクソンのとりまきがトム・パーカー大佐に電話して、ホワイトハウスで大統領のために歌ってくれないかって頼んだんだ。そしたらパーカーが、わかるだろ? 『いいよ、でもいくらもらえるんだ?』ってたずねたんだよ。ニクソンのとりまきは『パーカー大佐、大統領のためのプライベートな演奏でおカネをもらおうなんて、誰も思いませんよ』って言った。するとパーカーが『それはわからないな、でも、エルヴィス・プレスリーにただで歌ってもらおうなんて、誰も思わないってことは、わかってるよ』って答えたのさ」

「わかんないって! もうやめて! 大事な話なのに!」

「大事な話なのはわかってるって。ただ……ほら、そのエピソードが頭に浮かんだもんだからさ、伝えといたほうがいいと思っただけ。つまり、きみがやってることとかやりたいことに必ずしも意味があるわけじゃないっていうのを、ぼくなりに言いたかっただけでね。きみは大統領、ぼくはキング・エルヴィス。主導権を握ってるのはぼく。きみは用無し。さっさと消えて。じゃあね、バイバイ」

「本気じゃないんでしょ？」

本気だとわかっているのに、そう口に出してしまう。彼なら言いそうなことだ。よく考えてみれば、同じ郵便番号区域に住む男たちに関してひとつだけ旧態依然としているのは、このことかもしれない。彼らはオムツの替えかたも知っているし、感情面の話もできるし、仕事する女性にも理解があるし、基本はだいたい押さえている。なのに、精神的に辛《つら》くなったり、わけがわからなくなったりしそうになると、そのことを素直に認めようとせず、心を閉ざすほうを選んでしまう。どんな結果になろうと、わたしの行為でどれだけ傷ついていようと、それは変わらない。そう言えば、デイヴィッドが以前、ある言葉を口にしたことがあった。あのとき彼は……。

「どうして本気だって信じてくれないんだ？　覚えてない？　話したこと、あったじゃないか」

「覚えてる」

「だったら」

あのときわたしたちはベッドにいた。愛をかわしたばかりだった。トムは生まれていたけれど、まだモリーはいなかったし、わたしは妊娠もしていなかったから、きっと九二年のいつかだったのだと思う。わたしはデイヴィッドに、これから死ぬまでわたし以外の誰ともセックスできないと考えたら気分が暗くなるか、とたずねた。するとデイヴイッドは、彼らしくもなくゆっくり考えてから答えた――暗くならないでもないけど、そんなことをしたときにどうなるか、考えただけでもぞっとするし、それにとにかく、きみにはぼくとだけしか関係を持ってほしくないから、自分に対してもそんな甘えは許したくはない。もちろんわたしたちは、恋人どうしなら必ず一度はやってみるゲームを行っていたわけだ。次にわたしはたずねた。わたしが浮気をしたとして、それを許してくれるのは、どんなときなのか。たとえば、酔っぱらって一晩のあやまちを犯し、その次の朝すぐに、突き刺すような後悔の念にかられたときはどうなのか。すると彼は、こう指摘した。きみは酔っぱらったりしないし、一晩のあやまちなんて犯したりはしないタイプだから、そういう状況を想像するのは難しいし、困ったことになるとしたら、ほかの理由で浮気したときだろうけど、そんな事態なんて、考えたくもない。――デイヴィッドに先見の明があるなんて少しも思ってはいないけれど、このときの彼には脱帽せざるを得ない。わたしは酔っぱらってなどいなかった。それにあれは、一晩のあやまちでもなかった。わたしはそれ以外のたくさんの理由で、スティーヴンと寝てきた。どの理由も、彼の言う「困ったこと」にちがいなかった。

「どこに住むか、もう考えたの？」彼は困ったことなどどこにもない、という口調でたずねた。

「もちろん考えてない。つまり、出ていくのはわたしだってこと？」

デイヴィッドがこちらを見た。すべてを捨てて――夫からも家からも子供たちからも逃げ出し、二度と戻ってきたくなくなるほど、悪意のこもった視線だった。

わたしはいい人間だ。ほとんどの面から見て。だけど、ほとんどの面から見ていい人間であっても、ひとつの面から見て悪い人間であれば、すべて帳消しになってしまうのではないかと思いはじめている。だって、ほとんどの人たちはいい人なのだから。ほとんどの人たちが他人の役に立ちたいと思っているし、仕事の面で無理なら、ほかのやりかたで役に立とうとしている――だから、一か月に一度は慈善団体で電話相談を引きうけたり、チャリティの競歩大会に出たり、自動振替の用紙にサインしたりするわけだ。あなただって医者じゃないの、と言ってもらっても大きな意味はない。わたしが医者であるのはウィークデイだけだ。仕事時間以外には、夫でない男と寝てきた。もちろん、仕事時間にそんなことをするほど悪い人間ではないけれど、でも今は、医者であることくらいじゃ埋め合わせなんてできない。直腸のおできをいくらのぞきこんだとしても。

4

デイヴィッドは二晩ほどよそで泊まってくるという。どこかは教えてくれないし、電話番号も残さない。家族に緊急事態が起きたときのために、わたしの携帯を持っていくだけだ。でも、行き先はきっと友達のマイクのところだろう（離婚経験者、すぐ近く、いい仕事、きれいなアパート、予備のベッドルーム）。出ていく前、わたしに向かって、子供たちに話すまで四十八時間の猶予《ゆうよ》がある、と言う。つまり、どれだけいけないことをしたかふたりに伝えたら、荷物をまとめて出ていけというわけだ。最初の夜は、少しも眠れない。トロール網につかまった魚みたいに頭のなかを暴れまわっているすべての疑問に答えを見つけるまでは、安らぎなんて得られないような気分だ。ほとんどの疑問は（デイヴィッドは月曜の夜、『恐竜と歩く』を見に来ることを許してくれるだろうか）そのうち窒息して死んでしまう。けれど、大きくてしつこい質問が二匹ほど、なかなか息絶えてくれない。最初の一匹――わたしにはどんな権利があるのか？　わたしは離婚したいなんて思っていない。確かに以前はそう思っていたけれど、それは自分でも何を言っているのかわかっていなかったときだし、何を感じているのかも、どんなひどい事態になるのかもわかっていなかったときだ。今はちがう。もとの暮らしに戻れるなら、（ほとんど）どんなことでもすると（ほとんど）確信している。それに、もし戻れるんだったら、どうして子供たちに伝えなければいけないいんだろう。彼が平和的解決策を考えようとしないというのに、どうしてわたしが彼の分まで手を汚さなきゃいけないんだろう。もし出ていかなかったらどうなるんだろう。そしたら彼はどうするんだろう。また、頭のなかではべつの疑問もくるくると渦巻いている――ここまで来たら、もう事態を立てなおす方法はないだろうし、こうなってしまったら何をしてもいい結果など期待できないのだし、だったら素直に出ていったほうがいいのではないか。……でもそんなふうに考えながらも、ずっと、心のどこかでわかっていることがある。子供を目の前にして、あなたたちを捨てて出ていきますなんて、言えるわけがない。

「パパはどこ？」翌朝、モリーがたずねる。そんなことを聞くのは、決まってモリーだ。とくに先日、デイヴィッドがソロモンの知恵的な大審判をくだしてからは。トムはもはや、興味さえ示そうとしない。

「出張よ」とわたしは、まるでデイヴィッドがちがう人間にでもなったかのように答える。出張なんて、彼の生活や仕事には縁がない。そんなふうに答えたのは睡眠不足だったからだ。子供たちはもう何年も、コピー機を使うのに新聞売り場まで行かなきゃいけないとデイヴィッドが文句を言うのを聞かされてきた。なのに今になって、突然彼がヨーロッパの主要都市のホテルに泊まってパワー・ブレックファストを食べる人間になったなんて、信じられるわけがない。

「パパ、仕事なんてしてないじゃん」とトムがそっけなく言う。

「してるよ」とモリーが忠義だてをして、やさしい口調で答える。

「じゃ、どんな仕事だよ」トムは今のところ父親より母親の味方をしているかもしれないが、残酷な言葉を吐くチャンスを見つけるとすぐに飛びつく性格をわたしから受けついだのではないことはわかっていただきたい。

「どうしていつもパパのこと、ひどく言うの？」

「どんな仕事をしてるのか聞くのが、どうしてひどいことなんだよ」

「だって、してないこと知ってて、わざと言ってるんだもん」

トムはわたしを見て首を振る。

「モリー、おまえって言い合いがヘタだよな」

「どうして」

「だって今、自分で『してない』って言ったじゃんか。ぼくが先に『してない』って言ったのに、おまえは『ひどいこと言う』って言ったんだぜ」

モリーは口をつぐんでしばらく考えると、トムに向かって「大嫌い」と言って学校の準備をしに行ってしまう。かわいそうなデイヴィッド！　最も頼りになる弁護人さえ、ちゃんとパパらしい仕事をしているんだと納得できないなんて。もしわたしがまともな考えかたをしている親だったら、ここで口を出し、世間にはいろんなことをしているいろんな父親がいるのよ、と諭したのだろうけれど、でも今この瞬間、デイヴィッドをあまりに憎んでいるせいで、そんなことなどどうでもよくなってしまう。

「でも、パパはどこにいるんだろ」トムがわたしにたずねる。

「友達のところに泊まりに行っちゃったの」

「離婚するから？」

「離婚なんてしません」

「だったらなんで友達のところになんて泊まりに行っちゃったんだよ」

「あなただって泊まりに行ったりするでしょ？　そのたびに離婚したりしてる？」

「だってぼく、結婚してないもん。それに、友達のところへ泊まりに行くときは、ちゃんとそう言っていくし、行ってきますだって言うじゃんか」

「そんなに気になるの？　行ってきますって言わなかったことが？」

「行ってきますなんてどうだっていいけどさ。でも、どっかおかしいんだよな」

「パパとママはちょっとケンカしたの」

「ほらね。離婚するんじゃん」

今うちあけたほうが楽なのだろう。楽といっても、気持ち的な問題ではなく、そのほうが論理的で自然で適切だという意味だ。がくんとギアを変える必要なんてなくなる。どうせトムは勘づいているし、わたしだって、いつかどこかできちんと伝えなければならないし、デイヴィッドは、帰ってきたときに自分で言えばいいんだし……。

「トム！　何度言えばわかるの！　それに、学校に行く支度はいつするつもり？」

彼は長いことわたしをにらんでから、かかとを中心にして激しく体をひねり、反抗することなしに怒りを表現する。さっさと診療室に行って仕事に明け暮れたい。これまでの勤務史上、いちばんつらくてキツい一日になってほしい。そうすれば、家に帰るころにはいくらかでも自分に戻っていられるだろう。ふさがった直腸や体液のしみだした突起といった、全世界の人間をまとめて気持ち悪くさせるようなものばかり見ていたい。そうすることによって、また自分がいい人になったのだと思いたい。悪い母親でも、ひどい妻でもいい。だけど、どこから見てもいい人になりたい。

仕事に行く途中、突然、スティーヴンが携帯に連絡してくるのではないかというパニックに襲われたわたしは、病院へつくとすぐ彼に連絡する。スティーヴンはいったいどうしたのかと心配してくれるが、こちらからは話なんてしたくない。彼が会いたいと言ったせいで、結局わたしは、会う約束をしてしまってベイビーシッターをお願いするはめになる。

「どこに行くの？」外出の支度をしていると、トムが聞いてくる。

「友達とちょっとお酒を飲んでくるの」

「どの友達？」

「あなたの知らない人」

「ママのボーイフレンド？」

　モリーは、今のひとことがこれまで聞いたなかで最高のジョークだと思ったらしい。でも、トムはジョークなど言ってはいない。彼は答えを知りたがっている。

「何言ってるの、トム？」

　トムが薄気味悪く思えてくる。今にもスティーヴンの名前を口にし、彼の外見まで描いてみせるのではないだろうか。

「じゃあ、なんていう友達なのさ」

「スティーヴンよ」

「その人の奥さんの名前は？」

「奥さんなんて……」十歳の子供の策略にかかってしまった。「奥さんはいないの。でも、ガールフレンドの名前はヴィクトリアよ」ガールフレンドの名前がヴィクトリアだと言ったのは、キッチンテーブルの上に置いてあった雑誌の表紙にヴィクトリア・アダムズとデイヴィッド・ベッカムが写っていたからだ。もしトムがその質問を今朝、まだわたしの頭がはっきりしていないときに発していたら、スティーヴンのガールフレンドの名前はポッシュだと答えたかもしれない。もちろん、ポッシュというのは、ヴィクトリアがスパイス・ガールズだったときの愛称だ。

「その人も来るの？」

「だと思うけど。いい人よ」

「その人とスティーヴンって人、結婚すると思う？」

「それはわからない。知りたいなら今夜聞いてみるけど？」

「うん、お願い」

「いいわ」

それからどうなったかなんて、嫌になるくらい明らかだから、言う必要はほとんどないだろう。スティーヴンは甘い言葉をささやき、わたしは求められてすっかりその気になる。そして、まるではじめて気がついたみたいにデイヴィッドとの関係がどれだけ自分を不幸にしているかを考え、やっぱり出ていこうと決心しつつ家に帰る。だが、家にたどりつくとそこにはデイヴィッドが待っていて、おかげでまたしても状況はすっかり変わってしまう。

彼がいることを知ると、まずわたしは怖くなる。だが恐怖はわたしをなぐさめてくれる。彼にさんざん苦痛を味わわされたことを思い出させてくれるからだ。カンタベリー大主教も、わたしの離婚なら許してくれるだろう。だがよくよく考えてみると、恐怖を感じたのは苦痛を受けてきたからではなく、ほかの理由によるものだ。たとえば、スティーヴンの存在。あるいは、この事態を子供たちにちゃんと説明できなかったこと。きっと大主教のお許しは、あたえられたのと同じ速度でとりあげられてしまうにちがいない。

「楽しんできたかい?」デイヴィッドがたずねる。静かな口調だ。わたしはその静かさに威嚇《いかく》される。

「ええ。ありがとう。わたし……外で……」わたしはスティーヴンのガールフレンドの名前を思い出そうとするのだが、ふと、それはまったくちがった理由でまったくちがった人間についた嘘《うそ》だったことに思いあたる。

「いいんだ」と彼は言う。「ねえ。ぼく、きみのことを充分愛してなかったね」

わたしはぽかんとして彼を見る。

「充分愛してなかった。悪かったと思う。でもほんとは愛してるんだ。ただそれを、きちんと自分の口から伝えられなかっただけで」

「そうね。でも。ありがと」

「それに、離婚したいなんて言ってすまなかった。いったい何を考えてたんだろ」

「うん」

「明日の夜、いっしょに芝居でも見に行かないか？　トム・ストッパードの芝居のチケットを予約したんだけど。行きたがってたじゃないか」

悪口雑言だらけのデイヴィッドのキャリアのなかでも、演劇ほど悪口雑言の材料を提供してくれたジャンルはなかったはずだ。あったとすればドイツ人くらいだろう。彼は演劇を憎んでいる。劇作家も、芝居そのものも、俳優も、評論家も、観客も、プログラムも、幕間《まくあい》で売られる小さなカップに入ったアイスクリームも、みんな憎んでいる。一度なんて、どうして劇場の防火幕が大嫌いかを説明するコラムを書こうとしたくらいだ。でも、要求されていた八百語に達する前に書くことがなくなってしまったらしい。

「あら。ありがとう」

「今夜は別々のベッドで寝たほうがいいと思うんだけど、明日の朝目が覚めたら、もう一度イチからやりなおしたいんだ。ぼくらの暮らしを作りなおすためにね」

「オッケー」たぶん皮肉を言ってると思われているだろうけれど、それはちがう。「オッケー」という軽薄で明るい答えが、今この段階では、デイヴィッドの軽率で明るい提案に対する唯一《ゆいいつ》の正しい反応だと思えただけだ。彼の言ったことは、これまでの数年間のいざこざや気まずさをまったく無視している。

「よかった。じゃあ、ぼくは寝るよ。おやすみ」彼は近よってくると、わたしの頬にキスしてから抱きしめ、二階へ向かいはじめる。

「あなた、どっちの寝室を使うの？」わたしはたずねる。

「ああ、ごめん。どっちでもいいよ。きみはどっちがいい？」

「予備の寝室で寝ましょうか？」わたしもどっちでもいい。それに、この礼儀正しく心の広い男性に対して、いつものベッドに寝るなと言うのは気が引ける。ほんとうの彼がどんな人間であったとしても。

「きみがそうしたいならね」気づかうような口調だ――わたしに捨てられてできた心の傷をむきだしにすることを避け、こちらの気持ちを確認しようとしている。

わたしは肩をすくめる。「うん」

「わかった。きみがそれでいいなら。よく眠ってね」

目覚めると、まず怒鳴り声と侮辱の言葉で迎えられ、それから「夜までには家を出ていけ」と命令されるのだろう――そう覚悟していたのだけれど、彼はお茶をいれてトーストを焼いてくれ、子供たちにシリアルを作り、わたしに「いってらっしゃい」まで言ってくれる。だからわたしは仕事が終わるとまっすぐ家に帰り、早めに夕食をとって、ふたりで劇場へ行く。彼は病院のことをたずね、わたしが、健康に悪いなんてまったく知らずに煙草《たばこ》を吸いつづけたせいで肺の感染症にかかってしまった男性のことを話すと、笑い声さえあげてみせる（わたしはデイヴィッドを笑わせることができない。そんなこと、誰にだって無理だろう。できるのは、自分よりおかしいと彼自身が容認できる人たちだけだ。たとえば、ウッディ・アレン、ジェリー・サインフェルド、トニー・ハンコック、六〇年代型のピーター・クック。他人を笑わせるのが、彼の仕事だ）。地下鉄に乗って劇場へ行くあいだも、彼の機嫌は変わらない。やさしくわたしの話を引き出し、耳をすまし、質問をし、心から軽蔑《けいべつ》していたはずのカップ入りアイスクリームまで買ってくれる（確かに、使ったのはわたしのおカネだ――彼が財布を忘れたことに気づいたのは家を出てからだった――しかし大切なのは太っ腹かどうかなのではなく、ロンドンの演劇界が犯している大罪のひとつを見のがしてくれたことだ）。わたしはうきうきしはじめる。そして、いったい誰といっしょにいるのかわからなくなってしまう。そもそもスティーヴンに惹《ひ》かれたのは、彼がこんなふうだったからだ。恋人と夫の境界線がぼんやりしてしまうなんて、いいんだろうか。もしかすると、それこそがデイヴィッドの目的なのだろう。彼はこれまでいちばん意地の悪い嘘をついているのかもしれない。いい人のふりをするなんて……だけど、そんなことをしてなんになるのだろう？　お返しに、わたしもいい人になるから？　わたしが離婚しないでいてくれるから？　結婚生活がうまく行くように意地の悪い嘘をつくなんて、そんなの、アリなわけ？　ほとんどのケースだったら、ありえないのだろうけれど、デイヴィッドに対するわたしの不信は、とても根深い。

お芝居は最初から最後までとてもおもしろい。わたしは、脱水症状にある人間が冷たい水を飲みほすように、そのお芝居を飲みほす。仕事と結婚以外のことを考えさせてもらえるなんて、なんとすばらしいんだろう。気のきいたセリフも、深刻なトーンも大好きだ。朝になるとなかなか読みすすまない小説をおなかに乗せたまま目覚めるわたしだけれど、それでも、こんな心の栄養だったらもっと定期的に体験したいと思う。何度だってかまわない。なのにそう思いつつも、ステージを見るのと同じくらいの頻度で、わたしはデイヴィッドの横顔を盗み見てしまう。絶対に、何か奇妙なことが起きている。だって彼の顔に、この夕べを楽しもうとする苦悶《くもん》の表情が浮かんでいるからだ。目のまわり、口もと、額のあたり。そこでは戦争が勃発《ぼっぱつ》している。古いデイヴィッドは眉根《まゆね》をよせ、顔をしかめ、すべてに対する悪意をあらわにしたがっているというのに、新しいデイヴィッドは明らかに、世界有数の劇作家が書いたすばらしい新作を娯楽として楽しむすべを学ぼうとしている。学習は模倣から始まったりするものだ。ときにははっと気づいて、ほかの客といっしょに笑い声をあげようとしたりもする。だが、タイミングがうまくいかない。まるで、トムやモリーがまだ小さかったころ、わたしたちといっしょに歌おうとしたときみたいだ。自発的にうなずいたり、やさしい笑みを浮かべたりすることもある。以前は持っていたはずの能力――あたたかい喜びを感じる能力を再生させつつ、意地悪な喜びから脱しようとしているのかもしれない。だが、セリフが気に入らなかったりすると以前の彼に戻り、つかのま、怒って不機嫌な表情を見せたりもする(不機嫌な顔をあまりに何度も見てきたせいで、わたしには、どんなセリフが彼にそんな表情をさせるのか、手にとるようにわかる。たとえば、客のエセインテリ意識をくすぐり、ここで笑わなければ頭が悪いと思わせるようなセリフだ。わたしだって、そんなセリフは好きじゃないけれど、だからといって、銃を持ってきて人を殺したくなったりはしない)。しかしそんなときでも、見えない手が彼の顔をつかんでこねまわし、形を整えてなめらかにし、これだけのおカネを払ったんだから絶対に楽しんでやると思っている人の表情にしてしまう。ちっともデイヴィッドらしくなくて、ぞっとするほどだ。

わたしたちは、芝居好きのほかのカップルのように満足げな顔をして、寒い通りへ出る。たずねずにはいられない。

「楽しかった?」

「うん。とてもね」

「ほんと?　とても?」

「ああ」

「でも芝居なんて大嫌いだったじゃない？」

「でもさ……確かに、芝居なんて嫌いだと思ってたと思う。だけどそれは偏見だった。しっかり検証したこと、なかったんだよ」

「気をつけたほうがいいよね」

「どうして？」

「だって、あなたが自分の偏見を検証しはじめたら、しまいには何も残らないかもよ」

彼はうれしそうに笑い、わたしたちは歩きつづけながらタクシーを探す。ウェストエンドで夜を楽しんだあとの習慣だ――行きは地下鉄を使い、帰りはタクシーで贅沢《ぜいたく》をする――突然わたしは、一秒でも早くタクシーの黄色い空車のサインを目にしたいと考える。すっかり疲れはて、頭がくるくるしてしまって、おおぜいの酔っぱらいと争うようにエスカレーターに乗らなければいけないなんて絶対嫌だと思ってしまう。

するとの奇妙なことが起きる。そしてわたしは、デイヴィッドに起きた奇妙なこと――つまり彼の変化が、内省や意志の結果ではないことに気づかされる。起きたのはこういうことだ。わたしたちは、建物の入口のところで寝袋に入って丸くなっていたホームレスの子供のそばを通りすぎる。そのときデイヴィッドがポケットをまさぐる。たぶん、小銭を探そうとしていたのだろう（デイヴィッドの名誉のために言っておこう。彼はいつだって小銭くらい惜しまない。ただ不思議なことに、彼の目にはホームレスの姿が映らないだけだ)。小銭の持ちあわせがないことを知ると、彼は何度も謝りながらわたしの財布を貸してくれと頼み、紙入れを持ってきたと思っていたのにと再び言い訳する。わたしは深い考えもなしに――考えなければいけない理由なんてないじゃない?――財布を彼に渡す。すると彼はなんと、なかに入っていたおカネをすべてその子にあげてしまう。今日引き出してきたばかりだったから、入っていたのは紙幣で八十ポンドほど。小銭だって三ポンドか四ポンドはある。そうしてわたしの知るかぎり、わたしたちは一文無しになってしまう。

「何してるの?」

わたしは急いで、お札をその子の手から取りかえす。ホームレスからおカネを奪うわたしの姿を見て、ストッパードの芝居のプログラムを持った通りすがりのカップルが足をとめる。わたしは医者なんです、と彼らに言い訳したくなる。デイヴィッドはわたしの手からおカネを取りあげると、再び少年に渡し、わたしを追いたてて歩かせようとする。わたしは抵抗する。

「デイヴィッド、何してるの? 地下鉄の切符だって買えないじゃないの」

「五ポンド札一枚は取りかえしといたから」

「タクシーに乗りたかったのに」カップルはまだこちらを見ているし、自分でも嫌になるくらいの金切り声だ。

「この子だってタクシーくらい乗りたいんだよ」とデイヴィッドは、頭がおかしくなったんじゃないかと思うくらいの猫なで声で言う。「でも、できないんだ」

「この子がタクシーに乗って、どこに行こうって言うのよ」わたしは叫ぶ。「どこにも行くとこなんてないじゃない。だからここで寝てるんだから」どうしてそんなことを言うのか、自分でもわからない。でもその前に、どうしてデイヴィッドがこんなことをするのかがわからない。

「ひどいこと言う人だな」芝居好きのカップルの男のほうが言う。

「だって今、この人が全財産をあげちゃったんだってば」わたしは男に言う。

「それはちがうな」とデイヴィッド。「ぼくらの家は？　共同口座の預金は？　それぞれの貯金は？　明日になったら、おカネがなくなったことにだって気づかないさ」
二、三人、野次馬が集まってくる。この議論には、絶対勝てやしない――今、ここでは。だからわたしたちは、地下鉄の駅へと歩いていく。
「ホームレスの人に八十ポンドもあげるなんて、とんでもないわよ！」わたしはヒステリックに言う。

「ホームレス全員に八十ポンドずつあげてまわるなんてできないことは、わかってるよ。一度やりたかっただけさ。どんな気分がするかね」

「で、どんな気分？」

「いいね」

少しも理解できない。「いい人になりたいなんて、いつから思いはじめたわけ？」

「いい人になるなんて話をしてたわけじゃないよ。いい気持ちになるって話をしてたんだ」

「だったら……酔っぱらえば？　マリファナでも吸えば？　セックスでもすれば？　でも、おカネを全部あげたりはしないでよ」

「もうこれまでの生きかたにはうんざりなんだよ。行き詰まっちまってね。だから、何かちがうことをする必要があったんだ」

「あなた、いったいどうしたの？　泊まりに行ったとき何があったわけ？　どこへ行ってたの？」

「なんにも起きちゃいないって言ってるだろ」古いデイヴィッドが、ドカンと戻ってくる。「芝居を見に行きたくなったり、ホームレスの子に少しばかりカネをやったりしたからって、それがなんだってんだよ。うるさいな」彼は深呼吸する。「ごめん。きっとぼくの行動、めちゃくちゃに見えるだろうね」

「どうしたのか、わたしに教えてくれる？」

「それが、教えられそうにないんだ」

ふたりで地下鉄のレスター・スクエア駅に着き、自動券売機に五ポンドを入れるのだけれど、あまりに皺《しわ》くちゃなせいでお札はすぐに戻ってきてしまう。だから、二百人のスカンジナビア人の旅行者と三百人のイギリス人の酔っぱらいのあとについて、窓口の列に並ぶ。わたしはまだタクシーに乗りたくてたまらない。

戻る途中——少なくともキングス・クロスまでは席なんてあいてない——デイヴィッドはずっと芝居のプログラムを読みふけっている。ほとんど確実に、さらなる質問を避けようという試みだ。家に着くと、台所の広口瓶に入れてあった緊急資金のなかからベイビーシッターにおカネを払う。するとデイヴィッドは、もう疲れたからこのままベッドへ行きたいと言う。

「明日話をしてくれる？」

「もし言うべきことが見つかったらね。きみにわかってもらえるようなことが言えると思ったら」

「じゃあ、今夜はわたしたち、どうやって寝るの？」

「いっしょに寝てほしい。でも絶対にってわけじゃない」

いっしょに寝たいかどうか、わたしにもよくわからない。スティーヴンのことだってあるし、すっかり混乱しているからだ。それに、デイヴィッドだけと寝たくないのでもない。もうひとりの男だって存在する。おカネをあげることでいい人になりたがる芝居好きな男——そんな男と寝たいとは思わない。そんな男なんて知らないし、なんだか嫌な感じだ。ひとりの夫を嫌うのは、ふつうに不幸なことだろうけれど、ふたりも嫌うなんて、単にわたしが軽率だってことなんじゃないだろうか。

　でも、欲ばりすぎないほうがいいかも……もうデイヴィッドにデイヴィッドでいてほしくはないのだから。もちろん、構造的には変わってほしくない。ただあの声や口調やいつも同じしかめっ面《つら》が嫌なだけ——わたしを好きになってほしかっただけだ。そして今、彼はそんなふうになった。わたしは夫婦の寝室へとあがっていく。

　わたしたちが以前どういうふうに愛をかわしたかなんて、誰も知りたくないかもしれない。以前というのは、ずっとずっと昔のことじゃなくて、スティーヴン以前、子供が生まれて以降、愛をかわすという行為が大切な意味を持っていた時代のことだけれど——でも、いい。言ってしまおう。たとえばふたりでベッドに入って本を読んでいたとしよう。わたしがセックスしたいと思ったら、それとなく彼の股間《こかん》に手を伸ばせばよかったし、彼がセックスしたいと思ったら、それとなくわたしの乳首に手を伸ばしてきた（いつも必ず右の乳首だったのは、彼がわたしの左側に寝ていたからであり、近いほうの乳首に触れようとして妙な角度にひじを曲げるより、腕を伸ばして反対側に触れるほうがかんたんだったからだ)。相手がその気になったら、すべてはそこから始まり、本や雑誌や新聞は最終的にそれぞれのベッドサイド・テーブルに置かれることになった。もしこれがポルノ映画だったら、出演者がこんな作業をくりかえしている場面なんて誰も見たがらないだろうが——もともとポルノ映画なんて絶対に見ないという人だっているだろうけれど——でもわたしたちには有効な手段だった。

だが今夜は感じがちがう。わたしが本に手を伸ばすと、デイヴィッドはうなじにやさしくキスをし、それからわたしを引きよせて唇に甘くてうっとりするようなキスをしてくれる。隣に寝ているのはクラーク・ゲーブルなのだろうか(正直、クラーク・ゲーブルと言うにはちょっと太りすぎだけれど)。まるで、「結婚生活にロマンスを甦《よみがえ》らせるには」みたいな記事を五〇年代の雑誌から見つけてきたかのようだ。わたしとしては、結婚生活にロマンスなんて甦ってほしいのかどうか、わからない。デイヴィッドがいつものようにボタンを押してくれるだけで幸せだったし、そこに効率という美徳を感じていた。なのに今彼は、はじめてわたしとベッドに入ったかのような目でこちらを見ている。ふたりの人生における記念すべき内面の旅を、今ようやく始めようとでもするかのように。

顔がよく見えるように、彼の体を少しだけ遠くへ押しやる。

「何してるの?」

「きみとしたいんだ」

「うん、いいけど。だったら、して。大騒ぎする必要はないんだから」どういうふうに聞こえるかは、わかっている。『ナインハーフ』のジョイス・グレンフェルみたいな口調だ。自分でも、少しも気に入らない。だってわたしは、その最中に天井を見ながら国家のことでも考えるような、お高い不感症タイプなんかじゃない。だが同時に確かなのは、以前のデイヴィッドだったらもう今ごろはすべてが終わっていたということだ。わたしも達して、彼も達して、電気を消していたはずだ。

「でも、愛情を確かめたいんだよ。ただセックスするんじゃなくてさ」

「それって、たとえばどういうことなの？」

「コミュニケーションだよ。強烈な感じとか。わかんないけど」

気分が沈んでいく。四十歳を越えてよかったと思ったこと――もうオムツを替えなくていいこと。おおぜいの人間が踊っているような場所へ行かなくていいこと。そしていっしょに暮らしている人に対して、強烈な感じなんて抱かなくていいこと。

「ぼくのやりかたでやらせてほしいんだ」とデイヴィッドが哀れな声で言う。だからやらせてあげることにする。彼の眼を見つめ、彼がキスしてほしいようにキスしてやり、ひとつひとつに長い時間をかけ、最後は（結局のところ、わたしは達しない）髪をなでられながら彼の胸に顔をうずめる。何から何までひととおりこなしはしたものの、でも、少しも納得できない。

　翌朝、デイヴィッドは朝食のあいだほとんどずっと笑みを浮かべながら鼻歌を歌い、子供たちと心を通わせようとする。わたしも子供たちも、すっかりとまどってしまう。とくにトムはそうだ。

「今日はどんなことをするんだ、トム？」

「学校だよ」

「そうだけど、学校じゃ何をする？」

　トムが不安げなまなざしでわたしのほうを見る。父親が無害にして無益な質問をするのを、あいだへ入ってやめさせてくれと頼んでいるのだろう。わたしは息子を見つめかえし、複雑すぎて伝えられないメッセージを伝えようとする――「ママのせいじゃないんだけど、何がどうなってるのかわからないし、だからパパには今日の時間割でも説明して、さっさとシリアルを食べたほうがいいの、だってパパの人格は完璧《かんぺき》なくらい変わっちゃったんだから……」。そんなことを表情だけで伝えようとすると、無数の目つきや、東ヨーロッパの十代の軽業師のように機敏に動く眉毛《まゆげ》が必要だ。

「わかんないけどさ」とトム。「算数があるし。英語と、ええっと……」充分なディテイルをあたえられたかどうか確かめようと、トムはちらりとデイヴィッドのほうを見るのだが、デイヴィッドはその先を期待してにこにこと微笑《ほほえ》みつづけている。「体育もあったかな」

「手伝ってほしいこと、何かないか？　まあ、おまえのパパはイギリス一の天才ってわけじゃないけど、でも、英語は不得意じゃないぞ。文章を書いたりするのはな」そう言ってデイヴィッドはくすくす笑う。だが、なぜ笑うのかは誰にもわからない。

トムはもう不安そうではない。その顔には不安のかわりに、恐怖に似た表情が浮かんでいる。そしてわたしは、デイヴィッドのことを哀れに思いはじめている。愛や思いやりを伝えようとしているのに、逆にむきだしの不信感を突きつけられるなんて、考えてみれば悲しいことだ。でも同時に、十年間にわたる不機嫌な態度をさっさと忘れるのも、かんたんなことではない。

「うん」とトムは、明らかに気がなさそうな返事をする。「作文はだいじょうぶだよ。でも、パパがそう言うんなら、ゲームのときは手伝ってほしいかもね」

トムのちょっとしたジョークだ。悪いジョークではない――少なくともわたしは笑ってしまう。だが今は、そんなものが通用する状況ではない。

「もちろんさ」とデイヴィッドが言う。「じゃあたとえば、放課後いっしょにサッカーでもするってのはどうだ？」

「うん、まあね」とトムが言う。

「よおし」とデイヴィッド。

デイヴィッドは「うん、まあね」という言葉の意味を知っている。ここ数年、日に数回は耳にしてきた言いまわしだ。しかし、そんな言葉のあとに「よおし」という反応がかえってきたためしなんてなかった。「皮肉っぽいガキだな」とか「感謝するってことを知らない小僧だ」とか単に「黙れ」だったらあったけれど、「よおし」なんて聞いたことがない。なのになぜ、デイヴィッドは息子が苦心惨憺《さんたん》して伝えようとしたことをわかっていながら、あえてその口調も意味も無視しようとしているのだろう。もしかするとデイヴィッドの行動を説明するには、不吉な医学的診断でも下さなければならないのではないだろうか。わたしはそんなことさえ考えはじめる。

「今日は外出して新しいトレーナーを買ってこよう」デイヴィッドはおまけにそうつけくわえる。トムとわたしは目を見あわせ、それでも、今日一日をこれまでどおりに過ごそうと決意する。

スティーヴンが仕事場にメッセージを残している。無視する。

仕事から戻ると、ふたりの子供たちとひとりの大人がキッチンテーブルで犯人探しのクルードというゲームをやっていて、留守電にたくさんメッセージが入っている。コートを脱いでいると電話が鳴る。デイヴィッドがとろうとしないので、新聞社の編集担当ナイジェルが『ホロウェイで最も怒れる男』の原稿はどうしたのかと言う声をみんなで聞くことになる。

「いるのはわかってんだ、デイヴィッド。さっさと電話に出てくれ」

子供たちがくすくす笑う。デイヴィッドはさいころを振る。

「どうして出ないの？」

「パパ、仕事をやめたんだって」モリーが誇らしげに言う。

「やめたわけじゃないよ。この仕事をやめただけさ」

ナイジェルはまだうしろのほうで文句を言いつづけている。「出ろよ……出ろ、このクソッタレ」

「コラムをやめた？　どうして？」

「もう怒ってないからさ」

「もう怒ってない？」

「うん」

「何に対しても？」

「うん。もう怒りなんて消えちゃった」

「どこに？」

「わからない。でも消えたんだ。きみにもわかるだろ？」

「ええ。わかる」

「だから怒ってるコラムなんてもう書けないんだよ」

　わたしは重いためいきをつく。

「よろこんでくれると思ったのに」

　わたしだってそう思っていた。何週間か前、もし妖精《ようせい》があらわれて何かひとつだけ望みをかなえてあげると言われたら、わたしはきっとこうなることだけを願ったはずだ。わたしの生活――わたしたちの生活を劇的に向上させるものなんて、たとえおカネだって、少しも望もうとはしなかったにちがいない。いや実際は、ガンの治療法を教えてほしいとか、世界を平和にしてほしいとか小声で答えただろうけれど、妖精に対しては心ひそかに、そんな善人っぽいお願いなんて聞かないでくださいと願っていただろう。妖精にはこう言ってほしかったはずだ――「いいえ、あなたは医者です。この世のためになることは、おできをのぞきこんだりして、もう充分やってきました。だから自分のための願い事をしなさい」。そうしたら、うんとじっくり考えたあとで、わたしはこう言っただろう――「デイヴィッドがもう怒らないようにしてください。こうやって生きてても いいんだってわからせてください。子供たちはいい子だし、忠実で、愛すべき人間で――口はばったいけれど――見た目も頭も悪くない妻がいるんだし、ベイビーシッターを頼んだり外食したりローンを払ったりするおカネもあるんだってことを、教えてあげてください……癇癪《かんしやく》の虫の痕跡《こんせき》なんて一インチも、一オンスも、一ccも残さないでください」（デイヴィッドの癇癪は、固体と液体の中間の、かたまりかけたコンクリートみたいな不安定な状態にあったんだと思う）。そして妖精が彼のおなかをさすってくれると、ああらたちまち、デイヴィッドは幸せな人になりましたとさ――なんてことになってほしかったはずだ。

ああらたちまち！　確かにデイヴィッドは幸せな人になった。少なくとも、今、現実に、落ち着いた人にはなってくれた。なのにわたしには、ためいきしかつけない。もちろんひっかかっているのは「ああらたちまち！」という部分だ。わたしは理性を重んじる人間だし、妖精も信じていなければ、突然の人格変容も信じていない。怒りが消えるのは、何年も何年もセラピーを受けてからにしてほしかった。

「うれしいのよ」とわたしは説得力のない声で言う。「ただナイジェルにそう言う勇気を持ってくれたら、って思っただけ」

「ナイジェルは怒れる男だからな」とデイヴィッドが悲しげに言う。「わかってくれやしないよ」ナイジェルがデイヴィッドの注意を喚起しようとしてひどい言葉をたてつづけに使ったところを見ると、この意見だけは否定しようがない。彼は女性器を指ししめす言葉さえ口にしたけれど、わたしたちはみんな聞こえないふりをした。

「きみもいっしょにクルードをしようよ、ねえ、ママ?」

お茶の時間まで、その言葉に従うことにする。そしてお茶が終わると、今度はみんなでジュニア・スクラブルをする。わたしたちは理想的核家族だ。いっしょに食事をとり、テレビを見るかわりに知能発育を助けるボードゲームをやり、にこにこと微笑む。わたし、このままじゃ、誰かを殺してしまうかもしれない。

5

翌日の昼食時間、ベッカとサンドイッチを買いに出る。歩きながらわたしは、グッドニュースと芝居とホームレスの子供のことや、メイクラブしたことまで教える（「ウェッ！」と彼女は言う。「ダンナと？　最悪！」）。すると突然、彼女がわたしの腕をつかむ。

「ケイティ！　どうしよう！」

「何？」

「たいへん！」

「何？　怖くなるじゃないの」

「デイヴィッド、病気なんだわ」

「どうしてわかるわけ？」

「人格の変化。それにあなた、頭痛がなんとかって言ってなかった？」

胃がひっくりかえったような気分になる。教科書どおりだ。彼の行動に対する不吉な医学的診断。脳腫瘍《しゆよう》にほぼまちがいない。どうしてこんなにうっかりしてたんだろう。

わたしは走って仕事場へ戻り、彼に電話する。

「デイヴィッド。パニックさせたくはないんだけど、でもわたしの言うことを注意して聞いてわたしの言うとおりにしてほしいの。あなた、脳腫瘍かもしれない。病院に行って、CTスキャンしてもらわなきゃ。今すぐに。紹介状ならここから出せるけど、でも……」

「ケイティ……」

「お願いだから聞いて。紹介状ならここから出せるけど、でも……」

「ケイティ、ぼくはどこも悪くないよ」

「そう願ってる。でも、典型的な症状なのよ」

「ぼくがきみにやさしくしはじめたから、こんなこと言ってるのかい？」

「まあ、そうね。芝居のことだってあったし」

「演劇を楽しんだから脳腫瘍にちがいないってわけ？」

「それにおカネのことも。それにこないだの夜のセックスも」

長い沈黙がおりる。

「ケイティ、ほんとに悪かった」

「それだってそう。いつも謝ってばかり。デイヴィッド、あなたきっと病気なんだわ」

「ほんとに悲しいよ」

「そうじゃないかもしれないけど、でも思うに……」

「いやいや。ちがうんだよ。こうなったのはぼくがもうすぐ死のうとしてるからだとしか思ってもらえないってことが悲しいんだ。ほんとにだいじょうぶなんだって。請けあうよ。ふたりで話をしたほうがいいね」

そうして彼は電話を切ってしまう。


デイヴィッドはふたりきりの時間ができるまで脳腫瘍の話をしようとしない。そしてそのときになっても、わたしには彼の言っていることがよく把握できずにいる。

「彼、クリームは使わなかったんだよ」というのが彼の第一声だ。

「え？」

「ＤＪグッドニュースさ。クリームは使わなかったんだ」

「そうなのね。だから……」わたしは、明らかに大切なこのコメントの意味を解明しようとし、失敗する。

「だから……モリーは正しかったってことね？　そういうこと？」

「ああ。そう。そのとおり。まさしく。モリーはずっと正しかったんだ。でも、わからないかな？　彼はただ手を使っただけだったんだよ」

「そうね。じゃ、クリームはなしね」

「そう」

「わかった。教えてくれてありがとう。わたし……わたし、なんだかわかってきた気がする」

「結局、そういうことなんだ。とにかく、そうやってすべてが始まったんだよ」

「すべてって、何が？」

デイヴィッドはいらだたしげに、外界にあるすべてを指ししめす。

「すべての……つまり、ぼくさ。今起きてること。この前の晩のおカネとか。その……コラムを書けなくなったこととか。すべてだよ。変わって……わかんないけどね、雰囲気が変わってしまったってこと。雰囲気が変わったのは、きみも気づいてるだろ？　だから、ぼくが病気になったんじゃないかって思ったわけだろ？　そう。あれが……それがすべてのはじまりだったんだ」

「あなたの友達のグッドニュースがクリームを使わなかったことから、すべてが始まったっていうの？」

「うん。だいたいのとこはね。クリームを使わなかったってことは……それがつまり……ああ、説明できないよ。できると思ったんだけど、できない」こんなデイヴィッドなんて、見た記憶がない——うまく言葉が出てこないことに動揺し、心の底から恥ずかしがっている。「ごめん」

「いいの。ゆっくり説明して」

「あそこに行ってたんだ。あの二日間ね。グッドニュースのところへ行ってたんだよ」

「そうなんだ」わたしたちはこんな反応をするように教えられた。患者の言うことを注意深く聞き、余計な言葉をさしはさまず、最後まで話をさせること。たとえその患者が自分の夫であり、完璧《かんぺき》におかしくなっていたとしても。

「ぼくが完璧におかしくなったって思ってるんじゃない？」

「ううん。もちろん、思ってない。つまり、それがあなたのやりたいことで、役に立ったんなら……」

「彼はぼくの人生を変えたよ」

「そうね。そう。いいことじゃない！　彼にしてみてもいいことよ！」

「ぼくをバカにしてるね」

「ごめんなさい。だってなんだかよく……理解できなくて、今の話」

「そうだろうな。ちょっと……その、ヘンな話だからね」

「聞いてもいい？」

「ああ。もちろん」

「クリームのこと、説明してくれる？」

「使ってなかったんだ」

「うん、うん、それはわかってる。彼はクリームなんて使ってなかった。でもわたしが知りたいのは、つまり……彼がクリームを使わなかったことと、ホームレスの子に八十ポンドあげたことがどうつながってるのかってこと。あんまりクリアじゃないもの」

「うん。そうだね。わかった」彼は深呼吸する。「最初グッドニュースのところへ行ったのは、きみをムカつかせたかったからなんだ」

「でしょうね」

「うん、まあね。ごめん。とにかくさ。グッドニュースはタクシー会社の二階にある小さな部屋に住んでるんだけどね。フィンズリー・パークの駅の裏の、きったないところだよ。ほんとは行ってすぐ帰ってこようと思ったんだけど、でも、彼のことがかわいそうになっちゃって、だから……腰のことを言って、どこが痛いか教えて、なおせるかどうか聞いてみたってわけなんだ。だってぼくを洗脳しようとしたり、もっとひどい状態にしようとしたりしたら、絶対に自分には近づけないだけの自信があったからね。そしたらグッドニュースが、ただささわるだけだって言うんだよ。手をそこに置くだけで痛みがなくなるって。たった数秒しかかからないし、それに、効果がなかったらおカネは払わなくていいって。だから、思ったんだ。どうせ何が起きたって相手はやせっぽちのチビだし……まあ、そんな感じでさ。シャツを脱いで、部屋にあったカウチに横になった。

うつぶせで。あそこには診療台も何もないんだよ。でも、グッドニュースがさわったら、彼の手がものすごく熱くなったんだ」

「最初からあったためてあったのかもしれないでしょ？」

「冷たかったんだよ……最初に腰をさわったときは。それからあったかくなっていったんだ。だから、温熱クリームか何かを使ってるんだろうと思った。でも、マッサージもしなきゃ、何か擦りこんだりもしなかった。ただ、ほんとにそっとさわっただけだったんだ……そしたら、痛みが消えたんだよ。その場でね。魔法みたいに」

「つまりその人は癒し手《ヒーラー》ってわけね。信仰療法みたいな」

「うん」彼はしばらく考えにふける。中産階級で、大卒で、言葉を字義どおりに解釈したがる相手にわかりやすく説明するには何をどう言えばいいのだろうかと考えているにちがいない。それはつまり、難しい単語を探しているということでもある——間接的で、難解で、頭がよさそうに聞こえる言葉。でも結局のところ、癒《いや》し手の存在を信じることなんて、そんなに難しくはない。さわられて気分がよくなり、家に帰るだけのことだ。わかりにくい部分なんてあるだろうか？　ただ、これまで人生についてわたしたちの信じてきたものが、結果として形を変えなければならなくなるだけ。デイヴィッドは肩をすくめ、困難な作業をあきらめてしまう。「うん……ほんとに、すごいんだ。あれは特別な力だよ」

「なるほど。最高。グッドニュース万歳。腰をなおしてくれて、モリーの湿疹《しっしん》も消してくれた。グッドニュースが見つかってラッキーだったよね」わたしは彼の議論に巻きこまれないように気をつけながら言う。だが同時に、話はまだ終わっていないということも匂《にお》わせておく。

「グッドニュースが癒し手だなんて、ぼくはイヤなんだ」

「じゃ、なんだったらいいわけ？」

「その……わかんないけどね。代替医療っていうかさ。だからモリーとクリームのことでケンカになったんだよ。ちょっと怖くなっちまってさ。西洋医学には全然知られてない、チベットだかどこだかの魔法のクリームか何かを使ってほしかった。ただ手を使っただけなんて、耐えられなかった。わかるかな？」

「ええ。なんとなく。魔法の手より魔法のクリームのほうがいい、ってことよね？　そうでしょ？」

「クリームって、魔法じゃないだろ？　ただの……薬だからさ」

無知蒙昧《もうまい》な合理主義者の言いそうなことだ。だったらアスピリンは人智《じんち》のおよぶ白魔術の最高峰であるはずなのに、でも、薬局で買えるから魔法とは見なさないってわけだ。

「腰痛と湿疹をなおしたんだったら、魔法だと思うんだけど」

「とにかくさ。ちょっとパニックしちゃったんだよ。それに頭痛のことも……」

「頭痛のことは忘れてた」

「そのころからかな、なんだか奇妙な感じになってきたのは。だって……だいたいなんであいつに頭痛のことなんて言ったのかも覚えてないんだけど、でもぼくがそう言うと、あいつはこっちを見てから『あなたを苦しめてるいろんなことから解放してあげられる』なんて言って、そしてさわったんだ……ここをね……」

「こめかみね」

「そう。ぼくのこめかみにさわって、そしたら頭痛が消えて、なんだか……ちがう気分になっちゃった」

「どうちがったの？」

「ただ……落ち着いた感じだよ」

「それって、あなたがよそに泊まりに行くって言って、わたしが子供たちに離婚のことを伝えなきゃいけなかったときのことね」

「落ち着けたんだよ。怒鳴ったり叫んだりもしなくてよかった。皮肉を言う必要もね」

わたしは記憶をたどりながら、彼が変わったと感じたときのことを思い出す。そして、悲しくてくやしくて哀れな気分になれる新たな方法を発見する。犬は癒し手を訪ね、魔法にかかったように落ち着きをとりもどした。その時点でわたしにとってよかったのは、彼が悪意を持たずに別れる意思を表明してくれたことだけだった。もちろんそれからはいろんなことが変化したし、好都合な部分も数多く増えた。なのに、ちっともうれしくない。弟の言った「おかわいそうに」という声が、何度も耳のなかでこだまする。

「それでグッドニュースのところへ泊まりに行ったわけ？」

「泊まりに行こうなんて思っちゃいなかったんだけどさ。その……頭痛をまたなおしてもらえたらって思ったし、いったいどういうふうになおすのか確かめてやろうとも思ってた。湿疹のことなんかもふくめて、あいつの記事を書いてやろうと思ってたんだ。そしたら……結局二日ばかり泊まるはめになってたんだよ」

「まったく当然よね」

「頼むよ、ケイティ。どうやって話したらいいか、わかんないんだ。追いつめないでくれよ」

どうして？　とたずねたくなる。どうして追いつめちゃいけないの？　あなたがわたしを追いつめなかったことなんてあった？

「ごめんなさい」とわたし。「先を続けて」

「グッドニュースはあまりしゃべらないんだ。刺すような眼でこっちを見て、じっと話を聞くだけ。知能が高いのかどうかも、心もとないね。だからしゃべってるのは、もっぱらぼくだった。あいつは、ぼくからすべてを吸い出すみたいな感じだったよ」

「何から何まで吸い出されちゃったみたいね」

「うん、そうなんだ。悪いものは全部ね。黒い靄《もや》みたいな感じで体から出ていくのが見えるようだった。あんなに悪いものがたまってたなんて、気づかなかったよ」

「で、どうして彼がそんなに特別な存在なの？　どうして彼だけにそんなことができて、ほかの人にはできないわけ？」

「わからない。ただあいつは……あいつには独特のオーラがあるんだ。バカな言いかたに聞こえるかもしれないけど、でも……ぼくが話をしてたら、グッドニュースがまたこめかみに触れてきて、そうしたら、あったかい感じが洪水みたいに体のなかにひろがっていった。あいつはそれをピュア・ラブだって言ったけどね。でも、ほんとにそんな感じなんだよ。どれだけぼくがパニックしたか、わかるかい？」

よくわかる。デイヴィッドに愛のシャワーなんて浴びる資格があまりないからだけではない。愛のシャワーを浴びる資格があるのは……わたしたちのような人間ではない。あるのは、まぬけで、だまされやすくて、ソフトドラッグで歯がとけるように脳がとけてしまったような人たちだ。トールキンやエーリッヒ・フォン・デニケンを車が運転できる年齢になっても読んでいるような人たち……極端に言えば、文系の学位も理系の学位も持っていない人たちだ。そんな話を聞いているだけで充分怖いのに、実際に体験したデイヴィッドは、怖いなんてもんじゃなかっただろう。

「それで、どうなったの？」

「まずそれから考えたのは、何もかもちがうやりかたでやらなきゃいけないってことだった。何もかも、ね。それまでやってきたことじゃ、ダメだったんだ。きみにとってもダメだし、ぼくにとってもダメ。子供たちにとっても、世界にとっても、それに……それに……」

彼はまたしても言いよどんでしまう。たぶん、会話の規則やリズムからすれば三つめの単語を口にするべきなのに、「世界」という言葉が出てきた時点であとが続かなくなってしまったのだろう。続けられるとしたら、「宇宙」くらいのものだ。

「あなたが二日間どんな話をしてたのか、まだ見えてこないんだけど」

「ぼくだってそうさ。時間がどうやって過ぎていったのか、わからないんだ。火曜日の午後だよってグッドニュースに言われて、びっくりしたくらいだからね。きみのことは……いっぱい話したと思う。ぼくがきみにどんなつらい思いをさせてるか、とか。仕事や原稿書きのことも話した。そしたらいつのまにか、あんな仕事をしてるなんて心苦しいし、いつも、その、意地悪や心の狭いことばかり書いてるのはもうイヤだ、なんて口にしてたんだよ。そしたらあいつがぼくを……ああ、ちくしょう、恥ずかしいなあ」わたしは突然、ある思いにとらわれる。それは恐怖かもしれないし、そうでないかもしれない。あとでゆっくり考えてみよう。

「じゃ、ヘンなことじゃないのね？」

「どういう意味？」

「その人と寝たりしてるんじゃないんでしょ？」

「ちがうよ」と彼は単調に答える。そこには楽しんでいる様子も、怒っている様子も、自己弁護したがっている様子もない。「うん、ちがう。そんなんじゃない」

「ごめんね。じゃ、彼にどんなことをさせられたの？」

「ひざまずかされて、あいつの手を握らされた」

「で？」

「いっしょに瞑想《めいそう》させられたんだ」

「なるほどね」

ときおりゲイ・カルチャーや彼らの行動をからかったりはするけれど、デイヴィッドはゲイを嫌ってはいない（彼があきれているのは、シェールのようなケースだ）。同時に彼は、ぶかぶかのYフロントのズボン下からライトのコールタール石鹸《せっけん》に至るまで、正真正銘ヘテロな男性だ。彼が絶対にゲイでないことは、誰にだってわかってもらえると思う。それでも、床にひざまずいて瞑想している彼より、グッドニュースのモノをしゃぶっている彼のほうが、ずっと想像しやすい。

「で、あなたはだいじょうぶだったのね？　瞑想しろなんて言われて。グッドニュースを殴ったりなんか、しなかったわけね？」

「うん。昔のデイヴィッドだったら、きっと殴ったと思うけどね。でも殴るなんて、いけないことだよ」彼はまるで、わたしが一転して家庭内暴力推進派にでもなったかのように、熱心な口調で言う。「正直言って、最初はちょっととまどったけどね。でも、考えなきゃいけないことは山ほどあったからさ。そうだろ？」

　そうね、とわたしは同意する。確かに、考えなきゃいけないことは山ほどある。

「つまり、個人の置かれた状況ってものを考えるだけで……（『個人の置かれた状況』？　この人はいったい誰なんだろう。夫婦のベッドで妻に向かってこんなにお説教くさいことを言うなんて）……何時間もかかってしまう。何日もね。それにほかのことだってたくさんあるし……」

「世界とか、その手のこと？　苦しんでる人々とか、そういうこと？」わたしは思わず笑いだしたくなるような気分に駆られる。だが目の前にいる人からは、冗談や皮肉好きな部分が原子一個にいたるまで消えてなくなっている。

「そう、そのとおりだよ。考える時間や場所をあたえられるまで、どれだけの人が苦しんでるか、気づかなかったんだ」

「それでどうするつもり？」こんな手順なんて踏みたくない。さっさと近道をして、わたしに――このわたしだけに大切な答えをズバリと聞いてしまいたい。

「わからない。わかってるのは、もっといい人生が送りたいってことだけさ。ぼくらふたりでいい人生が送りたい」

「どうやったらできるの？」

「わからない」

彼の言葉の隅々から、とても不吉なにおいがたちのぼっているような気がしてならない。


スティーヴンが携帯にメッセージを残している。返事は、しない。


次の晩家に帰ってくると、トラブルが耳に飛びこんでくる。鍵《かぎ》を差しこんでいるときでさえ、トムが叫び、モリーが泣いているのがわかる。

「いったいどうしたの？」デイヴィッドと子供たちがキッチンテーブルを囲んで座っている。デイヴィッドが大向こう、モリーがその左、トムが右。いつものガラクタ——郵便や古新聞やシリアルのおまけのプラスチックのオモチャ——はすっかり片づけられている。きっと会議っぽい雰囲気を作ろうとしたのだろう。

「パパがぼくのコンピュータを人にあげちゃったんだよ」とトム。彼はめったに泣かない子だ。なのに今はすっかり瞳《ひとみ》をうるませている。怒りのせいなのか、実際に涙がこぼれようとしているのかは、よくわからない。

「わたしのをいっしょに使わなきゃいけないんだって」とモリー。この子に涙をこぼす才能があるのは疑問の余地のないところだけれど、それにしても、まるで一家全員を交通事故で失って何日も泣きつづけてきたみたいだ。

「ふたつは必要ない」とデイヴィッド。「ふたつなんて……まあ、不道徳だとは言わないが、贅沢《ぜいたく》すぎることは確かだからな。ふたついっぺんに使ってることなんて、ないんだし」

「で、ひとつあげちゃったっていうのね？　この子たちに相談もなしに。わたしにも何も言わないで」

「相談なんて無意味だと思ったんだ」

「絶対に反対されるから？」

「どうしてそうしたいのか、この子たちにはわからないだろうからね」

去年のクリスマス、ふたりにひとつずつコンピュータをプレゼントしようと主張したのは、言うまでもなくデイヴィッドだった。ひとつでいいじゃないのと言ったのはわたしだけれど、意地悪で言ったわけじゃない。ひとつずつなんて甘やかしすぎじゃないかと思っただけだ。巨大な箱がふたつ、ツリーのそばに置いてあるのを見ても（ツリーの下になんて入らなかった）、心のわだかまりはちっとも晴れなかった。トムとモリーは跳びかかるようにしてびりびりと包みを破いた。それを見てぞっとしながら、こんな親になりたかったんじゃないのに、と思ったことを覚えている。そのときわたしの表情を見てとったデイヴィッドは、マジメくさったリベラルってのはまさにきみのことだね、とささやいた。子供には何もあたえず、自分にはなんでも買ってやるような人間だというわけだ。それから半年後、わたしはこうして、息子や娘が自分たちの持ちものを手元に置いておけないことに大いなる怒りを感じている。なのになぜか、今でも子供たちの敵——闇《やみ》の力の使い手でもあるかのような気分だ。

「どこへ持っていったの？」

「ケンティッシュ・タウンの女性保護センター。ローカル紙で読んだんだ。子供のものなんて、なんにもないんだってさ」

何を言えばいいのかわからない。不幸せでおびえた女性たちの不幸せでおびえた子供たちは何も持っていなくて、わたしたちにはすべてふたつずつある。だから、なんでもいいしほんの一部分でいいから、あまったものをあげる。怒るべき理由がどこにあるっていうんだろう。

「どうしてぼくらが何かあげなきゃいけないわけ？　どうして政府があげないんだよ」トムがたずねる。

「政府は何から何までおカネを出せないんだ」とデイヴィッドが答える。「ウチだって少しはおカネを出さないとな」

「出したじゃん」とトム。「コンピュータのおカネはぼくらが払ったんだよ」

「そのとおりだけどさ」とデイヴィッド。「貧しい人たちの身の上を心配するときは、政府が何かするのを待っちゃいられないんだ。正しいと思ったことをやらなきゃ」

「でもそんなの、正しくないよ」とトム。

「どうしてだ?」

「だってぼくのコンピュータだもん」

デイヴィッドは歓喜にみちあふれた笑みを息子に向けるだけだ。

「その人たち、運が悪いだけじゃないの?」とモリーがたずね、わたしは笑ってしまう。「運が悪い」というのは、うちの子供たちがドリームキャストや新しいアーセナルのアウェイのジャージといった、学校のほかの友達が持っているものを買ってもらえないとき、デイヴィッドがあたえていた説明だ。

「そういう子供たちは、運なんてものとは程遠い存在なんだよ」とデイヴィッドは、創造されたばかりの天使の自信過剰な忍耐力を感じさせながら、ゆっくりと答える。「そういう子たちのパパはママを殴ってて、だから家から逃げて隠れなきゃいけなくて、オモチャなんて持ってくる余裕なんてなかったんだ……でもおまえたちはずっと運がいい。役に立ちたいと思わないか?」

「少しね」とトムがいやいや答える。「でも、コンピュータまるまるなんて、おかしいよ」

「彼らに会いに行こうじゃないか」とデイヴィッド。「そのとき、面と向かってそう言ってみればいい。少しは役に立ちたいけど、でもコンピュータは返してくれってね」

「デイヴィッド、そんなのひどい」

「なぜ？」

「自分の子供をそんなふうに脅迫するなんて」

気分がよくなりつつある。わたしはしばらくのあいだ、デイヴィッドの議論が持つモラルの力におさえつけられながらもがいていた。でも今わかった。夫は狂っている。わたしたちみんなをはずかしめようとしている。狂信者ってのはいつもこんなふうだってことを、どうして忘れてたんだろう。彼らはいつもやりすぎる。程の良さとか理性といったものを失い、最後には自分以外のすべてに興味をなくしてしまう。彼らにとって大切なのは、自らの敬虔《けいけん》さだけだ。

デイヴィッドはテーブルに指を打ちつけながら猛然と考えている。

「そうだね。ごめん。ひどいことだった。一線を越えちゃったよ。許してくれ」

ああ、もう。

言い争いは夕食に持ち越される。どうやってだかわからないが、デイヴィッドはモリーを味方につけている――モリーにしてみれば、トムをからかういいタイミングに思えたせいかもしれないし、これまでずっと父親のことをどこまでも理性的で完璧《かんぺき》な人間だとしか見てこなかったせいかもしれないし、デイヴィッドがあげてしまったコンピュータがモリーのではなくトムの寝室にあったものだったせいかもしれない。ともあれ、残った一台は今、共有スペースである予備のベッドルームに置かれている。いっぽうトムは、心の奥底に根ざした西欧物質主義的信条にしっかりしがみついたままだ。

「トムってわがままなだけよ。そうでしょ、パパ？」

デイヴィッドは注意を払おうとしない。

「何も持っていない子がたくさんいるのに」とモリーが続ける。「でもトムはたくさん持ってるじゃん」

「もう持ってないよ。パパがあげちゃったじゃんか」

「じゃあ、ベッドルームに置いてあるのは何かな？」デイヴィッドがやさしくたずねる。

「あのコンピュータだって半分はトムのなのに」

「もういい？」トムはほとんど何も食べていない。だが、お皿に山盛りになった宗教的道徳観を四方からぐいぐい押しつけられているせいで食欲をなくしているのだから、叱《しか》ることなどできない。

「最後まで食べなさい」とデイヴィッド。そして続けて何かを言いかけるが――それはほとんど確実に、いくら生ぬるくても目の前にお皿いっぱいのミート・スパゲッティがあるなんて、ああいう子たちにくらべればとんでもなく幸せなんだぞ、などというお説教だ――わたしがにらんでいるのに気づくと口をつぐむ。

「ほんとにもうおなかいっぱいなのね？」とわたしはトムにたずねる。

「モリーが始める前にコンピュータをやりたいんだ」

「じゃ、いいわ」トムは走っていなくなる。

「ママ、そんなことしちゃダメなのに。トムはもうごはんなんて食べなくていいって思っちゃうじゃない」

「モリー、黙ってて」

「そのとおりじゃないか」

「あなたも、黙っててよ」

考えなきゃ。筋道を見つけなきゃ。わたしはいい人間だ。医者でもある。なのにこうして、無欲より有欲を擁護している。持たざる者をさしおいて、持てる者を支援している。でもほんとは、とくに誰を支援しているってわけじゃない。ただ、耐えられないくらい気どった夫と、今や耐えられないくらい気どってしまった八歳の娘の味方をしたくないだけだ。そして、こう言いたいだけ――「ねえ、いい？　わたしたちは一所懸命働いてあのコンピュータを買ったの。それに、もし、どこかの女が自分を殴るような男とくっついていたいと思ったって、それはわたしたちのせいじゃないでしょ？」」。これこそ、擁護というものだろう。なのにわたしは、誰も耳を貸してくれない由無《よしな》し事《ごと》を考えながら、食べかけのミート・スパゲッティをつつきまわすことしかできない。もっと確固たる信念があったなら、手作りの知恵で攻撃へと転じることだろう。善きサマリア人が善きサマリア人たりえたのは、使っているコンピュータを手放さなかったからだし……それに……もしサマリア人がコンピュータをチャリティ・ショップに持っていったとしても、それはそのコンピュータが壊れてしまったからだ――なんて感じで。

ってことは、わたし、何を信じてるんだろう。きっと信じているものなんて、あまりないにちがいない。ホームレス状態なんてこの世からなくなるべきだとは信じているし、反対する人とは徹底討論してもいいと思っている。女性への暴力だって同じだ。それに、ええっと、人種差別とか、貧困とか、性差別とか。国民健康保険の予算は少なすぎると信じているし、困っている人を助けるためなら芸能界主導のチャリティを行うことだって、まあかまわないだろうと信じている。確かに、『アブソリュートリー・ファビュラス』に出てくるパッツィやエディーナの扮装《ふんそう》をした若者がスーパーマーケットで近づいてきて、目の前で募金用のバケツを振ったりすると、いささか頭に来たりはするのだけれど。だが何より信じているのは、トムがもらったクリスマス・プレゼントはトムのものであり、勝手に人にあげたりしてはいけないということだ。ああ、やっと言えた。これがわたしの公約。わたしに投票してください。
三日後、子供たちはコンピュータがふたつ必要だったことなどすっかり忘れてしまったかのようにふるまっている。モリーはもともとほとんど関心を持っていなかったし、トムはポケモンばかりだ。そんなとき女性保護センターから、不幸な子供たちの生活に大きな変化をあたえてくださってありがとうございますという礼状が届く。それでもわたしが信じているのは、貧困や、国民健康保険の予算といった問題だ。まちがっているという確たる証拠を提出されないかぎり、信念を曲げるつもりはない。

デイヴィッドは小説もコラムも放りだしてしまった。以前考えていたことや、やっていたことや、やりたかったことと同じように「適切だとは思えなくなった」らしい。昼のあいだは、わたしの知っているかぎりずっと本を読み、夕方になるとごはんを作って子供たちと遊び、宿題を見てやり、その日何があったかをみんなと話したがる……要約すれば、理想的な夫であり父親だ。この前、そんなデイヴィッドのことをベッカに説明していたら、なんの前ぶれもなく、わたしの頭にひとつの理想的夫／父親像が浮かんできた。だがその像はプラスチックで作られていて、表情は永遠の愛と思いやりに凍りついていた。デイヴィッドは、バービー人形のケンの、どこから見てもアホらしいクリスチャン・バージョンになってしまった。ちがうのは、ケンが男くさい二枚目であり、ひきしまった体をしているということくらいだろう。

　デイヴィッドがクリスチャンになってしまったとは思わないけれど、でも、いったい何になってしまったのかはよくつかめない。直接たずねても、はっきりしないままだ。そして女性保護センターから礼状が届いた夜、トムが、苦慮したすえにすべてを見とおしたような口調で、そのうちみんなで教会に行くようになるのかとたずねる。

「教会？」とデイヴィッドが言う。だがやさしい口調だ。数週間前ならきっと怒りと軽《けい》蔑《べつ》を爆発させ、それに見あった言葉を吐いていただろう。「そんなことはないさ。どうして？　教会に行きたいのかい？」

「いいや」

「じゃ、なんでそんなこと聞くんだ？」

「わかんないけどさ」とトム。「ただ、もうすぐ、そうしなきゃいけなくなるんじゃないかって気がしただけ」

「どうして、もうすぐ？」

「ものを人にあげちゃうから。教会ではそういうことをやってるんでしょ？」

「パパの知ってるかぎりは、ちがうけどね」

　議論はそれで終わり。トムの恐怖感は抑えこまれてしまう。しかしそのあと、デイヴィッドとふたりきりになったとき、わたしは自分なりの調査を開始する。

「おかしいよね。トムが、もうすぐ教会に行かなきゃいけないのかって言うなんて」

「どうしてあんなこと言いだしたんだろうね。コンピュータをあげただけだってのに」

「それだけじゃないと思うんだけど」

「じゃ、なんなんだ？」

「ふたりとも、あなたがおカネをあげちゃったことを知ってる。それにとにかく……ほら、あなた、雰囲気が変わったのに気づいたかって言ったでしょ？　ふたりも気づいてるのよ。それを教会と結びつけたんだと思う」

「どうして」

「わからない。きっと……あなたが宗教の鞍替《くらが》えをしたみたいな雰囲気を漂わせてるからだと思う」

「そんなことないさ」

「クリスチャンになったんじゃない？」

「ちがうよ」

「じゃ、なんなの？」

「ぼくが何かってこと？」

「うん。あなたって、何？　たとえば仏教徒だとか、それとも、それとも……」わたしはぴったり来る宗教の名前を挙げようとして、失敗する。イスラム教徒とはちがうし、ヒンズー教徒でもないし……ハレ・クリシュナは遠くないかもしれない。とにかく、信徒が自己否定したがり、太った教祖がアルファロメオを乗りまわしたりしているような宗教だ。

「ぼくはなんでもないよ。道理がわかっただけでね」

「どういう意味？」

「ぼくらはみんなまちがった生活をしてる。それをなおしたいんだ」

「まちがった生活をしてる気はしないけど」

「そうは思わないね」

「へえ、そうなの？」

「仕事をしてるときのきみは、正しい生活をしてるかもしれない。でもほかのときは……」

「何？」

「まず、セックス面での品行があるじゃないか」

セックス面での品行……しばらくのあいだわたしは、もう二十年間も夫だけとの関係を続けてきた事実や、浮気といってもほんのささいな出来心だったことを忘れてしまう(そういえば、彼はいったいどうしたんだろう？　二度ほどメッセージを無視したせいで、すっかり情熱が醒《さ》めてしまったにちがいない)。セックス面での品行なんていうフレーズのおかげで、セックス中毒者用のクリニックにでも通わなければいけない女になったかのように思えてくる。ハリウッドのスターや、どんなに自分をいましめてもすぐに下着をおろしてしまう女性が通う場所。ちょっとどきどきするようなイメージではあるけれど、でもわたしにはわかっている。デイヴィッドが描こうとしている過剰なイメージに引きずられてはいけない。真実は、わたしが数週間前、夫のある身でありながらちがう男と寝たということだけだ。しかし、いくらデイヴィッドの言葉が大げさであろうとも、対処しておく必要はあるだろう。

「それに関しては話なんてしたくないって言ってたよね」

「話すべきことなんて、ないじゃないか」

ほんとうにそうなのかどうか考えてみて、そのとおりだと結論する。あれこれ事情を説明してもいいのだけれど、デイヴィッドはもうそんなことなど知っている。話してないことはあるが、あまり余韻のない陳腐で短い物語にしかならない。

「じゃあ、わたし、ほかにどんなまちがいを犯してる？」

「きみのまちがいがどうこうって話じゃないんだ。ぼくらみんながまちがってるってことだよ」

「ってのは？」

「おたがいへの思いやりがたりない。自分たちの面倒は見てるけど、貧しくて弱い立場にいる人たちを無視してる。政治家が何もしてないって言って軽蔑して、それだけで、充分思いやりを示してるんだって考えてる。四人で住むには広すぎる、セントラル・ヒーティングまでついた家に住んでいながらね」

「ねえ、ちょっと待ってよ……」DJグッドニュースが入りこんでくるまでのわたしたちの夢とは、ウサギ小屋みたいなテラスハウスを出て、子供たちを殴りたおさずに体の向きを変えられる余裕のある家に引っ越すことだった。なのに今、突然、このせせこましい家がホロウェイにおける大豪邸になってしまった。おまけにわたしは、デイヴィッドが調子に乗っているせいで、口をはさむことさえ許されていない。

「外の歩道で寝てる人だっているってのに、うちには予備の寝室もあって、書斎もある。通りの向こう側じゃ、一杯のお茶や一袋のポテトチップを買うおカネを無心してる人がいるってのに、ぼくらは、まだ充分食べられるものをコンポスターに捨てたりしてる。それに、テレビも二台あって、ぼくが一台あげちまうまではコンピュータだって三台あった。なのに、四人で使えるコンピュータの割り当て台数を三分の一下げただけでも、犯罪に相当するっていうんだからね。出前のカレーに十ポンド使っても、平気な顔でいるし……」

有罪であることは認める。デイヴィッドは次に「洒落《しゃれ》たレストランでひとり四十ポンド使ったりするし」とでもつけくわえたいのだろう。そのとおりだ。たまにそんな贅沢《ぜいたく》をしてきた事実が、罪の意識や不安をさらにかきたてる。でも、出前に十ポンドくらいなんだっていうんだろう？　確かに、有罪であることは認めてもいい。普段は、出前に十ポンド使うくらい、たいしたことじゃないと思ってきたし、そう思うことが不埒《ふらち》だったり有害だったりするなんてちらりとでも考えなかった。少なくとも、デイヴィッドの理論の綿密さはほめてあげなければいけない。

「レコードで持っているっていうのに、CDに十三ポンドも使うし……」

「それはあなた。わたしじゃありません」

「……映画館で一度見てて、くりかえして見たりしないってのに、子供たちの映画をビデオで買ってきたし……」同様の犯罪歴が続々と並べられる。どれもささいなことだし、ほかの家ではまったく合法的な行為だ。なのにデイヴィッドがものの見かたを変えてしまったせいで、すべてわがままで軽蔑すべき行為に早変わりしてしまった。わたしはしばらく途方に暮れる。

「ぼくはリベラルな連中にとっての最大の敵だろうね」とデイヴィッドがご託宣の最後に言う。皮肉なことに彼の笑みには、無慈悲で偏執的な人だけが持つ悪意のようなものがにじんでいる。

「どういうこと？」

「きみが思ってるとおりのことだよ。でもぼくは、思ったことは実行する男だからね」

日曜日、わたしの両親が昼食を食べに来る。普段はわたしたちが会いに行くから、めったにないことだ。両親がやってくると、わたしはその一日を、子供のころ同じような状況で親にやらされたことをトムやモリーにやらせる絶好の機会にしたてあげる——髪をきれいになでつけさせ、持っているなかでいちばんいい服を着せ、片づけを手伝わせ、全員が食事を終えるまで何があってもテーブルにつかせておくわけだ。みんながとっくの昔に食べおえたあとでもしゃべってばかりいる母が、ウィーン風ロールケーキの最後の一かけらを口のなかに押しこむまで何時間かかろうが、そのルールは変わらない。もちろんメインディッシュは、弟やわたしが大嫌いだったロースト料理だ（嫌わない人なんているだろうか——筋張ってぱさぱさのラムや、ゆですぎのキャベツや、かたまりの混じったグレイビーや、脂《あぶら》っぽくて形のくずれたローストポテトなんていう、親子が対立していた六〇年代を思わせる食事なんて）けれど、トムやモリーは大いに気に入っている。両親とはちがって、デイヴィッドもわたしも料理をする。そしてこれも両親とはちがって、ふたりとも料理はできるけれど子供の食事に手間はかけない。

ようやく嫌がる子供たちにいい服を着せ、片づけが終わり、両親がやってきて、わたしたちは居間でドライシェリーを飲みながらミクスト・ナッツをつまむ。デイヴィッドはビーフを切りわけ、グレイビーを作りにキッチンへ立ったところだ。だがほんの少しで――やりに行った仕事を終えたにしてはあまりに短い間合いで――戻ってくる。

「ローストビーフとローストポテト？　それとも冷凍のラザーニャ？」

「ローストビーフとローストポテト！」と子供たちがうれしそうに叫び、ママとパパはくすくす笑う。

「ぼくもそのほうがいいね」とデイヴィッドが言い、再び姿を消す。

「あなたのパパって、おもしろい人ね」とママがトムやモリーに向かって言う。たった今見聞きしたことに対する実にまっとうな反応ではあるけれど、それは、わたしたちの家庭以外での話だ。デイヴィッドはおもしろい人なんかじゃない。以前だってとくにおもしろい人ではなかったし（両親の訪問を嫌っていたし、みんなを笑わせて楽しむだけの善意なんて持ちあわせてはいなかった）、ユーモアのセンスが腰痛といっしょにDJグッドニュースの指先へと消えて以来、おもしろい部分なんてどこにもなくなってしまった。わたしは、ちょっと失礼と言ってキッチンへ行く。そこではデイヴィッドが、ここまで二時間もかけてみんなで作ったものを、うちにあるなかでいちばん大きなル・クルーゼのホーロー鍋《なべ》に詰めこんでいるところだ。

「何してるの？」わたしは声を荒らげずにたずねる。

「こんなの、やってられないよ」と彼は答える。

「何が？」

「外には食べるものもない人がいるってのに、のうのうとこんなもの食べてられないんだよ。うちに紙の皿はあったかな？」

「デイヴィッド、だめ」

「あったよな。クリスマスパーティのときの残りがしこたまあったはずだ」

「お皿のことを言ってるんじゃないの。そんなことしちゃ、だめよ」

「やらなきゃいけないんだ」

「わたし……あなたが食べたくないって気持ちは理解できる（もちろん理解なんてできやしなかったけれど、とにかく彼を落ち着かせなければいけない）。嫌なら食べなくていいし……そして……そのわけをみんなに言えばいいでしょ？」今心配してもしかたがない。だから、どれだけつらい昼食会になるのか、かわいそうな父や母（ふたりとも保守党派だが、一般に受けいれられている非デイヴィッド的言い回しを使えば、世間に害をおよぼすような人たちではない）が、あなたがたの生きかたはとてつもなく不正だと言われて、どれだけ驚き、恥ずかしい思いをするのかといった問題は、とりあえずほっておこう。それどころかわたしは、この食べ物がホンモノの皿に盛られ、ホンモノの人々に出され（ホンモノ、っていうのはわたしの知っている人ってことです、神様お許しください）、みんなで昼食をとる段階までたどりつければ、心配なんて少しもするまいと心に誓う。慈悲の心をもって、デイヴィッドの意見に耳を傾けてもいい。わたしは、デイヴィッドがデリア風のローストポテトを容器につめていくのを見まもる。かりかりになるように苦労して作ったジャガイモの皮が、ぐいぐい押されてくずれていく。

「あげなきゃいけないんだ」とデイヴィッドが言う。「フリーザーを開けてストックを出そうとしたら、あんなに入ってると思わなくて、それで……もうこんな身分なんて維持してちゃいけないってわかって……だってホームレスの人たちが……」

「あなたの身分なんてクソクラエよ！　ホームレスもクソクラエ？　わたしはこんな人間になってしまったんだろうか？　ホームレスもクソクラエっての！」『ガーディアン』を読む労働党支持者が、リベラルかつメトロポリタンな宇宙のなかでこんな言葉を本気で叫んだことなんて、あったんだろうか？

「ケイティ！　どうしたんだ？」両親と子供たちがドアのところに集まってこちらを見ている。引退して何年にもなるのにまだ校長然とした父の顔は、怒りで真っ赤だ。

「デイヴィッドがおかしくなっちゃったの。ランチをあげちゃいたいって」

「誰に？」

「浮浪者。アル中。麻薬中毒。一生のうち一日だってマジメに働こうとしなかった人たち」そんな身も蓋《ふた》もないことを言ったのは、なんとしても父を味方につけたかったからだ。威張れることじゃないけど、わたしはローストのランチが食べたい。そうだ。わたしは、ローストの、ランチが、食べたい。

「パパ、いっしょに行っていい?」とモリーが言う。わたしは最近、この子が嫌いになりはじめている。

「もちろんさ」とデイヴィッド。

「お願いだからデイヴィッド」とわたしは再び口を開く。「わたしたちにおいしいランチを食べさせて」

「おいしいランチなら食べられるさ。でもこのランチだけはダメだ」

「どうしてほかのランチじゃいけないの?」

「あったかいのを食べさせてあげたいじゃないか」

「ほかのランチだってあったかくできるじゃないの。ラザーニャとか。レンジで温めて、あとでみんなで渡しに行けばいいわ。家族全員で」

デイヴィッドが口をつぐむ。映画で言えば、おびえた犯罪者が持っている武器を丸腰の婦人警官につきつけながら、こんなことをしていてなんの意味があるんだろうと迷う瞬間だ。そして映画はいつだって、犯罪者が銃を地面に捨て、涙にくれる場面で終わる。わたしたちのバージョンで大泣きするのは、ラザーニャをフリーザーから出したデイヴィッドだ。イギリスには本格的なミステリー映画がないなんて、誰が言ったんだろう。これほどミステリアスなシーンなんて、ほかにあるわけがない。

デイヴィッドは考えている。「ラザーニャのほうが、あの人たちだって便利だよな?」

「絶対にそうよ」

「切り分けたりしなくていいもんな」

「そう。お玉を持っていけばいいだけよ」

「そうだよな。金属のフライ返しでもいいかもな」

「そのほうがいいと思うならね」

彼は容器のなかでぐちゃぐちゃになったポテトをしばらく眺めている。

「よし、そうしよう」

ママとパパとわたしは、丸腰の婦人警官のためいきをつく。そして腰をおろし、無言のまま食事をとる。

6

みんなその夜は食欲がない。食べるものさえほとんどない有様だ。もともと、冷凍のラザーニャをレンジで温めようと思っていたのだけれど、それもなくなってしまった。車でフィンズリー・パークまで持っていき、セブン・シスターズ・ロード側の門のなかのベンチにたむろしていた酔っぱらいたちに、紙のお皿に盛って供出してしまったからだ（お皿を差しだしたのはデイヴィッド。わたしたちはみんなで車のなかにいた。モリーは行きたがっていたけれど、わたしが許さなかった。危険だと思ったからではなく、正直に言えば、そのときの娘に吐き気を感じたからだ。モリーが八歳のディケンズかぶれの慈善婦人よろしく、貧しい人々に食べ物をあたえているところなど見てしまったら、もうそれ以降、母親らしい愛情なんてそそいでやれなくなるような気がした）。

家に戻ると、わたしはさっさとおやすみを言い、新聞の日曜版を手にベッドへ入る。だが新聞なんて読めやしない。もはや記事はわたしのことばかり追いかけてはいないけれど、かわりにデイヴィッドや、彼がこれからやりそうなことを書きたてている。そうしてしばらくたつとわたしは、記事を情報源として読んでいない自分に気づく。わたしが読みとっているのは、家族の危機や、銀行口座やフリーザーの中身に対する危機感だ。アフガニスタンの難民グループがイースト＝ロンドンのベスナル・グリーンの教会に隠れ住んでいるという記事を読み、わたしは実際に、その部分を破り裂いて宙に投げてしまう。みじめでつらい生活をしている人がこんなにいたら、わたしたちは餓死してしまうだろう。

新聞にあいた穴を見ていて、突然、疲れを覚える。こんな生活なんて続けられない。いや、それはちがう。このままでも楽に暮らしてはいけるはずだ――以前より楽ではないかもしれないけれど、それでも楽であることに変わりはない――どれだけラザーニャを供出しても飢えたりはしないだろう。そのとおり。よおくわかりました。でもわたしは、こんな生活なんてしていたくない。こんなの、わたしが自分で選んだ生活じゃない。でも、それだってちがうのだろう。たぶん、これだってわたしが選んだ生活なのだろう。だって、富めるときも貧しきときも、病めるときも健やかなるときも、生きているかぎりデイヴィッドといっしょにいると誓ったのだから。そのことが、今、以前よりずっと大きな意味を持ってのしかかってくる。だって、デイヴィッドは病んでいるかもしれない。わたしたちは日を追うごとに貧しくなっていくのかもしれない。

デイヴィッドと結婚したとき、わたしは何を選択したと思っていたのだろう。わたしたちはみんな、何を選択するのだろう。あのころ、ぼんやり描いていた空想を思いおこしてみると、富めるときと健やかなるときについてはまちがっていた気がする。たぶん最初は、貧しくても幸せに暮らせるはずだと思っていた。小さくてかわいいアパートに住み、テレビを見たりパブでそれぞれ半パイントのビールを注文して長い時間をすごし、両親から譲りうけた家具でなんとか我慢する。言いかえれば、結婚初期においてわたしが予測していた苦難とは、本質的にどこまでもロマンチックなものだったわけだ。テレビのコメディで描かれるようなお約束ごとに満ちた若夫婦の生活――いや、テレビのコメディだってわたしの空想よりは洗練されていて複雑だったかもしれない。だとすると、わたしの空想を支えていたのは建設会社のCMあたりだろうか。そして、そんな一連の苦難（小さなアパートでテレビを見たり、ベイクトビーンズをトーストにのせて食べたりすることで発生するもの）はそのうち、新しい苦難にとってかわられるだろうと思っていた。かわいらしくて利発で健康なふたりの子供の誕生によってもたらされる苦難。泥だらけのサッカーシューズや、いつまでも電話にかじりついている十代の娘や、テレビばかり見ていてなかなかお皿を洗ってくれない夫や……ああもう、こういう苦労のタネがなくなることなんてないのね、なんて思いながら、現実をしっかり見すえて生きていくんだと思っていた。泥だらけのサッカーシューズがまきおこすのは、生やさしい問題ではない。それでもわたしには覚悟があった。わたしは、甘くなんてなかった。ネンネでもなかった。決して白いラグなんて買わないって思ってたし……。

結婚式の日に絶対見えてこないこととは——そんなの絶対に無理だ——いつか自分の配偶者を嫌いになり、彼と指輪や体液だけでなく、誓いの言葉までかわした事実を後悔するようになるってことだ。そうなったときの絶望感や暗い気分なんて、想像さえできない。人生が終わってしまったかのような気分。何があっても叩《たた》いたりしないとわかっていながら、たまに、むずかる子供に手をあげたくなるときの気分。もちろん、結婚当初は浮気するなんて思ってもみないし、浮気を考えるときでも（誰だっていつかは考えてみるものだ）、実際に浮気して感じる胃のあたりのあの気持ち悪さや、心にわだかまるさびしさなんて、思いもおよばない。朝、目が覚めたら、夫がまるっきり知らない人になっているなんて、もちろん考えもしない。もしそんなことを考えたら、あたりまえだけれど、結婚したいと思う人間なんていなくなる。もしそうなったら、結婚したいという衝動は漂白剤を飲みくだしたいという衝動と同じ場所から発生するようになるはずだ。そんな衝動なんて、抑えつけられこそすれ、祝われることはない。だから結婚するとき、暗い未来なんて考えてはいられない。だって結婚は——もしくは、一生をわかちあって子供を作りたいと思う相手を見つけることは——みんなの予定表にしっかり書きこまれているのだから。わたしたちはみんな、いつか結婚するだろうとわかっている。もしその権利をとりあげられたら、あとは職場での昇進か、宝くじにあたることでも夢見ているしかないし、それだけじゃ満足なんてできない。だからみんなは自分をだまして、他人とパートナーシップを結ぶことが可能だと信じ、襲いかかる問題は泥のよごれをきれいにすることだけだと思いこみ、そうやってそのうち不幸になると抗鬱剤《こううつざい》を飲むようになり、離婚してひとりさびしく死んでいくことになる。

大げさに考えすぎなのかもしれない。漂白剤の嚥下《えんか》や抗鬱剤の摂取や孤独な死に思いを馳《は》せるなんて、おなかをすかせた酔っぱらいにラザーニャをあげたことに対する反応としては不適切なのかもしれない。結婚式で、牧師さんが花婿《はなむこ》と花嫁にこっそり話しかける場面にさしかかったとき、わたしたちはこうたずねられた。おたがいの信条やアイデアや提案を尊重できるか。そのときはなんでもない質問だと思っていた。答えはかんたんだった。たとえばデイヴィッドがレストランへ行こうかと提案したら、わたしは「うん、いいよ」と答えたはずだ。彼がわたしのバースデイ・プレゼントに関しておもしろいアイデアを思いついたりしても同様だった。そういうことならば。――でも今、夫とは妻に対して多種多様な提案をする存在であり、その提案がかならずしも尊重に値するものではないことがわかった。羊の頭みたいなとんでもないものを食べようと提案されるかもしれないし、ネオ・ナチ党を作ろうと提案されるかもしれない。だったら、信条やアイデアだって同じように考えなければいけないんじゃないだろうか。式から二十年たって、わたしが頭のなかであのときの牧師にさまざまな問題を指摘していると、ドアのベルが鳴る。しばらく無視しておいたのだが、ついにデイヴィッドが下から「きみにお客さんだよ」と叫ぶ。

スティーヴンだ。彼の姿を眼にして、ひざから力がぬけていく。夫が彼のそばに立っていて、子供たちがかたわらを駆けぬけていく。わたしの想像力の限界を越えすぎていて、なんだかわけがわからない映画の一シーンみたいだ。

わたしは浮気の相手を紹介しようとするが、デイヴィッドに押しとどめられる。

「もう知ってるよ」と落ち着いた声で彼が言う。「自己紹介してくれたからね」

「へえ。そうなの」スティーヴンが名前も職業も言ったのかとたずねたくなるが、雰囲気だけですべてがわかってしまう。

「話がしたいんだ」とスティーヴンが言う。わたしは、はらはらしながらデイヴィッドを見る。「あなたたちふたりとね」とスティーヴンがつけくわえる。しかし、それがわたしに話をさせようという試みだとしたら、はっきり言って失敗だ。話なんて、したくない。デイヴィッドとスティーヴンだけで話をしてもらって、どうすればいいのか、あとで教えてほしい。このふたりとキッチンテーブルにつかなくていいんだったら、どんな命令だろうが、従ってみせる。しかし、デイヴィッドがスティーヴンを招きいれ、わたしたちはキッチンテーブルにつくはめになる。

デイヴィッドが、飲み物でもどうだ、とたずねる。わたしは、スティーヴンが何もいらないと答えてくれることを祈る。ケトルの水が沸いたり、デイヴィッドがフリーザーの引き出しをあけてごそごそ製氷皿を探し、ばんばん叩きながら氷をとりだしたりするのに、きっと十分以上はかかるだろう。そのあいだ、三人でどれだけ楽しい時間を過ごさなければならないか、考えただけでもぞっとする。

「水道の水でいいから、一杯もらえない？」

「もってくる」

わたしは飛びあがり、ディッシュウォッシャーに入っていたグラスをつかんですすぎ、冷たくなるのを待ちもせずに蛇口の水でいっぱいにすると、彼の前にドンと置く。氷もなければ、レモンもなし。愛想のかけらもない。だが、一刻も早くこの状況から抜けだしたいという願いは、デイヴィッドが立ちあがることによって打ちくだかれてしまう。

「ケイティ、きみは？　お茶でもどう？　ホンモノのコーヒーをポットで作ってもいいけど？」

「いいの！」わたしは金切り声をあげる。

「じゃ、とりあえずケトルでも火にかけて……」

「お願いだから、座って」

「わかった」

彼は腰をおろし、わたしたちは見つめあう。

「じゃ、誰からはじめる?」デイヴィッドが心もち明るい声でたずねる。わたしは彼を見る。事態の重大さに気づいているのかどうか、よくわからない(それともわたしはメロドラマっぽく考えすぎなのだろうか。ある意味、自分を重く見すぎているのだろうか。重大な事態なんて、どこにもないのかもしれない。外の世界では、こんなの、みんなが平気でやっていて、だからデイヴィッドも涼しい顔ができるのかもしれない。わたしはいつものごとく、マジメすぎるのかもしれない)。

「ぼくからはじめようかな」スティーヴンが言う。「ぼくがミーティングを招集したようなもんだからね」

ふたりの男たちが微笑《ほほえ》み、わたしはさっきの勘が正しかったのだと自分に言い聞かせる。深刻に考えすぎだ。こんなの、あちこちで年中起きていることだし、これくらいで不安になるなんて、とんでもなく時代遅れの二十世紀的カタブツであることを宣言しているようなものなのだろう。スティーヴンは、ほとんど毎週、ベッドをともにしたいろんな女性の夫を訪ねてまわっているのかもしれない。もしかすると……もしかすると、デイヴィッドにも同じような経験があるんだろうか。だから、どんなことをどんな顔をしてどんなふうに言えばいいか、わかっているように見えるのだろうか。

「ぼくらみんな、どういう立場にいるのか、はっきりさせておいたほうがいいと思って」とスティーヴンが楽しげに言う。「最初に電話でもすべきだと思ったんだけど、でも、ケイティに何度メッセージを残しても返事をしてくれなかったから、思いきって寝こみを襲うような行動に出てみようなんて思ったわけでね」

「寝こみってのはいい表現だよね」とデイヴィッド。「それだけじゃすまなかったわけだし」

「え？」

「寝取られて寝こみを襲われる、なんてさ。ごめん。つまんない冗談だった」

スティーヴンがお義理で笑ってみせる。「ああ、なるほど。そりゃうまい」

「どうも」

たぶん、わたしのせいなのだろう。現在のノース・ロンドンの性習俗などとは、関係のないことなんだろう。ノース・ロンドンの性習俗なんて、どうせわたしは何も知らないんだし。それにグッドニュースとも、彼がデイヴィッドにあたえた影響とも、なんの関係もないんだろう。すべては、誰ひとり興奮させたりムラムラさせることのできない、このわたしのせいなんだろう。確かにわたしは、スティーヴンをその気にさせるくらいには魅力的なのだろうけれど、でも、嫉妬《しっと》のすえの激情や、独占欲が起こすゆがんだ行動や、失恋のみじめさなんてものには値しない女なのだろう。わたしはケイティ・カーであって、トロイのヘレネでも、パティ・ボイドでも、エリザベス・テイラーでもない。男たちはわたしのことでケンカなんてしない。日曜の夕方、だらだら話をしてつまらない冗談を言うのがせいぜいだ。

「ちょっと言わせてもらってもいい?」とわたしはぴりぴりして言う。「もう少し進行を早めたいんだけど。スティーヴン、あなた、いったいここに何をしにきたわけ?」

「ああ」とスティーヴン。「まさに究極の質問だね。オーケー。深呼吸。デイヴィッド、きみはちゃんとした人みたいだから、ショックを受けたりしたらもうしわけないんだけど、でも、その……ケイティはもうきみとはいっしょに暮らしていたくないんだ。ぼくはそう思ってる。彼女はぼくといたいんだ。もうしわけないけど、それが事実なんだよ。そのことを話したくて……その、これからどうするかってことをね。男どうしでさ」

「事実」という言葉がスティーヴンから発せられるのを耳にすると、いきなり、結婚は漂白剤を嚥下するようなものであるという考えが魔法のように雲散霧消してしまう。かわりに浮かんできたのは、スティーヴンと暮らすのは漂白剤を嚥下するようなものであるという考えだ。わたしはパニックする。

「そんなのデタラメよ」耳を傾けてくれる人にならだれにだってそう言いたい。「スティーヴン、もういいかげんで帰って。このままいても恥をかくだけだから」

「きっとそう言うと思った」スティーヴンはためいきをつきながら、きみのことならよく知ってるよとでも言うように悲しげな笑みを浮かべる。「デイヴィッド、たぶんぼくら、ふたりだけで話したほうがいいんじゃないかな」

その言葉の生意気さかげんが、わたしを激怒させる――「いいわ、よくわかった。わたしはこの部屋から消えます。だからふたりで話して結論が出たら、どっちと暮らしたらいいか、教えてちょうだい」――わたしは、本気で消えてしまいたいと思っている。当然だ。こんな身の毛もよだつ会話なんて、あと数分だって耐えられない。トムを産んだときの感じとまったく同じだ。笑気ガスと硬膜外麻酔のせいですっかりわけがわからなくなっていたわたしはある時点で、なぜだか、痛みの原因が赤ん坊ではなく分娩室《ぶんべんしつ》そのものだと思いこんでしまい、この部屋を出たらすべてが解決するのだと決めつけた。しかし、あのときだって今だって、世の中はそんなに甘くない。わたしがどこにいようと、苦しみは続いていく。

わたしがスティーヴンに噛《か》みついたことは、逆に彼を勇気づけ、落ち着かせたようだった。

「デイヴィッド」と彼は言う。「つらいかもしれないけど、でも……ここ数か月ケイティと話をしてきたからわかるんだよ……その、うまくいってないことがたくさんあるんだってことがね」

スティーヴンがわたしたちふたりのあいだに存在すると思っていることを並べたてる前に、デイヴィッドがやさしく口をはさむ。「そのことなら、ケイティとぼくとで話をしたよ。なんとかしようとしてるところだ」

デイヴィッドを愛さずにはいられなくなる。すべての人、すべてのものに対して怒りをぶつけてかまわないような状況でも、彼は冷静なままだ。そしてわたしは、ほんとうにひさしぶりに、ふたりがかたい絆《きずな》で結ばれたカップルであり、結婚した夫婦なのだという気持ちになる。こんな結婚こそ、すべての人のあこがれとなるべきだ。まさにこの瞬間、わたしはそんな結婚ができたことを幸せに思う。わたしがついセックスをしてしまった男は、今や破壊的で危険な第三者となってしまった。夫婦で力をあわせ、そんな男と二対一で戦えることが幸せだった。そうでなければ、三人ばらばらの巴戦《ともえせん》になるしかない。そんな戦いをするには、わたしはおびえすぎているし、疲れすぎている。

「なんとかできないことだって、あるんじゃないかな」とスティーヴン。彼はわたしたちのどちらとも目をあわせようとしない。ただグラスの水を見つめている。

「たとえば？」

「ケイティがきみを愛してないこととか」

デイヴィッドはわたしを、何か言いかえしたらどうだとでも言いたげな目で見る。わたしは首を振り、目玉をくるりと回すことでその場をごまかす――この状況にふさわしい曖昧《あいまい》な反応をしたかったからだ。状況はあまりに混沌《こんとん》としている（二秒前、わたしはデイヴィッドを心から愛した。二十分前には心から憎んでいた。お昼をまわったころには、どっちだっていいと思っていた。そうやって過去をたどり、カレッジのディスコでの場面にまで行き着いた）――でも首を振っても目玉を回しても、曖昧な反応は効果を発揮しなかった。ふたりともじっとこちらを見ているからだ。

「そんなこと言ってないわよ」わたしは希望の言葉を投じる。

「言う必要なんてないさ」とスティーヴン。わたしがデイヴィッドのことを口にするのを聞いていた人は、まさかわたしが彼に夢中だとは思わないだろう。「それにセックスのこともあるし」

「わたし、絶対に何も言ってないわよ、そんな話……」

「言ったじゃないか、ケイティ。芸術と科学のあいだにはちがいがあって、芸術のほうが好きだ、ってね」

ああ。ああ、なんてことだろう。言わなくてもいいことを言ってしまった。芸術対科学の話をした記憶はなかったけれど、でも、してしまったにちがいない。

「芸術のほうがいいなんて、言わなかったわよ」

「科学を職業にしてるんだから、ベッドに入ってまでそんなものは必要ない、ってさ」

そう言われて思い出した。確かにそう言ったことはあった。だけど、それはつまり、わたしの反応の悪さにスティーヴンがしょげかえらないようにするためだった。そんな言葉が、わたしを反応させてくれたデイヴィッドに対する武器として使われるなんて、皮肉なことだ（もっと詳しく言えば、ここにはさらなる皮肉が隠されている。デイヴィッドが反科学的な人であり、いつだって芸術のほうが上だと主張してやまないということだ。彼は、科学者なんてバカばかりだ、みたいなことを言いつづけてきた。だからつまり、この場合、彼は知らず知らずのうちに立場を変わらされ、自分の最大の敵である科学者にされてしまったことになる。おまけに、立場が入れかわったうえに芸術家より多くの反応をわたしから引きだしたせいで——わたしがむりやりデイヴィッドを科学者にしたてあげているだけなのかもしれないけれど——攻撃にさらされているわけだ)。「悪いけど」とデイヴィッドが柔らかい口調で言う。「話が見えなくなっちゃったな」

スティーヴンにもわたしにも、説明する勇気はない。だからわたしたちは、どこかとまどって悲しげなデイヴィッドの質問（はっきり言って、当然の反応だろう）を宙ぶらりんのままにしておく。だけど、スティーヴンとわたしがタッグを組んだ感じになり、デイヴィッドがわけもわからないまま孤立させられるなんて、少しも気に入らない。こんなふうにいらいらする同盟関係なんて結びたくない。今はもういやだ。

「スティーヴン、わたし、あなたの気持ちを損ねないようにあんなことを言っただけなの。あれはただ、わたしがイカなかったことの釈明だったのよ」わたしはちらりとデイヴィッドを見ながら、この、残酷なほどあからさまな情報が、少しでも彼の気持ちを和らげてくれただろうかと考える。だが、明るい色が浮かばないだろうかと探しても、彼は無表情のまま押しだまっているだけだ。このままじゃつらいだろう。なんとか楽にしてあげたい。でも、スティーヴンとのセックスを俎上《そじょう》に乗せ、それがあんまり楽しくなかったことをうちあけても、効果はないらしい。

「こんな状況だからそう言ってるだけだよ」とスティーヴンが言う。これまで聞いたことのなかったためそめそした口調だ。ぞっとする。「リーズでぼくの上になってたときに言ってたのとはちがうじゃないか」

デイヴィッドが一瞬顔をそむけ、ついに針が皮膚をつきさしたかのようにびくりと体をふるわせる。「ちょっと、わたし、そんなこと言わなかったじゃないの」とわたしは、大いなる怒りをこめながら答える。スティーヴンが、今は、心の底からキライだ。「あのときわたしが何を言ったかは、わかってるでしょ。あのときは、芸術と科学のことを言ってたの。そういうことを話してたんでしょ？　わたしの使った言葉を勝手に解釈しないで。もうちょっとものわかりのいい人かと思ってたわ」

「へえ、きみの言ってることもわからないようなニブい男で悪かったね」スティーヴンが言い、わたしたちがにらみあいを始めると、それを合図にするかのように、ついにデイヴィッドが立ちあがる。

「ぼくが口を開くタイミングじゃないことはわかってるんだけどさ」と彼は言う。「でも、きみたちふたり、幸せで長続きする関係を築けるカップルには、どうしても見えないんだけどな。あんまり仲良くなさそうじゃないか。そんなことを話してるんだから、もうちょっと気が合ってもいいはずだぜ。最初のころみたいに。まだ、アツアツだったころみたいにさ」

「きみたちふたり」とか「カップル」といった言葉が喉《のど》に引っかかる感じではあるけれど、ごく自然な心あたたまる意見に、わたしは笑みを浮かべる。

「思うにね……正直に言えばさ、スティーヴン、ケイティはきみのこと、あんまり好きじゃないんじゃないかな。彼女の気持ちを代弁することはできないけど、でも、今すぐにきみと駆け落ちしたがってるようには見えないよ。そういうことをするには、その、ある種の……心の通いあいみたいなものが必要だろ？　そうじゃなきゃ、無理なはずじゃないか」

「まったくそのとおり」とわたし。

「ケイティ……」スティーヴンが伸ばしてきた手を、わたしははねのける。まだ説得を続けようとしていることが、信じられない。

「わたしは十六歳じゃないのよ、スティーヴン。言いくるめて映画に誘うみたいなことをしても意味はないの。わたしには夫とふたりの子供がいる。なのに突然、あなたの言うことを理解して家を出たりすると思う？　『ああ、そうね、あなたの言うとおりだった、あなたといっしょにいたいの、わたしがバカだったの』なんて言うと思う？　わたしはまちがいを犯した。それは認めなきゃいけないし、デイヴィッドもそう。だからもう出てって」

そして彼は出ていき、二度と戻ってはこなかった（ああ、だけど、まだ彼のことを考えたりはする。あたりまえだろう。スティーヴンはわたしとは関係のない人間になってしまったけれど、でもこれから何か月、何年という時間が過ぎていくあいだに、誰かいい相手は見つかっただろうかとか、わたしを覚えているだろうかとか、わたしは彼の心に小さいけれど醜い傷を残してしまったのだろうかとか、そういったことをふと考えたりはするだろう……わたしだって、相手を忘れるほど多くの男と寝てきたわけじゃない。いちばん最近の人なら、なおさらだ。彼の話は今後あまり出てこないと思うけれど、それは決して、彼という人が存在していないってことじゃない。そのことを、覚えておいてほしい）。

「ありがとう」ドアがばたんと閉まる音を聞いて、わたしはデイヴィッドに言う。「ありがとう、ありがとう」

「どうして？」

「だって、とてもつらかったでしょ？」

「うん……そうだね。すごい嫉妬を感じた。あいつのことが嫌でたまらなかった。きみはいったいどういうつもりだったんだ？」

「わからない」ほんとうに、わからなかった。スティーヴンはもはや一個の人間ではなくなり、ある種の病的状態がうみだした幻になってしまったみたいだ。

「あなたは最高だった。あんなひどい目にあわせてしまって、ごめんなさい」

彼は首を振り、しばらく黙ったままでいる。「でもぼくの責任でもあるよな？　きみを幸せにしていたら、こんなことにはならなかったんだもの。ぼくも悪かったよ」

そしてわたしは、さらに借りを作ってしまった気分になる。それは、ずっと前にかわした約束のせいではなく、デイヴィッドがほんの五分前にしてくれた行為のせいだ。でも、こういうことって、こうあるべきなんだと思う。その夜わたしは、彼のためだったらどんなことでもすると思いながらベッドに入る。

「実は、ひとつだけ頼みたいことがあるんだけど」明かりを消そうとしているとき、彼がそう言ってくれて、わたしはほっとする。頼みごとをされたい気分だ。

「もちろん」

「昨日グッドニュースと話をしたんだけど……あいつ、住むとこがなくなったらしいんだ。大家から家を出るように言われてね。それで、何日かここにいられたらと思ってさ」

当然だけれど、グッドニュースにはこの家にいてほしくはない。考えるだけで、ものすごく不安になってしまう。だけど夫は、今夜、彼の欠点を並べたてるわたしの元恋人の言葉に、長いあいだじっと耳を傾けてくれた。そんな人が、友達をしばらく泊めてあげたいと言っているのだから、正しい結論に達するために宗旨がえなんてする必要はない。

グッドニュースっていうのは、おかしな小男だった。年は三十歳前後。背が低くて、びっくりするくらいやせているから、トムとケンカするのだって得策ではないだろう。真っ青でおびえたような大きな眼と、カールしたふさふさのダーティ・ブロンドの髪。だが、衛生面については今のところあまり関心がないように思えたし、髪の色に関しても、シャワーを浴びるまで判断をさしひかえておくべきかもしれない。あご髭《ひげ》を生やそうという試みは、どこから見てもみじめな失敗に終わっている。下唇の真下にあるのは、母親なら唾《つば》でごしごしぬぐいたくなるような、ふわふわした黒い汚れみたいなものだ。だが、まず目につくのはやはり、両方の眉毛《まゆげ》にあけたピアスだろう。それぞれの目の上に、まるでブローチみたいなものをつけている。子供たちがそんなご面相に多大なる興味を示したのも、たぶん、いたしかたのないところだと思う。

「それってトータス？」挨拶《あいさつ》もしないでトムがたずねる。眉のアクセをまじまじとは見たくなかったのだけれど、でも、トムの言葉は正しい。この男は、顔にペットの形をしたものをぶらさげている。

「いいや」グッドニュースは、まるでトムがどうしようもなく無知な子であるかのように、そっけなく答える。そして、彼が説明しようとしているところへ、モリーがやってくる。

「タートルだよ」とモリーが言う。わたしは一瞬、専門家みたいな娘の口ぶりに驚かされるが、この子が以前グッドニュースに会っていることを思い出す。

「どこがちがうんだよ」とトムがたずねる。

「同じ亀《かめ》でも、タートルは泳げるほうの亀だ」とデイヴィッドが過剰に明るい声で言う。彼が作ろうとしているのは、まるで場ちがいな雰囲気だ——みんなでピザを食べながらネイチャーものの番組でも見ているような雰囲気。だが今はそんなときではない。わたしたちは、眉毛から動物をぶらさげたスピリチュアル・ヒーラーを家に迎えいれたところだ。デイヴィッドが明るいのは恥ずかしいからだということは、わかっている——彼はこの男の前で長い長いあいだひざまずいていたわけだから、恥ずかしがるのも当然だろう。

「トータスじゃなくてタートルにしたのはどうして?」トムがたずねる。最初にわたしの頭に浮かんだ質問ではなかったけれど、DJグッドニュースという人はとても好奇心をかきたててくれる存在だから、彼が教えてくれることなら、みんな興味津々《しんしん》だ。

「言っても笑わないかい?」わたしは、彼が言い出す前に笑ってしまう。笑わずにはいられない。タートルそのものを笑われるのではなく、タートルを選んだことを笑われるかもしれないと心配しているなんて、それだけで充分笑えることだ。

グッドニュースは傷ついたような顔をする。

「ごめんなさい」とわたしは謝る。

「失礼だな」とグッドニュース。「あなたがそんなことするなんて、びっくりだよ」

「わたしのこと、知ってるの？」

「知ってるような気がしてる。デイヴィッドがさんざん教えてくれたからね。彼はあなたのことをとても愛してるよ。でも最近は、いろいろあったみたいだけど。だよね？」

一瞬わたしは、グッドニュースが確認をとりたがっているのだろうかと思ってしまう──「そのとおりでーす！」──だがすぐに、「だよね」というのが、彼の世代がシラミのように身につけてしまった腹立たしい口癖なのだということに思いあたる。グッドニュースみたいな人間に会うのははじめてだ。生意気でおつにすましたしゃべりかた。どこかさびしげな表情。まるで、何を考えているのかわからないあやしげな教区牧師みたいだ。

「ま、いいや」と彼は言う。「タートル。ヘンな感じだったんだよね。青いタートルの夢を見たんだ。そしたら、スティングがさ、ほら、シンガーの。ポリスは子供のころ好きだったんだけど、スティング本人はあんまり好きじゃないんだよね。ソロになってからは、言葉は悪いけど全然クソだと思ってるからさ。でもとにかく、あいつが《ブルー・タートルの夢》っていうアルバムを出したんだよ。だから……」

グッドニュースが肩をすくめる。これで説明はすべて――眉毛のピアスのことも、ブローチのことも――終えたつもりらしい。だがわたしに言わせれば、彼は意志決定に至るまでの段階をいくつか飛ばしている。

「それに、タートルってのはずっと気に入ってたからさ。ずっと、ぼくらには見えないものが彼らには見えるって思ってるんだ。だよね？」

子供たちはとまどいをあらわにしながら、父親を見つめる。

「何が見えてるの？」モリーがたずねる。

「いい質問だね、モリー」グッドニュースが娘を指さす。「いい子だ。頭がいい。ぼくも気をつけとかないとな」モリーはうれしそうだ。しかし彼が質問に答える気配はない。

「この人、自分でもわかってないんだよ」トムが不満げに鼻を鳴らす。

「いや、わかってる。でも、今はまだ答えを言うときじゃないかもしれない」

「じゃ、いつならいいわけさ」

「グッドニュースに部屋を見せてあげたらどうだ？」デイヴィッドが子供たちに言う。タートルとその不思議な能力に関する話題をここまでにしたいという意思表示だ。グッドニュースも、自らの理論をこれ以上展開したいとは思っていないらしい。彼は荷物を手にして二階へ向かう。

デイヴィッドがこちらをふりむく。

「きみが考えてることは、わかってるよ」

「何を考えてるっての？」

「あいつはときどき、意味のないことを言うからね。そういう表面的なことに、あまりまどわされないでほしいんだ」

「表面的なこと以外になにがあるわけ？」

「あのヴァイブ、わからないかい？」

「いいえ」

「そう。ま、いいや」つまり、直観と第六感と霊感でヴァイブを——独特の雰囲気を感じとれる人もいれば、そうでない人もいると言いたいのだろう。わたしみたいに退屈で平凡なリベラリストにはわからないってわけだ。なんて嫌味な言いかただろうか。

「あなたのご意見にしたがえば、わたしはどんなヴァイブを感じてるべきだっていうわけ？」

「ぼくの意見なんてどうでもいいんだ。ヴァイブはすでにあるんだからね。モリーとぼくにはわかって、きみやトムにはわからないなんて、興味深いことだけどさ」

「トムにはわからないって、どうしてわかるの？　モリーにはわかるって、どうしてわかるわけ？」

「トムがグッドニュースに失礼な感じだったの、気づいただろ？　ヴァイブを感じてれば、失礼な態度なんてとれないはずだよ。モリーは失礼じゃなかった。あの子には、最初に会ったときからわかってたんだ」

「じゃ、わたしは？　わたしは失礼だった？」

「そうじゃない。でも、懐疑的だった」

「それ、いけないこと？」

「もうちょっとで、きみにもあいつの力がわかるはずだよ。見かたさえ知ってればね」

「わたしには見かたがわからないっての？」どうしてこんなことが気になるのかわからないけど、でも、気になってしまう。見かたを教えてほしい。少なくともデイヴィッドには、ものの見かたくらいわかっている人間だと思われたい。

「落ち着けよ。だから悪い人間だって言ってるわけじゃないんだから」

「でも、ほんとはそうなんでしょ？　あなたの言いかただとね。わたしはまちがいなく悪い人間ってことになっちゃうじゃないの。わたしに見えてたのは眉毛だけで、その……オーラなんて見えてなかったんだから」

「誰しも万能ってわけにはいかないさ」そして彼はまたしてもあの笑みを浮かべ、グッドニュースや子供たちのところへ行ってしまう。

「グッドニュースがちょっと困ってるらしいんだ」みんながおりてくると、デイヴィッドがそう告げる。

「それはかわいそうね」とわたしは言う。

「ベッドって、どうもぼくの流儀じゃなくてさ」とグッドニュース。

「へえ」とわたし。「でもわたしたちはベッドを使ってもいいのよね？」上質の白ワインみたいに軽くドライに言ったつもりだった。でも、思ったより酸味がきつくなってしまったかもしれない。

「ほかの人のことは、それぞれの勝手だよ」とグッドニュース。「でも、ベッドってのは人間をソフトにしちゃうからね。物事の本質ってやつからどんどん遠ざかってしまうんだ」

「物事の本質って？」

デイヴィッドがわたしをにらみつける。ずっと以前、しばしば目にした、おまえなんて大嫌いだ死んじまえ的なにらみかたではない。きみにはほんとうにガッカリだよ的な、新しいにらみかただ。ほんの一瞬、憎しみがふたりの共有通貨だったころがなつかしくなる。当時は、憎しみという通貨がしっかり流通していた。わたしたちは、まるで豚が餌《えさ》の小麦に食らいつくように、お互いへの憎しみに食らいついた。たしかにそんな豚状態からは脱却するべきだけれど、でもそこには少なくとも、シンプルで美しい何かがあった。

「複雑な質問だね、ケイティ」とグッドニュースが言う。「だけどきみが複雑な答えを受けとめられる状態にあるのかどうか、ぼくにはわからない」

「そんなの、大丈夫だよね、ママ？」トムが後押ししてくれる。

「ま、いいさ」とデイヴィッド。「グッドニュースはベッドを予備の部屋から出したがってるんだ。あのままだと、寝る場所がないからね」

「わかった。で、どこに置くのよ」

「ぼくの仕事部屋に置く」とデイヴィッド。

「わたしのベッドも出していい？」とモリーがせがむ。「嫌いなんだもん」

「どうしてベッドじゃいけないの？」わたしはその質問を、モリーというよりデイヴィッドに向けて発する。彼の友人がどれだけのトラブルをまきおこしているのか、わかってもらうためだ。

「わたしの流儀じゃないんだもん」

「あなたの流儀って、いったいどういう流儀？」

「ただ、流儀じゃないの。まちがってるの」

「あなたが自分のアパートで暮らせるようになったら、釘《くぎ》の上でもなんでも寝ればいいわ。でもここにいるあいだは、ベッドで寝なきゃいけません」

「ごめん」とグッドニュース。「ぼく、トラブルのもとになってるよね。忘れてよ。かまわないから」

「いいのか？」とデイヴィッド。

「いいんだ。ベッドでもだいじょうぶだよ」一息おいて、グッドニュースはデイヴィッドを見る。デイヴィッドは彼にとって、もはや、地球上でのいっさいをとりしきってくれるマネージャーのようなものだ。

「もうひとつグッドニュースが困ってるのは――ぼくも困ってるんだけどさ――どこで患者を診るかってことなんだ」

「ここで診るつもりなの？」

「そうだよ。ほかにどこがある？」

「何日かいるだけだって思ってたけど」

「たぶんそうだろうけどさ、でも仕事はしなきゃいけないじゃないか。患者さんを見すてるわけにもいかないし。わかるだろ？　それに、もしかして数日より長くなったりすれば……」

「予備の寝室じゃ間に合わないってのね？」

デイヴィッドがグッドニュースを見ると、グッドニュースは肩をすくめる。

「理想的とは言えないね」とグッドニュース。「ベッドがあるから。でもほかに部屋がないんだったら……」

「あら、ヘンね。うちには使ってないヒーリング・ルームがあったはずだけど」

「皮肉を言うのはケイティの道楽みたいなもんでね」とデイヴィッド。

「ほかの部屋だってあるのに。何百万部屋も」そのときわたしは、もうひとつ別の道楽の相手がつい最近この家をおとずれたことを思い出す。そのときデイヴィッドはほんとうにやさしかった。とたんに気が引けてしまう。「ごめんなさい。でも今使ってる部屋がとりあえずいちばんいいと思う」

「わかった。そこで仕事しよう。雰囲気はいいからね」

「そしてもうひとつ。グッドニュースはベジタリアンなんだ」

「かまわないけど」

「徹底したタイプなんだよ」

「いいわよ。利口な選択だもの。体にもいいし。それだけ？」

「と思う。今のところはね」

「気楽に過ごしてね」わたしはグッドニュースに言う。もちろん、気楽に過ごすことだろう。どうも、彼がいつまでもいつまでもここにいるような気がしてきた。

デイヴィッドがグッドニュースと相談しながら、わたしたち家族のチキンと、それに全員分の野菜を料理してくれる。そしてわたしたちは、はじめていっしょに食事をとる。話題の中心はグッドニュースだ。グッドニュースとタートル（泳げる亀に見えるものは、たとえば言葉みたいなものでは説明不能であることが明らかにされる）、グッドニュースと物事の本質（「ひどいもんだよ。でも、希望はあるだろ？　どこで本質を見つけたらいいか、わかればさ」）、グッドニュースと癒《いや》しの手。モリーが今この場で手をあたためかくしてほしいとせがむが、デイヴィッドが、パーティの手品じゃないんだから、といましめる。

「ずっと前からそういうこと、できたの？　あたしくらいの年だったころから？」

「いいや。できるようになったのは、そうだな、二十五くらいかな？」

「今はいくつ？」

「三十二」

「じゃ、どうやってできるようになったってわかったわけさ」これはトムの質問だ。トムは頑としてグッドニュースの魅力のとりこになることを拒んでいる。

「そのときつきあってたガールフレンドが——首の筋をちがえちゃってね。マッサージをしてくれって言ったんだ。そしたら……妙なことが起きはじめたんだよね」

「どんなふうに妙なの？」

「ホントにヘンなことだよ。電球が明るくなって、部屋の温度があがって。あれはすごかったな」

「どうやってそんな力が身についたんだと思う?」ありがたいことに、わたしの声からは酸味がぬけている。わたしも学習しつつあるようだ。まだ上質の白ワインとは言えないけれど、とりあえず飲める——少なくともパンチには入れられるだろう。

「どうしてかはわかってるけど、でも、それを子供たちの前で言うのは、ちょっとね。フォルムがよくないよ」

なんのことだか、さっぱりわからない。でも、どうやって癒し手になったのか、子供たちの前で教えるのが憚《はばか》られるとグッドニュース本人が言うんだから、わたしには反論するつもりなどない。反論するのは、子供たちのほうだ。

「いいじゃん、教えてよ」とトム。

「だめだよ」とグッドニュース。「本気でダメ。ほかの質問にしな」

「ガールフレンドの名前は?」とモリーがたずねる。

「アホな質問だな」とトムが鼻を鳴らす。「そんなこと誰が知りたいんだよ、バーカ」

「おいおい、トム、それぞれの人間にそれぞれ大事な情報ってもんがあるんだぞ。他人があれこれ言うことじゃない」とグッドニュース。「モリーがぼくのガールフレンドの名前を知りたがっている理由なんて、無数にあるかもしれないじゃないか。モリーのことだから、なかには立派な理由だってあるかもしれない。だから、人のことをバカなんて言っちゃだめだ。いいか？　その子はアンドレアって名前だったよ、モリー」

モリーが得意になってうなずき、トムの表情が憎悪《ぞうお》でくすぶる。旧ユーゴスラビア関係の新聞解説記事の人種分布図に添えられた写真のような表情だ。ＤＪグッドニュースは、たった今、敵を作ってしまった。

それから食事が終わるまでのあいだ、わたしたちはうまく火種を回避していく。グッドニュースは礼儀正しくわたしたちの仕事のことや、子供たちの学校や数学の教師のことをたずね、わたしたちは礼儀正しく（そしてときにはそっけなく）質問に答えていき、そうやって時間をやりすごしながら最後のひとくちを食べおえ、あとかたづけの時間に入る。

「ぼくが洗うよ」とグッドニュースが言う。

「うちにはディッシュウォッシャーがあるのよ」とわたしが言うと、グッドニュースは暗い顔でデイヴィッドを見る。何が起きようとしているのか予測するのは難しくない。だから、先手を打ってやる。

「ディッシュウォッシャーもあなたにはそぐわないってわけね」わたしは、グッドニュースがこのままいろんなことを嫌がるようだと、いつか大きな摩擦を生じることになるわよとほのめかすために、わざとうんざり感を強調しながら言う。

「うん」とグッドニュースは答える。

「あなたって、ほかの人ならなんの問題も感じてないことに、いろんな問題を見つけるのね」

「うん」彼は同意する。「でも、いろんな人がなんの問題も感じてないからって、彼らが正しいとはかぎらないだろ？　いろんな人たちが、たとえば……わかんないけどさ……奴隷《どれい》制にはなんの問題もないって思ってたわけじゃないか。でも彼らはまちがってた、だよね？　信じられないくらいまちがってたわけさ。だって問題はあったわけだから、ね？　ひどいことだよ。奴隷なんて。絶対にいけないよ」

「奴隷制とディッシュウォッシャーが同じだって言いたいの、グッドニュース？　それとも、どこかちがうって感じもする？」

「たぶんぼくには同じだろうね」

「たぶんあなたにはいろんなことが同じなんでしょうね。きっと、小児性愛者と、たとえば……石鹸《せっけん》が同じなんでしょうよ。きっとファシズムとトイレも。でも、だからって、わたし、うちの子供たちに庭で用を足させたりしませんからね。あなたの妙な倫理観がいくらいけないことだって教えてても」ファシズムとトイレは同じ――確かに今、わたしはそう言った。わたしはそんな世界に住みはじめたわけだ。こんなものの言いかたが議論の一環として成りたつような世界に。

「バカなことを言うもんじゃない。皮肉もほどほどにしないと」デイヴィッドが言う。

皮肉――わたしの悪《あ》しき道楽。「へえ、じゃ、バカなのはわたしだっていうわけ？　リアルじゃないなんて理由でベッドで寝たがらない人じゃなくて？」うしろめたい気持ちになる。奴隷制とディッシュウォッシャーはちがうんだという論なら、子供っぽい侮辱の言葉なんて使わずに展開できるはずなのに。

「世界じゅうのみんなが持っていないものは使わずにやっていこうと思ってるんだよ」とグッドニュースが言う。「みんながすべてのものを持つ日まで、ぼくはそういう仲間には入りたくない。たとえば、ブラジルの熱帯雨林に住んでる農民の最後のひとりが、ディッシュウォッシャーだとか、ほかには、そうだな、カプチーノ・マシンだとか、家くらいの大きさのテレビだとかを持つようになったら、ぼくも数に入れてもらっていいけど。わかる？　でもそのときまで、引きさがらないつもりだよ」

「気高い志だこと」とわたしは言う。だが頭のなかでは心底ほっとしながら、この人はおかしいんだ、と考えている。とどのつまり、この男から学ぶべきことなんて何もない。この男の前に出て、自分がまちがってるとか頭が悪いとか甘えてるなんて思う必要はない。彼はただの異常者だ。無視しても罰を受けることはない。

「ディッシュウォッシャーなんて、世界じゅうの人がみんな持ってるよ」とモリーが、そんなことがなぜわからないのかという顔で言う。これまで何度も、母親として失敗だったと思ったことはあったけれど、ここまで恥ずかしい思いをしたのははじめてだ。

「それはちがうわよ、モリー」わたしは急いでぴしゃりと言う。「わかってるでしょ」

「じゃ、誰が持ってないの？」生意気な口をきいているわけではない。誰も思いつかないだけだ。

「バカなこと言わないで」とわたしは言うが、それは、娘の知っている世界のなかでデイッシュウォッシャーを持っていない人を探すための時間稼ぎでしかない。「ダニーとシャーロットは？」ダニーとシャーロットとは、モリーと同じ学校に通い、この先にある公営アパートに住んでいる子供たちだ。そんなことを言いながらわたしは、最悪の児童差別をしている罪の意識に襲われる。

「あの子たち、なんでも持ってるよ」とモリー。

「ＤＶＤもあるし、デジタル放送も見てるからね」とトム。

「わかった、わかりました。じゃ、パパがトムのコンピュータをあげた子たちは？」

「あの人たちは数に入らないよ」とモリー。「何も持ってないんだもん。家だってないし。それにあたし、あの子たちはひとりも知らないし。知りたくもないんだ、悪いけど。だって、あたしの好みからすると、ちょっと乱暴なんだもん。かわいそうだとは思うし、トムのコンピュータがもらえてよかったとは思うけど」

　これがわたしの娘なのだろうか。

子供たちのモラル教育は、わたしにとっていつも大切な問題だった。公共医療の話だってしてきたし、ネルソン・マンデラの重要性についても話してきた。もちろん、ホームレスのことも話したし、人種差別や性差別や貧困やおカネや平等についても話した。デイヴィッドとふたりで最善をつくしながら、保守党に投票する人が、おばあちゃんとおじいちゃんという特殊な例外をのぞけば、どうして我が家では歓待されないのかも教えてきた。コンピュータ事件やラザーニャ事件のときのモリーの聖人ぶった態度には心からうんざりさせられたけれど、でも、心のどこかでは、この子もいつか成長するんだ、わかってくれるんだ、会話や質問を続けたことはムダじゃなかったんだと信じてきた。だが、今わかった。この子はあと二十年たったら、鼻持ちならない上流階級の婦人慈善家にでもなって、ワーウィックシャーあたりでひらかれる胸くその悪くなるようなチャリティ委員会に出席し、難民問題に不満をもらしつつ、ありがた迷惑な高級生地《きじ》を家の掃除婦にプレゼントしたりするのだろう。

「だから」とグッドニュースが言う。「ぼくはこういうゲームに入りたくないんだ。所有者のゲームにはね。人間が怠惰になって、だめになって、愛情をなくしちまうから」

わたしは怠惰でだめで愛情のない娘を見つめる。そしてグッドニュースに、子供たちに手伝わせるから皿を洗ってちょうだい、と伝える。

7

わたしには千二百人ほどの患者がいる。頻繁に診る患者もいれば、ほとんど診ない患者もいる。助けてあげられる人もいれば、そうでない人もいる。いちばんつらいのは、何度も診ているのにどうにもできない患者だ。わたしたちはそんな人々を、読んで字のごとく、心痛患者と呼ぶ。誰かが言っていたことだけれど、ほとんどの同業者にはそれぞれ五十人程度の心痛患者がいるらしい。そんな患者は診療室へやってきて座り、じっとこちらを見る。わたしも患者も、望みがないことはわかっている。そしてわたしは罪の意識を感じ、悲しくなり、詐欺師《さぎし》のような気分になる。ほんとうのことを言えば、迫害されたように感じることだってある。患者だって、ほかの場合なら、ここまで何もしてくれない人のところへ通ったりはしないはずだ。テレビの映り具合をなおせない修理屋だとか、水漏れを防げない配管工だとか、再び明かりがつくようにできない工事屋だとか……そんな役に立たない商売人とは、そのうち関係を絶ってしまうのがふつうだろう。しかし心痛患者とわたしとの関係には、終わりがない。彼らはそこに座り、責めるような眼でいつまでもこちらを注視しつづける。

わたしは心の底から、ミセス・コルテンサに、手のほどこしようがないことをわかってほしいと願っている。彼女は、関節や背中の痛みがひどくて眠れないと訴える。鎮痛剤だってもう役には立っていないようだ。なのに何度もやってきて、話して話して話しつづける。だからわたしも考えて考えて考えつづけるのだけれど、なぐさめの言葉はひとつとして見つからない（これまでの過程でわたしは、何時間も何時間も処方箋《せん》やレントゲン写真や検査の結果を眺めてすごす）。今やわたしは彼女に対し、ちがう医者のところへ行ってほうっておいてくれれば、もっと治癒のチャンスのある患者が診られるのに、とさえ思いはじめている。希望のある患者。もっと若い患者。ミセス・コルテンサは年寄りだ。七十三歳という年齢よりずっと老《ふ》けている。彼女が病気になったのは、年齢と、これまでずっと他人の家を掃除して暮らしてきたせいだ（でも、正直に言おう。彼女が掃除してきたのは、わたしみたいな人間が住んでいる家だった。つまり、ここには奇妙な因果関係があることになる。もしわたしたちがみんな、いい人になって世界を救いたいなんて考えずに自分の家の掃除をしていれば、ミセス・コルテンサが医者にかかる必要もなかったわけだ。もしそうしていれば、ミセス・コルテンサは、痛みやつらい家事から解放され、何か世の中に有用なことをなしとげられたかもしれない。もしわたしが彼女みたいな人間を治療することにここまで腐心していなければ、彼女は、字の読めない大人に読み書きを教えたり、家出した少年少女を助けたりできたかもしれないし、少なくとも、わたしみたいな人間が住む家の床をごしごしこすりながら人生を過ごさなくてよかったかもしれない)。

グッドニュースがうちにやってきた翌朝、ミセス・コルテンサは足を引きずり、寄る年波に染まりながらやってくると、大儀そうに診療室の椅子《いす》に腰をおろして首を振る。つられて、わたしの心に痛みが走ってしまう。わたしたちは彼女が息を整えるまで、黙っている。そんな沈黙のなか、彼女は、わたしがボードにとめておいたモリーとトムの写真を指さし、次にわたしを指さし、だからわたしは微笑《ほほえ》んでうなずき、すると彼女は親指を立てて微笑むと、手を動かしてふたりがどれだけ大きくなったか教えてくれる。今、わたしたちふたりが同じ思いを抱いていることは確実だ。彼女がはじめて診察にやってきたころ、ふたりはまだこんなに大きくなかった。あのころの写真は、まだよちよち歩きの赤ん坊だったのだろう。かくして、子供たちの変化はわたしの無能さを際《きわ》だたせる。

「調子はどうです、コルテンサさん?」ぜいぜいした息がおさまり、会話が可能だと思えるようになったころ、わたしはたずねる。彼女は首を振る。よくなさそうだ。

わたしはカルテを見る。「この前さしあげたお薬はどうでした?」彼女は再び首を振る。きかなかったようだ。

「眠れてますか？」眠れてなさそうだ。ぐっすり寝られないという。いいことなんて、何もない。わたしは、恥ずかしくならない程度にじっと彼女を見つめ、それからカルテをつぶさに眺める。あたかも、そうしていればミセス・コルテンサの問題だけでなく、世界じゅうのいろんな問題が解決するかのように。

そのとき突然、わたしは家に万能薬がいることを思い出す。医者だったらどんな治療法だって試してみるべきだ。わたしはデイヴィッドに電話をかけ、グッドニュースを診療室につれてきてくれないかと伝える。

「おカネは払わなきゃダメだぜ」彼は言う。

「そんなの誰が出してくれるわけ？　わたしの神秘体験ヒーリング予算から？」

「どこからでもいいけどさ。でも、あいつのことをタダで利用するのはよくないよ」

「じゃ、こうすれば？　もしミセス・コルテンサを治療してくれれば、家賃と食事代はタダ。電気代も。いろんな不便も」

「毎日来させようってわけじゃないだろうね」

「毎日つれてくる必要なんてありません。わたし、ちゃんとした医師ですからね。たまには、効果のある抗生物質を処方したりもしてるんだから」しかしそんなことを言いながら、わたしはほかの常連患者のリストを思い浮かべている。想像してみてほしい。ミスター・アーサーズの来ない仕事場。ミセス・マクブライドも！　わたしたちが愛情のかけらもこめずに「マヌケ」と呼んでいる、あのブライアン・ビーチも！

グッドニュースは十五分でやってきた。その十五分は、確かにミセス・コルテンサの診察に通常かかる時間より短かったけれど、それでも、その十五分だって短縮できればそれに越したことはない。受付からは変な顔をされたが、誰からも文句は出なかった。

ミセス・コルテンサはグッドニュースの眉《まゆ》ブローチをむきだしの敵意でにらみつける。

「やあ、こんちわ」とグッドニュースが言う。「美人だね。名前は？」

彼女はただにらみつづけている。

「コルテンサさんです」

「その名前じゃなくてさ。ちゃんとした名前だよ。ファースト・ネームさ」

もちろんわたしには、何がなんだかわからない。わかるわけがない。たった五年しか彼女を診察してこなかったのだから。わたしはカルテのあちこちを探す。

「マリアさんよ」

「マリアか」とグッドニュースは言い、もう一度その名前を復唱する。今度はいやにもったいぶった、いかにもヨーロッパ人っぽいアクセントだ。「マリィィィア。じゃ、マリアをどうしようか？　あの歌、知ってる？　『ウエスト・サイド物語』のさ」

「あれは『サウンド・オブ・ミュージック』でしょ」とわたしは彼に言う。「『ウエスト・サイド物語』のはちがう歌よ」ふと、診察が終わるまでにわたしが専門知識を披露できるのは、この瞬間だけかもしれないと心配になる。

「ってことは、あなたのことを歌った歌が二曲もあるってわけ？」とグッドニュース。

「でも驚かないな。とってもかわいい女の子だもんね」

ミセス・コルテンサが恥ずかしそうに微笑む。こんなお世辞にだまされるなんて、彼女の喉《のど》もとをわしづかみにしてやりたい気分だ。

「で、どんなことをすればいいのかな？　どうやったら、マリアがまた踊れるようにできる？」

「関節のほとんどが慢性的な炎症を起こしてるの。腰も、ひざも。背中がすごく痛むようだし」

「彼女、悲しんでる？」

「そりゃそうでしょ。こんな状態だもの」

「いや、そうじゃなくて、精神的にさ」

「精神的に悲しいのか、って？　つまり、ひざのことが悲しいんじゃなくて、心が悲しいのかってこと？」

「ああ、わかったよ、確かにぼくはあなたほどうまくしゃべれないよ、うぬぼれのお医者さん。でも、どっちが彼女の状態をよくできるか、試してみようじゃないか」

「治療をする前に、どうしてこの人が不幸かどうかなんて確かめなきゃいけないのよ」

「そういうことがわかれば、問題の奥へわけいっていけるから、だよ」

「悲しいですか、ミセス・コルテンサ？」わたしはたずねる。

彼女はこちらを見る。「悲しい？　悲しみ？」聴覚も英語も完全ではないから、どちらのせいで彼女が混乱しているのか、つきとめるのは難しい。

「そう、悲しみ」

「ええ、そうです」と彼女は答える。こんな質問に真剣に答えられるのは年寄りだけだろう。「とてもとても悲しいです」

「なぜ？」グッドニュースが言う。

「いろんなこと、あります」彼女は答える。そして着ているものを指ししめし――わたしが診るようになってから、ずっと黒い服ばかりだ――涙で瞳《ひとみ》をうるませる。「夫のこと」と彼女は言う。「妹。お母さん。お父さん。いろんなこと、あります」かわいそうにならない人なんていないだろうし、悲しみの原因を並べていってもなんの役にも立たないけれど、ミセス・コルテンサくらいの年齢に達すれば、ひとりでいることに慣れていてもいいのではないだろうか。「息子も」と彼女はつけくわえる。

「息子さんは亡《な》くなったの？」

「いえ、いいえ、死んだのではありません。でも悪い息子。アーチウェイに引っ越しました。電話、くれません」

「悲しいことはこれで充分かしら？」わたしはグッドニュースにたずねる。他人の悲しみのなかへわけいっていかなければいけないなんて、思ってもみなかった。ふと、グッドニュースがマヌケのブライアンを診たらどうなるだろう、と考えてわくわくする。マヌケのブライアンの心の奥底には多くの悲しみが隠されているだろうし、そのすべてを聞き出すのは容易ではないはずだ。

「とってもわかるよ」とグッドニュースが言う。「ぼくにもよく感じられる。肩と首と頭をさわらなきゃいけないって、彼女に説明してくれるかな」

「あなたの言ってること、わかります」プライドを傷つけられたかのように、ミセス・コルテンサが言う。

「かまいませんか？」

「ええ。はい」

　グッドニュースは正面に座り、彼女に目をつぶらせる。そうして立ちあがるとうしろにまわり、頭蓋骨《ずがいこつ》をマッサージしはじめる。マッサージしながら何事かつぶやいているのだが、何を言っているのかはちっとも聞きとれない。

「熱いです！」突然、ミセス・コルテンサが言う。

「それはいい」グッドニュースが言う。「熱いほどいいんですよ。変化があらわれてるんだから」

そのとおりだ。変化があらわれつつある。このつかのまの体験があまりに強烈であるせいかもしれないし、ふたりの精神集中が極度にたかまっているせいかもしれないが、わたしにも部屋の温度がどんどん高くなっているのが感じられる。明るさも増したような気がするくらいだ。こんなあたたかさなんて感じたくない。天井の電球が、ぼんやり暗い四十ワットからピカピカの百ワットになったなんて気づきたくない。こんなことを見たり感じたりするなんて、もっとほかのこと――とても複雑な何かを見たり感じたりするのと同じだ。そんなこと、できるなら体験したくない。忘れよう。忘れる努力をしよう。

しかし忘れるのが難しいことだってあった。軽いマッサージとそれにともなう環境騒乱が始まって数分たつと、ミセス・コルテンサは立ちあがり、そっと背伸びをすると、こう言う。「ありがとうございます。とてもよくなりました。とてもとても」そしてこちらにうなずいてみせる――わたしの気のせいかもしれないが、そうすることで、「こんなに軽い症状なんて、あなたに少しでも専門知識があればすぐになおせたのに」と伝えているかのようだ。そうして彼女は、入ってきたときのほぼ五倍のスピードで出ていく。

「なるほど」とわたしは言う。「お年寄りをなおすことはできるのね。よくできました。

ほめてあげます。どこかに数ポンドあったと思うけど」

「いや、なおっちゃいないよ」とグッドニュースが言う。「もちろんなおっちゃいないさ。あの人の体はどうしようもない状態だからね。でも、生きるのがずっと楽しくなったはずだよ」彼が喜んでいるのがわかる。心から喜んでいる。自己満足ではない。ミセス・コルテンサに向けられた喜びだ。わたしは、自分がちっぽけでみじめで救いのない存在になったかのような思いにとらわれる。

「教えてほしいんだけど」とわたしは彼が帰る前に言う。「子供たちはいないんだし。どんな秘密があるの？」

「どんな秘密があるのか、ぼくにもわからない。言えなかったのはそういうことじゃないんだ」

「じゃ、どういうことが言えなかったわけ？」

「ドラッグ」

「ドラッグってどういうこと？　ドラッグがどうしたの？」

「ドラッグのせいなんだ。E。つまりエクスタシー。だと思うんだよね。ぼく、Eをしこたまやってて、金曜日の夜になるとクラブへ行って『みんな愛してる、みんな友達だ』みたいな感じだったんだ。そしたら……アメリカの漫画のヒーローみたいになっちまった。スパイダーマンとかさ。ぼくの分子構造が変わっちゃったんだよ。超能力がそなわっちゃったんだ」

「エクスタシーが超能力をくれたって言うのね」

「そう思う」彼は肩をすくめる。「ヘンな話だろ？　あなたは大学で、たとえば、腿《もも》の骨はひざの骨につながってて、みたいなことをいろいろ学んでた。ぼくはクラブでキメまくってた。なのにぼくら、結局同じところへ行きついちまったってわけさ。でも、勘ちがいはしないでね。あなたのやってることに意味がないなんて言ってるわけじゃないからさ」

「ありがとう。やさしいのね」

「いやいや、あたりまえだよ。じゃ、またあとで」

夜、わたしはモリーとお風呂《ふろ》につかりながら目を凝らす。だが湿疹《しっしん》のあとはどこにも見つからない。

「モリー。グッドニュースのところへ行ったときのこと、覚えてる？」

「うん。もちろん」

「何を言われたかは？　何か聞かれた？」

「どんなこと？」

「わからないけど。どんな気分か、とか、聞かれた？」

「えええっと。あ、そうだ。悲しいかって聞かれたよ」

「で、なんて答えたの？」

「ときどきちょっと悲しい、って」

「どんなことが？」

「オウムおばあちゃんのことが悲しかった」去年亡くなったデイヴィッドの母親だ。そう呼ばれていたのは、門のところに石でできたオウムの飾りがあったからだ。

「そうね。あれは悲しかったね」

「それにポピーも」オウムおばあちゃんが亡くなった直後に死んだ飼い猫。そのふたつの死は、わたしたちの理想から言えば、あまりに娘の身近で起きてしまった。オウムおばあちゃんが倒れたのは、うちに遊びに来ていたときだった。実際に亡くなったのは夜遅くになってから病院でだったが、運びだされるときすでにかなり容態が悪かったのは明らかだった。それに――今考えればバカなことをしたと思うが――ポピーがいなくなったとき、わたしたちは一家総出で探した。モリーとわたしは、道路で（実際には道路のあちこちで）彼女を見つけた。娘がどちらの姿も見なければよかったのに、と思う。

「あれも悲しかったね」

「それに、ママの赤ちゃん」

「わたしの赤ちゃん？」

「死んだ赤ちゃん」

「ああ。あの赤ちゃんね」

トムを産む一年半ほど前、流産したことがあった。妊娠十週目での初子流産なんてよくあることだし、しばらくは落ちこんでいたけれど、もうほとんど忘れかけていた。いったいいつそんな話をモリーにしたのかは覚えていないけれど、したことは確かなのだろう。娘はそれを覚えていて、彼女なりのやりかたで悼《いた》んでいたわけだ。

「そんなことが悲しかったの？」

「うん。もちろん。あたしのお兄さんかお姉さんだったんだもん」

「まあ、そうね」魂だとか胎児だとか、そんなたぐいのことはまだ考えなくていいのよ、とモリーに言ってやりたくなる。まだ八歳なのだから、そんなことで思いなやむのはずっとずっとあとになってからでいい。だからわたしは話題を変える。「ほかには？」

「ママとパパのことも悲しかったと思う」

「どんなことが悲しかった？」

「だって離婚するかもしれなかったから。それに、ママもいつかは死んじゃうから」

「ああ、モリー」

返答のしかたは、いくつもいくつもあるはずだ。しかし今この一瞬、どんな返答も本質的に嘘《うそ》でしかないと思うし、親としてかけてやるべきなぐさめの言葉なんてまやかしだとしか思えない。わたしたちは離婚するかもしれないし、そしていつか必ず死ぬ――突然、厭世《えんせい》的で沈鬱《ちんうつ》な気分になってしまったわたしにとって、この状況をそのまま正確に写しとってくれる言葉は、それだけだ。まちがったことをモリーに伝えるのはよくない。だからかわりにわたしは、娘のほうへ手をのばし、むだだとわかっていながら、そんな考えを追いはらってやろうと、グッドニュースがするように額にふれる。ほかのやりかたで娘に接してはいけないような気がする。それ以上のことをしても、悲しみや絶望がとめどなくあふれでてくるだけだ。

「でも今は、もうそういうこと、心配してないよ」とモリーが明るく言ってくれる。立場が逆転して、なぐさめるのが子供の仕事になったかのようだ。

「ほんとう?」

「うん。ほんとう。グッドニュースが全部消してくれたから」

子供たちがベッドに入ったあとも、下におりてグッドニュースやデイヴィッドといっしょにいる気にはなれない。だから、しばらく寝室に座って考えてみる。何も考えないでいることは、今現在、わたしがもっとも好む時間のすごしかたではあるけれど、モリーとあんな会話をかわしたあとだ。考えずにはいられない。考えたのは、次のようなことだと思う――わたしたちは、とてもたくさんの人たちがまったくふつうだと考える人生を生きている。ロックシンガーや、小説家や、若い新聞コラムニストのなかには、子供たちや昼間の仕事やパック・ツアーに関するすべてを長くてつらい精神的な死だと考える人もいるだろうし、わたしたちのことを軽蔑《けいべつ》にも値しないとみなす人もいるだろうが、でも、いくら保守的な生きかたであれ、わたしたちはこんな生活を心から慈《いつく》しんでいる。それに、逆の立場の人たちだって存在する。わたしたちの生活を、とほうもなくラッキーで、祝福されていて、それがしつけや肌の色や教育や収入のたまものだとうらやむ人たちだ。後者の人たちに文句をつけようとは思わないし、そんなこと、できるはずもない。わたしは、自分が持っているものも、まだ持っていなくて体験したことのないものも、よくわかっている。でも前者の人たちに対しては……よくわからない。だってわたしにしてみれば、ふつうの人生――その手の人たちが軽蔑する「ふつうの」人生にだって、つらい精神の死を回避できるような出来事がたくさんあると思えてならないからだ。もちろん、ただ単につらいだけの出来事だってたくさんあるけれど、それでも、他人に審判をくだす権利なんて誰にもない。

人生の最初の八年間、モリーにどんな出来事があっただろう。たいしたことなんて、ほとんどなかった。わたしたちはあらゆる手をつくして、彼女を現実の世界から守ってきた。娘はあたたかい家庭で育ってきたはずだし、両親もそろっているし、飢えた経験もないし、これから一生役に立つような教育も受けている。それでも娘は、悲しいと言う。そしてそんな悲しみは、考えてみれば、すこしも場ちがいではない。両親の関係がうまくいってないことは娘を不安にさせているし、愛するもの（猫）も失った。これからの長い人生で、そんな喪失感が不可避であることを、娘はもう知っている。どんな人生でも、人間が生きていることはそれだけで充分にドラマチックだとわたしは思う。人生の山や谷を経験するために、ヘロイン中毒であったりパフォーマンス詩人であったりする必要なんてない。誰かを愛するだけでいい。

もうひとつわたしが考えたのは、娘をだめにしてしまったということだ。八歳で悲しいなんて……そんな子にはなってほしくなかった。あの子が生まれたときは、絶対そんな思いなんてさせないという自信があった。確かにそんなノルマを自分に課するのは非現実的だし、達成なんて不可能だけれど、それでもわたしが子育てに失敗してしまったことは事実だろう。言いのがれはできない。わたしは、おびえて混乱した人間を増やす作業に加担してしまった。

暗い場所にひとりで座っているのは、もう充分だろう。そろそろふつうの人生に戻る時間だ。わたしは一階におり、夫や眉《まゆ》ブローチをつけた住みこみ導師《グル》といっしょにサンドイッチを食べる。そして、この通りの住人たちはみんな、ホームレスの子供を一年間ホームステイさせてみるべきではないか、という話を聞かされる。

ふたりは大まじめだ。それはすぐにわかった。計画は着々と進んでいて、デイヴィッドが知っている情報を書きこんだ、この通りの家や住人たちのリストまですでにできあがっている。わたしがキッチンに入っていっても、ふたりは気づきもしなかった。だからわたしはデイヴィッドのうしろに立ち、肩ごしにのぞきこみながら耳を傾けた。リストはこんな感じだ。

1. 不明
3. 不明
5. 不明
7. 年寄りの女性（年寄りの男性も？　ひとつのベッドに寝ているのなら同じこと）
9. 不明
11. リチャード、メアリー、ダニエル、クローエ
13. 感じのいいアジア人家族（四人？）
15. 不明
17. 不明
19. ウェンディとエド

21. マルティナ
23. ヒュー
25. サイモンとリチャード
27. 感じのよくないアジア人家族（六人？＋風体の悪い人間）
29. ローズとマックス
31. アニーとピート＋二人
33. ロジャーとメル＋三人
35. 売り家

　通りの向かい側についても同様のリストがある。一瞬、知っている人と知らない人のあいだに明らかなパターンがあることが気にかかる――わたしたちは隣や真向かいの人たちのことならよく知っている。だが、六、七十ヤード離れたところにいる人たちのことは、ほとんど何も知らない――すると、とんでもない狂気の沙汰《さた》が耳に飛びこんできて、わたしは我にかえる。

「計算すると、少なくともこの通りには予備の寝室が四十部屋あることになるな」デイヴィッドの声だ。「すごいじゃないか。四十も予備の寝室があって、何千人って人たちがベッドもないところで寝てるんだぞ。こんなふうに考えてみた経験なんて、これまでなかったよ。空き家のことを考えて腹が立ったことはあったけど、でも、空き家なんてほんとは問題じゃなかったんだ。そうだろ？　この通りで四十も寝室が空いてるんだったら、同じ郵便番号の区域だけで外にいるホームレスの子供たちをほとんど収容できそうじゃないか」

「十軒くらいっていう目標でいいんじゃないかな」とグッドニュース。「それで充分だと思うよ」

「そうかい？」いささかがっかりしたようにデイヴィッドが言う。知りもしない他人を泊めてやってくれと説きふせてまわる相手がたった十家族しかいないなんて、彼には予想もしなかったほどひどい妥協案に思えるのかもしれない。つまり、立場が逆転したというわけだ。ディッシュウォッシャーとそりのあわないスピリチュアル・ヒーラーが今や堅固な現実路線をとり、わたしの夫が夢見るオプティミストになってしまった。「わかんないけどさ、十軒なんて、議論に負けたみたいじゃないか？　きちんと説明すれば、誰にも反論なんてできないと思うんだけどな」

「わかってくれない人たちだっているよ」とグッドニュース。

「予備の寝室をほかのことに使ってる人たちだっているだろうし」とわたし。

「どんなことだよ？」とデイヴィッドがかすかな敵意を持ってたずねる。以前、わたしに反論したくなったときは、いつもこんな口調だった——たとえば、どうしてほかの宗教のありかたについて子供たちに説明したいなどと言うのか（彼は宗教のことなんていっさい子供たちに説明したがらなかった）、どうしてマヤ・アンジェロウの朗読会になんて行きたがるのか（「ええ？　きみは黒人のフェミニストになったのかよ」）。それがどれだけわたしを疲れさせる口調だったか、すっかり忘れていた。

「たとえば、あなたはうちの予備寝室で仕事をしてたじゃない？」

「わかった。じゃあ、四十世帯のうち五世帯は仕事部屋に使ってることにしよう」

「両親が来たときのためにとってある人たちは？」

「こまかいところにこだわるんだな」

「両親がいるってのが、どうしてこまかいところなわけ？」

「そうじゃないんだ。精神的なことさ。きみには精神ってものが欠けてるよ」

「どうもおほめにあずかりまして」

「そんなこと、ほんとうの問題じゃないんだ。きみはネガティブになってるだけさ」

「みんながどんな生活をしてるのか、あなた、知らないでしょ？　名前だって知らないのに」わたしはふたりの前にある紙を指ししめす。「なのに嬉々《きき》として、みんなにとってほんとうの問題がなんであるのか、決めつけようとしてる。どうしてあなたにそんな権利があるの？」

「段ボールのなかで寝てる人がいるのに、半分空っぽの家に住む権利なんて、どうしてあるんだよ」

「どうしてそんな権利があるのかって？　ローンを払ってるからよ。だから権利が発生するの。それぞれの家族の家なのよ、デイヴィッド。おまけに、そんなにバカでかい家でもない。ビル・ゲイツのお尻《しり》でもつついてみれば？　トム・クルーズでもいいし。彼らの家に、予備の寝室なんていくつあると思う？」

「やつらがすぐ近くに住んでれば、早速つつきに行ってみるよ。でも、住んじゃいないからね。それに、あいつらなんて必要ない。だってこのあたりだけで、充分部屋はあるんだから。きみは恥ずかしい思いをするのが怖いだけだよ」

「そうじゃないわ」いや、そうだ。そのとおりだ。恥ずかしい思いをするのが、心底、怖い。きっとトラック一台分くらいはそんな思いをさせられるだろう。今しゃべっていても、ブルブル音を立てながら近づいてくるディーゼル・エンジンが聞こえるみたいだ。

「どんなふうに進めるつもり？」

「わかんないけどさ。一軒一軒まわるよ」

「パーティはどうだろう？」と明るい声でグッドニュースが言う。「この家でパーティを開くんだよ。そこでみんなに説明すればいい……最高だと思うけどな」

「まったくすばらしい」とデイヴィッドが、間近に天才がいることの喜びをあらわにしながら言う。

「まったくすばらしいわ」とわたしは、オーブンに頭をつっこみたくなった人の気持ちで言う。だがそんな気持ちなんて、彼らは少しもわかろうとしてくれない。

そのとおり。ふたりは明らかにまちがっている。それに、完璧《かんぺき》におかしい。ただ、どこがまちがっているのか、はっきり指摘できないだけだ。一九四〇年代、疎開者《そかい》に予備の寝室を提供したことと、二〇〇〇年、ホームレスに予備の寝室を提供することとは、どうちがうんだろう？　疎開者は生命の危険にさらされていた、という指摘は可能かもしれない。だがデイヴィッドとグッドニュースなら、ストリート・キッズの平均寿命はわたしたちの平均寿命よりずっと短いと主張するだろう。四〇年代と同じ理由で、今こそこういった博愛精神が必要なのだと言うはずだ。ふたりを笑いとばし、偽善的で神聖ぶったお助けバカだとなじることはできる。モラルの脅迫者、狂信者と言ってもいいかもしれない。だが彼らは、他人にどう思われようとかまわないさ、と答えるはずだ。もっと大きな善の問題なのだから、と。それにわたしたちにはほんとうに、予備の寝室をがらくた部屋や、音楽室や、やって来もしない一夜の客のためにとっておく権利があるんだろうか。凍えるように寒く湿った二月の歩道で生活している人がいるのに、どうしてもっとシェルターを作ろうという政令ができないんだろうか。それにどうして、わたしの夫やグッドニュースがふたりそろって、イエス・キリストやガンジーやボブ・ゲルドフにならなきゃいけないんだろうか。国民がこぞってこんなエネルギーを発揮し、私有財産制について考えなおしたりしたら、ホームレス問題はロンドンでもイギリスでも、そして西洋世界のどこでも、もう存在しなくなるんじゃないだろうか。でも、恥ずかしいっていう現実問題にはどう対処すればいいんだろう？

そんな疑問に対する回答は、もはや見つからない。わたしにわかっているのは、ふたりの仲間になんて入りたくないってことだけだ。ご近所の人たちを巻きこんだりもしたくない。デイヴィッドやグッドニュースがインターネットの会社でも始めて巨万の富を稼ぎ、セクシー・アイドルやスイミング・プールやコカインやデザイナー・スーツにおカネをつぎこんでくれたほうが、まだましだ。そのほうが、みんなに理解してもらえる。少なくともご近所を困らせたりはしない。

翌日の朝食の席で、デイヴィッドとグッドニュースは子供たちにパーティの計画を発表する。モリーは好奇心をそそられている。トムはテーブルについてゲームボーイに没頭し、ライフがなくなるとシリアルを口に運ぶ。明らかにつまらなそうだ。わたしはふたりの子供のあいだにはさまり、男たちは肩をよせあいながらテーブルに背を向けて質問に答えている。この家の力関係が大きく変わってしまったことを無視するのは不可能だろう。わたしは子供の側に立たされてしまった。母性的な意味あいではない。思い出すのは、十四、五歳だったころ親戚《しんせき》全体が集まるパーティへ行って、食事が始まると、年下のいとこたちといっしょに座るべきなのか、それともおじやおばといっしょに座るべきなのか迷ったときのことだ。

「うちにもホームレスの人が泊まりに来るの？」とモリーがたずねる。

「もちろんだよ」とデイヴィッドが答える。

「うちにはもう、ひとりいるんだけどね」とわたしは言い、当該者に向かって意味ありげな視線を送る。

「ほかの人たちにもがんばってもらおうよ」

「心からそう望む人たちにね」デイヴィッドがそう言うのを聞いて、わたしは思わず吹きだしてしまう。心からそう望む人たち……まるで、数年前のクリスマスはみんなが『トイ・ストーリー』のキャラクターグッズを欲しがっていたけれど、今年のクリスマスはみんながホームレスを欲しがるかのような言いかただ。確かにホームレス・ショップには在庫切れなんてない。

「何がそんなにおかしいんだか、ぼくらにも教えてくれないかな、ケイティ」

ほんとうに彼はそう言った。教師みたいな口ぶりだ。厳格で、ちょっととりみだしていて、百年前に書かれた台本を読み上げているみたいな感じ。

「そのセリフはちがうわ」突然、最年長の子供になり、意地悪を言うのが義務になってしまったような思いにとらわれ、わたしはそう言う。「あなたのセリフは『教室のみんなにわかるようにジョークを説明してくれないか』じゃないの？」

「何を言ってるんだ？」

「ぼく、わかるよ」とトム。「わかんないの、パパ？　パパが先生になって、ママが悪い子供になってるんだよ」

「バカなことを言うんじゃない」

「ほんとだって」とトム。「そういうふうに聞こえるもん」

「悪かった。バカだなんて本気で言ったんじゃないからね。ま、いいか。このアイデア、みんな賛成してくれるだろ？」

「質問があります」子供たちと並ばされ、子供並みにあつかわれたことが、わたしを解放する。公民権剝奪《はくだつ》が逆に力をあたえてくれたわけだ。

「はい、ケイティさん」

「近所の家にホームレスが入ってきて、損害をあたえたらどうするんですか？」言いにくいことを言うのは子供の特権だ。

「どういう意味だい？」

「つまり……そういうことよ。もしわたしたちが、泥棒を家に入れる手伝いをしたら、ってこと。おカネもなくて、ドラッグをやってるような人なら、やりかねないじゃない？」

「きみはホームレスを固定観念で考えすぎてるね、ケイティ。そういうの、あんまり正しくないんじゃないかな」

「わたしにはわたしの考えかたがあるの、デイヴィッド。そう、たとえば……フットボール・ファンについての固定観念って、酔っぱらって他人の頭でビールのボトルを叩《たた》きわるような人よね。固定観念だってことは、わたしにもわかってる。アーセナルの試合を見に行く人は、ほとんどそんな人じゃないものね。だけど……ひとりかふたり、ほんとうにそんな人だっているかもしれないでしょ？　そんな人といっしょに暮らせだなんて、ローズやマックスには言えないもの」

「こんな会話が役に立つとは思えないな」

「そういうこと、考えた？」

「もちろん考えないさ」

「でしょうね。これからは考える？」

「いいや」

「どうして？」

「みんなの考えかたを変えたいからさ。みんなと同じ考えかたをしてるうちは、みんなの考えかたを変えることなんてできないだろ？　すべての人に善意があるって思いたいからね。そうじゃなきゃ、こんなこと、なんの意味があるんだ？」

最後のもったいぶった質問には、いくつもの答えかたがあるはずだ。しかしわたしの口からはひとつも出てこない。わたしは首を振って立ちあがり、仕事に行く。もう一度大人に戻るために。


ただ当然のことながら、わたしの家庭内の状況が変化したおかげで、仕事場にまで影響が出てしまう。病院に着くと、受付のドーンがデスクの向こうで口をあけ、眉をひそめ、たくさんの老いた女性たちを前にして困惑しているところだ。ヨーロッパ大陸からやってきたその女性たちは、宙で手を振って「熱いんだって！　とっても熱いのよ！」と言いながら、突然体に力がみなぎったようなそぶりを見せ（だがそれはただのそぶりであり、ほんとうに力がみなぎっているのは彼女たちの眼だけだ）、悲しげな表情を浮かべている。

ドーンが絶望したような視線をこちらにむける。「どんな治療をしたわけ？」彼女はたずねる。

「何も」わたしはドーンが考えているのとはちがう結論を導きだすために、あわてて答える。「ただ、昨日ある人を呼んだだけ。マッサージ師なんだけどね。ミセス・コルテンサの背中をなおそうと思って。あの人たち、それで集まってるの？」

「そのマッサージ師って、熱気ムンムンって感じなの?」

「ううん、そうじゃない。たぶん彼──」そう言いながら、わたしは既視感にとらわれる。「クリームか何かを使ってて……おばあちゃんたちには効果があるみたいなのよ」

「じゃあ、わたしはなんて言えばいい?」

「ええと、そうね……わかんないけど。塗布剤でも買ってください、って言っといて。効き目は同じだし。紙にでも書いて貼《は》っておけば、みんな帰ると思うから」そうしてわたしは廊下をぶらぶらと歩いていく。詮《せん》ない願いではあるけれど、知らんぷりを決めこんで立ちされれば、不幸なエピソードなんてみんな忘れてくれるかもしれないと思う。だが、一時間もしないうちにベッカがやってくる。

「待合室で、患者さんのひとりが誰かになおしてもらったっていう噂《うわさ》が飛びかってるよ」と彼女はなじるように言う。「あなたに関係した人だって話なんだけど」

「ごめん。もうそういうことはしないから」

「そう願いたいわよね。ねえ、わたしの診てるおばあちゃんたちがそろって、あなたの友達に熱い手をした人がいるって言ってるんだけど、あの人のことなの?」

「どの人?」

「浮気の相手」

「ちがう。そうじゃなくて……別の人」

「ほんとに別の人？　それとも別の人のふりをしてるだけ？　あなたとわたしの秘密にしとくからさ。絶対に誰にも言わない。同じ男じゃないの？」

「ほんとにちがう人だって。浮気の相手は消えました。今度はスピリチュアル・ヒーラーってとこ。デイヴィッドの脳腫瘍《しゅよう》の原因になった男。うちに越してきたのよ」

「その男と寝てるわけじゃないのね？」

「そんな人となんて寝てません。もう、ほんとに。ふれるだけで病人をなおす能力に興味があるのかと思ったら、あなたが知りたいのって、彼が誰と寝てるかってことなのね」

「正確にはちがうけど。熱い手をした男とセックスするのがどんな感じなのか知りたかっただけ。でもあなた、知らないんでしょ？」

「ええ、知りません」

「わかったら教えてくれる？」

「ベッカ、どうもあなたってわたしのこと、一所懸命に誤解しようとしてるみたいね……最近あったことのせいで、わたしがいつも、ひと癖もふた癖もある男とつきあってると思ってるでしょ。背信って、職業じゃないのよ。わたしは恥ずかしいことをしたって思ってる。もうジョークにするのはやめてくれない？」

「ごめん」

「その人のこと、どうすればいいと思う？」

「どの人？　あんまり多すぎてわからない」

「いいかげんにして」

「ごめん、ごめん」

「また頼んでみるべきだと思う？」

「とんでもない」

「どうして？」

「わたしたちって診察医なのよ、ケイティ。七年間も訓練を受けてきたの。わたしたちよりいい仕事をする人がごまんといるってのはわかってるけど、そんなこと、患者に教えちゃダメ。そんなことがバレたら、もう終わりなんだからね」

もちろん彼女は正しい。たとえ患者をなおす力があったとしても、毎日グッドニュースに来てもらうわけにはいかない。いや、患者をなおす力があるからこそ、だ。これはわたしの仕事であって、彼の仕事ではない。もうすでに、彼はわたしの領域をさんざん侵してきたではないか。

8

　トムはゲームボーイなんて持っていない。わたしもデイヴィッドもそんなことくらい知っていたはずなのに、朝食のあいだじゅう息子がゲームボーイで遊んでいても、ありえない光景だとはついぞ思わなかった。おまけに仕事場に来てからずっと、なんだかおかしなイメージが頭に浮かんでいたのに、わたしはどこがおかしいんだかつきとめられずにいた。電話をとったのは母性本能が心配事を解決しようとしていたからだと言いたいところだけれど、実はそうではない。鳴ったからとっただけだ。トムがゲームボーイなんて持っていないことにあらためて気づかされたのは、デイヴィッドが電話の向こうで、学校からわたしたちに呼び出しがかかっていて、このところ目にあまる息子の盗み癖について校長と話しあわなければいけない、と教えてくれたときだった。

「あの子、何を盗んだの?」わたしはデイヴィッドにたずねる。「あのゲームボーイだよ。とりあえずはね」と彼は答える。

　母親ならではの捜査本能にようやくエンジンがかかったのは、そのときだ。

四時に学校へ着くと、校長の机の上に盗んだ品物が、神経衰弱ゲームか何かのようにきちんと並べて展示されている。ゲームボーイだけでなく、ビデオテープも二本あるし、SCLUB 7のCDも、「たまごっち」も、無数のポケモン・シリーズも、マンチェスター・ユナイテッドのジャージも、半分食べかけのお菓子の袋もある。妙なことに、クラスメートの休日のスナップショットが入った紙財布まであった。

「どうしてこんなものが欲しかったの？」でも息子にはわからないらしい。ただ肩をすくめてみせるだけだ。椅子《いす》の上で背中をまるめ、自分を抱きしめるような格好をしているところからすると、悪いことをしたとは思っているのだろう。しかしそんな姿のどこかに、彼なりの怒りも見えている。トムは困った状況になると、じっとこちらを見つめてくる子だ。あるときわたしは、そんな息子が、やさしさを求めていることを理解した。いけないことをしてひどく叱《しか》られていても、それでもまだわたしから愛されているという証《あかし》を求めているわけだ。いつもはそんな息子の姿を見ていると、胸がはりさけそうになる。だが今、息子にとって、愛情の証などなんの意味もないらしい。彼は部屋にいる誰とも目をあわせようとしない。

「釘《くぎ》で打ちつけていないようなものは、なんでも自分のものにしてきたようでしてね」と女性校長が言う。「ご想像どおり、学校でのおたくの息子さんの人気はがた落ちですよ」ジーニー・フィールドという名のその校長は、やさしくて、頭がよくて、人あたりがいい。たぶん、これまであまり彼女の手をわずらわせてこなかったせいだとは思うけれど、いつもはうちの子供たちのことをほめてくれる人だ。ふたりはきちんと登校している。授業も楽しんでいる。友達を殴ったりもしない。さっさと家に帰る。だが今やトムは、彼女の時間とエネルギーを奪う存在になってしまった。そのことがほかの何にも増して、わたしをみじめにさせる。

「家庭の状況が変わったりしたんでしょうか？」

いったいどこから始めたらいいんだろう。父親の神学的変化からか？　離婚が成立したらどちらの親と住むのかという会話からか？　グッドニュースの出現からか？　部屋にいる人間をひとりも恥ずかしがらせないやりかたでここ数か月の出来事を説明するのは残念だけどあなたの仕事よ、という気持ちをこめながら、わたしはデイヴィッドを見る。すると彼は、居心地悪そうに椅子の上で身じろぎする。

「ちょっとごたごたがありましてね、ええ」そしてわたしは、恐ろしいことに気づく。グッドニュースと出会って以来、デイヴィッドは、恥を避けようとするなんて気どったブルジョアのやることだと考えている。その考えを今さら曲げるつもりなんてないはずだ。

「トム、お願いだから外で待っててくれない？」わたしはあわてて言う。だがトムは動かない。だからわたしは息子の腕をつかんでむりやり立たせ、部屋の外へと押しだしてしまう。デイヴィッドがとめようとするが、わたしが首を振ると彼は口を閉じる。

「話してもケイティは気にしないと思うんですが、彼女、浮気をしてたんですよ」部屋に戻ってくると、デイヴィッドがそう言っているところだ。

「話してほしくなんてないんだけどね」わたしはわざと念を押すように言う。

「ええと」とデイヴィッドはとまどいながら続ける。「でも、責任はぼくにあるんです。気遣いの足らない短気な夫でしたから。ケイティを充分愛してやらなかったし、ちゃんと感謝していなかったし……」

「そういう……そういうことは、よくありますね」とジーニーは言う。きっと彼女は、ナイフをちらつかせながらドラッグを売っている両親と、字も読めないくせにセックスのことばかり考えている子供の問題について話しあっているほうがましだった、と思っているはずだ。

「でも、ぼくの……その……ぼくのいけないところが、あるスピリチュアル・ヒーラーと出会って明らかになったんですよ。それ以来、ぼくは変わったんです。そうだろ、ケイティ？」

「ええ、もちろん変わったわよね」わたしは疲れた声で答える。

「そのスピリチュアル・ヒーラーは、今、うちに泊まってるんです。そうしてぼくらは……ぼくらはライフスタイルのありかたを検証しなおしてるところなんです。つまり……そういうことが、トムの心をみだしていたんだと思うんですよね」

「そういう可能性もあるかもしれませんね、ええ」とジーニーは言う。彼女の表情には、その口調ほどのドライさはあらわれていない。白ワインになるやりかたを心得ているようだ。

ドアをノックする音が聞こえ、トムが入ってくる。

「もう終わった?」彼はたずねる。「つまり、ぼくが聞いちゃいけない話はもう終わったのか、ってことだけどさ。ママのボーイフレンドのこととか」

わたしたちは視線を足もとに落とす。

「座りなさい、トム」とジーニーが言う。息子が腰をおろしたのは、部屋の隅であらぬ方向を向いている椅子だ。そのせいで、みんながそちらへ顔をねじまげなければならない。「あなたがどうしてこんなことをするようになったのか、それをみんなで話してたの。学校やおうちで気に入らないことがあるのか、それとも……」

「そんなの、何もないよ」とトムが突然、怒ったように言う。

「どういう意味ですか?」ジーニーが息子にたずねる。

「何もないよ。うちにはさ。全部、人にあげちゃうから」彼は父親のほうへあごをしゃくる。

「ああ、トム」デイヴィッドが傷ついたように言う。「バカなことを言うもんじゃない。いろんなものを持ってるじゃないか。だからそのうちのいくつかをあげようとしただけだろ？」

「ちょっと、ちょっと待って」何かわたしの知らないことがあるようだ。「トム、それって、あげることにしたのは、コンピュータだけじゃないってこと？」

「うん。ほかにもたくさんだよ」

「たくさんなんかじゃないぞ」とデイヴィッドは答えるが、その口調にあらわれたいらだちが、息子の言うとおりだと伝えている。

「いつのこと？」

「先週。パパがぼくらのオモチャを全部調べさせて、半分、取りあげちゃったんだ」

「どうして話してくれなかったの？」わたしはその質問を、デイヴィッドではなくトムに向けて発する。とても暗示的だ。

「言っちゃダメだって言われたから」

「どうしてパパの言うことなんて聞くの？　パパがおかしいの、知ってるでしょ？」

ジーニーが立ちあがる。「この手のことはご家庭でお話しになったほうがよろしいようですね」と彼女はやさしく言う。「かなり難しい問題ではあるようですけど」

あげてしまおうとしたもののほとんどは——受取人はまたしても女性保護センターだ——もともとがらくただったり、もう子供たちが使っていないオモチャだったらしい。デイヴィッドによれば、火に油を注いだのはモリーだ。娘は、もし人にあげるなら、トムといっしょに楽しんだほんとうにいいオモチャでなければ意味がないと考えた。そこで三人は、ある合意に達した（トムはこの合意書にサインするのをためらったようだが）。今遊んでいるオモチャのなかから寄付するという合意だ。トムはラジコンカーを手放し、ほとんど即座に後悔した。だからつまり、息子の犯罪生活には複雑な心理的理由があったことになる。彼は自分のオモチャを手放したことを、ほかのもので補いたくなったわけだ。

家に戻るとトムと話をし、これからの行いに関して必要な言質《げんち》をすべてとる。それなりの罰をあたえることにも合意する（一週間、いっさいテレビはダメ。『ザ・シンプソンズ』は一か月間禁止）。だが話をしなければならないのは、息子とではない。「わたし、わからなくなっちゃった」ふたりきりになると、わたしはデイヴィッドに言う。「説明してほしい。だって、そんなことしてなんになるのか、さっぱりわからないから」

「そんなことって？」

「あなた、子供たちを変人にしようとしてるじゃないの」ほかのやつらのほうが変人だなんて言わないでお願いだからそんなこと言わないでお願いお願い――だってそんなの、真実じゃないから。そうでしょ？　そんなことが真実だなんて、ありえない。「変人」っていう言葉が何かを意味しているかぎりは（でも、みんなが見ている『クイズ＄ミリオネア』を見たがらない人は、変人なんじゃないだろうか。無数の人々が主食にしているビッグマックを食べられないなんて、変人なんじゃないんだろうか。いや、それはちがう。だって大きな円のなかに、もうひとつ円が描けるのだから――小さなほうの円は、つまるところ、わたしたちの郵便番号区域をかこんでいる――この円のなかだと、わたしは少数派ではなく多数派だ。しかしながら、日曜のランチや子供のオモチャを他人にあげたがっている人々の円となると、描けるのは、わたしの家をかこむ円だけだろう。それが「変人」という言葉の、わたしなりの定義だ。そしてそれは、すごい勢いで「孤立」という言葉の定義にもなりつつある）。

「現実に起きていることを心配するのが、ほんとうに変人のやることなのか？」

「心配するのは当然よ。病気になるまで心配したってかまわない。でも行動しようとしたときに、問題が起きるの」

「何が問題だって思うのか、教えてくれないか」

「何が問題か、ですって？　わからない？」

「きみが何を問題視してるのかは、わかる気がする。でもそれは、ぼくに言わせれば、問題なんかじゃないんだ」

「自分の息子が泥棒になっても、問題じゃないってわけ？」

「盗みなんてもうしなくなるよ。それに考えなきゃいけないのは、もっと大きなことだからね」

「そこがわからないの。大きなことって、いったいなんなわけ？」

「説明できないよ。しようとはしてるんだけど、でも、できない。つまり……その、ちがう人生を生きたいってことなんだけどね。より良い人生。今はぼくら、まちがった人生を生きてるからさ」

「ぼくら？　ぼくら？　ろくでもない小説を書いてたのはあなたでしょ？　ほかのみんながどうしようもない人間だっていうコラムを書いてたのもあなたよ。わたしは病気の人々をなおそうとしてきただけ」ひどい言いかただとは思うけれど、わたしは彼の言葉にすっかり腹を立てている。わたしはいい人だ。医者だ。浮気をしたことは認めるけれど、だからといってそれだけで悪い人になるわけじゃない。それだけで、すべてを手放さなきゃいけなくなったり、子供たちがすべてを手放すのを黙って見ていなきゃいけなくなったりするわけじゃない……。

「高望みしてるのはわかってる。しすぎかもしれない。フェアじゃないかもしれない。だから、ついていけないっていうきみの気持ちだってわかる。でもそれは、きみの気持ちだからね。今のぼくにはどうしようもないんだ。ただ……目からウロコが落ちちゃったんだよ、ケイティ。ぼくはむだな人生を生きてたんだ」

「だからって、こんなことして、どうなるってわけ？」

「ポイントはそういうことじゃないんだ」

「じゃ、何がポイント？　お願いだから教えて。わからないから」

「ポイントは……ポイントはぼくの気持ちなんだ。どういうことができるかなんて、どうでもいい。何もやらなかったって思ったまま死にたくないんだよ。天国だとかそういうことを信じてるわけじゃない。でも少なくとも、そういうところに入る資格のある人間ではいたいと思ってる。わかるかな？」

もちろん、わかる。だってわたしは医者だ。

その後まどろみながら、わたしは世界じゅうで悪い人生を生きている人々の夢を見はじめる――あらゆるところにいる無数のドラッグ・ディーラーや武器製造業者や腐敗した政治家やシニカルなろくでなしども――夢のなかで、そんな人たちがグッドニュースに触れられ、デイヴィッドのように変わってしまう。そしてわたしは怖くなる。だってわたしには、悪い人たちが必要だからだ――彼らはコンパスになってくれる。ここから南に行けば、聖者や看護師やスラム地区の学校の教師たちがいて、北へ行けばタバコ会社の社長や地元新聞の怒れるコラムニストがいる、というふうに。北を指ししめす道を見失わせないでほしい。だってわたしは、さまよいはじめてしまうから。これまでにしてきたことや、してこなかったことがなんらかの意味を持つこの土地で、すっかり道に迷ってしまうから。

次の日は木曜日で、午後は仕事がない。だからトムが学校から戻ってくると、散歩に連れ出す。その意味がさっぱりわからない息子は、執拗《しつよう》に抵抗する——「なんのために散歩なんてするわけ？　どこに行くつもり？」——もし拒否できる立場にいたら、きっぱり拒否したことだろう。だが彼は今、自分がまずい状況にあることを知っている。いちばん近くにある公園をひとまわりすることで楽になれるのなら、それくらいのまわり道はなんでもないことくらい、よくわかっている。

こんなことを言うのはつらいし、気分も暗くなるのだけれど、最近のわたしは、トムやモリーをあまり好きではなくなっている。このところしばらく、そんな自分の気持ちに気づいていたけれど、ずっと、それはまったく当然なのだと思いこんできた——無口で、ときに無愛想なこの少年と、にこにこ笑っていたまるで奇跡のような二歳のころの彼を比べて、どうして同じ気持ちでいられるだろう？　でも今は、そんな気持ちの変化が当然だったのかどうか、自信がない。トムは見かけよりずっと愛すべき存在なのではないだろうか。愛すべき存在だと思えないのは、息子に魅力が欠けているからではなく、わたしに母性が欠けているせいなのではないだろうか。今はそう思いはじめている。

「ぼくのせいじゃないからね。だからそんなふうに言わないでよね」と彼は、家から十ヤード離れると言う。確かに疑いようはないみたいだ。トムはもっといい子にならなければいけない。

「どうしてあなたのせいじゃないの？」

「だってパパのせいだもん。それにグッドニュースのせい」

「ふたりが盗んだって言いたいの？」

「ちがう。でもあのふたりが盗ませたんだ」

「盗ませた、ね。どうやって盗ませたわけ？」

「そんなのわかってるくせに」

「教えて」

「あのふたり、ぼくから剝奪《はくだつ》してきたんだ」

「『剝奪』ってどういうこと？」

「学校にいるあいつらみたいにさ。ママ、あの子らが『剝奪』されてるって言ってたじゃんか」

トムは以前、どうして学校のある特定の男の子たちだけがトラブルに見舞われるのか、たずねたことがあった。そしてわたしは――ふりかえってみればバカなことをしたと思うけれど――剝奪という概念を持ちだしてしまった。きちんとものを考えている母親としての義務を果たしていたつもりだったのだが、自分の息子に犯罪の言いのがれのしかたを教えていただけだったわけだ。

「それとこれとはちがうでしょ」

「どうして？」

「だって……」

「あの子たち、家にあまりものを持ってないからトラブルに巻きこまれるんだって、ママ、言ってたじゃん。今、家にものを持ってないのはぼくだよ。だからトラブルに巻きこまれてるんだ」

「じゃ、あなたは自分があまりものを持っていないって思ってるわけね」

「もう持ってないよ」

わたしはリベラリズムってやつに心からうんざりしつつある。複雑だし、疲れてしまう。浅知恵の働く甘やかされた子供だったら、そんなもの、すぐに誤解して悪用するだけだ。そしてそこには、疑いの心が生まれる。そんな疑いの心にも、もううんざりだ。わたしは確実なものが欲しい。昔のデイヴィッドは確実だった。マーガレット・サッチャーだって、確実だった。わたしみたいな人間になりたい人なんて、いるだろうか。あるいはわたしたちみたいな人間に？　だってわたしたちは、ほとんどいつもまちがっていて、いつかきっと地獄に堕《お》ちるだろうと、ほとんどいつも確信している。目覚めたときは逆の結果を導こうと考えているが、いくらそんなことを考えてもむだだ。何が正しいのかはわかっているくせに、大変だからとか、労力がかかりすぎるからといった理由で、やろうとはしない。ミセス・コルテンサやマヌケのブライアンを治療したって、なんの見返りもないなんて考えてしまう。だから毎日、わたしは善の収支決算において黒字ではなく、赤字のほうへ傾いていく。そして今日、わたしは自分の子供たちをあまり好きではないことを学び、どうやってだか、そのうちのひとりに対してクラスメートからものを盗む後押しをしてしまったことを学んだ。一方、デイヴィッドはホームレス救済計画を推しすすめているところだ。それでもわたしは、なぜだか、自分のほうが彼よりいい人だという信条にすがりついている。

「トム、あなた、文句ばかり言ってるとんでもない子供になりつつあるわよ」とわたしは、なんの説明もなく息子に言う。彼が文句ばかり言っているとんでもない大人たちによって作られたという事実を口にするつもりはない。わたしたちは黙りこくったまま散歩を終える。

わたしたちは、前グッドニュース期以来、友達と食事をしていない。ようやく金曜日の夜、アンドリューとキャムのところへ食事をしに行くことにする。子供の面倒を見てくれるのはグッドニュースだ。彼のほうからそう申し出てくれたし、子供たちもそれで問題なさそうだったし、ほかに面倒を見てくれる人も見つからなかったから、わたしたちは彼の申し出を喜んで受け入れた。アンドリューとキャムはわたしたちに似ている。びっくりするくらいだ。アンドリューは、メディアの階層のいちばん下の段にかろうじて足をひっかけている。だが、これ以上落ちる余裕なんてあまりないから、足を踏みはずしたって大事には至らないし、自分や家族が多大なダメージをこうむったりはしない。彼は、男性向けフィットネス月刊誌に書評コラムを連載している。だから、たぶん世界でいちばん読者の少ない文芸評論家だろう。もちろんほかのものだって書いている――彼の場合はめでたいことに小説ではなく、映画の脚本だ。おかげでデイヴィッドは、脅威を感じずに同情を示すことができるし、ふたりはこれまで少なくとも、どれだけひどい映画を見たか、どれだけ最悪な小説を読んだか、笑ってこきおろすことができた。ふたりの不平不満は、単なる不快感の表明にとどまらず、まるで奇跡のごとくお互いの同胞意識を高めあってきた。またキャムは、公共医療施設でマネージャーを担当している。彼女は充分やさしい人だけれど、わたしたちにはあまり共通点がない。彼女は、子供なんていらないと思うくらい公共医療に身も心も捧《ささ》げているけれど、わたしのほうは、子供のこともふくめてほかの話題があるときには、仕事のことなんて口にしないほうが幸せだと思っている。わたしたちがお互いに対してやさしいのは、フラストレーションのたまった怒れる男性パートナーにとって、四人の関係がどれだけの価値を持っているか、よく認識しているからだ。

しかし今、突然、わたしの男性パートナーは怒ってもいなければフラストレーションも感じない人になってしまった。アンドリューはまだそれを知らない。彼は電話をかけてきてわたしたちを招待し、わたしはそれを受け入れて電話を切っただけ。フィンズリー・パークの奇跡を知らせる機会なんてなかった。デイヴィッドは知らんぷりを決めこんでいる。向こうへ行く途中（ふだんはタクシーに乗るのだけれど、デイヴィッドがワインなんてもうあまり飲むつもりはないと言うので、今回は彼が運転している）、わたしはそっと、グッドニュースのことをアンドリューに伝えるつもりがあるのかどうか、たずねてみる。

「どうして？」

「理由なんてないけど」

「言わないほうがいいと思う？」

「うん。だって……でも、もしあなたが言いたかったら、言うべきだと思うけどね」

「きみにはほんとのことを言っておくよ、ケイティ。その話題って、とっても話しにくいんだ。変人だって思われずにわかってもらうにはね」

「そうね」

「どうしてそうなんだと思う？」

「全然わからない」

「人って、色眼鏡でものを見るだろう？　その話題はしないほうがいいかも」

「絶対にそう。だから、その……きちんと伝えられる言いかたが見つかるまではね」

それまでカチカチに緊張していたなんて気づかなかったのだけれど、わたしの体についているあらゆる筋肉が弛緩《しかん》するのがわかる。でも、何事もなく今夜を乗り切れるかどうかは、まだ予断を許さない。「じゃ、どんなことを話すの？」

「なんだって？」

「どんなことを話すつもり？　どんな会話をするの？」

「そんなこと、わからないよ。妙な質問だな、ケイティ。前にも人の家でディナーを食べたことはあるだろ？　どんな感じになるかは、わかるはずじゃないか。出た話題について議論するだけだよ」

「理論的にはそうでしょうけどね」

「どういう意味だ？」

「ほとんどの場合はそうだろうってこと。でもアンドリューやキャムに会って、家のなかに入ったら、アンドリューが、なんとかってやつはろくでもない物書きで、あいつの本はどうしようもないシロモノだなんて言って、あなたは、誰かの新作映画が意図してもいない部分で大笑いできるなんて言って——十回に九回は、あなた、そんな映画なんて見てもいないんだけど——それで、キャムとわたしはにこにこしながら座ってて、あなたが意地悪にならずに冗談を言ったときには声をあげて笑ったりして、そうしてあなたは酔っぱらってアンドリューのことを天才だって言って、アンドリューも酔っぱらってあなたのことを天才だって言って、それでわたしたちは家に帰る」

デイヴィッドはくすくす笑う。「ありえないよ」

「ならいいけど」

「ほんとに？　アンドリューやキャムとの夕べを、きみはそんな印象で考えてたわけ？」

「印象じゃないわよ」

「そんなふうに考えてたなんて、心が痛むな」

「考えてたからどうこうじゃなくて、実際そうでしょ？」

「行けばわかるさ」

わたしたちは家に入り、飲み物をすすめられ、腰をおろす。

「調子はどう？」キャムがたずねる。

「いい、と思う」とわたしは答える。

「じゃ、大バカ野郎のＪなんとかよりいいってことだよな」とアンドリューが上機嫌で言う。必要なのはそれだけだ——「調子はいい」というひとことだけ。わたしたちの調子がいいというだけで、彼は、調子のよくない人のことをしゃべりだしてしまう。Ｊなんとか、というのは、最近すっかり調子を落としている有名な作家だ。彼の新作はみんなからこっぴどく叩《たた》かれ、ベストセラーのリストにも載らなかった。おまけに奥さんは、若手のライバルのところへ逃げてしまった。昔のデイヴィッドなら、この手の話題の杯からごくごく美酒を呑《の》みほしたことだろう。だが新しいデイヴィッドはただ不快そうにしている。

「そうだな」とデイヴィッドはやさしく言う。「このところ調子が悪そうだよな」

「そうさ」とアンドリュー。そうしておそらく、デイヴィッドが彼なりのやりかたでＪなんとかの調子が悪かったことに反応し、Ｊなんとかが大バカ野郎であることには反応しなかったせいで、アンドリューは望みをつなげるように、こうつけくわえる。「大バカ野郎だぜ」

「きみらの調子はどうなんだ？」とデイヴィッド。

アンドリューは煙《けむ》に巻かれたような顔をしている。憎しみの種を二度もまいたのに、二度とも拒絶されてしまったからだ。彼はもう一度試してみる。「おれたちもあの大バカ野郎のJなんとかよりずっといいぜ」と言い、自分のジョークに声をあげて笑う。

「そりゃいい」とデイヴィッドは言う。「うれしいよ」

アンドリューは、デイヴィッドが餌《えさ》に食らいついたとでもいうかのように、悪意を持った笑いをもらす。「『サンデイ・タイムズ』の書評は読んだか？　ワープロを窓から放りだして移民したくなっちまったぜ、まったく」

「読んでないな」

「どっかに置いてあるよ。額に入れようかと思ったくらいでさ。探そうか？」

「いや、いいよ」

ふだんだったらキャムとわたしはこのへんで、ふたりの男たちをその手の話題で勝手に盛りあがらせ、四人は性の境界線に沿ってふた組にわかれるのだが、でも今は、盛りあがるべき話題が存在しないせいで、わたしたちは静かに座って耳を傾けているだけだ。

「どうして読まなかったんだ？」

「ぼくは……その、書評を読むのをやめたんだよ。忙しすぎるから」

「ほおおお、わかったぞ。おれなんかとは格がちがうってわけだな」

「いや、いや、ごめん。書評を読むような時間のある人が、つまりその、劣っているなんて意味で言ったんじゃないんだ。ぼくは、誰に対しても評価なんてくだしたくないんだよ」

「評価なんてくだしたくないだって？」アンドリューはうれしそうに笑う。他人に評価をくだすことにかけては、高等裁判所の裁判長さながらだったはずの男、デイヴィッドが、誰に対しても評価をくだしたくないなんて！　たぶんアンドリューはこう考えているはずだ――こいつはきっと、ありえないくらい洗練された新手のアイロニーにちがいない。

「なるほど。でも、どうして突然、評を読む時間もないくらいに忙しくなっちまったんだ？　最近、何をやってるんだよ」

「今は、つまり……まあ、近所の人をかきくどいて、ストリート・キッドを受け入れよう、みたいな運動をやってるってとこかな」

沈黙があたりをつつむ。アンドリューとキャムはしばらくデイヴィッドの表情を観察してから、今度はふたりそろって笑いはじめる。その笑い声は明らかにデイヴィッドを立腹させる。まるで笑い声に棘《とげ》があり、鼓膜へ入っていくときにちくちく刺していったかのように、耳が赤くなっていく。

「かきくどくって言ったけどさ」とアンドリュー。「そういうことをやめましょう、ってくどいてるわけかい？」

「いや」デイヴィッドは辛抱強く答える。「そういうことを始めようと思ってる」

アンドリューの表情にはじめて疑惑の影が差す。

「どういうことだよ」

「長い話なんだ。また今度話すよ」

「そうか」

長い長い沈黙が襲ってくる。

「食事にしましょうか？」とキャムが言う。

アンドリューとデイヴィッドが、これまでのところ、才能がなく、評価のされすぎで、単なる能なしだと認めた人々のリストは次のようなものだ。オアシス、ストーンズ、ポール・マッカートニー、ジョン・レノン、ロビー・ウィリアムズ、キングズリー・エイミス、マーティン・エイミス、イヴリン・ウォー、オーベロン・ウォー、サルマン・ラシュディ、ジェフリー・アーチャー、トニー・ブレア、ゴードン・ブラウン、ウィリアム・シェイクスピア（ふたりのために公平を期すならば、軽蔑《けいべつ》しているのは喜劇と歴史劇のいくつかだけだが）、チャールズ・ディケンズ、E・M・フォースター、ダニエル・デイ＝ルイス、モンティ・パイソン・チーム、ゴア・ヴィダル、ジョン・アップダイク、トマス・ハリス、ガブリエル・ガルシア・マルケス、ミラン・クンデラ、デイミエン・ハースト、トレイシー・エミン、メルヴィン・ブラッグ、デニス・ベルカンプ、デイヴィッド・ベッカム、ライアン・ギグス、サム・メンデス、アントニイ・バージェス、ヴァージニア・ウルフ、マイケル・ナイマン、フィリップ・グラス、スティーヴン・スピルバーグ、レオナルド・ディカプリオ、テッド・ヒューズ、マーク・ヒューズ、シルヴィア・プラス、スティーヴィー・スミス、マギー・スミス、ザ・スミス、アラン・アイクバーン、ハロルド・ピンター、デイヴィッド・マメット、トム・ストッパード、もちろんその他の現代戯曲家すべて、ギャリソン・ケイラー、スー・ローリー、ジェイムズ・ノーティ、ジェレミー・パクスマン、キャロル・キング、ジェイムズ・テイラー、ケネス・ブラナー、ヴァン・モリソン、ジム・モリソン、コートニー・ラヴ、コートニー・コックスと『フレンズ』のキャスト全員、ベン・エルトン、スティーヴン・フライ、アンドレ・アガシやピート・サンプラスやすべての現代男性テニス・プレイヤー、モニカ・セレシュをはじめとする歴代女性テニス・プレイヤー、ペレ、マラドーナ、リンフォード・クリスティ、モーリス・グリーン（一度あきれかえって「誰より速く走れるスプリンターがどうして過大評価されてるってわけ？」とたずねてみたのだが、満足できる答えは返ってこなかった）、T・S・エリオット、エズラ・パウンド、ギルバート・アンド・サリヴァン、ギルバート・アンド・ジョージ、ベン・アンド・ジェリー、パウエル・アンド・プレスバーガー、マークス・アンド・スペンサー、コーエン兄弟、スティーヴィー・ワンダー、ニコル・ファーリをはじめとする、ろくでもないスーツをデザインして生計を立てている人たち、ネイオミ・キャンベル、ケイト・モス、ジョニー・デップ、スティーヴン・ソンダイム、バート・シンプソン（でもホーマー・シンプソンはＯＫ）、ホメロス、ウェルギリウス、コールリッジやキーツといったロマン派の詩人たち、ジェイン・オースティン、ブロンテ家全員、ケネディ家全員、『トレインスポッティング』の映画スタッフ全員、『ロック・ストック・アンド・トゥー・スモーキング・バレルズ』の映画スタッフ全員、マドンナ、ローマ法王、高校や大学のクラスメートで現在ジャーナリズムや放送業界やアートの分野で名をなしている人々全員、その他あまりにたくさんありすぎて、とても全部は書ききれない。ふたりがそろって好感を持っている人を書きだしたほうが、ずっとはやいくらいだ。たとえば、ボブ・ディラン（最近のではなく）、グレアム・グリーン、クェンティン・タランティーノ、そしてトニー・ハンコック。ふたりの文化の守り手からそろって賞賛の言葉をかけられた人なんて、これ以上思いつかない。

みんながどれだけ無能で、どうしようもなくて、才能もなくて、最悪であるのかを聞かされるのは、もううんざりだった。幸運に値する人間などひとりもいなくて、逆に悪運に値する人間ばかり存在するなんて、聞きたくもなかった。でも今、わたしは、昔のデイヴィッドに戻ってきてほしいと願っている——傷跡や木の義足のように、彼が恋しい。美観を損ねながらも個性をあたえてくれていたものが恋しい。昔のデイヴィッドへの対処法なら、はっきりしていた。それに、気恥ずかしい思いなんて決してしなかった。

疲れて暗い気持ちにはなったし、もちろんときには口のなかに嫌な感じが残ることもあったし、ほとんどいつもピリピリイライラさせられはした。でも、気恥ずかしい思いをしたことなんてなかった。わたしは彼のシニシズムに安逸を感じるようになっていたわけだ。それにどうせ、わたしたちはみんな、シニカルな存在なのではないだろうか。わたしはそのことに今夜はじめて、きちんとした形で気づいた。シニシズムはわたしたちの共通言語だ。みんなが実際に使えるエスペラント語だ。わたしだって流暢《りゅうちょう》にはしゃべれないけれど――あまりに多くのことに好意を持ちすぎているし、充分多くの人に嫉妬《しっと》を感じてはいないけれど――なんとか通じるくらいには操れる。第一、シニシズムや冷笑を完璧《かんぺき》に避けて通るなんて不可能だ。ロンドンの市長選、デミ・ムーア、ポッシュとベッカムとブルックリン。どんな話題だろうと、わたしたちは斜めにものを見ざるをえない。それは、きちんと考えつつ生活している都会人であることを証明するのに必要な態度だ。

わたしはもはや、いっしょに暮らしている男性を理解できない。でもこの夕べがいっしか、決定的な瞬間を生みだすだろうということは理解できる。デイヴィッドが新たに獲得したまごころ――どんなに不幸な神の創造物であっても愛して理解したいという思いが、純然たる無理解とぶつかりあう瞬間。そして、この夜、不幸な神の創造物とは社交活動のお盛んなアメリカ大統領であり、デイヴィッドの恐るべき真摯《しんし》さの矢面に立ったのはアンドリューではなく、キャムのほうだった。わたしたちは、計り知れないくらい無知な立場にいることを理解しつつ、アメリカ予備選のことを話している。するとキャムが、次の大統領が誰になろうと、イチモツをズボンのなかにおさめておいて若い実習生をオモチャにしない人だったらそれでいいわ、と言う。するとデイヴィッドがもじもじ体を動かしながら、今や専売特許でもある忍耐強さをもって、ぼくらに判断をくだす権利なんてあるんだろうか、と言う。キャムはそんなデイヴィッドを笑いとばす。

「でもほんとだよ」とデイヴィッドは言う。「その人の生活を少しも知らないのに非難するなんて、ぼくはもう、そんなこと、したくないんだ」

「でも……だったら知らないやつのことなんて話題にできなくなるじゃないか！」とアンドリュー。

「もううんざりなんだ」とデイヴィッド。「彼のことなんて、ぼくら何も知らないだろ？」

「知りたいと思う以上に知ってると思うがね」

「じゃ、何を知ってる？」デイヴィッドがたずねる。

「浮気性だってことは知ってるじゃないか」

「そうか？　もしそうだとしても、どうして浮気したかまで知ってるのか？」

「何、それ」とキャム。「社会のせいだっての？　それともヒラリー？　信じらんないわよ、デイヴィッド」

「何が信じられないんだ？」

「あなたがクリントンの味方をしてること」

「味方してるわけじゃないさ。もう悪口はうんざりってだけだよ。ギャーギャー悪口だとか皮肉ばかり言って、知りもしない人のことをこきおろして、延々と意地悪な態度をとりつづけるなんてね。風呂《ふろ》にでも入って体を清めたくなるんだよ」

「お好きにどうぞ」とアンドリュー。「きれいなタオルは用意してあるから」

「でもビル・クリントンよ！」とキャム。「あいつにひどいことを言わないんだったら、誰にひどいことが言えるっての？」

「ぼくは事実を知らない。きみだって、事実を知らない」

「事実？　世界で最も力のある男——世界で最も力のある既婚男性が、二十何歳かの女にフェラチオさせて、そのことであとから嘘《うそ》をついた——それが事実じゃないの」

「きっといろいろあって、とても不幸だったんだと思うよ」とデイヴィッド。

「信じられないぜ」とアンドリュー。「おまえ、よく、クリントンとルインスキの下品なジョークをEメールしてきたじゃないか」

「後悔してるよ」デイヴィッドが言う。彼の表情の激しさのせいで、テーブルをかこんだふたつの顔にありありと当惑の色が浮かぶ。そしてわたしたちは、三色パスタを口へ運ぶことに全神経を集中させる。

わたしは思いきって、ホスト役のふたりが新しく改造したキッチンを前向きな形で語りはじめる。すると、みんな幸せになる。だがしばらくすると、全員が時を同じくして、ハーモニーを醸《かも》せる話題などほかにほとんど存在しないことに気づいてしまう。そしてときおり、文化的トゥーレット症候群にかかったかのように、誰かが口をすべらせる。わたしはわたしで、ジェフリー・アーチャーの文学的才能をさげすむような言葉を吐いてしまうし（とりたてて棘などない感想だ――いや、感想でさえなく、テレビの番組のことを話していてふと比喩《ひゆ》的に差しはさんだ言葉だと言っていい）、するとデイヴィッドは、本を書くことがどれだけ難しいのか、きみには少しもわかっていない、などと言う。キャムが、公金横領で有罪となったばかりの政治家のことでジョークを口にする。政治不信の代名詞ともなった男だ。するとデイヴィッドは、許してやってくれないか、と応《こた》える。アンドリューがジンジャー・スパイスの国連での役割を小バカにすると、デイヴィッドは、何もしないよりマシじゃないか、と言う。

言いかえれば、どだい無理な話だ。もうわたしたちは、きちんつきあうことなどできない。四人の夕べは、混乱と居心地悪い思いのなかで、さっさと終わりを告げる。わたしたちの郵便番号区域には、ジンジャー・スパイスやビル・クリントンやジェフリー・アーチャーなんて受けいれられないという不文律があった。そんな不文律を破って彼らの味方をする人間が出現すれば、あとはアナーキーに陥るしかない。ジンジャー・スパイスの悪口を言わない男だからという理由だけで離婚を申したてることは可能なのだろうか？　恐ろしい話だけれど、可能かもしれない。

9

パーティの招待状が発送された今、デイヴィッドとグッドニュースは攻撃計画の細部を練りあげるため、毎晩デイヴィッドの書斎にこもっている。「攻撃計画」というのは先日わたしが冗談まじりで使ってみた言葉なのだけれど、当該せる将軍たちはぽかんとした目でこちらを見ただけだった。ユーモアの試みに対して、彼らがいつもそんな反応をするわけではない。ただ、これを本気で軍事作戦だとみなしているだけだ。十一世紀に考えられていたような、もともとの意味での十字軍。近所の人々は、異教徒や野蛮人になってしまった。グッドニュースとデイヴィッドは、そんな彼らのドアをホームレスの頭を使って叩《たた》きこわそうとしている。

「パーティとして楽しめないのか？」わたしが朝食の席でまたしても不満をのべると、デイヴィッドはそう答える。「きみはパーティが好きじゃないか。ほかのことは無視しろよ」

「友達やご近所の人たちに向かってあなたがわたしのキッチンでホームレスについて熱

弁をふるうのも無視しろってこと？」

「まず、ここはぼくらのキッチンだ。次に、ぼくは熱弁をふるおうってわけじゃない。このあたりでよりよい社会を作るには何ができるか話をして、提案しようとしてるだけだ。そして最後に、ぼくはその話をリビングで、椅子《いす》の上に立ってやるつもりだ」

「なんてすばらしいんでしょ」とわたしは言う。「何か手伝うことはある？」

「あたしたち、チーズ・ビスケットを作るの」とモリーが言う。「だからママは、サンドイッチを作ってよ」

「ぼくはチーズ・ビスケットなんて作らないよ」とトムが言う。

「どうして？」モリーは、これほど楽しいことなのに反抗的な気分になる人がいるなんて信じられない、と本気で驚いている。

「バーカ」

「じゃ、何を作りたいわけ？」

「何も作りたくねーよ。パーティなんて嫌だからな」

「パパ、トムはパーティなんて嫌なんだって」娘はご注進の最後に、信じられないとでもいうようなくすくす笑いをつけくわえる。

「みんながみんな、同じ気持ちでいるわけじゃないんだよ、モリー」とデイヴィッド。

「あたしのオモチャ、また人にあげたりする？」

「今度はそういうことじゃないんだ」とデイヴィッドは答えるが、またそういうことがあるかもしれないという可能性は匂《にお》わせている。きっと、あるのだろう。

わたしたちがまさに学校や仕事場に出かけようとしているとき、グッドニュースが入ってくる。いつも五時半に起きるくせに、八時半を過ぎないと下におりてこようとはしない。三時間も、いったい上で何をしているんだろう。きっと、わたしたちのなかで最もスピリチュアルな人間でさえ、数分間もやろうとは思わないことにちがいない。モリーとデイヴィッドはあたたかく挨拶《あいさつ》し、わたしは会釈《えしやく》し、トムはにらみつける。

「どうだい？　世界はどんな感じ？」

「ああ、いい感じだよ」とデイヴィッドが言う。

「わたし、チーズ・ビスケットを作るの」とモリー。

「そりゃすばらしい」とグッドニュースは言う。彼にはすべてがグッド・ニュースだ。

「考えてたんだけどさ。メダルってのはどうだろう。その場でボランティアしてくれた人にあげるんだよ」

メダルの話なんて聞きたくない。パーティのこともチーズ・ビスケットのことも聞きたくない。パーティの夜は女友達とカクテル・バーにでも出かけ、一杯七ポンドくらいは支払いながら、スロー・コンフォタブル・スクリューなんていう低俗でアンチ・ホームレス的な酒を飲んでいたい。心からそう思う。わたしは子供たちに「行ってきます」

を言い、夫やグッドニュースには何も言わず、仕事場へ向かう。

通りを歩いていると、見知らぬ女性——四十代なかば、ちょっと怒ったような表情、塗りすぎの口紅、口のまわりの皺《しわ》からすると、ここ数十年間、不満そうに唇をつきだして生きてきたにちがいない——から声をかけられる。

「あなた、わたしをパーティに招待したかしら?」

「わたしじゃなくて、夫です」

「招待状をもらったんだけど」

「ええ」

「なぜ?」これこそ、ご近所の人たちのほとんどがたずねたい質問だろう。でも実際に口にするのは、短気で感じの悪い人たちだけだ。

「なぜ、って、どういうことです?」

「どうしてあなたの旦那さんはわたしをパーティに招待するの? わたしのことなんて、知らないのに」

「ええ。でも知りたがってるんです」

「なぜ?」

わたしは彼女を眺める。頭の上に感じの悪い雲がわだかまっているのが見えるようだ。

わたしは、二度目の「なぜ」は言葉のうえだけの質問だったのだと見なし、彼女を知りたがったり知ることができたりした人なんて、これまでひとりもいなかったのだと決めつける。

「わたしの夫は、ちょっとおかしな考えを持ってるんです。この通りに住む人たちが愛しあって、いい関係になって、それで、ウェブスター・ロードがとってもすてきで幸せな場所になって、みんながみんなの家を行き来して、ベッドも行き来して、そうしてみんなの面倒を見て、みたいな感じで。それで夫はあなたに……お名前は？」

「ニコラ」

「あなたに来てほしがってるんです、ニコラ。いっしょに参加してほしい、って」

「いつの夜でしたっけ？　水曜日？」

「水曜日です」

「水曜は忙しいの。女性用の護身術を習ってるから」

わたしは手のひらを上にあげて悲しげな表情を作る。彼女は歩き去る。でも彼女には感謝しなければいけない。おもしろいことが発見できたからだ。世界を住みやすい場所にしようという試みがこんなに攻撃的になれるなんて、誰が考えただろう。もしかすると、デイヴィッドは少しも変わっていないのかもしれない。混乱させられてしかるべき人の気持ちを混乱させようとしているだけなのかもしれない。

「パーティに来てくれませんか?」

クリス・ジェイムズ氏はじっとわたしを見る。彼はここ二週間仕事を休んだのだが、わたしはその理由を説明する診断書を書くのを断った。そのことで彼と十分ほど言い争いをしたばかりだ。彼は病気などではない。わたしはそう信じている(わたしが信じているのは、彼がフロリダかどこかへ遊びに行っていたにちがいないということだ。だって、ボールペンを探そうとポケットをまさぐったとき、まちがって手のひら一杯分くらいのアメリカの小銭を床にまきちらしてしまったのだから。どこでそんな小銭を手に入れたのかたずねると、彼は言い訳をならべたてた)。

「どんなパーティです?」

「ふつうの。飲み物と、食べ物と、会話、ダンス」もちろん、ダンスなんてしない。どちらかというと、椅子の上に立った男のご高説を拝聴する的なパーティだ。しかしジェイムズ氏はそんなことなど知らなくていい(パーティの性格からすれば、会話だってあまりないだろうが、それも知らなくていい。ほんとうのことを言ったら、パーティの招待にはならなくなってしまう)。

「どうしてあたしを招待するんです?」

「いつも来てる患者さんは、みなさん招待してるんです」明らかに、これもほんとうではない。声をかけているのは、あまり好きではない患者だけだ。ということは、そのほとんどがいつも来ている患者ということになる。わたしは今や、常連のほとんどが嫌いだ。

「パーティになんて行きたくありませんよ。あたしが欲しいのは診断書なんだ」

「診断書じゃなくて、招待状じゃダメ？」

「いいかげんにしてほしいね」

わたしは手のひらを上にあげて悲しげな表情を作る。ジェイムズ氏は診療室を出ていく。最高じゃないの！　親切で人を殺せるわけじゃないけれど、少なくとも、傷口くらいは作ることができる。わたしもデイヴィッド教に改宗しよう。

心痛患者ナンバー・ワン、マヌケのブライアン・ビーチがやってきて、手術の手伝いをさせてくれないかと言う。

「ほんとに切ったりはしたくないんだけどさ。すぐにはね。何をとりだすかとか、そういうのを見ておきたくてさ」

「わたしは診察医です」とわたしは彼に言う。「手術はしません」

「じゃ、誰がするの？」

「外科医。総合病院のね」

「そう言ってるだけなんだろ？」と彼は言う。「先生は、ぼくに手伝いをさせたくないからそう言ってるだけなんだ」

確かにわたしが外科医であったとしても、マヌケのブライアンを助手の第一候補にしたりはしないだろう。でもどうせわたしは外科医ではないのだから、そんな会話をする必要もない。そんな会話どころか、こんな会話だけで充分に拷問《ごうもん》だ。

「チャンスをおくれよ」と彼は言う。「一回でいいからさ。もしへまをやったら、もう頼まないから」

「パーティに来たい？」わたしはたずねる。彼はわたしを見る。外科医的野望は、すっかりその顔から消えている。つまりわたしは、ブライアンを医学的分野におけるキャリアから遠ざけるという当面の目的を達成したわけだ。だがかわりに、自分の家でひらかれるパーティに招待してしまった――そんなつもりがあったわけではない。それに、わたしのパーティでもなかった。デイヴィッドのパーティだ。

「パーティには何人来るの？　十七人以上？」

「今度のパーティにはたぶん、十七人以上来るわね。どうして？」

「十七人以上、人のいるところには、ぼく、行けないんだよ。だからスーパーマーケットでも働けなかったんだ。あそこには、とってもたくさん人がいるからね。だよね？」

わたしは、店員と客をすべて勘定に入れれば、スーパーマーケットにはたいてい十七人以上の人間がいることを認める。

「ね、そうでしょ?」と彼は言う。「その次の日に行ってもいいかな?　みんながいなくなったときにさ」

「それじゃ、パーティじゃなくなるでしょ」

「だよねえ」

「じゃ、十六人のパーティをひらくようにする。この次にね」

「ほんと?」

「がんばってみる」

ここへ来るようになってはじめて、ブライアンは幸せそうに診療室を出ていき、そのせいでわたしまで幸せになる。だがそんな気分も長続きはしない。幸せな気分を生んだのがデイヴィッドの狂気であり、わたしは彼の計画をおしとどめるどころか、逆におしすすめているのだと気づいてしまったからだ。たった今わたしがやさしく接した人は、まさに、やさしく接してやるべきだとデイヴィッドが説いているタイプの人だ。結果、その人の人生は少しだけ改善された。その事実の意味することが、わたしには気に入らない。

言うまでもなく、昔のデイヴィッドはパーティが大嫌いだった。正確に言えば、パーティをひらくことを心から憎んでいた。もっと正確に言えば——テレビのコマーシャルに出てくるBMWのエンジニア・クラスの正確さをもって言えば、パーティをひらくという考えそのものを憎んでいた。だからわたしたちは、一度もパーティなんてひらいたことがない。いっしょに暮らしてきた二十年間、一度もだ。なのにどうして、今さら好きでもない人たちを集め、カーペットに煙草《たばこ》の焦《こ》げあとを作られてもいいなんて思いはじめたのだろう。ベッカをはじめとするろくでもないわたしの友達が酔っぱらって帰ろうとしないせいで、朝の三時まで起きていなければいけないかもしれないのに、どうしてそんな事態を容認する気になったのだろう。だがこういった質問は、もうみなさんご存じのとおり、言葉のうえだけのものだ。どうして彼がカーペットに煙草の焦げあとを作りたいのか、その理由をあらいざらいあげつらねたいと思っているわけではない。こんなふうに言葉のうえだけの質問が出てきたところを見ると、わたしはたぶん、楽しいパーティになるようデイヴィッドを説得することなんてできそうにないと考えているのだろう。友達が全員ひとつのところに集まるなんて、最高だとはとても思えない。わたしたちのまわりで、物事はそんなふうには成りたってこなかった。

わたしは、以前成りたたなかったのに今は成りたっているいろんなことについて考えはじめ、どんな気持ちでいたらいいのかわからなくなる。たとえばこんなことだ。以前デイヴィッドは、CDや本にたくさんおカネを使った。仕事があまりないときにそんなことをされると、わたしは彼を責め、まるで自分が文化度ゼロの有機物のかたまりになってしまったようなつらい気持ちになった。彼が新しいCDを棚の奥に隠したり、わたしが出かけているときにこっそり聞いたりしていたことも知っている。新刊であることを悟られないように、少しだけペーパーバックの表面をこすって時代をつけたりもしていた。だが今、彼は、そんな興味をすっかり失ってしまった。外にもあまり出ないし、新聞の書評欄は触れられもしないまま捨てられてしまう。そして正直に言えば、わたしは彼が家にもたらしてくれたものを恋しく思っている。いつのまにかわたしは、あらゆる形のエンターテインメントを軽薄で甘えたものだと考える極端な宗教に改宗してしまったのかもしれない。でもひそかに、リアム・ギャラガーが何をやって生計を立てているのか知っている人と暮らしていることを楽しんでいた。だが、もうそんな人は、いない。

　別のことだってある。彼はもうジョークを言わなくなってしまった。少なくとも笑えるジョークは。子供たちを笑わせようとはするけれど、やりかたはまるで、一九六〇年代の子供番組だ――帽子でもないものを頭にかぶられたり、果物を腹話術の人形がわりにつかわれても（「こんちは、バナナくん」「やあ、イチゴさん」みたいな感じ）くすりとも笑えない。スパイス・ガールのまねをしてみせたりもする。モリーは作り笑いをし、トムは父親が冗談を言っているのではなく排便でもしているかのような目で見る。だが大人たちは（言いかえれば、わたし、ということだ。グッドニュースは地元のコメディ・クラブに足繁《あししげ》く通うようなタイプには見えない）……いや、やめておこう。すべてのことに笑いのタネを求めてやまなかった以前の彼の姿勢は、わたしを心の底からいらつかせた。話をしているとき、彼は妙に真剣な表情を浮かべることがあって、だからこちらとしては、しっかり耳を傾けてくれてるのだろうと思ったりするのだが、そのとたん、まるでハンニバル・レクターの舌みたいに彼の口から巧妙で実に底意地の悪いコメントが飛びだしたりして、そうするとわたしは笑うか、それとも、こちらのほうがずっと多かったのだけれど、思いきり勢いよくドアを閉めて部屋を出ていくことしかできなかった。だが、ほんのたまに——全体の五パーセントくらいの割合で——彼の言葉がわたしの笑いのツボをとらえてしまい、それまでどんなに深刻だったり怒っていたりとりみだしていても、彼がねらっていた反応を示してしまうことがあった。

今のわたしは、ドアを勢いよく閉めながら部屋を出ていったりなんて、ほとんどしない。その反面、笑うこともない。帳尻《ちょうじり》は赤字に傾いていると言わざるをえないだろう。もともとデイヴィッドと結婚した理由のひとつは、彼がわたしを笑わせてくれたからだった。だが今、彼はわたしを笑わせてくれない。笑わせたいとも思っていない。わたしにしてみれば、この赤字をなんとかしてほしい気分だ。だが、そんなことを求める資格がわたしにあるんだろうか。ユーモアのセンスが髪の毛みたいなものだとしたら、どうだろう——たいていの男がそうであるように、年をとると減っていくものだとしたら？

それでも今、わたしたちはこうして、現実の世界に存在している。そして今の世界では、デイヴィッドはジョークを口にせず、かわりにパーティをひらこうとしている。同じ通りに住んでいるみんなを招くパーティ。彼がこれまで、ほとんど断片的な証拠だけで（コートだとか、車だとか、顔だとか、訪問客だとか、ショッピング・バッグだとか）こっぴどくこきおろしてきた人々のためのパーティ。そしてあっという間にドアのベルが鳴りはじめ、最初の客がとまどったような、しかしそれほど非友好的ではない笑みを浮かべつつ、シャルドネのボトルを持ってドアのところに立っている。

とまどった顔はサイモンのものだ。二十五番地に越してきたばかりのゲイのカップルの片割れ。パートナーのリチャードは、トムが『ザ・ビル』で見たという俳優だ。彼はあとからやってくるという。

「ぼくがいちばん乗り？」サイモンがたずねる。

「誰かがそうじゃないとね」とわたしは言い、ふたりでくすくす笑ってお互いを見つめあう。すると、デイヴィッドがやってくる。

「誰かがいちばんじゃないとさ」とデイヴィッドは言い、わたしたちは三人でくすくす笑う（ところで、これはジョークには当たらない。確かにデイヴィッドは雰囲気を明るくするような言葉を口にしたし、確かにわたしは言葉に触発された喜びをあらわにしたけれど、今のこの状況はあまりに特殊で絶望的だ)。

「この通りにはもうどれくらい住んでるんだっけ？」とわたしはサイモンにたずねる。

「ええと、どれくらいかな？　二か月？　愛着がわくくらいには長く住んでるよ。まだ開けてない段ボールもあるけどね」みなさんは『モンティ・パイソン』のジョン・クリーズがやった『フォルティ・タワーズ』でバジルの車がこわれたときのエピソードをおぼえているだろうか。バジルは車の外に出て、木の枝でボディを殴りはじめた。あれをはじめて見たときは、誰しも、気分が悪くなるくらい笑いころげたんじゃないかと思う。サイモンの段ボール発言も、デイヴィッドとわたしに似たような効果をもたらした。でもこの場にいなければ、なぜだかはわからないかもしれない。

モリーがチーズ・ビスケットのボウルを持ってやってくると、おひとついかがとわたしたちのほうへ差しだす。「トムが『ザ・ビル』であなたを見たって言ってたんだけど」娘はサイモンに言う。

「ぼくじゃないよ。俳優じゃないからね。リチャードのほうさ」

「リチャードって？」

「ぼくのボーイフレンド」

ここに来て以来、サイモンがストレートな（下手なシャレでもうしわけないのだけれど）セリフを口にしたのは、これがはじめてだと思う人もいるかもしれない。だがそれはちがう。ジョークの定義とは、誰かを笑わせるような言葉だ。このときサイモンはリチャードをボーイフレンドと呼んだことでモリーを笑わせた。だから定義にしたがえば、彼はおかしなジョークを言ったことになる。モリーは大笑いしている。最初は顔を赤らめ、デイヴィッドとわたしを恐怖のまじったまなざしで見ていたのだけれど、そのうちこらえきれないように、くすくすひいひい笑いはじめた。

「ボーイフレンドだって！」息をつげる間が少しでもあると、娘はそうくりかえした。

「ボーイフレンドだって！」

「おかしくないんだよ」とデイヴィッドが言う。だが彼がサイモンを同情のこもったまなざしで見てしまったせいで、娘は、サイモンがおかしくもないジョークを言ったのだと勘ちがいしてしまう。

「この人、ふざけて言っただけなのよ、パパ。ひどいこと言っちゃダメ」

「もう行きなさい、モリー」とわたしは娘に言う。「ほかの人たちもチーズ・ビスケットを待ってるかもしれないでしょ」

「ほかの人なんていないもん」

「行きなさい」

「ごめんなさい」とデイヴィッドとわたしは同時に言う。だが、どうしてボーイフレンドのいる男性のことが娘にとってこれまでで最高のジョークだったのか、その説明は控えておく。

「いいんだ」とサイモンが言う。そして沈黙を破るように続ける。「パーティをひらくなんて、いいアイデアだね」

わたしは彼が皮肉を言っているのだと思いこみ、鼻を鳴らしてしまう。

ドアのベルがふたたび鳴る。次の客はニコラだ。女性用の護身術の授業があるから来られないと言った、とんがり口の気むずかしい女性。ボトルは持ってきていない。

「護身術の授業は休むことにしました」

「それはどうも」わたしは彼女をサイモンに紹介し、彼らが、市議会がこのあたりに駐車場を作る計画を立ててくれないかという会話をはじめたのをいいことに、ふたりをほうっておくことにする。

人が集まってくる。『ザ・ビル』に出ていたリチャードもやってきたので、わたしは娘に彼とのおしゃべりを禁じる。一軒おいた隣に住んでいるアジア人の家族もやってくる。グッドニュースは彼らを相手に、東洋神秘主義に関する議論をふっかけているところだ。わたしは、十七番地に住むむさくるしい格好をした建設業者の男とおしゃべりをしている。奥さんは風邪で寝こんでいるらしい。弟のマークもやってきて、困惑したような表情を浮かべている。わたしが招待していないのだから、デイヴィッドが招待したのだろう。マークはこのパーティのホストなのだろうか、それともゲストなのだろうか。まさに境界線にいると言っていい。

「いったいどういうつもりさ？」彼がわたしにたずねる。

「わかんないよ」わたしは答える。

「この人たち、誰なわけ？」

「わかんないんだってば」

弟はどこかへ行ってしまう。

驚くべきことに、パーティはパーティらしくなりはじめる。みんなが笑い、おしゃべりし、お酒を飲み、ドアのベルは鳴りつづけ、ほどなくリビングはごったがえし、キッチンのほうへ人があふれてくる。ワインを二杯ほど飲んでしまうと、このわたしでさえ、いささかセンチメンタルな気持ちになる。黒い人も白い人もゲイの人もストレートの人もみんないっしょにいる。ここには、文化や性別をこえたスインギング・ロンドンの縮図がある。なかよくチーズ・ビスケットを食べ、交通政策やローンの話をしている人々。なんてすばらしい光景だろうか。だが、デイヴィッドが椅子《いす》の上に立ってソースパンを木のスプーンで叩《たた》いたせいで、わたしは小さな夢の世界からひきもどされてしまう。

「こんばんは、みなさん」デイヴィッドが言う。

「こんばんは」と返したのはむさくるしい格好の建設業者、マイクだ。なんともありがたいことに、今日のパーティにはこんなクセモノまでまぎれこんでいる。

「わたしたちからの招待状が届いたとき、みなさんはたぶんこう考えたことでしょう。『何をたくらんでるんだ？　知りもしない男が、どうしてパーティに招待したりするんだ？』」

「おれはビールを飲みに来ただけだぜ」とマイクが叫ぶ。

「ビールはダブルダイアモンドだしな」と誰かが叫ぶ。

「おれのはちがうぜ」マイクが叫びかえす。ふたりのどなりあいは、あたりの空気を何分間もふるわせるほどの音量だ。

「わたしとしては、何もたくらんでいないともうしあげたいところなのですが、ところが、たくらみはあるんです。大きなたくらみがね。なぜなら、今夜わたしは、みなさんがたに人々の生きかたを変えていただきたいと思っているからです。それにみなさんがた自身の生きかたも」

「ケツを隠せ！」とマイクが叫ぶ。生きかたを変えることと同性愛とが結びついてしまうなんて、精神分析医でなくても彼のことが心配になってしまう。

「ここにいるみなさんがたのなかで、予備の寝室を持ってらっしゃるかたは、何人いますか？」デイヴィッドがたずねる。

「ああ、持ってるぜ」とマイクが叫ぶ。「嫁がベッドに入れてくれないとき、おれが眠る部屋だよ」

「ひとりはいらっしゃるわけですね」とデイヴィッド。「ほかには？」

ほとんどの人たちは、デイヴィッドよりワイングラスや自分の足もとを見つめている。

「恥ずかしがらないで」とデイヴィッドが言う。「やりたくないことをやってもらおうってわけじゃありませんから。わたしの知るかぎり、この通りには三階建ての建物がたくさんあります。ってことは、あまっている部屋がいくつもあるにちがいありません。だって、誰もが平均二・四人の子供を抱えているわけじゃありませんから」

「間借りしてる人間はどうなるんだ？」と革のジャケットを着た若い男がたずねる。

「寝室がひとつしかないんですか？」

「ああ」

「ってことは、予備の寝室はないってわけだ」

「だったらもう帰っていいかな？」

「帰りたいのならいつでもどうぞ。これはパーティであって、少年院じゃないんですから」

「ちっとも知らなかったぜ」とマイクが叫ぶ。彼のコメディ・パートナー、ダブルダイアモンドの件でどなりあった男が今ではかたわらに立っている。ふたりは手をあげてハイ・ファイブをかわす。

「あまりお楽しみじゃないようで、心苦しいかぎりです」その一瞬、わたしの目に昔のデイヴィッドが見える。下塗りの向こうに以前のペンキが透けているかのようだ。彼の言葉には、わたしにしかわからない辛辣《しんらつ》な響きがある。言葉で相手をやりこめようとするかつての趣味さえ感じられる。デイヴィッドがそれ以上何も言わないせいかもしれない。彼はマイクの次の言葉を待っている。だがマイクはなんの反応もしめさない。なぜなら、ただのお調子者だからだ。結婚式であれ、洗礼式であれ、世界を救おう的パーティであれ、アルコールのある集まりに行ったら必ずバカなことを叫びだすような男だからだ。彼はできるかぎり突っぱってみせ、そして今、デイヴィッドから挑戦状を突きつけられた。

「あんまり楽しくないんでしょう?」

「いや、だいじょうぶだよ」マイクが空気の抜けたような声を出す。

「『イーストエンダーズ』がもうすぐ始まるからなんだな」その言葉がみんなの笑いを引きだす——そんなに大きな笑いではないが、マイクがこれまでに引きだした笑いよりは大きい。

「『イーストエンダーズ』なんて見ないぜ」とマイクが言う。「ソープ・オペラなんて、おれは見ないいんだ」さらに大きな笑い声が巻きおこる。だがそれは、マイクに向けられたあざけりの笑いだ。仕返しの意味をこめた嘲笑《ちょうしょう》。マイクは明らかに傷ついてしまう。

「じゃ、ここに残りますか？」

「このビールを飲みおえるまでは、とりあえずね」

「そう言ってもらえてうれしいですよ」

　またしてもくすくす笑い。デイヴィッドはヤジ将軍をやりこめ、人々を味方につけてしまった。そしてわたしは人知れず、なんだかなつかしいような、誇らしいような気持ちにひたる。考えてみれば、他人をこきおろすことは以前のデイヴィッドにとって完璧《かんぺき》な仕事だったはずだ。彼はそれにふさわしい好戦的な心と回転の速い頭を持っていた。あまり滑舌のいいほうではないし、すぐに話が脱線してしまうし、わけがわからなくなって口ごもってしまうから、スタンダップ・コメディアンとしては大成しなかっただろう。第一、彼の嘲笑の標的となったのはいつも曖昧《あいまい》で複雑なものだった（劇場の緞帳《どんちょう》だとか、小さなカップに盛られたアイスクリームだとか）。だが、ほんもののコメディアンとコンビを組んで、ここぞというときに舞台にあがったら、まるで麻酔専門の医師のような効果を生んだかもしれない。きっとそれが以前のデイヴィッドの役割だったのだろう（彼の才能をほめようとしているのに、こんな言いかたしかできないのだろうか。これじゃあ、せいぜい酒の集まりで起きた言葉の暴動を鎮《しず》める役がお似合いだと言ってるみたいだ。少しも博学な人間だとは思えないし、愛すべき人間だとも思えない）。

彼は口をつぐみ、雰囲気を変えようとする。

「なんの話でしたっけ？　ああ、そうだ。予備の寝室。みなさんはどうかわかりませんが、ぼくは、テレビをつけたり新聞を読んだりして、コソボやウガンダやエチオピアでひどいことが起きてるのを知ると、たまに、電話をかけて十ポンドくらい寄付したりします。でも、そんなことをしても、何も変わらない。ひどいことは起きつづける。で、ぼくとしては罪の意識を感じたり自分の無力さを思い知ったりして、そのあと、映画に行ったりカレーを食べに行ったりパブに行ったりしても、ずっと罪の意識や無力さを感じてて……」

パブ！　パブですって！　どの「パブ」のことを言ってるの、デイヴィッド？　「近所」のパブ？　常連気どりのイヤな男がいるようなパブ？

「……そしてたぶん、罪の意識や無力さを感じている分だけ、何かしたいという気持ちが強く残っていて、たとえば銀行のキャッシュコーナーのところに毛布を持って犬をつれた子供が座っていたら、その子に五十ペンスあげたりするんだけれども、それでもやはり何も変わらなくて、結局次にぼくがキャッシュコーナーへ行ったときもその子はそこに座っている。つまり、ぼくの五十ペンスはなんの役にも立っていないわけです。もちろん、役に立つはずがない。だって、たった五十ペンスだから。でもたとえ五十ペンスを十枚あげたとしても、たった五ポンドにしかならないんだから、これも役には立ちませんでした。だけどその子をそこに座ったままにしておきたくはない。きっとみなさんもそうだと思います。十秒でいいから、考えてみてほしいんです。凍えながら寝て、小銭をねだって、雨に降られて、近づいてくる人々から悪《あ》し様《ざま》に言われることが、どれだけつらいことか……」

わたしはまわりを見わたす。パブの一件をのぞけば、デイヴィッドはうまくやっている。みんな耳を傾けているし、ひとりふたり、うなずいている人までいる。だが、彼らの眼はまだ啓示を受けて輝いていたりはしない。飽きられる前に、決定打を出す必要がある。

ラッキーなことに、決定打を出してくれたのは観客のひとりだ。

「そんなの信じられないぜ」とマイクが言う。「あいつらみんな、くそったれじゃねえか」

「あいつらって？」

「ホームレスの野郎どもだよ。おまけにやつらの半分はカネを持ってやがるんだ。それもしこたまな」

「ほう」とデイヴィッド。「しこたま持ってる、と。じゃ、どうして歩道に座って施しを待ってたりするんですかね？」

「そうやってカネが手に入るわけだろ？　でもって、そのカネをドラッグに使っちまうんだ。おれはもう六か月も、レンガを積める人間を探してる。そういう手合いが、仕事をやらせてくれって言ってきたか？　もちろん言いやしない。やつらは働きたくなんてないんだよ」

何人かが不満げに鼻を鳴らす音が聞こえる。舌打ちする人もいる。多くの人が首をふり、視線をかわして眉《まゆ》をあげてみせる。マイクをとりかこんでいるのは、ゲイの俳優たちや、公共医療施設で働く人たちや、教師や、精神分析医だ。ＧＡＰのＴシャツに、心の流した血をにじませているような人たち。彼らだって真夜中ふと、ホームレスはなるべくしてホームレスになったのであり、みんなドラッグをやっていて、自分たちより多くの預金を持っているなどと考えたりするかもしれない。しかし絶対、頭がまわっているときにそんなことを口にしたりはしない。パーティの席であればなおさらだ。マイクは聴衆の気持ちを見ぬけなかった。そのせいで、部屋にいる人々の力関係を変えてしまった。二分前、デイヴィッドは困ったような表情を浮かべた人々に向かって話していた。彼のことを憎く思っている人はいなかったにせよ、誰も、正義のために自分の家の一部分をさしだそうとは思っていなかった。だが、今はちがう。彼らはどちらの側についているか？　右翼的な悪玉――つまりマイクの味方なのか？　それとも（いささか常軌を逸していて、多分に見当ちがいのことを言ってはいるけれど、とりあえず善意のかたまりである）善玉の味方なのか？　いい人ばんざい！　精神分析医が大きな声で言う。右翼の闇《やみ》の力を押さえつけろ！　ゲイの俳優たちが叫ぶ。いや、もちろん実際に叫んだわけではない。彼らは、そんな無鉄砲なことなんてしない。だが、マイクのまわりにさっきより隙間《すきま》ができたことは確かだ。みんなは、まるでマイクがこれから派手なダンスでも披露しようとしているかのように、あとずさりして距離を置いてしまう。

「もしそういうふうに考えてるんだったら、きみは、ぼくがこれから言うことになんて聞く耳を持たないだろうね」

「ああ、持っちゃいないさ。でも、このビールだけは飲みほすぜ」

「もちろん飲んでもらってかまわないよ。だけど、きみの考えはきみの心のなかだけにしまっておいてくれないかな。ここにいる人たちは、そんな考えに耳を貸したりしたくないはずだからね」

「だとしたら、そいつは、ここにいるやつらが気どったアホウばかりだからさ」

マイクのまわりの空間がさらに広くなる。誰の頭も蹴《け》りとばさずにブレイクダンスができるくらいだ。さっきまでコンビを組んでいた相方でさえ遠ざかっている。マイクはデイヴィッドに向かって、ここにいるほとんどの人たちが最も言われたくないことを言ってしまった。わたしたちはご近所に住む人間として、仲間になりたいと思っている。マイクにもわたしたちのひとりになってほしいし、彼にもそんな意思を示してほしいと思っている。彼はたぶん、六〇年代の終わり、わたしたちのような人間がまだ誰も住みたがらなかったころ、数百ポンドでここに家を買ったのだろう。だが二年前に家を買った人は、二十五万ポンドくらい払ったはずだ（デイヴィッドとわたしはちがう！　十年前、十万ポンド払っただけ！）。だからといって、それだけでわたしたちはアホウになるのだろうか？　マイクの家だって、今では二十五万ポンドの価値があるはずだ。しかしもちろん、ポイントはそこではない。ポイントは、わたしたちが住居に二十五万ポンドも払えるような人種であることだ（正確に言えば、住居に使う二十五万ポンドを銀行から借りられるような人種、ということだけれど）。だからわたしたちは、物乞いをしている人たちにおカネをめぐんであげる人種だということになる（家に二十五万ポンドも使うような頭のおかしい人種なのだから、当然だろう）。デイヴィッドは確かに以前、この通りをくだっていったところにあるパブへよく飲みに行っていた。しかし今では経営者も客層も変わってしまい、なんだかわけのわからないものにスパニッシュ・ソーセージを乗せただけで十ポンドもとる店になってしまった。もうパブとは呼べない。考えてみれば、パブがそんなふうに変わってしまったのも、角のよろず屋が有機食品専門の店になってしまったのも、わたしたちみたいなアホウのせいかもしれない……そう、なんでもかんでもわたしたちのせいなのだろう。

　だからマイクの退場（マントルピースの上へ叩きつけるようにグラスを置くと、足音も荒く出ていった）は、祝福でもあり、同時に敗北でもある。なぜならわたしたちは、ホームレスに対して罪の意識を感じながら、マイクとうまくやれなかったことにも罪の意識を感じているからだ。彼は今や、このあたりの厄介者になったような気分でいることだろう。そしてわたしたちの二重の罪の意識は、デイヴィッドの役に立つはずだ。部屋のなかに充満している集合的なうしろめたさのせいで、アホウどもは、なんとかつぐないをしたいと必死になっている。彼らは、アホウでないことを証明するために、そして、苦労などかえりみない思いやりのある善人であることを証明するために、あえて艱《かん》難《なん》辛苦に立ちむかいたいと考えている。今この瞬間、デイヴィッドが家なんて捨ててしまえと言ったら、その言葉にしたがう人だって出てくるかもしれない。だったら、寝室のひとつくらいなんだっていうんだろう！

　そんな雰囲気を察知したデイヴィッドは、スピーチの残りをまくしたてる。そのあいだグッドニュースはかたわらに立って、自己満足的な笑みを浮かべている。みなさんは、マイクのようになりたいと思っているんですか？　これまでの人生でしてきたより、ちょっとでもいいことをしたいとは思わないんですか？　デイヴィッドは、今現在のわたしたちの仕事がどれだけ社会の役に立っていようと、わたしたちがどれだけチャリティに寄付していようと、このプロジェクトほど効果的なものはほかにはないのだと力説する。家と決まった住所があり、髭《ひげ》を剃《そ》ったりシャワーを浴びたりする場所があれば、ホームレスの子供たちは仕事も探せるし、おカネもかせげる。給料がもらえれば自分に誇りが持てる。こんなふうに世話を焼かれなくても、いつかは自分で人生を生きていけるようになる……。つまり、予備の寝室を半年間提供するだけで、人の一生が救えるというわけだ。

「ぼくは四十一歳です」とデイヴィッドは言う。「六〇年代を知らなかったことを悔やみながら生きてきました。あのころのエネルギーのことを本で読んだり、千回も耳にする前、実際に何らかの意味を持っていたころの音楽がどんな響きを持っていたのか考えたりしました。そして、世界が変わってしまったことを悲しいと思っていました。ライブ・エイドのときはちょっと興奮したけど、でも、思ってしまったんです。そういう問題は……もう大きすぎるんだってね。絶対に消えてなくなったりしないだろう、って。ぼくらに世界を変えることはできない。だけど、この通りを変えることならできます。そしてもし、ぼくらがこの通りを変えられれば、ほかの人も、自分たちが住んでいる通りを変えたくなるかもしれない。ぼくらは、つらい生活を送りながら助けを必要としている子供たちを、十人選びました。いい子たちです。アル中でもヤク中でも泥棒でも異常者でもありません。自分たちのせいでもないのに、人生がおかしくなってしまった子供です。義理の父親から追いだされたのかもしれないし、大切な人が死んでしまって、どうしようもなくなったのかもしれない……でもぼくらが彼らの身元引受人になることはできる。もし彼らに予備の寝室を十部屋見つけることができたら、それは、これまでぼくがしてきたなかでいちばんいいことだと思うんです」

「あんたも引き取るのか？」誰かがたずねる。

「もちろん」デイヴィッドは答える。「自分でやるつもりもないのに、人にそんなことなんて言えないでしょ？」

「どの子がどこへ行くのかはわかってるの？」そう質問したのはうしろのほうにいた女性だ。彼女の家にはすでに、ふたりの子供と、精神的導師《グル》と、仕事の意欲をなくした夫がいる。

「みなさんが帰ったあとでぼくらが整理します」とデイヴィッド。「いっしょにその件について話したい方は？」

四人の手があがる。

「四人じゃ足りないな。もっといませんか？」

もうひとりの手があがる。だがそれだけだ。

「よろしい。今は半分ですね。じゃあもう半分は、これからってことで」

奇妙なことに、部屋にいた全員が拍手を始め、わたしはメロドラマでも見たあとのように泣きたい気分になる。

グッドニュースとデイヴィッドは、わたしたちが見まもるなか、選ばれし五組を書斎

（今は書斎だけれど、きっとそのうち寝室になってしまうのだろう）へつれていく。教会の結婚式で花嫁と花婿《はなむこ》や立会人たちがしずしずと隅のほうへ歩いていき、結婚証明書にサインするときのようだ。集まった人々は、ほかに何をするすべも知らず、彼らに向かってやさしく微笑《ほほえ》む（こういうときには、歌でも歌ってみせるべきなのだろうか？そうかもしれない。きっと、今、みんなで歌いだすべきなのだろう――〈ユーヴ・ゴット・ア・フレンド〉でもいいし〈ユール・ネヴァー・ウォーク・アローン〉でもいい。俗世間に住んでいるわたしたちが精神世界と袖《そで》すりあえるような歌であればいい）。

念のために言っておくと、五組のボランティアとは――

1．サイモンとリチャード。二十五番地に住むゲイのカップル。

2．ジュードとロバート。三十代後半のカップル。ふたりのあいだには子供ができず、養子をもらおうとしているのだけれどそれもうまくいかない、という話を誰かから聞いたことがあった。ふたりは六番地に住んでいる。

（彼らが今しているようなことをしたがる人間がどうして存在するのかわからない人でも、こういう角度から見れば理解できたりするのだろう……）

3. ローズとマックス。斜め向かいの二十九番地に住んでいる。越してきたばかりだから、ふたりのことは何も知らない。知っているのは(1)モリーと同じ年頃の娘がいること(2)デイヴィッドがこんなふうになってしまう前、ローズがバスのなかで彼のコラムを読んで笑っているのを見たと言ったこと。だからもしかすると、彼女は寝室を提供することで罪をつぐないたかったのかもしれない。

4. ウェンディとエド。十九番地に住んでいる年輩のカップル。子供たちといっしょに外に出たときに会うと、いつも立ちどまって話をしてくれる。ふたりともすごく太っていてもう子供たちが家を出ていることをのぞけば、彼らのこともあまりよく知らない。

5. マルティナ（この人のことを考えると怖くなる）。二十一番地にひとり住まいをしている、年老いて（見たところ七十歳は越えているだろう）体の弱そうな東欧女性だ。この国にもう四十年も住んでいるわりには、彼女の英語力はあまりにつたない。わたしはそう思ってきた。だから彼女がこのボランティアの意味を理解しているのかどうか、さだかではない。明日わたしたちのところへ大きなケーキでも持ってきて、一週間後にドレッドヘアの少年がドアを叩いたりしたらふるえあがってしまうのではないだろうか）。

今まで会ったこともない女性がわたしのほうへ近づいてくる。「旦那さんのことが誇らしいでしょうね」と彼女は言う。わたしはつつましやかに微笑み、沈黙をまもる。

ベッドに入ったのは真夜中すぎだが、デイヴィッドは興奮しきっていてなかなか眠れずにいる。

「五組で上出来だったと思う？」

「すごいじゃないの」わたしは言う。正直な感想だ。だって、わたしはゼロを期待していた。パーティは憂鬱《ゆううつ》にして無惨《むざん》な結末をむかえ、話はそこで終わるだろうと思っていた。

「ほんと？」

「ボランティアが十組も集まるなんて、正直、思ってた？」

「自信はなかった。ぼくに言えるのは、頭のなかでいろいろ考えても、反対する理由なんて見つからなかったってことだけだよ」

まさに、これだ。ここにこそ、デイヴィッド／グッドニュースのすべてがある。「反対する理由なんて見つからなかった」。これこそ、わたしの抱えている問題だろう。デイヴィッドの、みんなを愛して世界を救おうキャンペーンなんて、ぶちこわしてしまいたい。でもそのときにわたしが使いたいのは現在の彼の論理であり、哲学であり、言語だ。わがままで気どっていて文句ばかり言っている、そんなことどうでもいいじゃないか的適者生存主義タブロイド新聞コラムニストの使う言語ではない。けれどもちろん、そんなことできはしない。だってわたしはまだ言葉を習いたてなのに、デイヴィッドはもうペラペラなのだから。プラトンとギリシャ語で討論しようとするようなものだ。

「どんな理由がある？」彼は言う。「だって、そういう人たちは……」

「わかってる、わかってる。わたしと議論する必要なんてないから。でも、ポイントはそういうことじゃないでしょ？」

「ちがう？」

「あなたのやりたいことに反対する理由なんて、誰も持ってない。おなかをすかせてる人がいるんだから、食べ物があまってたらあげましょう、なんてね。ホームレスの子供たちは遊び道具なんて持ってないんですから、オモチャがあまってたらあげましょう、なんて。あなたに言うべきことは、何も見つからない。でもだからって、わたし、賛成してるわけじゃないの」

「賛成以外、何ができるってんだ？」

「世界はそういうふうに動いてるんじゃないのよ」

「どうして？　そうか、わかった。理由は、みんながわがままで、おびえてて……別のやりかたなんてありえないって洗脳されてるからだろ。でもやりかたはあるんだ。あるんだよ」

いったいわたしに何が言えるというのだろう。人間には、わがままになりたければそうなる権利があると言えばいいのか？　別のやりかたなんてあるわけがないと言えばいいのか？「いいからもう黙ってわたしのことはほっといて」って、ギリシャ語でなんて言うんだろう？

翌朝、シリアルを食べているわたしとトムのかたわらで、グッドニュースとモリーとデイヴィッドが家をかたづけている。わたしは動かない。わたしはわがままだ。わがままでいる権利がある。『ガーディアン』には、若者が集団でひとりの男を袋だたきにして意識を失わせ、そのままヴィクトリア・パークの生け垣の下へ置き去りにして低体温症で死なせたという記事が載っている。もしかしたら、置き去りにされたときすでに死んでいたかもしれないというのが検死官のコメントだ。若者のうちの三人はホームレスだった。確かに、年端《としは》もいかない子供たちがいるのだから、その記事をわざわざ声に出して読むことはなかっただろう。それは認める。さしあたって、うちにもホームレスの若者が来ることになっている（わたしには誰も何もいってくれないけれど、そう覚悟しておいたほうがいいだろう）以上、わたしがこんな記事を音読したせいで、うちの子供たちは、下で寝ているのが害のないただのかわいそうな若者であっても、おびえて何週間も悪い夢を見たりするかもしれない。だがわたしは革命的な気分だ。おまけに銃弾は、五ページ目のトップに、さあ撃ってくれと言わんばかりに置いてあった。

「最高だね」とトムが言う。「パパがぼくらを殺しちまうわけだ」

「どして？」モリーが言う。

「ママが読んだの、聞いてなかったのかよ。ホームレスの人がここにやってきて、ものを盗んで、たぶんぼくらを殺しちまうんだぜ」いやに冷静な言いかただ。いや、そんな事態を待ち望んでいるようなにおいさえある。きっと自分が殺されれば、事の是非が明らかになり、父親がすまないと思ってくれると考えているのだろう。だが息子の考えは甘い。彼の父親は、後悔したり悲しがったりはしても、息子に対してすまなかったとは思わないだろう。少なくとも、トムが必要としているようなやりかたでは。

「フェアじゃないぞ」デイヴィッドが怒ったような口調でわたしに言う。

「確かにね」とわたし。「一対五じゃ、望みはないもの」

彼はわたしをにらむ。

「え？　だって、新聞にそう載ってるもの。フェアかどうかが問題なんじゃないのよ。新聞の記事。事実なの」

「声に出して読む記事だったら、ほかにいくつだってあるだろ。わかんないけど、免税の法律が変わったって記事だって、絶対にあるはずだぜ。第三世界の債務の記事だってあるはずだ」

「デイヴィッド、第三世界の債務がうちにやってくるわけじゃないでしょ？　第三世界の債務が人を殺したわけでもないし……」口をすべらせたことに気づいて、わたしははたと黙りこむ。議論に負けてしまった。第三世界の債務は、人を殺してきた。何百万人も、何千万人も、何億人もの人を殺してきた。ホームレスの若者が殺したよりずっとずっと多くの人たちが、そのせいで命を落としてきた。そんなことはわかってたわかってたわかってたのに。きっとこれから何時間も何時間も何時間も、反論を聞かされることになるのだろう。

10

ホームレスの子供たちはこのあたりの住人たちが朝のあいだ借りたミニバスに乗って、全員同じ日に到着する。六月の晴れた土曜日。昨日降った雨と午前中の熱気のせいで、少し靄《もや》がかかっている。見物しようとしている人々や、新しい住人を迎えようとしている人々が、外に出てきて集まっている。わたしは突然、この通りが特別な場所であるかのような気分になる。こんな朝を迎えている通りは、ロンドンにも、イギリスにも、世界じゅうのどこにもない。どんな事態になろうと、グッドニュースとデイヴィッドが何かをなしとげたことだけは確かだと思う。

バスからおりてきた子供たちは、くすくす笑いながら大騒ぎしている。「ほら、あの女の人、見ろよ。きっとおまえがいっしょに住むんだぜ」――だがそれは虚勢だ。何人かは明らかにおびえている。わたしたちはおたがいにおびえている。デイヴィッドが歩道に立っている彼ら――男の子が三人に女の子が三人――ひとりひとりに話しかけ、新しい家のほうを指ししめす。彼がなかのひとりと握手をしてこちらを指さすと、その数分後わたしは、自分のことをモンキーと呼んでほしいと言ってキッチンのテーブルで煙草《たばこ》を巻いている十八歳の男の子のためにお茶をいれている。

「何をしてるの？」モリーがたずねる。

「煙草を巻いてるんだよ」

「煙草、吸うの？」モリーが言う。

「ウエー」トムはそう言うと、さっさと寝室へ消えてしまう。だがモリーはすっかり畏《い》敬《けい》の念に打たれている。父親は喫煙に関して厳しい意見を持っているし、母親は医者だ。だから娘は煙草を吸う人間がいることは知っていても、自分の目の前で煙草を吸おうとする人間などこれまで見たことがない。わたしとしては、子供たちの目の前、それもキッチンでモンキーに煙草を吸わせていいかどうかわからずにいる。きっといけないのだろう。だが、吸うなら外に出て裏庭で吸ってくれなんて言うのは、いい関係を築くための第一歩としてどうだろうか。歓迎されていない人間だという思いを抱かせてしまうかもしれないし、彼の生きかたを尊重していないのだと思われてしまうかもしれない。わたしたちと彼とのちがいを浮き彫りにしてしまう可能性だってあるだろう――彼は、煙草の煙がまわりの人間にも悪いなんて、基本的にブルジョアの考えることだと思っているかもしれないし、どうせ自分には長期的未来などないのだから、今好きなことをやってやると思っているのかもしれない。だから手巻きの煙草なんて吸っているわけだ。それに、外に出てくれなんて言うと、彼を怒らせてしまうかもしれない。そうしたら彼は、怒りにまかせてわたしたちが持っているものを全部盗み、寝ているわたしたちを殺してしまうかもしれない。どうしよう。どうしていいかわからないせいで、わたしには「灰皿を持ってきてあげる」としか言えない。そして次には「悪いけど、お皿を使ってくれる？」という言葉。そしてさらに、自分で言ったことを頭のなかでリプレイしながら、以下のニュアンスを聞きとる――(A)いらいらしたような響き(B)遠回しに非難するような口調。「この家に灰皿がないのにはそれなりの理由があるのよ」なんていうふうに聞こえていたらどうしよう――だからわたしは「もしそれでいいなら」とつけくわえる。

モンキーは、それでもかまわないようだ。

彼はとても背が高くてとてもやせている。少しも猿のようではない。むしろキリンだ。着ているのは（下から言うと）ドク・マーティンのブーツ、戦闘用ズボン、カーキ色のジャケットに泥の――泥だと思いたい――こびりついた黒のタートルネックのセーター。そしてニキビ。持ち物はほとんどない。服はすべて、ビニール製のキャリアバッグに入れてある。

「それで」とわたしは言う。彼は期待をこめた眼でこちらを見る。たった今わたしが期待を抱かせるような言葉を口にしたのだから、あたりまえだろう。だがわたしはそれ以上何も言えなくなってしまう。わたしは次の言葉――えらそうにも嫌味にも聞こえず、同情と気づかいをにじませた言葉を探そうとする（言っておくけれど、わたしは同情もしているし彼を気づかってもいる。だから見栄《みえ》をはっているわけではない。わたしは彼のことを考えている。心から）。

「ほかの人の家のキッチンに座ったのって、どれくらいぶり？」

これなら責めてるようには聞こえない――はずだ。だって危ない場所で寝ていたんだから、こんなの、ひさしぶりに決まってる。この言いかただったら、彼の心と口を開かせられるかもしれない。彼がどこでどんなことをしてきたのか少しは教えてもらい、理解してあげられるかもしれない。ひとつだけ気になるのは、気どった感じに聞こえてしまった可能性があるということだ――こんなキッチンがあるんだから、わたしたち、なかなかうまくやってるでしょ、なんて感じで。

「わかんね。ずっと前だよ。最後にママに会ったときじゃないかな」

「それ、いつ？」

「二年くらい前。アリ・Gって、ほんとにおもしろい？」

「アリ・Gって、誰？」

「テレビのコメディアンだよ」

「知らないわ。見たことない」

「おもしろくないよ」とテーブルでお絵かきをしているモリーが言う。

「そんなテレビ、いつ見たの？」わたしはたずねる。

「見てない。でも写真を見たの。あんまりおもしろそうに見えないもん。バカみたいな顔だし。ねえ、どうしてモンキーなんて呼ばれてるの？」

「わかんね。そう呼ばれてるだけだよ。じゃ、どうしてそっちはモリーなんて呼ばれてるわけ？」

「パパがレベッカって名前を嫌いだったから」

「ふうん。デジタルテレビはある？」

「いいえ」

「ケーブルは？」

「あります」

「スカイ・スポーツは？」

「いいえ」

「ふうん」

つまるところ、わたしたちの家はモンキーの期待どおりではなかったようだ。そして正直に言えば、モンキーもわたしの期待どおりではない。わたしは彼のたずねる質問にひとつも答えられないし、彼がいちばん欲しがっているものも持っていないようだ（スカイ・スポーツだけでなく、うちにはドリームキャストもないし、犬も飼っていない）。

彼は彼で、どうして外で暮らすようになったのか、理解の助けとなるようなことは口にしない。だからわたしは、彼に見てほしいわたしの側面を見せてあげることができない。見てほしいのは、セラピストとしてのケイティ、聞き手としてのケイティ、解決不能な問題を想像力で解決するケイティだ。彼はお風呂《ふろ》に入りに行く。ところがうちには、彼が望んでいたようなシャワーもない。

数日間が静かに過ぎる。モンキーに会えるのは夜だけだ。昼のあいだどこに行っているのかは、教えてくれない。きっと、長いあいだの習慣を変えるのは難しいのだろうし、ほかのみんなと同じように昔の仲間が大切なのだろう。するとある夜、戻ってきた彼がキッチンのテーブルに小銭の山を投げだし、そのなかから生活費を渡そうとする。昼の勤務時間のあいだ彼が何をしているのか、これでおおよその見当はついた。わたしはあやうくおカネを受けとりそうになる。だって、この家で働いているのはわたしと、そして彼だけだ。モンキーは礼儀正しいし、おとなしい。本を読んだりテレビを見たり、トムとコンピュータで遊んだりするだけだ。あたえられた食事はどれも喜んで食べる。選り好みもしない。

ある夜、わたしたちは子供の面倒をゲストのふたりに頼んで（両親やソーシャル・ワーカーとこんな会話をするところが頭に浮かぶ――「子供の面倒を見てるのは、誰？」

「グッドニュースとモンキーです」）近くの映画館へ出かける。かかっているのはジュリア・ロバーツの映画だ。彼女はがんばって生きているシングル・マザーを演じていて、法律事務所で仕事につき、水道会社が利用者に毒を飲ませていることを発見し、運動を起こして補償金を勝ちとる。髭《ひげ》を生やしたセクシーな男性との関係はこじれるし、彼女自身、子供のことをかえりみない悪い母親になってしまうのだが、水道会社はそれ以上にとんでもなく悪いことをやっているし、彼女は善き戦いを戦っているわけで、子供ふたりとボーイフレンドひとりより何百人という人々の健康のほうがずっと大事だから、何も問題はない。あまりいい映画ではないけれど、わたしは映画だからという理由だけですっかり気に入ってしまう。カラーで、宇宙船も昆虫もノイズも出てこない物語であれば、それでいい。わたしは、ストッパードの芝居を呑《の》みほすように、一気に映画を呑みほす。デイヴィッドもこの映画を気に入っているが、でもそれは、主人公が自分にそっくりだと思っているからだ。

「で？」終わってから、彼が言う。

「で、って？」

「わかった？」

「わかったって、何が？」

「こういうことをしようとすれば、代償を払わなきゃいけないってことさ」

「代償なんてなかったじゃないの。映画のなかには。みんな幸せに暮らしましたとさ、って感じで。例外は病気になった人くらいかな」

「ボーイフレンドとは別れたじゃないか」

「でも仲直りしたでしょ」わたしは指摘する。

「でも、きみは彼女の味方じゃないのかい？」

以前の彼の考えかたは、とても複雑で興味深かった。「いいえ。わたしは水道会社の味方——うそ、彼女の味方よ。だって、選択肢なんてあんまりなかったでしょ？　あなた、自分がジュリア・ロバーツになったつもりなの？」

「いや、ちがうけどさ……」

「だってジュリア・ロバーツなんかじゃないもんね」

彼が子供に五十ペンスあげたので、わたしたちは立ち止まり、それからしばらく黙ったまま歩きつづける。

「どうしてジュリア・ロバーツじゃないんだ？」

「デイヴィッド、こんなことで時間をむだにしたくないわ」

「どうして？」

「どうしてあなたがジュリア・ロバーツじゃないことを説明して時間をむだにしないのか、って言いたいの？」

「ああ。大切なことだからね。ぼくのやってることと彼女がやったことのちがいを教えてほしいもんだ」

「あなたがやってること？　何をやってるのか、説明してくれない？」

「その前に、彼女が何をやってたのか、きみの意見を聞かせてくれよ。そうしたら、ちがいがわかるからさ」

「ちょっと、いいかげんにしてよ」

「わかった、悪かったよ。でも大切なポイントは、彼女がぼくと同じように何かをしようとしてたってことさ。水道会社はみんなに毒を飲ませてる。ひどいことだ。だから彼女は犠牲になった人々が正当なあつかいを受けられるようにしたいと思った。外で暮らしている子供たちがいる。ひどいことだ。だからぼくは手助けがしたいと思ったんだよ」

「どうしてあなたじゃなきゃいけないの？」

「どうして彼女じゃなきゃいけなかったんだ？」

「ただの映画よ、デイヴィッド」

「事実に基づいた映画だ」

「じゃ、教えて。こんなの、家族をめちゃめちゃにしてもやるべきことなの？」

「家族をめちゃめちゃにしようなんて、思ってないさ」

「家族をめちゃめちゃにしようと思ってないことは、わかってる。でもわたしたちふたりとも、あんまり幸せじゃない。あとどれくらい耐えられるのか、わたし、わからないの」

「すまない」

「それだけしか言えないわけ？」

「どう言ったらいいんだ？　ぼくは自分じゃどうしようもできなくなった人を助けようとしてるのに、きみはそのせいで家を出るかもしれないなんて言って脅してる。でもぼくは……」

「そうじゃないでしょ、デイヴィッド。わたしが家を出るかもしれないって言ってるのは、あなたに耐えられなくなってるからよ」

「何が耐えられないいんだ？」

「すべて。その……聖人ぶったとこだとか。気どった感じだとか。それに……」

「人が死にかけてるんだぜ、ケイティ。気どった感じですまなかったね」

わたしにはもう何も言えなくなる。

いろんなことが重なったせいで——夏に足を折ったと思ったら、その次の年は働きはじめたばかりで貧乏だったりして——デイヴィッドとわたしがはじめていっしょに旅行したのは、つきあいはじめてから三年目のことだった。そのころにはもう自他ともに認めるカップルだった。ケンカだってしたし、彼のことが好きじゃなくなるときだってあった。数日間離れていても、とくに恋しくならなかった。だがそんなときでも、つまらないことを彼に伝えたくなって、わざわざ紙に書きとめたりした。いっしょに暮らしていたいかいたくないかなんて、考えたことはなかった。なぜなら心のどこかで、一生この人と生きていくんだとわかっていたからだ。わたしは別に、最初の旅行がハネムーンがわりだったなんて言いたいわけではない。二週間のあいだずっとベッドのなかですごし、起きだしてくるのはお互いの口に異国の果物をスプーンですくって入れてあげるときだけ、なんて可能性はほとんどなかった。むしろ、デイヴィッドがスクラブルのルールをいいかげんに解釈していたことをわたしに指摘されて二週間のあいだずっと拗《す》ねモードに入り、わたしはわたしで彼のことをどうしようもなくズルいガキと呼びつづける――実際にはその手の可能性のほうが高かったはずだ。わたしたちはそんな時期を迎えていた。

エジプト行きの安いチケットが見つかったので、そのあたりをちょっと巡ってみるつもりだった。しかしカイロでの二日目、デイヴィッドが病気になった――それまで見たことのない、ひどい状態だった。うわごとを言ったり、二時間に一度の割合で吐いたり、最悪のときにはおなかのコントロールまでできなくなった。泊まっていたのは安ホテルだったから、部屋にはトイレもシャワーもついていなかった。だからわたしが後始末をした。

　しかし心のどこかでわたしは喜んでいた。こんな状態にある男性を目《ま》の当たりにして、それでも翌朝、彼を尊敬できるか——長い将来に関するそんなテストを、早い段階で受けられたからだ（最初に医者になろうと思ったとき、たぶんわたしは、職業上の生活がプライベートな生活と重なることだってあるだろうとわかっていた）。わたしは花マルつきでテストに合格した。デイヴィッドの体をきれいにしていてもなんの抵抗も感じなかったし、そのあとでも彼とセックスしたいという気持ちになった（もちろん、失態を見せた直後ではなくて、旅行から帰って、彼が健康を取りもどしてからのことだけれど）。……わたしは、大人としてふたりの関係を受けとめることができた。これこそ、愛ってもの。そうじゃない？

　だけど、わたしはまちがっていた。今、それがわかった。あれはテストなんかじゃなかった。外国の見知らぬホテルでシーツを汚してしまったボーイフレンドをそのままほうっておくなんて、そんなことのできる女がいるだろうか？　今こそが、ほんとうのテストだ。そして、ああ神様、わたしは落第しつつある。

　十九番地に住んでいる太った夫婦、ウェンディとエドが翌朝いちばんにうちのドアを叩《たた》く。彼らが面倒を見ることにしたのは、ロビーという名前の子だった。ふたりは彼のことが気に入っていると言った。昨夜彼らは三人で、どうしてこんなことになったのか、ロビーのこれまでの人生について語りあった。そしてウェンディとエドはロビーをひきとることにしてよかったと話しながら眠りについた。ところが起きてみるとロビーは消えていた。おまけに消えたのはロビーだけではなかった。ビデオカメラや、現金七十ポンドや、お皿を洗ったときにシンクの脇《わき》へ置いておいたウェンディのブレスレットもなくなっていた。グッドニュースはそんなふたりの話を聞きながら動揺している。そのことが、わたしを驚かせる。彼ならきっと、モノを失うことより経験のほうが大切だと言うにちがいないと、わたしは決めこんでいた。グッドニュースはもともと何も持っていない人だ。だから、そういうリスクは覚悟してしかるべきだとか、大きな善のための行動なのだからとか、気軽に口にしてしまうだろうと思っていた。そして結局のところ、やはりわたしの考えたとおりだった。彼を動揺させたのは盗難事件そのものではなく、わたしたちのブルジョア的論理だ。

「だめだめだめ、だめだよ、みんな」と彼は言う。「結論に飛びついちゃ、だめなんだ。飛びついちゃだめだよ。落ち着いて考えなきゃ。飛びつくのは、よくない」

「どういうことかな？」エドは心から当惑している。彼もわたしと同じように、事実を説明する方法なんてほかにないと思っているからだ。

「わからない？　ぼくら、ひとつのこととうひとつのことをくっつけて、いかにもありそうな事態を想定してるだけなんだってば。そのさ……確かにロビーはいなくなったよ。それに、確かにモノもなくなった。でも、だからって、必ずしもロビーとモノが同じところへ消えたってわけじゃないだろ？」

「きっとそのとおりよね」とわたしは言う。「きっと、別々のとこへ消えたにちがいないわ。きっと、ビデオカメラはホロウェイ・ロードの中古屋にでも行って、ロビーは酒屋にでも行ったんでしょうよ」

デイヴィッドがこちらをにらみ、わたしが事態を少しも好転させていないことを伝えようとする。だがわたしの言葉はふたりの役に立っているはずだ。ウェンディとエドは、これまで実によくやってきた。ここへ来るなりデイヴィッドを二階の窓から放りだしたり、破裂するまで踏みつけてやってもよかったというのに、ただおろおろして困った顔を浮かべているだけだ。なのに今や、推察力に問題があるとまで言われている。

「グッドニュースの言うとおりだ」とデイヴィッドが、あたりまえのことを言わせるなとでもいうような調子で口を開く。「こういう子供たちを型にはめちゃいけないんだ。そもそもそういう考えかたが、彼らをひどい状況に追いやったんだからね」

モンキーがデイヴィッドのお下がりを着て、あくびをしながらキッチンへやってくる。

「ロビーを知ってる？」わたしはたずねる。「ここにいるエドとウェンディのところにいた子だけど」

「ああ」とモンキー。「クソバエみたいなドロボー野郎さ。ひどい言いかたでもうしわけないけどね」

「どうしてわかるんだ？」デイヴィッドがたずねる。

「どうしてあいつがクソバエみたいなドロボー野郎だってわかるかって？　なんでもかんでも盗むやつだからだよ」部屋の雰囲気を察知しそこねた彼は、気のきいたセリフが言えたとでも思ったのか、明るい声で笑う。

「あの子、うちからものを盗んでいなくなっちまったんだ」とエドが言う。

「へえ、そう。まあ、ありそうなことだね。何を盗んだの？」

エドがなくなったものを挙げていく。

「最悪の野郎だな。わかった」そしてモンキーもいなくなってしまう。

わたしたちはエドとウェンディにお茶を出す。デイヴィッドは頭を抱えながら暗い表情で床を見つめている。「リスクの多い作戦だったんだな。今考えてみれば」もしわたしがエドやウェンディだったら、後半のセリフを素直に受けとめることなんてできないだろう。最初に考えてから行動しろ。そう思って当然だ。

「心配しすぎないほうがいいよ」とグッドニュースがふたりをはげますように言う。

「あなたがたは正しいことをしたんだから。どれだけモノを失ったとしてもね。たとえあの子が財産を全部持ちだしたとしても、あなたがたは良心に恥じることなんてひとつもないまま、今夜眠りにつけるんだから。恥じるどころの騒ぎじゃない。それって……」グッドニュースは、恥じるどころの騒ぎじゃない騒ぎがどんなものなのか説明する言葉を見つけようとして、言いよどむ。そして説明する努力自体をあきらめてしまい、かわりにエドやウェンディに向かってあたたかい笑みを送る。だがそんな笑みは、彼が思っているほどエドやウェンディのなぐさめにはならない。

四十五分後、モンキーが戻ってくる。カメラとブレスレットと七十ポンドのうちの五十ポンドを持ち、ロビーをつれて。ロビーの右目の上が切れ、べっとりと血がついている。デイヴィッドは怒り、グッドニュースは苦悩に満ちた表情を浮かべる。

「どうしてそんな怪我《けが》をしたんだ?」デイヴィッドがたずねる。

モンキーが笑う。「ドアにぶつかったんだよ」

「ひどいよ」とグッドニュースが言う。「こんなの、ぼくらが目指したことじゃない」

「暴力は容認できないぞ」とデイヴィッド。

「どういう意味だよ」

「賛成できないってことさ」

「まあ、そうだろうけどさ」とモンキー。「最初はやさしく言ったんだけど、こいつが聞かなかったもんでね」

「モノは持って帰ろうと思ってたんだよ」とロビーが泣き声をあげる。「何発も殴ることなんてなかったのにさ。おれ、ただ……」ロビーは、どうして一時的にビデオカメラやブレスレットを使用しなければならなくなったのか、みんなを納得させられる説明を見つけようとして失敗し、先を続けられなくなる。

「ほんとうなのか、モンキー？」デイヴィッドがたずねる。「この子はモノを持って帰ってこようとしてたのか？」

「正直な意見を言わせてもらうよ、デイヴィッド。ほんとのわけがないだろ。持って帰ってくるわけがない。もしかすると売りさばこうとしてたんだからね」モンキーはみんなを笑わせようとしてそう言う。だが成功したのはエドとわたしに対してだけだ。デイヴィッドとグッドニュースは笑わない。ただ打ちひしがれた顔をしている。

わたしは、みんなで相談するからそのあいだロビーを散歩にでもつれだしてほしいとモンキーに頼む。

「で、どうしましょうか？」わたしはたずねる。「おふたりは、警察に連絡したい？」

「ああ、そりゃ、しっかり考えてからにしないと」とグッドニュースが言う。「警察なんて、つまりさ……おおごとになっちゃうじゃないか。二十ポンドがそれほど大切だったら、話は別だけど、でも……」

　文法的な意味でも習慣的な意味でも、彼が文章を終えないまま口をつぐんでしまったのは象徴的だ。グッドニュース方面からは、賠償の申し出など行われそうにない。

「でも、何？」わたしはたずねる。

「でも、二十ポンドなんてたいした額じゃないだろ？　つまり、若い子の人生はそれ以上の価値があるはずだって意味だけどさ」

「あなたは、エドやウェンディが意地悪だって言いたいわけね。冷たい、って」

「いや、ぼくが言いたいのはさ、もしおカネを損したのがぼくだったら、その……」

「あなたの問題じゃないでしょ」とわたしは言う。「決めるのは、エドとウェンディよ」

「警察に連絡したら」とデイヴィッドが言う。「ロビーがこのままここにいるのは難しくなるだろうな。エドやウェンディから、家にはいてほしくないと言われてるようなもんだからさ」

　今、この時点まで、わたしにはわかっていなかった。デイヴィッドは現実なんて少しも把握していない。

「あんなガキになんて、いてほしくないさ」とエドが言う。「あんなクソガキ」

　グッドニュースがとりみだしたように言う。「いてほしくない？　たったこれだけのことで？　頼むよ、ふたりとも。つらい道のりなのは、みんなわかってたはずじゃないか。あなたたちが最初のハードルでつまずいちまうなんて、思ってもいなかったよ」

「どの子のこともきちんと調べたって、そう言ってたじゃないの」とウェンディが言う。「調べたさ」とデイヴィッドが答える。「地元の厚生施設からも推薦されたんだからね。でも、きっと、あの子には誘惑が多すぎたんだろう。おカネや、宝石類や、電気器具がそのへんにいっぱい置いてあったりして……」

「つまり、わたしらのせいだってことか？」エドが言う。「そう言いたいのか？」

「はっきりふたりのせいだとは言わないけどね。でも、たぶんぼくらみんな、よくわかってないんだよ……生きてきた環境のちがいってやつをさ」

エドとウェンディはお互いを見つめ、家を出ていく。

「あのふたりにはがっかりだな」とひとりごとのようにデイヴィッドが言う。「もっと我慢強いと思ってたよ」

わたしはロビーの手当をしながら、このまま消えるのがかしこいやりかたなのではないかと提案してみる。だが彼は完全には納得しない。彼はデイヴィッドやグッドニュースと同じように、そんなふうに型にはめてもなんの解決にもならないし、チャンスをくれるべきだという眼でこちらを見る。わたしたちは侃々諤々《かんかんがくがく》の議論を始める。なぜなら、当然のことだけれど、わたしにはわたしなりの確信があるからだ。ロビーはチャンスをあたえられながら、それを前向きな態度で活《い》かすことができなかったのだという確信。

だがロビーはそう思ってくれない。

　彼は反論する。「あのカメラ、韓国製の安物だったんだぜ。それにグッドニュースの言うとおり、たった二十ポンドじゃんか」

　そんなことが問題なのではない、とわたしは指摘しようとするのだが――実際、そんなの、なんの関係もないことだ――話はなかなか前に進まない。だがそのあとでモンキーとずっと短い会話をかわすと、彼はさっさと、ウェブスター・ロードは自分のいるべきところじゃないと結論してしまう。わたしたちが彼の顔を見ることは、もう二度とない。


　災難が起きたというニュースは通りをかけめぐり、わたしたちの家にはその日一日じゅう、いろんな人がやってくる。子供たちを受けいれたほかの四組の家族も、もちろんデイヴィッドやグッドニュースと話をしたがっているが、エドやウェンディの両隣の人々――そこにはマイクもふくまれていて、プロジェクトに対する彼のイデオロギー的反感は、あたりまえだけれど一夜にして大きくふくれあがっている――も不満を表明する。マイクがわたしたちのところへやってくる。

「きみにはなんの関係もないじゃないか」とデイヴィッドが言う。

「なんだって？　隣に盗人《ぬすっと》が住んでるんだぞ」

「隣に誰が住んでるのか、きみはよく知らないはずだよ」とデイヴィッド。「知りもしないくせに判断するのはどうだろうね」

「あなたは飛びついてるよ」とグッドニュースが言う。新しい言いまわしが気に入ったらしい。「飛びつくのは、よくないな」

「じゃ何か、おれの持ちもんが半分消えてからじゃないと、文句も言えないってのか」

「ストリート・ミーティングを開くってのはどうだろう」とデイヴィッド。

「それがなんの役に立つんだよ」

「温度をはかりたいんだ。ほかの人たちがどういうふうに感じてるかね」

「ほかのやつらがどう感じようが、おれにはクソほどの関係もねえぜ」

「そういうのは、ひとつのコミュニティに住む人間の態度じゃないな、マイク」

「おれはコミュニティなんてもんに住んでるんじゃねえよ。おれはおれの家に住んでるんだ。おれの持ちもんといっしょにな。持ちもんを手元に置いとくのは、当然だろ」

「わかった。そういう意見も表明される機会をあたえられるべきだろう。じゃ、子供たちに直接会って、おれの家には入るなと言えばいい」

「言えばいい！　言えばいいだと！　他人の家に入るななんて言われなきゃいけないやつは、最初からこのあたりにいちゃダメだろうが！」

「じゃ、どこにいればいいんだ？」

「厚生施設でもいいし、道ばたに戻ってもいい。どこでもいいだろ」

「ぼくはそう思わない。当然ね。だからこんなことをやってるんだ」

「ああ、でもおれはやっちゃいないぜ」

「じゃあ、あなたは何がしたいわけ？」グッドニュースはそう言って、はじめて議論に参加する。だがそれは、これまでで最も挑発的な言葉だ。マイクは、いつ誰かを殴りつけてもおかしくない状態にある。そしてわたしは、どちらの側についていいのかわからずにいる。マイクなんてあんまり好きじゃないけれど、でもその一方、デイヴィッドもグッドニュースも明らかに一発もらって眼をさますべきだ。そんなことをしてくれる人なんて、マイク以外にはいないだろう。

「まあ、聞いてくれ」とデイヴィッドが言う。崖《がけ》っぷちから戻ってきた声だ。事態をまるくおさめようという意志が感じられる。「きみの心配もよくわかるよ。でも、約束する。心配する必要なんてないんだ。ほかの子供たちに会って、話をしてみてくれないかな。で、もしまたこういうことが起きるようだったら、ぼくらのしたことがまちがいなんだから、考えなおすよ。それでどうだろう？」

かろうじてではあるけれど、それで充分だ。マイクは落ち着きをとりもどし、自分でも考えてみると言って帰っていく。だが、デイヴィッドがマイクに運動の意味を理解させるまでには、相当な時間がかかるだろう。そうしてわたしたちは——何人かは重たい心を抱えながら――またしてもチーズ・ビスケットを作り、またしても我が家で行われるコミュニティ集会の準備をする。

若い子がみんな、自分たちだけでなく、家の持ち主といっしょにやってくるのを見るのは、信頼関係が築かれつつあることを感じさせて、なかなかいいものだ。彼らはまるで、小さな子供たちが誕生日のパーティに出席するときのように、背中を押されながらおずおずと入ってくる。そして、大人たちが彼らをやさしく誇らしげに紹介するあいだ、じっと立って床を見つめている。

「この子がサスです」と、『ザ・ビル』に出ていたゲイの俳優、リチャードが言う。サスは始終もじもじしているバーミンガム生まれの十八歳だ。義理の父親から性的虐待《ぎゃくたい》を受け、二年前、ロンドンにやってきた。看護師になりたいと言う。ここに来るまでは売春婦だった。その風情《ふぜい》のせいで――しぐさだとかおさげにした髪のせいで――九歳の女の子のように見えるけれど、瞳《ひとみ》に浮かんだ色は四十五歳の女性のものだ。

誰も――マイクでさえ――彼女にこれ以上ひどいことが起きてほしいと思う人間はいない。

マルティナがつれてきたのはティズという女の子だ。ティズはニキビ面で太っている。ふたりが入ってくるとき、わたしは、彼女とマルティナが手をつないでいることに気づいた。ローズとマックスは、娘のホリーといっしょにアニーという子をつれてくる。ほかの子たちよりずっと年上だ。二十二歳くらいだろうか。ホリーとはすっかり仲良しになったという。アニーが着ているのがローズの服だということはすぐにわかった——花柄のロングドレスとラメ入りのサンダル。ロバートとジュードのところは、クレイグ。これもお下がりのスーツを着て、洗ったばかりの濡《ぬ》れた髪をしている彼は、実にお行儀よく見えるのだが、その目はおびえている。この子たちに関して驚かされるのは、そのことだ。ここに来たばかりのころは誰もが、あまりに若くしてあまりに多くのことを見てきた人間の表情をしていた。だが、ウェブスター・ロードの安らぎやお風呂《ふろ》やシャワーが、彼らの体や顔から想像を越えた忌《い》まわしい経験を洗い流してくれたのかもしれない。今、彼らはあるべき姿に戻ることができた——それでも、まだまだ完璧《かんぺき》とは言えないだろう。みんな今でも、誰もが望む生活や家庭や家から長いあいだ遠ざかっていた人間の顔をしているのだから。

マイクにチャンスはあたえられない——しゃべることさえ許されない。マックスが、ここ二年間で三度盗難にあったけれど、自分としては泥棒が隣に住んでいようが通りを二本越えたところに住んでいようが、同じことだと指摘する。マルティナはマイクに向かって、十五年間ひとりで生きてきてようやくティズという伴侶《はんりょ》が見つかったというのに、今彼女がいなくなったらどうしていいのかわからなくなると、たどたどしい英語で言う。「そしたら、また、あたし、別のティズ、探さないといけなくなります」

　サスが最後に口を開く。流暢《りゅうちょう》なしゃべりかたではない――恥ずかしがり屋だし、靴ばかり見つめているし、言いよどんではまた始めるし、声はこもりがちで誰の耳にも聞きとりにくい。しかし、何があっても彼女がこのチャンスにしがみついていようとしていることは明らかだ――絶対にサイモンとリチャードのところにいたいと思っているし、カレッジに行って看護師の試験に合格したいと思っているし、以前の生活には絶対に戻りたくないと思っている。ロビーを殺してやりたかった、と彼女は言う。だって、どういうことになるか、残りのみんながどう思われるかは明らかだったし、もしまたこの通りで何かが盗まれるようなことがあったら、一生かかっても自分のおカネで被害者の方に弁償します、とも言う。彼女がしゃべり終えると、リチャードが近づいていって、彼女を抱きしめる。まわりから拍手が巻きおこる。そしてマイクは自分の家へ盗みに入るとでもいうような風情でこそこそと部屋を出ていき、消えてしまう。

　あとからリチャードがやってきて、こんな機会を作ってくれてありがとうとわたしに礼を言う――だがわたしは、またよけいなおせっかいを焼いてと不満をもらした以外、どんな貢献もしてない。

「サスはぼくらに恩義を感じてると思うんだ」と彼は言う。「でも、ぼくらが受けてる恩のほうがどれだけ大きいかわかったもんじゃない。ねえ、ぼくを見てよ。『カジュアルティ』の入院患者の役でももらって、一週間も業界にしがみついていられれば飛びあがって喜ぶような大根役者だぜ。人にいばれるようなことなんて、今まで何もしてない。でもそんなぼくがずっとハイな状態でいられるんだ。もしサスが看護師の資格をとったら、ぼくは幸せに死ねるだろうね。きっと一か月は泣いてると思うよ。きみはデイヴィッドのことを誇りにしなきゃ」

「わたしも医者だから」とわたしは言う。「それなりに人を救ってきたりはしたんだけどね」リチャードはじっとわたしを見つめる。その視線に耐えられなくて、わたしはトイレに逃げこみ、鍵《かぎ》をかける。

これはホームレスの子供たちの物語ではない。わたしの物語であり、デイヴィッドの物語だ。だからこの方面の話にはピリオドを打って、彼らがその後どうなったかをかんたんにお伝えしよう。クレイグとモンキーはいなくなった。モンキーがいなくなったのは数日後、クレイグは数週間後だった。モンキーはおカネとともに消えたけれど、そのおカネは、彼が持っていけるようにデイヴィッドとわたしが置いておいたものだった。モンキーがつまらなそうな顔をし、別のところへ行きたくてうずうずしていることを察知したわたしたちは、緊急用の現金をしまっているキッチンの広口瓶のありかを彼に教え、さらにそのなかへ二十ポンド紙幣を五枚、入れておいた。なくなることは覚悟のうえだった。そしてそのとおり、おカネはなくなった。クレイグはお母さんを探しに行きたいともらしていたらしい。そのために出ていったのであってほしいと、わたしたちは願っている。女の子たちはまだこの通りに住んでいる。まるで以前の生活など存在しなかったかのようだ。つまり、そういうこと。デイヴィッドは十人の子供たちを救いたがっていた。でも六人で我慢しなければならなかった。そして六人のうち三人は、彼の手にある存在だった。でも残りの三人がここに落ち着いて、仕事につき、自分の家を見つけ、パートナーまで見つけられたら、そうしたら……ああ、あとはみなさんが自分で計算してほしい。もちろん、十人のうち三人、なんていう計算じゃなくて、みんなの将来だとか精神状態まで数に入れた、もっと大切な計算だ。だってわたしはもう、あらゆるものの価値がわからなくなっているのだから。

11

『スター・ウォーズ』のシリーズでわたしが唯一《ゆいいつ》耐えられるのは、二番目の『帝国の逆襲』に出てくる静かなシーンだ。いや、二番目だった、と言ったほうがいいだろう。その後四番目のがシリーズの第一話になってしまい、二番目のは第五話になってしまったのだから。二年ほど前、トムが『スター・ウォーズ』のビデオをくりかえしくりかえし、順番に見ている時期があった。最初わたしがいちばんマシだと思ったのが『帝国の逆襲』だった。轟音《ごうおん》や爆音や発射音のしないシーンがあったからだ。でもしばらくしてわたしが好きになったのは……なんと言っていいのかわからない。メッセージ？　モラル？　『スター・ウォーズ』にメッセージなんてあれば、の話だが、とにかく、映画のなかの何かが心のどこかにひっかかり、わたしはルーク・スカイウォーカーになりたくなってしまった。ひとりだけでどこか遠いところに行き、ジェダイになるすべを学んでいるルーク・スカイウォーカー。戦争はまっぴらだった。これからずっと生きのびるためにはどういうことを知っておけばいいのか、どこかの賢人に教えてほしかった。子供向けのSF映画にそんなことを教えてもらうなんて、まったくばかげた話なのはわかっている。教えてもらうならSFではなく、ジョージ・エリオットやワーズワースやヴァージニア・ウルフであるべきだろう。でも、そこのところがまさに大切なポイントなのだと思う。ヴァージニア・ウルフを読む時間もエネルギーも、わたしにはない。ってことは、息子の『スター・ウォーズ』のビデオに人生の意味や安らぎを探すしかないってことだ。ルーク・スカイウォーカーにならなきゃ。だってほかの誰になっていいのか、わからないんだから。

モンキーと彼の仲間たちが街へ戻っていったとき、わたしは、じっくり考えてみる必要があるということを痛いほど思い知らされた。考えないでいると、人生を支えていられない気がした。何が正しくて何がまちがっているのか、さっぱりわからなくなっていたし、家は知らない人であふれていた……ほとんど気が狂いそうだった。だから、決断しなきゃいけなかった。もちろん、わがままなことだし、甘えた行為だし、悪いとは思った。でもそのときは、悪い人間にならなければいい人になんてなれないような気分だった。きっと誰にだってわかってもらえると思う。神様にだって、カンタベリー大主教にだって、ミリアム・ストッパードにだって。きっとそうだ。以前のように子供たちを愛せなくなったわけではないし、夫を愛せなくなったわけでもない（とは思うけれど、でも、これも考えてみなければいけないことのひとつだろう）……。

　わたしは家を出た。それがぴったりした言いかただと思う。でもそのことは、誰も知らない。もちろんデイヴィッドとグッドニュースは知っているし、理由はあとで述べるけれどジャネットという仕事仲間も知っている。でもモリーとトムは、まだ知らない。わたしが今暮らしているのは――少なくとも眠っているのは、角を曲がったところにある家の一室だ。わたしは子供たちを寝かしつけると、服を着てナイトドレスとドレッシングガウンをキャリアバッグに詰め、お茶も飲まずシリアルも食べずにそのまま家を出る。目覚まし時計は六時十五分にセットする。そうしておけば、朝の六時半にはまた家族の住む家に戻ってこられるからだ。子供たちが起きるのはその一時間後だけれど、どちらかが早く目覚めてしまう危険性も考慮に入れておかなければならない（今はもうふたりともほとんど夜中に目を覚ましたりはしないし、たとえそんなことがあったとしても、面倒を見るのはこれまでずっとデイヴィッドの役目だった。なぜなら、きちんとした仕事についているのはわたしのほうだからだ）。家に戻るとわたしは、子供たちからいっさい怪しまれないように、再びナイトドレスとドレッシングガウンに着替えておき――夜は寝かしつけてくれて朝はいっしょにごはんを食べている母親が家を出てしまったんじゃないかと怪しむなんて、よほど猜疑心《さいぎしん》の強い子でないと無理だろうけれど――あまった一時間は持ってきた新聞を読んで過ごす。理論的に言えば睡眠時間が一時間けずられているわけだけれど、でも、別につらくはない。実際にはこれまでより一時間よけいに眠ったような気分だ。これこそ、夜をひとりで過ごすことの効用と言っていいだろう。

部屋代は払っていない。持ち主はジャネット・ウォルダー。わたしの住み分けを知っている三人目の人だ。ジャネットは外科医だが、今はひと月ほど、生まれたばかりの姪《めい》に会いにニュージーランドへ戻っている。実際わたしは、ジャネットに姪が生まれていなければ、家を出ようとは思わなかっただろう。誰かのポケットから財布がつきだしているのを眼にしなければ、盗もうなんて夢にも思わなかった泥棒と同じだ。すべてはめぐりあわせでしかない。しばらく家を空けると彼女が言ってから数秒もたたないうちに、わたしはもう決心していた。誘惑をおさえつけようにも、力が出てこなかった。理性も圧倒されてしまった。わたしは空疎《くうそ》さを聞き、静寂を味わい、孤独を嗅《か》いだ。それは今までの何より欲しいものだった（いったいわたしはどんな人間なんだろう？　無を切望するなんて、いったいどんな官能主義者なんだろう）。そうして、ベッドタイム後朝食前の計画を、その場で、あっという間に立ててしまった。まさに必要は発明の母。わたしは家に戻るとデイヴィッドに計画を告げ、そのとおりに実行した。

「どうして？」デイヴィッドはたずねた――理不尽な質問ではない。

すべてのせいよ、とわたしは答えた。グッドニュースのせいでもあるし、モンキーのせいでもあるし、あなたがこれから何をするのか怖いせいでもある。せっかく家からいなくなるわけだから、この際、夫に言ってやりたかった。朝目覚めるたびに、わたしはわたしでなくなっていくのだ、と。でも言えなかった。だって、そんなことを言う資格があるのかどうか心もとないし、これからもわかるとは思えない。ジェダイになる修行でも積まないかぎり。

「わかんないの、ほんとに」とわたしは言った。「少し逃げていたいだけ」

「何から逃げるっていうんだ?」

結婚からよ、と答えるべきだったのだろう。結局のところ、問題はそこにある。仕事の時間や、家族の夕食や家族の朝食の時間をのぞけば、わたしに残されているのはそれしかない。自分の自由にできる時間は、わたしが医者でも母親でもなく、妻になったときだけだ（ああ、それだけのオプションしか残されていないなんて、なんと恐ろしいことなのだろう。今あげた三つの役を演じていない時間となると、あとはバスルームに入っているときしかない）。だがもちろん、そんなことも言わない。彼の目の前にあるものが、今まさに朽ち果てつつあるのだということをわかってくれないだろうかと願い、そして、戦いに疲れた惑星にはもう高度な生命体を支えるだけの酸素など残っていないのだということをわかってくれないだろうかと願いながら、ゆらゆらと手を振ってみせただけだ。

「お願いだから行かないでくれよ」と彼は言う。でもわたしは、彼の声からどんな説得力も必死さも聞きとれない。それとも、わたしが本気で聞こうとしていないだけなのだろうか。

「どうして出てってほしくないの？」わたしはたずねる。「あなたにとって、どんなちがいがあるってわけ？」

彼がふたたび口を開くまでに、長く、思いに沈んだ、決定的な沈黙がある。そんな沈黙のおかげで、彼がようやくのことで紡《つむ》ぎだした返事を無視し、そして忘れてしまうことが許される。

ジャネットの部屋は、テイマー・ロードに面した大きなテラスハウスの最上階だ。テイマー・ロードは、ウェブスター・ロードと平行に走っている。おかしなことだが、もともとはとても美しい通りなのに、家々は朽ちるにまかせてあった。ようやく、一軒一軒、手が入れられるようになったのは、つい最近のことだ。わたしは、三軒だけ並んで残されたボロ屋の真ん中の家に住んでいる。

四階建ての建物のそれぞれの階には、ひとりずつ住人がいる。わたしはすでに全員と知り合いになり、みんなのことが気に入ってしまった。いちばん大きな一階の庭つきに住んでいるのは、広告関係の仕事をしているグレッチェンだ。彼女はわたしにいろんなサンプル商品をプレゼントすると約束してくれた。グレッチェンの上にはマリーがいる。彼女はノース・ロンドン大学で哲学を教え、週末になるとグラスゴーの実家へ帰ってしまう。マリーの上にいるのがディック。近くのレコード屋で働いている、物静かでとても神経質な男性だ。

ここは楽しい。わたしたちは、お互いどんな暮らしをするのがいいのか、責任の所在はどこなのか、最大限の善をなすにはどういうことをすればいいのか、みんなで話しあって決定する。たとえば先週は、グレッチェンがハウス・ミーティングを招集し、今より大きな郵便箱の設置を投票で決めた。マリーはアマゾンでたくさん本を注文するのだが、ドアの差し入れ口に入らないせいで、郵便配達の係が届いたものを前の階段に置きっぱなしにして雨で濡《ぬ》らしてしまったことがあったからだ。デイヴィッド、聞こえる？　郵便箱のサイズよ！　変えられるのは、こういうことなの！（郵便箱なんてどこで買ってきたらいいかも、いくらするのかもわかっていないし、誰が設置するのかもまだ決まってはいないけれど、たぶん変えられるはずだ）。マリーが費用の三分の二を払い、わたしは何も払わなくていい——短くて論理的で友好的で公正で、心から満足のいく議論だった。それからみんなでワインを飲みながらエアーを聞いた。エアーというのは、エレベーターで流れているのが最も似合いそうなインストを演奏するフランスのバンドだ。

わたしの最近いちばんのお気に入りだけれど、ディックはいかにも彼らしい物静かで神経質な言いかたで、エアーをけなしたりする。彼によれば、エアーよりいいフレンチ・アンビエント・ポップのバンドがいるのだそうだ。もしよかったらテープを作ってあげると、みんなに言う。

でもわたしにはエアーが現代的に聞こえる。独身で子供なし、って感じだ。それに比べれば、たとえばディランなんて、年をとっていて結婚していて重荷を背負ってるような感じ——まるでわたしの家を思わせる。エアーがモダンなインテリア・ショップだとしたら、ディランは近所の八百屋だろう。マッシュルームとレタスとトマトを買い、家に帰ってボロネーゼとサラダを作るのって、どォんな気分《ハウ・ダズ・イット・フィイイル》？　ひとりきりでいるのって《トゥ・ビー・オン・ユア・オオウン》？　だがボブが歌うとき、わたしはひとりきりではない。これこそが、コミュニティにおける最上の生きかただ——そう思えてしかたがない。クールな音楽と白ワインと郵便箱。そして、必要なときはドアを閉めておける生活。次のわたしたちの議題は、廊下に郵便物用のテーブルを置くべきかどうか。ミーティングが待ち遠しい（個人的には置くべきだと考えているけれど、反対意見にもきちんと耳を傾けたいと思う）。

ここの人たちがみんな独身だということも気に入っている。でも、ずっと独身でいたいと思っている人はいないらしい。この前の夜だって、彼らの恋愛状況に関するジョークが飛びだしたくらいだ。無理して言っているような、自分を卑下するような、そして何度もリハーサルを重ねたようなジョークだった。郵便箱に関するハウス・ミーティングでこんなジョークが口にされたくらいだから――グレッチェンは、彼女のところにバレンタインの贈り物が数多く届かないのはドアの差し入れ口が小さいせいじゃないだろうかと言い、わたしたちは悲しげな表情を作りながらお義理で笑ってみせた――どんな議論の場であっても口にされるのだろう。彼らが自分たちのことをかわいそうだと思っているのだとしたら、わたしも彼らのことをかわいそうだとは思うけれど、でもこの状況は、誰にも恋愛対象なんていてほしくないというわたしの理想には合っている。『帝国の逆襲』的などっちつかずの雰囲気をさらに色濃くしてくれるからだ。わたしはまるで、誰かのお絵かき帳の使われていないページに絵を描きはじめた気分でいる。わたしのお絵かき帳はすっかり使い古され、すみずみまで絵で埋まってしまった。おまけに、描いた絵は少しも気に入らなかった。

いつまでこんなふうに暮らせるのかはわからない。ジャネットはあと数週間で戻ってきてしまう。だけどわたしはすでに、夏のあいだマリーは自分の部屋を使うんだろうかと考えはじめている。家のローンを払い、ふたりの子供とデイヴィッドとグッドニュースとホームレスを養いながら、自分の部屋代まで捻出《ねんしゅつ》することは可能だろうか。だがわたしは、この生活にそこまでする価値があるのかどうかなんて、考慮に入れてはいない――毎晩数時間、ひとりきりでいたり、郵便箱の大きさを議論しながらディックやマリーやグレッチェンとエアーを聞いていたりすることで、これからの四十数年、充実して生きていけるのだろうか。今この段階では充実できそうな気がする。だけど、ここで四十数年間分の人生設計を立ててしまうのは、あまりかしこくない選択だろう。

でも、ほんとうはそんなことなんてどうだっていい。たった二時間ではあるけれど貴重な時間だし、そのあいだわたしは幸せでいられる。こんなに幸せな気分になったことなんて、もう何年も何年もない。わたしはジャネットの小さなテレビを見る。新聞の書評欄もよく読んでいるし、ここへ来てから二週間で『コレリ大尉のマンドリン』も七十九ページまで読んだ。勘ちがいされると困るからつけくわえておくと、わたしは夜の時間のための代償を支払っている。二時間は、ただではない。ここに来た最初の夜、わたしは悪い夢を見たせいでびっしょり寝汗をかいて目覚め、自分がどこにいて、どこにいないのか、あらためて気づいた。そして服を着替え、歩いて家に戻り、子供の寝息を確かめた。今でもほとんど毎晩、きっかり午前二時二十五分に目が覚め、そうすると心配と不安で気もそぞろになり、孤独と罪の意識を感じ、どうしていいのかわからなくなり、それからは長いあいだ眠れずにいる。なのに、朝目覚めたときは生まれ変わったような気分だ。

ジャネットの部屋で暮らしてから三週間目をむかえたころ、わたしが家に戻ると、トムが新しい友達とテレビを見ていた。新しい友達とは、太った男の子だ。鼻の脇《わき》にこしらえたおできと、まっすぐに切りそろえたいかにもいい子ちゃんっぽい前髪が、驚くほど不細工な容姿をさらに不細工にしている。これじゃあ、からかわれることだってあるんじゃないだろうか。前髪が「おれがいつもどんな顔を飾ってるのか、わかってるだろ?」なんて言っていそうだ――「こいつの顔、見てみろって。トムの友達で、こんな顔したやつなんていないぜ。みんな、ハンサムでクールなやつばっかりなのにさ。トムにとっちゃ、クールってことが大切なんだよ。太っておできのできたやつなんて(それに白と茶のふわふわのセーターも)、ほかのやつらが興味を持ってたって、トムは鼻もひっかけなかったはずなのにね」

「ただいま」とわたしは明るく言う。「この子は、だあれ?」

新しい友達がわたしのほうを見て、それから頭をぐらぐら揺らしつつ部屋を見わたす。名前の判明していない人間はどこなんだろうと考えているところだ。心が痛むけれど、ほかに欠点をいくつも持っていながら、この子は頭までよくなさそうに見える。名前のわからない人間なんて彼自身のほかにはいないということをつきとめてからでさえ、彼はわたしの質問に答えようとしない。きっと聞きまちがえたと思っているのだろう。

「クリストファーだよ」トムが低い声で言う。

「こんにちは、クリストファー」

「こんちは」

「お茶を入れるけど、それまでここにいる?」

彼はまたしてもわたしを見つめる。ダメだ。こんな餌《えさ》では食いついてくれそうにない。

「お茶がはいるまでうちにいるか、って聞かれてるんだよ」トムが叫ぶ。

わたしは突然、良心の呵責《かしゃく》を感じて恥ずかしくなる。「クリストファーって、耳が悪いの?」

「ちがうよ」トムが軽蔑《けいべつ》したように言う。「ニブいだけ」

クリストファーはトムのほうを向くと、彼の胸のあたりをぼんやりと突く。トムはわたしを見て頭を振る。息子の動作は「信じられない」という意味にしか解釈できない。

「パパはどこ?」

「グッドニュースの部屋」

「モリーは?」

「二階。あいつんとこにも友達が来てる」

モリーは、クリストファーを八歳にして女の子にしたような友達といっしょに部屋にいる。モリーの新しい友達は、小さくて、土気色の肌をしていて、眼鏡をかけていて、明々白々なくらいの悪臭を漂わせている――モリーのベッドルームがこんなにおいをさせていたことなんてなかった。この部屋で、おならと体臭と靴下のにおいをまぜて魔女が秘薬でも作ったかのようだ。

「こんにちは。あたし、ホープ」なんてことだろう。どんな親だって、「希望《ホープ》」なんて名前をつけることがどれだけ不吉であるか、頭に叩《たた》きこんでいるはずなのに。「モリーと遊びに来たの。トランプしてるのよ。こんどはあたしの番」彼女は注意深くカードを山の上に置く。

「ダイヤの3。次はあなたの番よ、モリー」モリーがカードを山の上に置く。「クラブの5」クリストファーが異常に無口であるのと同じくらい異常に、ホープは能弁だ。自分の動作も目に入るものもすべて説明していく。おまけに、複合文を作ることを明らかに恐れている。だから彼女の言葉は教育絵本の『ジャネット・アンド・ジョン』のジャネットのようだ。

「何をして遊んでるの？」

「スナップ。これで三回目。まだどっちも勝ってないの」

「ちがうのよ。あのね……」わたしは、ふたりのゲームへのアプローチと準備のしかたに決定的な欠陥があることを指摘しようとし、そして思いなおす。

「明日も来ていい？」ホープがたずねる。

わたしは、娘がためらっていたり、はっきり嫌がっていたりしないだろうかと思ってモリーのほうを見るが、彼女は外交官の仮面をかぶったままだ。

「そうね」とわたしは言う。

「あたしはいいよ」モリーがとっさに言う。「ほんとに」

小さな女の子が新しい友達と次の遊びの日程を立てるにしては妙な言いかただけれど、ここはそのまま流しておくことにする。

「ホープ、お茶の時間までいる？」

「それもいいよね」モリーが言う。「ホープもいたかったらいていいし。絶対。あたし、それでも全然いいな」

明るく気持ちをこめて口にされた最後のフレーズが、ふたりの客に関してわたしの知りたいことをすべて教えてくれる。

こういうときにかぎって、わたしが料理をする番だ。デイヴィッドとグッドニュースは寝室にこもって、はかりごとをしている。クリストファーとホープはお茶の時間まで残り、ほとんど何も言わずにおやつを食べる。ときおり聞こえるのは、主語と述語と目的語だけで成りたっているホープのコメントだけだ――「あたしピザが大好き！」「ママはお茶を飲むの！」「あたしこのお皿が好き！」。クリストファーは口でしか息ができないらしい。だから彼がものを食べていると、ぐちゃぐちゃ、べちょべちょ、うぐうぐ、恐ろしいほど不快な音がする。トムが心から侮蔑したまなざしで見ている。母親にしか愛せない顔がある、なんていう言葉を聞くことがあるけれど、クリストファーという存在は、どんな母性愛の絆《きずな》だって引きのばしてちぎってしまいかねない。愛してあげることがこんなに難しい子供なんて、わたしはほかに知らない。だがホープも、その意味では彼に負けていないと思う。いくら親しげに食べ物やほかの人たちのことを語っていても、あの独特の奇妙なにおいが鼻についてしかたがないのは否《いな》めないからだ。

クリストファーが皿を遠くに押しやる。「ごちそうさま」

「もっと食べる？　もう一切れあるのよ」

「いらない。おいしくないから」

「おいしいじゃんか」とトムが言う。これまでトムは、わたしの作ったものをほめたことなどない子だった。それはきっと、ほめることが誰かへの攻撃にもなるような機会にめぐまれなかったからだろう。クリストファーは誰がそんなことを言ったのか確かめるためにこうべをめぐらせる。しかし誰が言ったのか発見したあとでも、言いかえす言葉は思いつけない。

「あたしピザが好き」とホープが言う。これで二度目だ。いつものトムは、そんな反復にすぐ飛びついて、その人をめちゃくちゃにこきおろすのが得意な子なのだけれど、今はそんな努力をあきらめてしまったらしい。ただあきれたように天井を見るだけだ。

「ここのテレビは小ちゃすぎるよ」とクリストファーが言う。「音もあんまりおっきくなんないしさ。爆発したときもヘンな音しかしなかったよ」

「どうしてボリュームをあげてくれって言わなかったんだよ」とトムが言う。クリストファーは今度もやはり試作ロボットのようにギリギリとこうべをめぐらせて友人の顔を見つめるが、今度もやはり返事をしない。彼はたった四十五分で、総合教育に対するわたしの信念をくつがえしてしまった。わたしは突然、バカがうちの子供たちにうつってしまうのではないかと思いはじめ、この少年を今すぐ家から追いだしたくなる。

「どこに住んでるの、クリストファー？」わたしは彼にも参加できそうな話題を見つけようとして、そうたずねる。

「サフォーク・ライズ」彼は、ほかの子供が仲間と口げんかして「絶対にちがうもん」と言うときとまったく同じ、甲高くて弁解がましい口調で答える。

「そこは気に入ってるわけ？」モリーがたずねる。ほかの場合だったら、サフォーク・ライズをバカにしたように聞こえたかもしれないが、残念ながらモリーは会話を続けようと最善をつくしているだけだ。

「まあまあだね。ここよりいい。ここはゴミダメみたいだから」

トムのタイミングは実に意味深だ。彼は十まで数える。いや、二十か三十だったかもしれない。そして数えながら、あたかもチェスの問題か複雑なカルテのように、クリストファーの表情を解読しようとする。そして立ちあがると、迅速《じんそく》かつ正確に、おできのところへパンチをお見舞いする。じっと観察していると、おできが破れて、黄色い蛍光色のなかみが火口からほっぺたのほうへと流れだしていくのがわかる。

「ごめんなさい、ママ」トムは部屋から出ていきながら、実際に罰を受ける前からその第一段階を覚悟しているかのような悲しい声で言う。「でもさ、わかってよ」

「ぼくらは罪を犯してるんだよ」クリストファーとホープが帰っていったあと、デイヴィッドが言う（クリストファーの母親は太っていて陽気な人だったけれど、その顔には当然のことながら息子に対する失望の色が浮かんでいた。だから息子が殴られたと聞いても、格別驚いてはいない様子だったし、わたしがつぐないをしたいと言い、長々と細かい部分までその内容を伝えようとしても、あまり興味を持っていないようだった）。

「どういう意味？」

「ぼくらはみんな罪人だ。そうだよね？」グッドニュースがはりきって口をはさむ。

「あなたはずっと、そういうことをわたしにわからせようとしてきたんだもんね」

「いやいや、あたたかみのない社会のメンバーだから、ぼくらには罪があるんだなんていう話をしてるんじゃないんだ。もちろん、それもそうなんだけどね」

「もちろんね。そうじゃないなんて、一瞬だって思わないわ」

「ちがうんだよ、ぼくは個人個人の罪のことを言ってるんだ。ぼくらはみんな、罪の意識を感じてしまうようなことをしてきた。嘘《うそ》をついたり。その、つまり、浮気をしたりさ。人の心を傷つけたりね。だから、デイヴィッドとぼくは子供たちにそういう話をしてたんだ。ひとりひとりの罪がどこにあるのか、そしてそれを裏返すにはどうすればいいのか、って話をね」

「裏返す、ね」

「そう、そのとおり。裏返すんだ。ぼくらはそう呼んでる。これまでにやったいけないことや、誰かにしたひどいことを見つけて、それを裏返すんだよ。逆のことをやるんだ。何かを盗んだなら返してあげる。意地悪をしたら、やさしくしてあげなきゃいけない」

「だって、政治的な罪だけじゃなくて個人的な罪のことも考えなきゃいけないと思ってさ」

「ありがとう、デイヴィッド。それを言うのを忘れてた。そうなんだよ。個人と政治。政治的なことはもうトライしただろ？　ホームレスの子供たちのことでさ」

「へえ、じゃ、あれはもう終わりなの？　ホームレス病は癒《いや》されたってわけ？　世界はよくなったのね？」

「ちゃかすのはやめてくれないか、ケイティ。グッドニュースは『トライした』って言っただけで、解決したとは言ってないんだから」

「まだ全然だよね。やらなきゃいけないことは、まだ山ほどあるよ。ふう」グッドニュースは自分の顔を手であおいでみせる。世界じゅうの貧しい人の苦境を救うためにこれからどれだけの汗が流されなければならないか、身ぶりで示したかったのだろう。「でも、ここにある問題についても、同じくらいやるべきことがあるんだよ」そう言って彼は自分の頭を指さす。「もしくは、ここの問題っていうかさ」指先が心臓のほうへ移っていく。「そういうことが、今ぼくらのやってる仕事なんだ」

「クリストファーとホープがお茶を飲みに来たのも、そのせい？」

「まさにね」とデイヴィッド。「ぼくらはモリーやトムと話をして、何を裏返したいかたずねたんだ。そうしたら、さっきのふたりの子供が浮かびあがってきたんだよ……その、大きな後悔のタネとしてね。モリーはホープをこの前の誕生日パーティに呼ばなかったことをずっと悪いと思ってたし、そして……まあ、きみは笑うかもしれないけどさ、でもトムは学校でクリストファーをガツンってやったことをずっと悪いと思ってたわけなんだ」

「でも皮肉よね。そうじゃない？　今日もまたガツンってやっちゃったわけでしょ？」

「きみがそう言いたくなる気持ちも、わかるよ。うん、わかる」

「じゃあ、今日起きたことは予測できたんじゃない？」

「そうかな」デイヴィッドは明らかに、歴史がくりかえされるなどとは思っていなかったのだろう。「どうして？」

「自分で考えてよ」

「自分の息子がほかの子をいじめるなんて、ぼくは嫌だな、ケイティ。ほかの子を嫌いになってほしくもない。みんなのいい面を見つけて……愛せる部分を見つけてほしい」

「わたしがそう思ってないってわけ？」

「どうだろう。きみはトムに、クリストファーのなかに愛せる部分を見つけてほしいと思うかい？」

「ええ、そうね。クリストファーは特殊な例にあたるかもしれない。宇宙的な愛の法律の抜け穴っていうか」

「つまり、トムにみんなを愛してほしくはないってことだ」

「理想的な世界だったらもちろん愛してほしいけど、でも……」

「ほら、そうだろ？」グッドニュースが興奮して言う。「それがぼくらのやろうとしてることなんだよ！　自分たちの家に理想の世界を作るんだよ！」

わたしの家に理想の世界……そんな考えかたがどうして嫌悪感《けんおかん》を催させるのかはよくわからないけれど、でも、わたしは心のどこかでグッドニュースがまちがっていることを知っている。憎しみのない人生なんて、人生じゃない。わたしの子供たちは、好きなように人を軽蔑したっていいはずだ。そうだ。そんな権利くらいは、この手に勝ちとらなきゃ。

「きみはどうなんだい？」トムとモリーが眠りにつき、わたしが家を出ようとしているとき、デイヴィッドが言う。

「わたしはどう、って？」

「何を裏返したいと思う？」

「何も。わたしたちのやることには、それぞれもっともな理由があると思ってるから。トムがクリストファーを殴ったみたいにね。今日の午後がその証明よ。トムは殴らずにいられなかったから二度もあの子を殴った。だからいちばんいいのはあのふたりを近づけずに、離しておくことなんじゃない？」

「つまりあなたは、戦いを続けてきたふたつの部族が肩をよせあって幸せに暮らすなんてありえないってわけだね」グッドニュースが悲しそうに言う。「じゃ、ベルファストは？　しかたないって言うの？　パレスチナは？　あの場所、はら、ツチ族だとかほかの部族だとかがいる場所は？　忘れろって言うわけ？」

「トムとクリストファーのことを戦うふたつの部族みたいに考えていいのかしら。戦う部族って言うより、ふたりの小さな男の子って言ったほうが正確じゃない？」

「でも、ふたりが何かを象徴してるとは言えるかもしれないじゃないか」デイヴィッドが言う。「クリストファーはコソボに住むアルバニア人だって考えてもいいかもしれない。たとえばの話だけどね。彼は何も持ってないし、大部分の子に軽蔑されてるし……」「でも平均的なコソボのアルバニア人とはちがって、あの子は好きにテレビも見られるし、ひどいことだってあんまり起きないじゃないの」とわたしは指摘する――いや、ほんとのことを言えばその指摘は、ねぐらへと帰る道すがら、わたしの頭のなかで行われたものだ。だって、デイヴィッドが言った「軽蔑されてるし」の「されてる」が聞こえたあたりで、わたしは彼らの鼻先めがけてドアを閉めてしまったのだから。

だがもちろんわたしは、裏返すというコンセプトについてふと考えている自分に気づく。考えずにいられる人なんているだろうか。デイヴィッドは、わたしがほとんどなんにでも罪の意識を抱いていることを知っている。だからこそ、わたしに向かってそんなコンセプトを投げつけたわけだ。最低なヤツ。ジャネットの部屋へ戻ると、本を読んだり下から借りてきたエアーのCDを聞きたいと思っている自分をよそに、わたしは心のなかで、罪の意識を感じていることのリストを作りはじめ、少しでもうしろめたさから解放される方法はあるんだろうかと考えてしまう。驚いてしまったのは、これまでに犯してきたあやまちを思い出すのがどれだけたやすいかということだ。まるで、そういったことがずっとわたしの意識の表面に漂っていて、単純に、スプーンですくうだけでよかったみたいな感じだ。わたしは医者で、いい人なのに、でもこんなにたくさんのことが……。

ポップチャート、第一位。ここにいること。六時十五分に起きたりして自分に苦労を強いているのは、ここにいるのがいけないことだとわかっているせいだ。でも苦労をしてつぐなっているのだから、この件に関しては自分を許してもいいかもしれない（だが、六時十五分に起きているほんとうの理由は、家を出てしまったのだと直接子供たちに告げる勇気がないからだ。だから実際には、ねぐらを変えた罪だけでなく、臆病者《おくびょうもの》であるという罪もつけくわえるべきだろう。つまり事実上、わたしは完全に赦免されないまま、二重の罪を犯していることになる）。

第二位。スティーヴン。デイヴィッドと言いかえてもいい。この件に関しては、あまり言うことなどない。わたしは結婚の誓いを立て、それを破り、修復することができずにいる（もうみなさんにはわかっていただけると思うが、わたしにだって情状酌量の余地はあるはずだ）（でも、こういうことに関しては、情状酌量の余地なんて認められないんじゃないだろうか？『ジェリー・スプリンガー・ショー』を見るたびに、罪を犯したほうが、悲嘆にくれたパートナーに向かって「だって、おれたちは幸せじゃねえってずっと言ってきたのに、おまえが聞く耳を持たなかったんじゃねえか」と言っている。他人の言うことに耳を貸さなかったからといって、それだけで自動的に、パートナーに浮気されるという罰をあたえられてもいいというのだろうか。しかしながらわたしの場合は、弁解の余地もあると思う。当然だ。だってそもそも、『ジェリー・スプリンガー・ショー』に出てくる人の何人が医者だっていうんだろう。女装趣味の男だとか、複数の女の人に次々と子供を産ませた男だとかが、善意の仕事をしたいと思ったことなんてあるんだろうか？）（いや、もしかしたら彼らだってみんなそうしたいと思っていたのかもしれない。わたしはただ、つまらない中産階級的良識をふりまわしているだけなのかもしれない。ああ、もう、ヤだ）。

第三位。両親。わたしはふたりに電話をかけたりしない。訪ねていったりもしない（ほんとうは訪ねていくこともあるけれど、そんなときだって、明らかに嫌々だし、できるかぎり先延ばしにしようとする）（でもわたしは、あのふたりをどんな両親よりひどい両親だと、心から思っている。彼らは不満も言わなければ、何かを求めるわけでもなく、ただ黙って苦しむだけだ。考えてみれば、ある意味それは何より攻撃的な行為ではないだろうか。もっと腹が立つのは、こちらの気持ちを理解したふりまでして見せることだ。「あら、心配しなくていいのよ。あなたにはたくさんやることがあるんだし。仕事とか、子供とか。電話できるときに電話してくればいいじゃないの……」。こういうのは、許せないくらい口先だけの言葉でしかない）。だけどここには逆説が存在する。なぐさめをあたえてくれる逆説だ。当然のことだけれど、罪の意識を感じることはその人の精神の健康状態に害をおよぼす。しかしわたしの経験にしたがえば、こういった件について罪の意識を覚えなくてすむのは、わたしたちの誰より精神的に不健康な人たちだ。だって、罪の意識を感じずに両親とつきあうには、いつもいつも彼らとしゃべったり、会いに行ったり、あるいはいっしょに住んだりするしかないのだから。そんなの、いいことであるはずがない。だから、選択肢がそれだけしかないのなら――恒常的に罪の意識を感じているか、それとも、日に五度も電話をかけるなんていうフロイト的極限状態に追いこまれるか――わたしはごくまともな、分別ある選択をしたことになる。

第四位。仕事。これはとくに不公平だ。この方面に関しては誰だって、わたしがこの職業を選んだだけで罪から放免されるべきだと思うだろう。調子の悪い日のヤブ医者だって、調子のいい日の凄腕《すごうで》ドラッグ・ディーラーよりはいい気持ちでいるべきだ。しかし物事はそう都合よく進まない。ドラッグ・ディーラーだって、何もかもがすばらしいタイミングで進んでいき、最高の高揚感を感じながらたまった仕事をどんどんかたづけ、大いなる達成感とともに家へ帰る日があるだろう。なのにわたしにはよく、みんなにひどい態度で接してしまい、なんの役にも立てず、患者たちが希望や理解や愛をなくした眼をしていることに気づく日がある（ハロー、ミセス・コルテンサ！　ハロー、マヌケのブライアン！）。おまけに、かたづけなきゃいけない書類はたまるいっぽうだし、保険の請求書は未決フォルダーのいちばん下につっこんだままだし、この前の医師ミーティングで、外国から亡命してきた医師たちに診察許可がおりないことについて地元選出の議員に手紙を書くなんて言いながら、まだなんにもやっていないし……。

ただ医者であるだけじゃ、充分じゃないんだろう。いい医者でなきゃいけないんだろう。みんなにやさしくて、良心的で、熱心で、かしこい医者。わたしだって毎朝診療室へ入るときは、そういう医者でありたいと思っている。なのに大好きな患者が二、三人やってきただけで——たとえばマヌケのブライアンとか、日に六十本も煙草《たばこ》を吸っているくせに胸の痛みが少しもおさまらないとわたしに文句を言う患者だとか——すっかりイライラし、皮肉のひとつも言いたい気分になり、うんざりしてしまう。

第五位。トムとモリー。理由は、親であったり子であったりした人だったら誰にだってわかるだろうから、細かいことは述べないでおく。つけくわえたいのは、第一位の項を参照していただければおわかりのように、わたしが彼らの住む家を出てしまったということだ（一時的なことであり、そうせざるをえなかったからであり、出た先が角を曲がったところの部屋ではあるのだけれど）。おまけにまだ彼らには伝えていない。こういう特殊な状況におちいったら、多くの母親が、今わたしは正しいことをやってるんだろうかと思いなやむだろう。

しかし以上のことは、カー女史の意識の大劇場で日ごとくりひろげられる良心の三幕劇だ。小さなステージで行われる一幕の短いドラマなら、ほかにもたくさんくりひろげられている。そういうドラマを眠りに落ちる前、やむにやまれなくなって頭に思いうかべたりすることがある。幸せだとは思えない弟のことだってあるし（「両親」の項を参照のこと）、そんな弟にもパーティの日以来会っていない。ほかの親戚《しんせき》だってそうだ。母方のジョーンおばさんなんて、すばらしい贈り物をしてくれたのに、まだありがとうも言ってないし……ああ、これは忘れておこう。それにわたしの学校時代の友達。デヴォンにある彼女の山荘を貸してもらったとき、トムが置いてあった花瓶を割ってしまったというのに、彼女が泊まりに来たときわたしたちは……これも忘れたほうがいい。

メロドラマみたいには思われたくない。ひどい人生を生きてきたんじゃないことくらい、わかっている。だけど同時に、罪の調査票に意味がないわけでもない。ほんとうだ。それは何かを意味している。ほら。浮気。深く考えずに友達を利用するだけ利用したこと。わたしに近しい存在でいることだけを願っている両親にひどい態度をとっていること。これだけでもう、十戒のうちのふたつを破っていることになり、おまけに十戒のいくつかは——三つ、それとも四つだろうか？——日曜の労働時間だとか偶像崇拝だとかに関したことだから二十一世紀初頭のホロウェイにはあてはまらないし、だとするとわたしの打率は三割三分ということになってしまう。これじゃ、いくらなんでも高すぎる。十七歳くらいだったころ、わたしは罪のリストを眺めながら、十戒のなかから偶像関係をのぞいてほんとうに意味のあることだけを残せばいいのだと思っていた。そうすれば、自分の将来はあまりひどいことにならないだろうと考えていた。だが逆に、そういった小難しいいましめを残しておいたほうがよかったのかもしれない。神様だって、日曜に緊急の呼びだし電話がかかってくるくらい許してくれたんじゃないだろうか。それにわたしが偶像を作りだすチャンスなんて、どれくらいあるっていうんだろう。今のところゼロ——そんな誘惑を感じたこともないし、たとえ感じたとしてもおそらく屈しないはずだ。そもそもそんな時間なんて、わたしにはない。

自分の犯した罪を眺めていると（わたしが罪だと思えば、それは罪だ）、人生を悔い改めて強硬なキリスト教徒に生まれかわった人の気持ちがよくわかる。彼らがそうなったのは、キリスト教の魅惑のせいではない。生まれかわることの魅惑のせいだ。だって、もう一度すべてをやりなおしたいと思わない人なんて、いるだろうか。

12

ワールドカップだかなんだかでイングランドのファンが大騒ぎを起こしていたとき、わたしはデイヴィッドに、どうして騒ぎを起こすのはいつもイングランド人でスコットランド人じゃないのと、たずねたことがあった。彼は、スコットランドのファンがハメをはずそうとしないのは、奇妙にねじくれたイングランドへの敵対心なのだと答えた。ケンカをしたがっている人間なら、スコットランドにだって何人かはいるのだろうけれど、彼らはわたしたちを憎むあまり、そんなことなどしようとしない。わたしたちよりいい人間であることを証明したいからだ。その意味でいけば、モリーはスコットランド人になってしまった。トムがあの厭《いと》わしいクリストファーを殴ってからというもの、娘は強硬な態度で、あの厭わしいホープに可能なかぎりやさしく接しようとしている。ホープは毎日学校帰りにうちへやってきては、悪臭を家じゅうに充満させる。彼女がにおいを発散させればさせるほど、モリーは明日の夕方も来てねと懸命に誘い、モリーが誘えば誘うほど、トムは自分にとってホープの立場にある人間にひどいことをしてしまったと思い知らされる。わたしはモリーの精神状態を本気で心配しはじめている。自分の兄弟よりモラル的に高潔であることを示すだけのために、来る日も来る日も、ふだんだったら絶対にやらないようなことをやりつづける八歳児なんて、ほかに何人いるっていうんだろうか。

そして今、モリーの誕生日が近づきつつある。娘は絶対にパーティなんてひらかないと言いはる。わたしたちとトムと新しい親友だけで、その日を過ごしたいのだそうだ。あまりいばれたことではないのだけれど、わたしたち五人のうちふたりは、そんなに乗り気ではない。

「あの子は誰からも招待されないんだもん」と言ってモリーは説得する。わたしの息子と娘は、かなりちがっている。とくに今はそうだ。息子だったら、同じ観点に立っていてもまったく逆の行動をとるだろう。誰からも招待されない人間「だからこそ」、トムがひらこうと考えているパーティからは締めだされなければならない。

「でも、あの子、くさいじゃん」トムが指摘する。

「そうね」とモリーは慈愛のこもった口調で言う。「でも、あの子にはどうしようもないんだよ」

「どうしようもあるよ」

「どうやって？」

「風呂《ふろ》に入りゃいいじゃんか。デオドラントを使うとかさ。それに、いつも屁《へ》ばっかりしてなくてもいいだろ」

「きっとしてなきゃいけないのよ、うん」

突然わたしの心をとらえたのは、この議論の重要性と（これはつまるところ、わたしたちがどれだけまわりの人々に借りを作っているか、そして、どんな個人的欠陥があろうとその人を愛するのはわたしたちの義務なのではないかという議論だ）、議論の対象となったもの――つまり、小さな女の子の放屁癖《ほうひ》だ。わたしは笑いをかみころす。だってふたりとも大まじめなのだから。それに、小さなファミリーカーにホープを乗せてみんなで遊園地に行くなんて、考えてみれば、あまり笑えるアイデアではない。

「どうして盛大な誕生日パーティをひらいて、そこにホープも招待しないの？」

「この子の好きにしていいはずじゃないか」とデイヴィッドが言う。

「もちろん好きにしていいわよ。ただ、ほんとうにそういうことがしたいのかどうか、確かめたかっただけ。あとからモリーの九歳の誕生日の写真を見て、いっしょに写ってるこの子はいったい誰なの、なんて言いたくないもの」

「どうしてだ？　ぼくらの結婚式の写真に写ってるやつらだって、もう誰が誰だかほとんどわからないじゃないか」

「そうだけど。でもわたしたち……」わたしはぎりぎりのところで踏みとどまる。わたしたちの結婚生活がみじめにこわれつつあることをここで持ちだすなんて、良策だとは思えない。「……が原因としてはあるんじゃない？」つつがなく文章を終えようと必死になるあまり、東欧から来た留学生のようなしゃべりかたになってしまった。

しかしながら何が原因だか考えてみれば、そこには、わたしたちの結婚生活がこわれてしまった理由をこれ以上ないほど見事に説明する例証が浮かびあがってくる。結婚式に来てくれた友達や同僚や親戚がわたしたちとのつきあいをやめてしまったのは、それから数年のあいだ、デイヴィッドが彼らをからかい、バカにし、あざ笑いつづけたせいだ。

「わたしの誕生日だもん。好きにしていいんだもん」

「まだ二週間くらいあるでしょ。もう少し待ってよく考えてから、ホープに言ってみれば？　あの子、そんなに予定が詰まってるほうじゃなさそうだし」

「そんなのイヤ」そうして娘は、底意地悪く喜んでみせながら電話をしに行ってしまう。わたしに言わせれば、献身的で寛大な行為を行うにはまったくお似合いの喜びかただ。

ってことで。要約してみよう。わたしは自分のあやまちを許してほしいと願っている（そのなかには、浮気をしたことや、両親への冷たい仕打ちや、精神的にぎりぎりのところにいる患者——たとえばマヌケのブライアン——への乱暴な応対や、自分のすみかに関して子供たちへ嘘《うそ》をついたこともふくまれる）。それでもわたしは、わたしに対してあやまちを犯した人たちを許そうとは思わない。たとえ相手が八歳の女の子であり、犯したあやまちが悪臭を放つことだけであっても、だ。でもそれだけじゃない。肌が土気色だってこともあるし。あんまり頭がよくないってこともあるし。……ええっと。わかりました。この件に関しては、もう少しよく考えてから話をさせてほしい。

実際に言葉が口をついて飛びでるまで、自分が何を言いだすのかわからない。そして言葉が口をついて出ると、気が遠くなりそうになる。きっと最初から気が遠くなりかけているのだろう——今は日曜の朝だ。部屋を出てからもう二時間になるというのに、まだ朝ごはんも食べていない。家についてすぐシリアルを一杯でも食べていれば、たぶんそんなことは言わなかっただろう。

「教会に行こうと思うんだけど。誰かいっしょに来る？」

デイヴィッドと子供たちは、何が起きるんだろうという眼で、しばらくのあいだわたしを見つめる。こんなにとんでもないことを言ったんだから、次にはきっととんでもないことをしてくれるんじゃないか、という眼だ。たとえば、素っ裸になったり、キッチンナイフを持って走りまわったり。だが、教会に行くことはごく自然な余暇の過ごしかただなどと言って弁解する必要なんてわたしにはない。そのことが突然、うれしくなる。

「言ったとおりだ」とトムが言う。

「何が言ったとおり？　いつ言ったこと？」

「ずっと前だよ。パパがぼくらのオモチャをみんなあげちゃったとき。きっと教会に行くようになるんだって、ぼく、言ったじゃん」

すっかり忘れていた。つまりトムは、自分でも予測できなかったやりかたで事態を予測していたわけだ。

「パパとはなんの関係もありません」とわたしは言う。「来たくなければ、来なくていいのよ」

「あたし、いっしょに行く」とモリーが言う。

「どこの教会だ？」とデイヴィッドが言う。

いい質問だ。

「角を曲がったところにある教会」角を曲がったところに、教会くらいあるだろう。教会なんて、宝くじ売り場みたいなものだと思う。どこかの角を曲がったところには必ずあるのだけれど、いつも利用していなければ、実際にどの角を曲がればいいのかはわからない。

「どの角さ」

「ポーリーンといっしょに行ってもいいよね」とモリーが言う。「あの子が行ってる教会なら、あたし知ってるもん」ポーリーンはモリーと同じ学校に通っている子で、アフロ・カリビアンだ。ああ、なんてことだろう。

「それって、でも……ちがう教会を考えてたんだけど」

「ポーリーンはおもしろいって言ってたよ。あの子が通ってる教会のことだけど」

「おもしろい教会を探してるんじゃないのよ」

「じゃ、何を探してるんだ？」わたしのあわてぶりを楽しみながら、デイヴィッドがたずねる。

「ただ……参加するっていうより、うしろのほうに座っていたいだけ。ポーリーンのは、たぶん……みんなで参加しようって感じの教会でしょ？」

「参加したくないのにどうして行きたいって思ったんだ？　どういうことだか、わからないな」

「ただ話を聞いていたいだけなのよ」

「ポーリーンの教会だって、話を聞くことはできるはずだぜ」

罪を自覚せよ、なんて話は、もちろん聞きたくない。期待しているのは、人当たりがよくて、疑いなくリベラルで、願わくは年の若そうな女性説教師だ。そんな女性に政治亡命や、経済移民や、もしくは宝くじと金銭欲の話などをしてもらい、そのあとで、神なんてテーマを持ちだしてごめんなさいとあやまってもらいたい。そんな話を聞いていれば、わたしの不完全さも許され、ホープやマヌケのブライアンを好きになれないことも認められ、いい人間ではないからといってそれだけですぐに悪い人間になるわけではないのだと諭してもらえそうな気がする。そんな感じがいい。もしかするとポーリーンの教会だってそうなのかもしれない——行ってみなきゃわからないはずだ。しかしながらわたしは、そんなことはありえないと仮定している。ポーリーンの教会にあるのは、ただただ喜びと信念に満ちた神への崇拝であると思いこんでいる。なぜなら、真実を見つけるより人種の型にあてはめて考えたほうが楽だからだ。そして、またしてもすべては元の木阿弥《もくあみ》になってしまう。わたしは朝目覚めて、できるかぎり正しいことに近い行為を行おうと決心しただけなのに、それから二時間もたたないうちに、ほかのことで罪の意識を感じている。

「あの人たちが行くのは、またちがった種類の教会なんだよね、ママ?」トムが言う。

「『あの人たち』って誰のこと?」わたしは厳しい口調できく。ひとりでなんて倒れたくない。倒れるんなら、みんな道連れだ。

「ポーリーンの家族だよ」とまどいながらトムは答える。

「あら。わたし、あなたがてっきり……まあ、いいわ」

いけないことを考えていたのは息子ではない。わたしだ。いつものように。

ぞっとするような瞬間をいくつかふくんだ議論をかさねたあと、わたしはようやく、うちの宗派が英国国教会であるとモリーに納得させる。わたしたちはふたりで車に乗り、あたりをクルージングし、うってつけのタイミングでうってつけのショウをやっているうってつけの教会を探す。ほとんどすぐに、わたしたちは幸運を射とめる。老いさらばえた教区民が何人か、通りをふたつほど離れたセント・スティーヴン教会によたよたと入っていくところをモリーが見つけてくれたからだ。わたしは車を教会のすぐ外にとめる（もしあなたの娯楽のチョイスが車のとめやすさと直結しているのなら、絶対に英国国教会の日曜のミサをおすすめする。十時のミサに参加するには十時五分前に到着すればいいし、十一時を二分過ぎたころにはもう駐車場を出られる。ウェンブリー・パークでスパイス・ガールズのコンサートを見たあと、駐車場で一時間も待たされた経験のある人なら、その魅力をわかってもらえるだろう）。

そこにはわたしが望んでいたものがすべてある。教区の牧師さんは親切そうな中年の女性で、どこか自分の信仰を恥じているような風情《ふぜい》の人だし、何にも誰にも興味なんて持っていなさそうな信徒がぽつりぽつりとしかいない。だから、わたしたちもうしろのほうへ行って腰をおろし、何にも誰にもかかわりあいなんてないというふりをしていられる。教会のこちら側の席に座っている人のなかでは、もちろんモリーがいちばん若い。だが次に若いのはきっとわたしだろう。みんなより十歳か十五歳は若いはずだ。しかし、何人かについては自信がない。控えめに言っても、ここにいる人々に対して時の流れはあまり親切でなかったのだと思う。何が原因で何が結果なのか、ここでは神のみぞ知る、だ。

歌った聖歌は〈栄えに満ちたる神の都は〉だ。かんたん。楽勝。学校の集まりやいろんな結婚式で歌ったから、よく覚えている。モリーもわたしも、自分で言うのはなんだけれど、とても力強くとても上手に歌ってのける。次には聖書が読まれ、そして伝達事項が伝えられる。もうすぐバザーがひらかれるらしい。今週聖歌隊の歌がなかったのは、彼らがほかの聖歌隊といっしょに招かれてどこかで何かをやっているからだという……わたしはうとうとしはじめる。通常のミサに参加したのは、これがはじめてだ。結婚式やお葬式や洗礼式や賛美歌礼拝には行ったことがあるし、収穫祭にだって参加したけれど、何から何までふつうの、誰も来ないような日曜のミサには来たことがなかった。

だがここは神様のいる場所から遠く離れている気がする。神様は、予定されているバザーより近くにはいないし、今この瞬間、モリーの友達のポーリーンがいるところよりずっと遠い。わたしは悲しくて、へとへとで、挫折《ざせつ》したような気分につつまれる。ここに集まった一握りの人たちに向かって、以前ここは神の家だったかもしれないけれど、でも神様は明らかに店じまいし、もっとこの手の需要がある場所へ引っ越してしまったのだと言ってあげたくなる。でもまわりを見わたすと、悲しみなんて問題の一部ですらないんじゃないかと思ってしまう。足を引きずりながら週に一度ここへ来る人たちは、どう考えても社交生活を求めているのではない。だってここでは、社交的な出来事なんて起きないからだ。ここは見たり見られたりするための場所ではない。席のうしろにオペラグラスなんて置かれてはいないし、誰かと握手するだけでも、二十ヤードは歩かなければならない。そう、ここにいる人たちは、ホロウェイ最後の、まさにハードコアなWASPだ。ひとりきりでこの世に残された、孤独で打ちひしがれた人々だ。もし天に神の王国があるとしたら、こういう人たちこそ入る資格がある。わたしはただ、そこがここよりあたたかいことを、希望と若さにあふれていることを、バザーなんてひらく必要がないことを、そして、天使の聖歌隊がその日どこかちがうところで歌っていないことを願っている。だがわたしの願いは聞きとどけられないかもしれない。英国国教会の天国は、できそこないのロックケーキや傷だらけのマントヴァーニのレコードを売っている不幸な老女で四分の一ばかり埋まっているだけなのかもしれない。毎日、毎週、永遠に。では、伝達事項を読みあげたやさしそうな女の人はどうだろう。足もとのおぼつかない疲れた集団を見て、意気消沈したりするのだろうか。彼女が花を飾ってくれる人を慕っていたときは、かすかな倦怠感《けんたいかん》と、たぶん絶望感さえ漂わせていると思ったけれど、それは彼女自身、花を飾るのが得意ではないからかもしれない。

しかし明らかに説教は得意なようだ——恥ずかしくなったり笑いたくなったりするく

らいに迫力がある。彼女は深呼吸すると、わたしたちに視線をすえ、それから「一、二、三、四、悪いやつらといっしょにいよう！」と叫ぶ。わたしたちはみんな恐れおののき、あわてふためき、席の上でちぢこまってしまう——例外はモリーだ。彼女はすぐ元ネタに気づく。〈1—2—3—4 ゲット・ウィズ・ザ・ウィキッド〉というのは、現在チャート・インしているなかでモリーがいちばん好きな曲だ。彼女は先週の土曜日の午後、ホロウェイ・ロードで自分のおこづかいを使ってそのCDを買ってくると、午後のあいだずっと曲にあわせて踊っていた。だが、やさしそうな女性牧師の話を聞きに集まってきた残りの信徒たち——静脈瘤《りゆう》のある女や肺気腫《はいきしゆ》にかかっている男は……賭《か》けてもいいけれど、まだそんなCDなんて手に入れていないし、だからどうしてやさしそうな女性牧師がそんなことを自分たちに向かって叫びだしたのかわからずにいる。うつむくことが肉体的に可能な人は、じっと自分の足もとを見つめているだけだ。

やさしそうな女性牧師は言葉を切り、微笑《ほほえ》んでみせる。「イエスはわたしたちを『悪いやつらといっしょに』いさせたかったのでしょうか？」と彼女はたずねる。「そうだと思います」彼女は、まるで片手にマイクでも握っているかのように、突然大げさな身ぶりでわたしたちのほうを指さす。「考えてみてください」その提案は喜んで信徒に受けいれられる。歌詞から神学的な意味あいをほじくりだそうと努力するあいだ、自分の足もとを見つづけていられるからだ。彼女はいったい誰に向かって話をしていると思っているのだろう。彼女の目に見えているのは、まったくちがった群衆だとしか思えない。彼女だけがもうひとつの平行世界にまよいこんでしまったかのようだ。そこには若くてトレンディなクリスチャンがおおぜいいて、何がなんでも彼女の説教を聞こうと待っていて、彼女が若者文化に言及するたびに喜びの声をあげているのだろう。わたしは、説教壇まで駆けていって肩を揺すぶってやりたくなる。

「考えてみてください」ともう一度彼女は言う。「マグダラのマリア。イスカリオテのユダ。収税吏のザアカイ。泉にいた女。一、二、三、四！　イエスも悪いやつらといっしょにいたのです！」だが唐突に彼女は話の筋をがくがくと変更してしまう。これがギアならすっかりすりへってしまうだろうし、どんなにへたくそな仮免運転手でも辟易《へきえき》してしまうだろう。彼女は言う。神は、わたしたちに悪い人々といっしょにいてほしいと思うのと同じくらいに、いい人ともいっしょにいてほしいと思っているのでしょうか。わたしはそうは思いません。神はわたしたちに、わたしたち自身でいてほしいとお思いなのです。いつわりの信仰心を持って人生を過ごしているような人は、神に見いだされることはないでしょう。でも神は、わたしたちを見いだしたいとお思いなのです。

彼女は突然、『王様と私』の〈ゲッティング・トゥ・ノウ・ユー〉を歌いはじめる。わたしは赤面してしまう。首や顔にあるすべての静脈に血液がどくどく流れこんでいく。そしてはじめてわたしは、やさしそうな女性牧師が実は発狂しているのではないだろうかと考える。だが冷静な目で見てみれば、みんながわたしほど彼女のパフォーマンスによって苦しめられているわけではない。頭を揺すりながら微笑んでいる人だっている。『王様と私』のほうが〈ゲット・ウィズ・ザ・ウィキッド〉より、わたしたちの集合意識に近しい存在であることは明らかだ。

「ここはいい教会よね、ママ？」とモリーがささやく。わたしは自分のなかにある熱意を可能なかぎりかきあつめてうなずく。

「わたしたち、毎週ここに来るの？」

わたしは肩をすくめる。そんなこと、誰にわかるんだろう。狂った女がミュージカル・ナンバーを歌うのを聞いていたって、熱心なクリスチャンになってしまうとは思わない。だがわたしは、グッドニュースやモンキーなんて名前の男たちと同じ家に住むことだって、予測すらしていなかった。

「もちろんこれは『王様と私』の歌です」とやさしそうな女性牧師は言う。「でも、神について書かれた歌だとも言えます。神様はあなたがたのことを知りたいと思っていらっしゃる。だからこそ、表面だけで善人ぶることになど興味をお示しにならないんです。なぜならそれは、神様があなたがたを発見するさまたげにしかならないのですから」

ふむ。なかなかいい感じだ。「表面だけで善人ぶる」なんて。いい言いまわしじゃないの。次に機会があったらまっさきに、誰かさんに面と向かって言ってやろう。これこそ、わたしが家を出た理由だ。デイヴィッドの行動の偽善性。神が彼を知ろうとする際のさまたげ。神様は彼がどんな人間だか、さっぱりわからずにいるはずだ。逆説的で皮肉なことだけれど、そのせいでデイヴィッドは地獄に堕《お》ちてしまうかもしれない。わたしはようやく、キリスト教的観点に到達しつつある。やさしそうな女性牧師は、何かをするより何もしないでいることのほうが――わたしが何もしないでいるのは、医者だからであり、いい人だからであるのだけれど、でもわたしの良さとは表面的なものではなく有機的で自然なものだ――ずっといいことだし神聖なのだと説いている。わたしはその場で神を心のなかへ迎えいれることを決め、この新しき信仰心が、結婚生活という名の戦場において暴虐《ぼうぎゃく》の武器となってくれることを願う。神様をこんなふうに発見した人間なんて、そうざらにはいないだろう。誰かを心から困らせようとして改心するなんて、あまりに非キリスト教的所業だと非難する人だっているかもしれない。だが誰でも知っているとおり、神の御業《みわざ》とは摩訶《まか》不思議なものだ。

説教が終わると聖書の朗読が行われる。わたしがかろうじて席を立たず、拳《こぶし》を宙に突きださずにいられたのは、朗読が始まってくれたからだ。数少ない男性信徒のひとりが立ちあがり、よろよろと説教壇に近づいていって階段をのぼる。そしてようやくのことで一息つくと、コリント人にあてた聖パオロの手紙の一節を読みはじめる。有名な一節だ。もう何度も聞いたことがある（どこで？　どうやって？）。知っている文句だったせいで、わたしはうとうとしてしまう。だが「善意」という言葉が聞こえて、はっと我にかえる。「善意とは誇示するものでも、自慢するものでもありません」と足もとのしっかりしない男がしっかりした声で言う。聖パオロばんざい！　そのとおり！　誇示と自慢！　自慢と誇示！　もしそのふたつが欲しければ、ウェブスター・ロードに足を運ぶべきだ。だってそこは今や、誇示と自慢の社交倶楽部《くらぶ》とでもいうべき場所なのだから！　わたしはどうしてこれまで、聖書の言葉をまじめに聞いてこなかったんだろう？

もう一度頭のなかですべてを思いおこしてみる。ここで学んだことを使って最大のダメージをあたえるにはどうすればいいだろう。願わくは神聖な場所であってほしい教会という空間を見わたしながら、そんなことを考えているわたしがふと目をとめたのは、これまで気づきもしなかったひとりの男だ。年はわたしくらいだろうか。鼻の形と肌の色はわたしに似ている。おまけに着ているのは夫の古い革ジャケットだ。わたしは弟を見ている。わが弟を！

わたしの最初の反応は――こんな反応をしたってことは、現代の英国国教のありかたと、国教会に対するおぼえたての愛情が結局長続きしないことを物語っているのだが――深い悲しみだ。弟がここまで苦しんでいるなんて、ほんとうに知らなかった。しばらく弟を眺めてみる。苦しみがその表情にきざみこまれている。弟は明らかに、やさしそうな女性牧師の言っていることなんて聞いてはいない。ためいきをもらして拳で頰を支えたりしている。わたしはひじでモリーをつつき、彼のほうを指さす。娘は数分間、弟にこちらを向かせようとむなしい努力を続けたあとで、彼のいるところまで歩いていって隣に座る。弟は大げさに驚いてみせ、娘にキスをし、そしてふりむいてわたしを見つける。わたしたちはとまどったような笑みをかわす。

やさしそうで気の狂った女性牧師が聖体拝領を行っている。信徒たちは全員よろよろと立ちあがって足を引きずりはじめる。全体に動きが見えたところで——動きといってもここではこんなものでしかない——わたしは教会の内部にちらばった家族をひろいあつめ、先頭に立ってドアへ向かう。

「ハロー」外に出るとマークの頬にキスをし、いったいどうしたのという思いをこめて彼を見る。

「風俗の店で知ってる人にあったみたいなもんだよね」と彼は言う。

「そう？」

「そうさ。だって姉さんに見つかったとき、ほんとに恥ずかしかったからね。でも姉さんだって、こんなところにいるような人じゃないんだけどさ」

「わたしには子供がいるのよ」

「それって『トイ・ストーリー2』を見に行ったときの言い訳だぜ。教会じゃなくて」

「わたしたち、これから毎週通うの」とモリーが言う。「とってもよかったよね」

「じゃあ、来週はマークおじさんにつれてきてもらいなさい。ねえ、お茶でも飲みに寄らない？」

「うん。ありがと」

マークとわたしは黙って車のほうへ向かい、モリーが頭のなかのリズムにあわせてスキップしながら「1－2－3－4、ゲット・ウィズ・ザ・ウィキッド」とラップしているのを聞く。駐車場を出るにはたった三十秒しかかからない。娘はどちらかというと楽しそうでうれしそうなのだけれど、わたしもマークもそんな彼女のしぐさを見て楽しいとは思わない。かわいいと思う人はおおぜいいるはずだ。わたしは、トムを身ごもっていたころのことを思い出す。ほかの親たちがわが子のいかにも子供らしいしぐさを見ても、まったく無視したり、ただイライラしていたのを目の当《ま》たりにして、わたしは絶対こんなふうにわが子を適当にあしらったりするもんか、と思った。そんなことをする自分なんて想像さえできなかった。頭にしっかり根づいていた希望と、妊娠中に出るホルモンのせいで、まだ見ぬ子が将来喜びにあふれたしぐさをしたら、自分も涙をこぼして喜ぶだろうとすっかり思いこんでいた。だがそんな思いも、そのうち心のなかから押しだされてしまった。子供のせいではない。生活のせいだ。泣きたいと思っても、ほかのことでこぼれそうになっている涙をこらえるほうに忙しくて、泣いてなんかいられない。たとえば今わたしが、弟の置かれた状況を思いながら涙をこらえているように。

マークはすっかり年をとってしまったようだ。わたしの覚えている彼に比べれば、ずっと老《ふ》けている。悲しみが目尻《めじり》や口のまわりに余分な皺《しわ》をきざみこみ、日曜の朝の無精《ぶしょう》髭《ひげ》には白いものがまじっている。いつもの彼なら、髭はきれいにそっているはずだ。だから灰色のものが突きだしていることが、わたしには象徴的に思える。年をとることをきちんと受けとめているなんていう感じではなく、むしろ、何かをあきらめてしまったような感じだろうか。あきらめてしまえば、シェイビング・クリームに手を伸ばすことに意味はない。なぜなら髭をそることは、彼がもうずっと負けつづけているゲームの初手だからだ。メロドラマっぽくてバカみたいな考えなのかもしれない。もし彼がこんな無精髭を生やして疲れたような表情を浮かべ、ナイトクラブから（もしくは風俗店から）出てきたのだとしたら、わたしはまったくちがった解釈をしていただろう。でも彼はナイトクラブから出てきたりしなかった。彼を見つけたのは教会だ。あんまりいい兆候じゃないことがわかるくらいには、わたしは弟のことを知っている。

「で？」

「で、って？」

「まだ一回だけ？」

「二回だけ」

「二回続けて？　それとも、ずっと前に一回？」

「続けて」

「で、どう?」

「姉さんもいただろ。あの牧師は、その……聖体拝領を完璧《かんぺき》にとりおこなうには、聖餅《せいべい》が一枚たりないって感じだからね」

「だったらどうしてまた来たの? ちがう教会へ行かなかったのはなぜ?」

「いい教会に行ったら、やみつきになりそうだからだよ。あそこじゃ、そんなことにはならないから」

「それって、落ちこんだ人の論理よ」

「うん。そうだね。きっとそうだよな」

家の外に車をとめ、みんなでなかに入る。グッドニュースとデイヴィッドは、テーブルに置いた一枚の紙を熱心にのぞきこんでいる。

「弟のマークよ。教会でばったり会ったの。マーク、この人がDJグッドニュース」

ふたりは握手をかわす。グッドニュースが問いただすような眼でじっとマークを見ているせいで、マークはすっかりどぎまぎしている。

「あなたたち、どいてくれる?」わたしは言う。「マークとふたりだけで話がしたいんだけど」デイヴィッドは傷ついたようなかわいい表情を浮かべるが、必要なものを持ってグッドニュースと行ってしまう。

「あたしは聞いてていい？」モリーがたずねる。

「ダメ。行きなさい」

「あいつ、パーティにいたよね」マークが言う。「誰？」

「グッドニュース？　わたしのダンナのスピリチュアル・ヒーラー。今はわたしたちのところにいるの。っていうより、ほかのみんなのところ、っていうか。わたし、今は角を曲がったところの部屋で暮らしてるから。子供たちはまだ知らないんだけどね」

「へえ。そうか。なるほど。ほかにニュースは？」

「それくらいかな」

わたしはここ数週間で起きたことを、弟がついてこられる範囲でできるだけ簡潔にまとめ上げて伝えるのだが、そうしているうちにふと、これ以上悲しませてはいけない人がいるとしたらそれはマークなのだということに気づき、はっとしてしまう。

「あなたは、どうなの？」

「ああ、まあね」弟は肩をすくめる。

「まあね、ってどういうこと？」

「ここ二週間で二度も教会に行ったんだから。それでわかるだろ？」

それが活動のすべてだという意味で言ったわけではない。もう限界まで来ているという意味だろう。マークはドラッグもやるし、ライブハウスにも行くし、汚い言葉もよく使うし、保守党が大嫌いだし、たくさんの女性と一度につきあうことだってある。はじめてマークに会った人が、彼のいちばんしそうにないことをたずねられたら、たぶんきっと、教会に行くことという答えを選ぶはずだ。

「どうして行きはじめたの？」

「姉さんに会おうと思って車を運転してたんだ。落ちこんでたし、子供たちの顔でも見れば気分も明るくなるだろうと思ってさ。ちょうど日曜の朝で……わかんないけど。教会が見えたんだよ。ちょうどいいタイミングだった。で、入っていった。姉さんはどうして？」

「許されたかったから」

「何を？」

「わたしのしてるクソみたいなことすべて」わたしは答える。

罪のリストを作ったとき、わたしは彼のことに軽くふれただけだった。だがこうして彼を見ていると、それがほとんど笑えるくらいに軽率な行為だったことがわかる。弟はとても不幸せだ。自殺だってしかねない。ちっとも知らなかった。すべての孤独な人々《オール・ザ・ロンリー・ピープル》……少なくともわたしたちは、彼らがどこからやってくるか知っている。サリーだ。だってそこがマークとわたしのふるさとなのだから。

「姉さんはクソみたいなことなんてしてないじゃないか」

「ありがと。でも人間だもん。人間って、そうやって生きてくもんでしょ？　クソみたいなことをしながら」

「最低最悪だな。ここに来られてうれしいよ」

わたしは弟にコーヒーを出し、弟は煙草《たばこ》に火をつけ――十年前にやめたはずなのに――わたしはモンキーが灰皿がわりに使っていたお皿を探しながら、しゃべりはじめた弟の話を聞く。望みのない仕事のこと。望みのない恋愛生活のこと。数々のバカなあやまちのこと。いちばん親しくてかけがえのない人々もふくめて誰もかも、何もかも、嫌になりはじめたこと。そして、だから日曜の朝の十時に、あの女の人が『王様と私』の一節を歌うのを聞きに行くようになったこと。

当然だけれど、グッドニュースはもう気づいている。わたしたちは腰をおろし、急いで作ったパンとサラダの昼食をとる。するとグッドニュースが頼まれもしないのに、よどんで悪臭をはなっているマークの心の池へと足を踏みいれる。

「おせっかいでもうしわけないんだけどさ」と彼は口を開く。「でも握手したとき……ぼく、腕がもげちまうかと思ったよ」

「ごめん」マークはあやまるが、やはりその顔は驚いている。わたしもすべてを見ていたけれど、ごくふつうの握手としか思えなかった。誰かが身障者になってしまうような瞬間があったとは考えにくい。「ぼく、怪我《けが》でもさせたのかな」

「怪我をしたのはここだよ」とグッドニュースは胸のあたりを叩《たた》く。「まわりの人がトラブルを抱えてると、ぼくのここが痛むんだ。もし助けを求めてる腕なんてもんがあるんだとしたら、あなたの腕がまさにそうだったよ」

マークは思わず、自分の抱えている悩みが眼に見えたりするんだろうかと、前やうしろをきょろきょろと見まわしてしまう。

「いやいや、眼には見えないよ。見てわかるようなもんじゃないんだ。つまり、体で感じるんだよね。アッ、って感じで。わかる?」グッドニュースは体をびくりと震わせて手をマッサージし、さきほどマークから感じた痛みを表現してみせる。「でも悲しみってのは、すぐにどこかへ身を隠しちゃうような、やっかいなやつなんだ。実にやっかいなやつなんだよ。だけど、いつかは姿を現わさなきゃいけなくなる。今あなたに起きてるのは、そういうことだと思うね」

「へえ」とマークは言う。

子供たちは黙々と食べつづける。この手の会話にはもうなれっこになってしまって、わざわざ驚いたりはしない。そのことがわたしを暗い気分にする。

「マークはほかのことを話したいんじゃないかと思うんだけど」とわたしは希望をこめて言う。

「そうかもしれない」とグッドニュースが言う。「でもそれでいいのかどうかは、わからない。何が悲しいのか、わかってるかい、マーク?」

「それは……」

「ぼくにわかるのは、人間関係と仕事方面のことじゃないかなって感じだけど」グッドニュースは続ける。マークの言葉などほとんど気にしていないのは、明らかだ。「だんだん深刻になってきてるんじゃないかな」

「どんなふうに深刻なんだ?」デイヴィッドが気づかってたずねる。

「わかってるだろ」とグッドニュースは、子供たちに向かって意味ありげにうなずきながら言う。

「マークがここにいてもいなくても同じみたいね」とわたしは言う。「あなたたち、なんでもお見通しなんでしょ?」

「いや、そんなことはないよ」とグッドニュースが言う。「だって結局のところ、マークがどれほど不幸せかは、ぼくらよりマーク本人のほうがずっとわかってるんだから」

「そうなの?」わたしは皮肉な声を出し、皮肉な表情を作ってみせる。皮肉な身ぶりまでしてみせようかと考えるが、そんなことをしても効果はないだろう。

「うん、もちろん。ぼくにはぼんやり理由が見えるだけだよ」

「でも、まさに人間関係と仕事が理由なんだよな」マークが言う。

「どうにかしたいと思う?」デイヴィッドがたずねる。

「うん、ああ、どうにかしたいけど」

「グッドニュースがさすってなおしてくれるよ」モリーが当然のことのように言う。

「グッドニュースの手がとっても熱くなって、もう悲しくなくなるんだから。わたしだって、悲しくなくなったもん。オウムおばあちゃんのことも、ポピーのことも、死んじゃったママの赤ちゃんのことも」

マークはほとんど息をつまらせる。「なんだよこれ、ケイティ……」

「やってもらえば、マークおじさん? すごいんだから」

「もっとハムをもらえるかな、ママ」トムが言う。

「ぼくら、きっと、とっても役に立てると思うんだ」とデイヴィッド。「きみがその気にさえなれば、今ここで、いろんなことから解放されると思うんだけどね」

マークは椅子《いす》をうしろに押しやって立ちあがる。

「こんなくだらない話、もう聞きたくないよ」彼はそう言って出ていく。

結婚して家庭を作るのは移民するようなものだ。以前のわたしは弟と同じ土地に住み、同じ価値観や趣味や態度を持っていた。なのにわたしはそこから飛びでてしまった。わたしは前とちがったアクセントでしゃべり、ちがう考えかたをするようになった。なのに自分では変化が起きていることに気づかなかった。どんなに故郷を恋しく思おうと、以前の痕跡《こんせき》はわたしのなかからすっかり消えてしまった。でも今、わたしは帰りたいと思っている。わたしは大きなまちがいを犯した。新世界は思い描いていたような場所ではなかった。わたしが選んだ国の住人より、祖国の住人のほうがずっと正気だし、ずっとかしこい。弟にわたしをつれてかえってほしい。ママやパパのところへつれてってほしい。そこでなら、ふたりとも幸せでいられるはずだ。そこにいれば弟も自殺なんて考えないだろうし、わたしだってすっかり疲れはてて罪の意識にさいなまれたりはしない。最高の気分でいられるだろう。どの番組を見るかでケンカしたりはするかもしれないけれど、でもそれ以外は……そして絶対、わたしも弟も以前と同じまちがいはしない。大人になって好きなように人生を生きてみたいなんて、そんなことを思ったりはしない。だって一度ためしてみて、うまくいかなかったんだから。

わたしは弟のあとを追って外に出る。そしてふたりで、しばらく車のなかに座っている。

「こんな生活、続けてちゃいけないよ」と弟が言う。

わたしは肩をすくめる。

「そんなにひどくもないんだけどね。このままだと、どうなるって思う？」

「姉さん、おかしくなっちまうよ。子供を育てるなんてできなくなっちまう。仕事もできなくなるだろうしさ」

「でもそれって単純に、わたしがダメな人間だからじゃない？　わたしの夫は新しい趣味を見つけて、友達を家に住まわせた。確かにその趣味ってのは、魂の修復、ってやつなんだけど、でも……でもね、そんなことにだって、つきあっていけるはずでしょ？」

「あいつら、狂ってるよ」

「驚くようなことだってやってのけたのよ。この通りに住む人たちに、ホームレスの子供たちを受けいれさせたり」

「そうだけど、でも……」マークは口をつぐむ。言うべきことが見つからないらしい。いつも「そうだけど、でも……」だ。ホームレスの話を持ちだしても、変わりはない。

「それに、だいたいあなただって、あっち側に行っちゃったって宣伝してるようなもんじゃない？　三十八歳になるのに、定職にもついてないし、落ちこんでてひとりぼっちだし、何をどう考えていいのかわからなくなって、教会にまで通いはじめてるなんて」

「あっち側になんて行ってないよ。ぼくはただ……正常さ」

わたしは笑う。

「ふうん。正常ね。そうでしょうとも。自殺願望があって、望みはなくて。でもね、あの人たち、頭はおかしいのかもしれないけど、でもデイヴィッドがあんなに幸せそうにしてるの、わたし見たことないの」

その夜遅く、ねぐらで繭《まゆ》にくるまりながら、わたしは成熟した大人になりたいあまり、新聞の芸術欄を読む。書評のページでは誰かが、ヴァージニア・ウルフの姉のヴァネッサ・ベルは「豊かで美しい人生を生きた」と書いている。わたしはそのフレーズの意味を考えて、袋小路にはまってしまう。いったいどういう意味なんだろう。どうやったらホロウェイで、豊かで美しい人生なんて生きられるんだろう。デイヴィッドと？　そしてグッドニュースと？　そしてトムやモリーやミセス・コルテンサと？　千二百人の患者を抱え、ときには夜の七時まで診察を続けながら？　もし豊かで美しい人生を生きていなければ、わたしたちはもうおしまいなんだろうか？　それって、わたしたちのせいなんだろうか？　デイヴィッドがこのまま死んだら、誰かが「彼もまた豊かで美しい人生を生きた」なんて言ってくれるんだろうか？　でもそれって、わたしが彼に変えてほしいと思ってる生きかたなんじゃないんだろうか？

モリーは望みどおりの誕生日を過ごす。わたしたち四人とホープとで泳ぎに行き、ハンバーガーを食べ、映画館に行って『チキン・ラン』を見る。でもホープはその映画をよく理解できない。しばらくするとモリーは、ホープには話の意味や流れが追えないのだと決めこみ、彼女のために逐一解説をくわえていく。するとうしろの席からいらだたしげな叱責《しっせき》の言葉が飛ぶ。

「おい。うるさいぞ」

「この子、あんまりかしこくないの」モリーはむっとしながら言い訳の言葉を返す。

「それに今日はわたしの誕生日だし、この子、友達なんていないから招待してあげたの。かわいそうでしょ？　だからこの子にも楽しんでほしいの。話がよくわかんないと、楽しくないもの」


怒りを呑《の》みこんだような沈黙がやってきて——少なくともわたしには、怒りを呑みこんだように思えるし、そうでなければあまりに恥ずかしすぎる状況だ——それから、これみよがしに嘔吐《おうと》するような音が聞こえる。

「どうしてあの人は気持ち悪くなったふりをしたの？」ホープを家までおくると、モリーがたずねる。

「おまえが気持ち悪くさせたんだよ」とトムが言う。

「どして？」

「おまえが気持ち悪いやつだからじゃんか」

「やめなさい、トム」とデイヴィッドが言う。

「だってそうじゃんか。いい子ちゃんぶっちゃってさ」

「妹がいい子じゃいけないのか？」

「いいけどさ。モリーは見せびらかしてるだけだよ」

「どうしてわかる？　それに、いったいどんなちがいがあるっていうんだ？　大切なのは、ホープがひさしぶりに楽しんだってことじゃないか。モリーが見せびらかしたとしても、かまわないはずだぞ」

トムと同じく、ほかのみんなも黙らされてしまう。デイヴィッドの論理は非の打ちようもなく正当だ。

「『善意とは誇示するものでも自慢するものでもありません』」とわたしは言う。

「なんだって？」

「聞こえたはずよ。あなたたちふたりは、機会さえあれば誇示したり自慢したりしてる」

「そうだよ」とトムが暗い声で言う。わたしの言っている意味はわからないはずだけれど、攻撃的なトーンを聞きとることにかけては人に負けない子だ。

「そんなの、いったいどこで聞いてきたんだ？」デイヴィッドがたずねる。「誇示だとか自慢だとかって、何に書いてあった言葉なんだ？」

「聖書よ。コリント人にあてた聖パオロの手紙、十三章。日曜に教会で引用されたの」

「ぼくらが結婚式をあげた教会？」

「え？」

「コリント人、十三章。きみの弟が読んだじゃないか」

「マークは善意のところなんて読まなかったわよ。読んだのは愛に関するところだけ。みんなが読む陳腐な文章」許してください、パオロ様。ほんとは陳腐だなんて思ってません。これまでもずっとそうでしたけど、今でも美しい文章だって思ってます。みんなが何度も引用したとしても、同じです。それにあれは、わたし自身が選んだ部分でした。

「わからないいな。ぼくが知ってるのは、結婚式で読まれたのがコリント人の十三章だったってことだけでさ」

「いいわ。だったらわたしが章をまちがってるのかもしれない。でも日曜日に教会で読まれたのは、善意のところだったの。ほんとの善意は誇示するものでも自慢するものでもない、って。で、わたしは、あなたと、あなたの自慢げな友達のことを考えたってわけ」

「そりゃありがたいね」

「どういたしまして」

わたしたちは黙ったまま車に乗っている。すると突然、デイヴィッドがハンドルを叩く。

「同じことだったんだ」と彼は言う。

「何が？」

「愛は有頂天にもならず、誇らしげでもない。善意とは誇示するものでも自慢するものでもない。ほら。マークが読んだのは翻訳のちがう版だったんだよ」

「愛じゃないわ。善意よ」

「もともとは同じ言葉なんだよ。今思い出した。カリタス。ラテン語だかギリシャ語だかの言葉で、『善意』って訳されることもあれば、『愛』って訳されることもあるんだ」

だとすると、奇妙にも聞きおぼえがあるように思ったのは、そのせいだったのかもしれない。わたしの結婚式で弟が読みあげた言葉であり、わたしの大好きな一節だったからなのかもしれない。なぜだかわたしは、ひどいことでもしてしまったかのようにめまいと吐き気をおぼえる。愛と善意の語源は同じ……どうしてそんなことが可能なのだろう。だって、わたしたちの最近の歴史は、そのふたつが共存などできないことを示している。ふたつの言葉は正反対だ。いっしょの袋に入れれば、どちらかがバラバラになるまで嚙《か》みつきあったりひっかきあったり怒鳴りあったりするはずなのに。

「『わたしには山を動かせるという確信があるが、しかし、愛がなければわたしには何もない』。それだよ」

「そういう歌、あるよ」とモリーが言う。

「歌じゃねえよ、バーカ」とトムが言う。「聖書なんだよ」

「ローリン・ヒルが歌ってるもん。ずっと前にパパが買ったCDで。わたし、部屋でずっとかけてたんだから。最後の曲で、そう歌ってるよ」そしてモリーはときどき調子をはずしながらも、きれいな声でコリント人にあてた聖パオロの手紙の一節を歌ってみせる。

家に着くと、モリーがローリン・ヒルの歌をかけてくれる。するとデイヴィッドが二階へあがっていき、わたしたちの結婚式の日の思い出の品がごちゃごちゃとつまった箱を持っておりてくる。そんなもの、うちにあったなんて、わたしは知らなかった。

「どこから持ってきたの？」

「ベッドの下の古いスーツケース」

「それ全部、ママがくれたもの？」

「いいや」

彼は箱のなかをごそごそひっかきまわしはじめる。

「じゃ、誰がくれたものなの？」

「誰も」

「なあに？　ひとりでに姿を現したってわけ？」

「ほかに説明のしようはないのか？」

「バカ言わないで、デイヴィッド。単純な質問じゃないの。そんなにもったいぶること、ないでしょ」

「答えだって、単純だよ」

でもわたしには思いつかない。だから、がまんも限界だというようないらついたうなり声をあげながら、部屋を出ようとする。

「ぼくのだよ」と彼は静かに言う。

「どうして今になって、『ぼくの』なんて言うの？」わたしはつっかかるように言う。「どうして『わたしたちの』じゃないわけ？　わたしだって、結婚式にはいたのよ」

「いや、そう、もちろん、きみのものでもあるんだけど。きみがそう望むならね。ただ言いたかったのは、箱を買ったのはぼくだってことだけさ。いろんなものをまとめておいたのもね。そうやって、こいつはこの家に存在するようになったんだ」

「いつ？」わたしの言葉はまだ不満げな響きを持っている。まるで夫の言葉を信じていないかのように。そして、夫にからかわれているかのように。

「忘れたよ。ハネムーンから帰ってきたときかな。あの日は最高の日だった。ぼく、ほんとに幸せでさ。だから忘れたくなかったんだ」

わたしはぼろぼろと涙をこぼしはじめる。そしてもう塩分も水分も底をつき、あとは血液が出てくるしかないと思えるまで、泣いて泣いて泣きまくる。

13

「愛がなければわたしには何もない」――ローリン・ヒルがジャネットのCDプレイヤーで、十二度目にそう歌っている。そして十七度目。二十五度目。そのたびにわたしは思う。そう、これはわたしのこと。わたしはこんな人間になってしまった。何もない人。そしてわたしは涙をこぼしたり、あるいは、泣きたい気持ちになったりしてしまう。ようやくわかった。デイヴィッドの箱がわたしをどん底につきおとしたのは、単に、結婚式の日に対して夫が特別な気持ちを抱きつづけていたことを知らなかったからだけではなく、物事を感じとるべきわたしの一部分が病気にかかっていて、死にかけていることに気づいたからだ。いや、もう死んでしまったかもしれない。今夜まで、そんなこと、気づきもしなかった。

いつこうなってしまったのか、はっきりとはわからない。でもずっと前であることは確かだ――スティーヴンより前だし（でなきゃ、スティーヴンなんて存在しなかった）、グッドニュースなんかよりずっと前だろう（でなきゃ、グッドニュースだって存在しなかった)。だけど、トムやモリーが生まれたあとだということはわかる。あのころのわたしは、物事をちゃんと感じとれる人間だった。自分にとって世界じゅうでいちばん大切な人間だった。もし日記をつけていたら、日付まで正確に判明したかもしれない。そのとき書いた文章を読んで、そうだ、あれは一九九四年の十一月二十三日だった、だってあのときデイヴィッドがこんなことを言ってあんなことをしたんだから、なんて思えたのかもしれない。でも、デイヴィッドがどんなことを言ってどんなことをしたせいで、わたしはこんなふうに心を閉ざしてしまったんだろう。いや、わたしの心を閉ざしたのは、きっとわたし自身だ。わたしのなかの何かが壊死《えし》したり、枯渇《こかつ》したり、硬化したりするのを許したのは、わたし自身だ。なぜなら、そんな気分だったから。モリーやトムに対してはまだ愛情を感じることだってあるけれど、でもそれは反射作用のようなものであって勘定に入らない。わたしがときおり唐突にあたたかい感情を抱くのは、ときおりオシッコをしたくなるのに似ている。

たぶん、だからわたしたちはみんな道をあやまってしまったんだろう。たぶんマークは、教会に行けばぬくもりが見つかると思ったのだろう。わたしたちと同じ通りに住む人々は、ストリート・キッズを迎えいれることで、予備の寝室にぬくもりを見つけられると考えたのだろう。デイヴィッドがそんなぬくもりを見つけたのは、グッドニュースの指先だった――デイヴィッドだって、死ぬ前にもう一度あのぬくもりを感じたくて、ずっと探していたんだと思う。それはわたしも同じだ。

いや、わたしはロマンチックな愛が欲しいわけじゃないし、よく知りもしない人に狂おしい恋慕の情をぶつけたいわけでもない。仕事をしているときのわたしの感情を形作っているのは、以下のようなものだ——当然ながら罪の意識、そして恐れやいらだち、それから、ほんとうはどうでもいいはずなのになぜか気分を落ちこませるいくつかのささいな問題。これじゃあ、充実した生活なんておくれやしない。誰だってそうだろう。わたしが求めているのは、わたしをあかるくてやさしい気分にしてくれた、あの愛だ……いったいどこへ行ってしまったんだろう？　わたしはきっとどこかで気力をなくしてしまったにちがいない。仕事にも結婚生活にも自分自身にもすっかり失望し、何に希望を持っていいのかわからない人間になってしまったにちがいない。

コツは、後悔をできるだけ先延ばしにすることなんじゃないだろうか。そうだ、きっとそれだ。まちがいをしでかしてふと後悔の念に駆られるのはよくあることだから、永遠に先延ばしにはできない。しかし後悔の念に圧倒される前に、よろめきながらでも、なんとか六十代や七十代にたどりつくことならできる。わたしは三十七歳くらいまでそうやってきたし、デイヴィッドも同じくらいの年代までがんばっていた。弟はその前にあきらめてしまった。後悔の念をいやす方法なんて、あるのだろうか。きっとないのだと思う。

新しい患者は、どこかで見たような顔をしている。でも、よく頭がまわらない。この人の前に診たトルコ人の小さな女の子はかなり悪そうだったから、わたしはトルコ語のわかる保健婦さんに頼んで通訳をしてもらいながら、どうしてその子に脳のスキャンが必要なのかを苦労して母親に説明しようとした。だから当然、わたしの気分はいささかささくれだっている。肌に異常があると新患が訴えても、しかるべき関心を持てない。

わたしは服を脱いでくださいと彼女に言う。すると彼女は陽気な口調で、イヤになるほどスリムなお医者さんの前で大きなおなかをみせるのは恥ずかしくて、などと言いながらセーターを脱ぎはじめる。そしてセーターが彼女の顔を隠したとき、わたしはその声に気づく。やさしそうな女性牧師の声だ。

彼女が立ちあがると、背中に発疹《ほっしん》ができているのが見える。

「こういうことは前にもありました?」

「長いことなかったんですけどね。ストレスに関係してるんですよ」

「どうしてわかるんです?」

「だってこの前は、母が亡《な》くなったときでしたから。それに今は、仕事の問題をうんと抱えてて」

「仕事の問題って、どういうことですか?」

プロにあるまじき質問だ。仕事の問題を抱えている患者なんてもう何人も診てきたけれど、これまではどんなにささいな興味も示したことはなかった。あまりにかわいそうだと思ったときに、ちょっと患者と話をするくらいだった。でもこのやさしそうな女性牧師の場合は……仕事上の問題がどんなものなのか、もちろん知りたい。

「ほんとにどうでもいいことなんですけどね。イヤでたまらないんですよ、その……いっしょに仕事をしてる人たち……とくに上司がね」

「もう服を着ていいですよ」

わたしは処方箋《せん》を書きはじめる。

「先週、あなたの教会に行きました」

彼女は顔を紅《あか》くそめる。

「ああ。何も言うんじゃなかった」

「いいんですよ。医者の守秘義務ってやつがあるんですから」

「ええ、そうですけど、でもだったら、わたしの問題がどんなものか、おわかりでしょ?」

「いいえ」

「明白じゃありません?」

わたしは何も言わずにおく。だって、わたしにとって明白だったこと——彼女の歌う

〈ゲッティング・トゥ・ノウ・ユー〉が耐えがたかったことや、現在のラップのヒット曲を引用した説教がほとんど狂気じみていたこと——は、彼女にとって明白ではないかもしれない。そんなことを言っても、彼女の背中の怒れる赤斑《せきはん》をさらに激怒させるだけだろう。わたしは処方箋を書きおえ、彼女にわたす。

「おもしろかったですよ」わたしは言う。

「ありがとう。でも基本的に言って、わたし、もう自分のやってることが信じられないんです。すべて時間の無駄じゃないかって感じでね。体のほうがよく知ってるんですよ。だから毎日、病気になっていくわけで」

「その方面だったら、お役に立てますよ」

「どうしてわたしの教会にいらしたんです？　前からいらしてたんじゃないですよね？」

「ええ。わたし、クリスチャンじゃないんです。でも精神的にとてもつらいことがあって、それで……」

「お医者さんでも精神的につらくなるの？」

「ええ、わたしがいい例ですよ。結婚生活は大きな危機をむかえてるし、ずっと悲しい気分だし。なんとかしようとは思ってるんですけどね。わたし、どうするべきだと思います？」

「え？」

「どうするべきだと思いますか？」

彼女はこわばった笑みを浮かべる。わたしが冗談を言っているのかどうか、判断できずにいるようだ。冗談なんかじゃない。突然わたしは、彼女と行くところまで行ってやろうという意志をかためる。

「わたしはあなたの発疹をどうすべきか言いました。わたしはそのためにここにいます。だからあなたは、わたしの結婚生活をどうすべきか、教えてください。あなたはそのためにあそこにいるんですから」

「教会の役割について、誤解なさってるみたいね」

「じゃ、教会の役割って何なんですか？」

「わたしに聞いてもむだですよ。だってわたしも、ぜんぜんわからないんだから」

「じゃあ、誰ならわかるんでしょう」

「カウンセリングを受けたことは？」

「カウンセリングなんてどうでもいいんです。知りたいのは、何が正しくて、何がまちがってるのか。それならご存じでしょう？」

「聖書が結婚についてどう言ってるのか、それを知りたいの？」

「ちがいます！」わたしは叫んでいる。自分でもいけないとわかっているのだが、でもどうしようもない。「あなたがどう思うのか、それが知りたいんです。教えてください。あなたの薦めることなら、なんでもやってみますから。結婚生活を続けるべきか、それとも別れるべきか。さあ」わたしは本気だ。わからずにいるなんて、もううんざりだ。誰かに問題を解決してほしい。

当然のことだけれど、やさしそうな女性牧師はいささかおびえているように見える。わたしは、どんな答えでもいいから彼女がなんらかの解答をあたえてくれるまでここに閉じこめておこうと、大まじめに考えはじめている。でもとりあえず、この行動計画については黙っておこう。

「カー先生、何をしたらいいのか、わたしには教えられませんよ」

「悪いんだけど、それじゃあ納得できませんね」

「わたしのオフィスにいらしたときにでも、話をしませんか？」

「いいえ。そんな必要はありません。時間の無駄です。イエスかノーかの質問です。何時間もあなたと話なんてしたくありません。話なら、何か月もしてきたんですから。もう充分です」

「子供さんはいらっしゃる？」

「ええ」

「旦那さんはあなたにつらく当たったりする？」

「いいえ。今は。以前はそうでしたけど、でも彼、光を見たんです。教会で見るような光じゃなくて、別の光ですけど」

「そうね……」彼女はもう少しで何かを言いかけるが、かわりに立ちあがってしまう。「こんなのひどいわ。こんなの……」

わたしは彼女が手に持っていた処方箋をとりかえす。「そういうことなら、わたしもお役には立てません。わたしが仕事をするのは、あなたも仕事をしてからです」

「わたしのは仕事じゃありません。お願いだから処方箋を返して」

「いやよ。たいした質問じゃないでしょ。続けるか別れるか、それが知りたいだけなんだから。ああもう、どうしてあなたたちってそんなに臆病《おくびょう》なわけ？　教会がからっぽなのも当然だわ。こんなに単純な質問にも答えられないんだから。わからない？　わたしたちは答えが欲しいだけなの。答えが。とりとめも意味もないことが聞きたいんだったら、家にいて、自分の頭のなかから出てくる言葉でも聞いてます」

「あなたは結局やりたいことをやるのよ。だからわたしが何を言ったとしても、同じことなの」

「それはまちがい。大まちがい。だってわたし、もう何もわからなくなってるんだから。『ダイス・マン』って本、覚えてます？　大学のとき、みんなが読む本。神学校じゃ読まないかもしれないけど、ふつうの大学じゃ読むの。わたしはあれに出てくる教区牧師の女。あなたが言うことなら、なんでもやります」

彼女はわたしを見て両手をあげる。負けた、と言いたいのだろう。「結婚生活を続けなさい」

わたしは突然、望みをたたれたような気分になる。ふたつの選択肢のなかからひとつの行動だけが残されたのだから、当然の反応だろう。そして、何をしていいのかわからなかった数秒前の状態に戻りたくなってしまう。だって結局こういうことだ――わたしみたいにどうしようもない状況に追いこまれ、夫といっしょにいるのはおなかにナイフをつきたてられているのと同じだと感じるようになったら、何をどう決心しようと、困ったことにしかならない。おなかにナイフをつきたてられた人に向かって、あなたの幸せとはなんですかなんて、誰もたずねないだろう。何が幸せだろうと、もはや問題ではない。問題は、生きのこれるかどうかだ。ナイフを抜いて出血多量で死ぬか、あるいはそのままにしておいて、ナイフが逆に出血をとめている幸運を願うか。どちらかしかない。医学の常識を教えてあげようか。医学の常識では、ナイフはそのままにしておいたほうがいいことになっている。ほんとうだ。

「ほんとうに?」

「ええ。わたしは牧師です。気まぐれで別れたがっている人の後押しをすることは、できません」

「ふん！　気まぐれだって思ってるの？」

「悪いけど、あなたには結論に文句をつける権利なんてありませんよ。何か言ってほしがってたから、言ってあげただけなんだもの。あなたは結婚生活を続けるべきです。処方箋を返してもらえるかしら？」

わたしは処方箋を手渡す。少し恥ずかしい気分になるが、たぶんそれは、正常な反応なのだろう。

「誰にも何も言いません」と彼女は言う。「あなたの調子が悪い日にあたったんだと思うことにしておきます」

「こっちも『王様と私』のことは誰にも言いませんよ」とわたしも言う。この状況では、優雅な引きぎわとは言えないだろう。でもこれがわたしたちの職業上の過失をさばく裁判だったら、それぞれの罪の重さを比較しつつ、またちがった状況をむかえていたかもしれない。彼女は、説教の効果をあげるために偉大なミュージカルから引用するのは当然だと自己弁護しただろうし、逆にわたしのほうは、正しいとも思えない結婚生活へのアドバイスをもらうためにひどいやりかたで治療をこばんだとして、苦しい立場に追いこまれていたはずだ。

「がんばってね」

「ありがとう」わたしは優雅さを少しとりもどし、彼女の背中を軽く叩《たた》きながら送りだす。将来彼女に会いたくなることが、きっとあるだろう。

「ねえ、これまでに……これまでに患者をおどしたことってある?」わたしは帰りぎわにベッカをつかまえてたずねる。ベッカは何度も何度も悪いことをしてきた子だ。仕事の時間中にしたことだってあった。

「あるわけないでしょ」彼女はむっとして答える。「あたしのこと、そんなふうに思ってるわけ?」

いい医者／悪い医者の役割をふたりで何度もこなしてきたせいで、彼女はわたしが真実を告白しているのではなく、彼女を責めているのだと思ったらしい。ベッカに話がしやすいのは、そのせいだ。だって彼女、人の話なんて聞いてないんだから。

家に帰ると、デイヴィッドと話をしたくなる。しかし今彼が絆《きずな》を結んでいる相手はグッドニュースだ。ふたりを離しておくことなんてできない。腰のあたりというより、こめかみでつながっている感じだといったらいいだろうか。わたしが見るとかならず、書類を前にふたりで顔をつきあわせている。頭と頭をくっつけて、サイキック・エネルギーでも交換しているつもりなのだろう。以前なら、どんな書類なのかとデイヴィッドにたずねるのは、ごくあたりまえの行為だった。むしろ、なんの興味も示さずにいることが失礼にあたり、冷たい女だと思われたはずだ。なのに最近では、なぜかみんな、モリーとトムとわたしは歩兵であり、彼らが将軍なのだと思いこんでしまった。少しでも好奇心をあらわにしようものなら、無礼だと思われるか、それとも「裁判にかけてやる！」と言われるのが関の山だ。

わたしは見えないオフィスのドアをノックする。

「デイヴィッド、話がしたいんだけど」

彼は顔をあげ、一瞬、いらだたしげな表情を浮かべる。

「今？」

「もしできれば」

「ここで言えばいいじゃないか」

「ディナーを食べない？」

「ディナーなら毎晩食べてるだろ」

「あなたとわたしで。外に行って。グッドニュースにベイビーシッターをやってもらって。もし彼がよければだけど」

「今夜？」グッドニュースは彼のサイコパワー協会長と相談する。どうやら今夜の彼に特別任務はないようだ。

「じゃ、いいさ。話をする必要があるってわけだ」

「ええ、そう」

「なんのことで……？」

「いくつかあるの。たとえば昨日の晩のことも話をしなきゃいけないだろうし。わたしの反応のこと」

「ああ、それなら心配しなくていいよ。誰だってたまには、やみくもに悲しくなったりするんだから」

「そうだよ」とグッドニュースが言う。「しかたないって。ぼくがあなたの弟さんに言ったように、悲しみってのはどこかに身を隠してるやっかいなやつだし、いきなり姿をあらわすんだから」彼は手をふって度量の深いところを見せつける。「忘れたほうがいいよ。なかったことにしといたほうがいい」

ふたりは至福に満ちた笑みを浮かべ、書類に戻る。わたしはもう用済みなわけだ。でも用済みになんてなりたくない。

「わたし、許しを求めてるんじゃないの。話がしたいんだってば。説明したいの。あなたとわたしで外出して、コミュニケートしたいの。妻と夫として」

「ああ。そうか。ごめん。じゃ、そうしよう、うん。でも、ほんとにグッドニュースにはいっしょに来てほしくないの？ そういうことなら、とっても役立つと思うんだけどね」

「最近、ぼく、第六感がとても冴《さ》えてるっていうかさ、うん」とグッドニュースが言う。「あなたが夫婦ふたりで、って言う気持ちもわかるんだよ。仲良く話がしたいってことだよね。だけど、ぼく、あなたたちのあいだに、ザッ、ザッって流れてるものならすぐに感知できると思うんだ。きっと驚くよ」彼は宙にジグザグを描いてみせるのだが、それがどんな意味を持っているのか、わたしにはよくわからない。きっと夫婦間のコミュニケーションがいかに不安定であるかを示したいのだろう。

「ありがとう。でもいいの」わたしは言う。「困ったら電話するから」

彼は辛抱強く笑みを浮かべる。「そいつはうまくいかないだろうね。だって、ぼくはベイビーシッターなんだから、ね？　子供たちをここに残して外には出られないよ」

「じゃあ、まだ食べてないものは袋に詰めてもらって、すぐに帰ってくるから」

きみってかしこいんだね、というふうに彼はわたしを指さす。わたしは正解のボタンを押したようだ。ふたりで外に出ることが許される。

「で？」

「でね」

慣れしたしんだおきまりのディナーだ。デイヴィッドはスパイシーなポパダムをふたつ。わたしはプレーンをひとつ。サイド・オーダーでとったマンゴ・チャツネとオニオンをまんなかに置き、ふたりがいつでも手をのばせるようにしておく……外食する余裕ができてから、こんな習慣を十五年間もずっと続けてきた。しかし念のために言っておくが、わたしたちふたりの生活から変化も自発性もうせてしまったわけではない。このレストランに来るようになったのは、まだここ十年ほどのことだ。前にお気に入りだったレストランはオーナーが交代してしまい、メニューもいささか変わってしまったので、それまで親しんできた料理にできるだけ近いものを出してくれるこの店に移ってきただけなのだから。

〈カレー・クイーン〉みたいな店は必要だと思う。デイヴィッドとわたしだけじゃなく、みんなにとって。ここには結婚生活のひとつの形がある。わたしたちのは、マンゴ・チャツネがべったりついたサイド・オーダーって感じだ。人間はそうやって、自分と他人の結婚生活の区別をつけていく。マンゴ・チャツネとは、飼っている黒猫の頬についた白い汚れであり、新しい車の登録番号であり、子供の学校の制服についた名札のようなものだ。それがなければ、わたしたちは道に迷ってしまう。このサイド・オーダーとオレンジ色のべとべとしたものがなければ、わたしはある日突然、トイレから戻ってきてぜんぜんちがう人との結婚生活を始めてしまうかもしれない（でも、ぜんぜんちがった結婚生活が今までの結婚生活よりいいのか悪いのか、誰にわかるっていうんだろう。わたしは突然、自分で決断したことの不条理さに驚かされる――診療室で女性牧師によってくだされた決断ではない。あれはいまだに、いいのか悪いのかわからない。わたしが言っているのは、もう何年も前に自分でくだした決断のことだ)。

「話がしたいって言ってたよね」とデイヴィッドが言う。

「したくない?」

「うん、まあ、してもいいよ。もしきみがしたいならね」

「したいの」

「わかった」沈黙。「じゃ、始めてくれよ」

「ジャネットのところで寝るの、もうやめようと思う」

「ほう。うん、なるほど」彼はラガーを口に運ぶ。そのニュースが彼の生活とどんな関係を持つのか、はかりかねている様子だ。「家に帰ってくるの? それともどこか別の場所を見つけたわけ?」

「ちがうちがう、家に帰るの」突然わたしは、彼のことが少しだけかわいそうになる。今の彼の質問は、非常識なものではなかった。どんなカップルであれ、危機的状況をむかえれば、将来うまくいくのかいかないのか、ヒントが見えてきたりするものだ。ある特定のふたりが再びベッドをともにしはじめたり、あるいはキッチンナイフを持っておたがいに襲いかかったりすれば、それからのことはなんとなく予測できる。でもわたしたちは、そんなことなんてしていない。わたしは、たいした説明もなしに家を出た。そして、わたしのことなんて何も知らないやさしそうな女性牧師をむりやりおどしつけて、家に戻りなさいと言わせた。だからデイヴィッドが自分の質問に対していくつかちがった答えを予想していたとしても、なんの不思議もない。きっと彼は、次のグランドナショナルではどの馬が勝つだろうか、というような質問をした気分だったのだろう。

「へえ、そうか。うん、そりゃいい。いいことだ。うん。うれしいよ」

「ほんと？」

「もちろんさ」

どうしてうれしいのか聞きたくなる。どんな答えが返ってきても反論してやりたい。でもやめておこう。そんなことはもうやめよう。わたしはもう心を決めた——というか、決めてもらった。せっかくの決意をこっぱみじんにするつもりはない。

「きみが楽な気分で帰ってこられるようにしたいんだけど、何をしたらいい？」

「本気で言ってる？」

「うん。本気だよ」

「何を頼んだらOKしてもらえるのかな」

「なんでもいいよ。もしあんまりだと思ったら、話しあえばいいんだから」

「グッドニュースにほかへ移ってもらうのは、可能？」

「あいつがいるのが、そんなに気になるの？」

「ええ。もちろん」

「わかった。ぼくから、出てってほしいって言うよ」

「そんなにかんたんなことでいいの？」

「いいんだ。でも、出てったからって、あんまり状況が変わるとは思えないけどね。それでもあいつは始終うちにやってくるだろうし。ぼくら、いっしょに仕事をしてるわけじゃないか。仲間だからね。ぼくらのオフィスだってうちにあるんだし」

「わかった」わたしは彼の言葉を考えてみる。そしてデイヴィッドの言ったことは正しいと結論する。あまりちがいはないだろう。わたしがグッドニュースにいてほしくないのは、グッドニュースのことがあまり好きではないからだけど、でもその問題は、彼がちがう場所で睡眠をとるだけで解決するわけではない。わたしは三つのお願いのひとつをむだにしてしまった。

「いったいどんなことをしてるの？」

「え？」

「あなたとグッドニュースはいっしょに仕事をしてるって言ったでしょ？　何してるの？」

となりのテーブルにいた女性がちらりとわたしを見てから眼をそらし、次にデイヴィッドを見る。明らかに、わたしと目の前の男との関係を解明しようとしているらしい。

今、この男のところに戻るって言ったのに、彼が何をしてるかも知らないなんて、どういうことなんだろう——そう思っているにちがいない。

「は！　いい質問だな！」ふつう、人がものをたずねられてこんな答えかたをしたときは、たいていジョークだと思っていい。「いい質問だな！　バッカみたいなこと聞くんじゃない！　そんなこと知るか！」みたいな感じだ。しかしデイヴィッドはふざけてなどいない。「ふう！　どうやって説明したらいいんだろう。こんがらがった話だからね！」

「それはたいへんね」

となりの女性がわたしの視線をとらえる。「こいつのところになんて、戻っちゃダメ！」彼女はそう伝えようとしている。「皮肉だってわからないようなヤツなのよ！」だがわたしは似たような方法を使ってこう答えようとする——「だいじょうぶ！　くさるほど長いあいだ、この人と結婚生活を続けてきたんだから！　でも最近はなんだか気持ちが離れちゃって！　この人が宗旨がえをしちゃったのよね！」すべてわかってくれたかどうかは心もとない。言葉を使わずに伝えるには、いささか複雑すぎるメッセージだ。

「今は策を練ってる段階なんだ。実際に動いているプロジェクトはないんだけど、考えてるところでね」

「なるほど。何を考えてるの？」

「国民の平均年収より多く稼いだ人には、その分をすべて供出してもらおうってアイデアなんだけど、どうやってみんなを説得しようかと思ってさ。全部でどれくらいの金額になるか、今、ふたりで計算してるところなんだ」

「どれくらいになりそうなの？」

「まあ、それが難しくてね。聞こえるほど単純な問題じゃないんだ」

作り話なんかじゃない。これが、デイヴィッドの言ったことだ。現実に。〈カレー・クイーン〉で。

「ああ、それから、ふたりで本も書こうとしてる」

「本、ね」

「うん。『いい人になる方法』ってタイトルにしようと思ってるんだけどさ。どうやって生きるべきか、みたいな本なんだ。生きかたを提案するっていうかね。ホームレスを家に迎えいれたり、おカネを人にあげたり、資産の所有権の問題だとか、わかんないけど、第三世界のことだとかさ」

「つまり、国際通貨基金のおエライさんに向けた本なわけ？」

「いやいや、ちがうよ。きみやぼくみたいな人に向けた本さ。だってぼくら、何がなんだかわからなくなってるからね。ちがう？」

「そうね」

「だから、いいアイデアだと思わないか？」

「最高のアイデアだわ」

「皮肉で言ってない？」

「ううん。何を考えるべきか、すべてについて教えてくれる本でしょ？　それならわたし、買うもの」

「一冊あげるよ」

「ありがと」

となりの女性は、もはやわたしと眼をあわせようとしない。もう友達じゃなくなったようだ。彼女はわたしのことを、デイヴィッドと同じ大バカ者だと思っている。でも、それだっていい。わたしはその本が読みたくてたまらない。一言一句、信じようと思う。どれだけ非現実的だって、すべての提案をためしてみようと思う。『いい人になる方法』は、やさしそうな女性牧師があたえてくれなかった処方箋になるはずだ。わたしがやらなきゃいけないのは、疑いの心や不信感をおさえつけること。それらがわたしを人間らしくしている要因だとしても。

家に着くと、グッドニュースは胸にノートをひろげたままアームチェアで眠りこけている。デイヴィッドがケトルを火にかけているあいだ、わたしはこっそりノートをとってなかをのぞく。「ベジタリアンか肉か?」と大きな赤い字で書いてある。「オーガニックならOK?　たぶん」ふたりの本は疑いなく、収入のほとんどを他人にあげてしまっても家族四人がオーガニックな肉で食いつないでいく方法を教えてくれるはずだ。わたしはノートをそっともとに戻すが、グッドニュースは目を覚ましてしまう。

「クールなひとときだった?」

「とってもクールだった」わたしは答える。「でも頭が割れそうに痛いの」

デイヴィッドがお茶を三杯のせたトレイを持ってリビングに入ってくる。

「そりゃいけないね」とデイヴィッドは言う。「教えてくれなかったじゃないか」

「しばらく続いてるのよね。もう何日か。誰かなんとかできる?」

デイヴィッドが笑う。「グッドニュースがいるじゃないか。なんとかできるなんてもんじゃないよ。でもきみは、そういうことに興味がないんだって思ってたけどな」

「頭痛が消えるんなら、喜んで興味を持つわよ。誰だってそうでしょ?　もう鎮痛剤は飲めないし。一日じゅう飲みつづけだったからね」

「本気なの?」グッドニュースが言う。「治療してほしい?」

「ええ。いいでしょ?」

「どんなことになるか、心の準備はできてる?」とデイヴィッド。

「できてる」

「OK、わかった。書斎に行こうか」

ある意味、ほんとうに頭痛がしていればよかったと思う。でも、頭痛なんてしていない。痛いのは魂だ。この痛みなら、どれだけおカネがかかってもとりのぞいてほしい。でもわたしはあきらめてしまった。結局痛みに耐えきれず、ふたりの仲間入りをすることになった。たとえこのあと二度と断定口調でものを言えなくなったり、人をバカにしたような考えかたができなくなったり、仕事仲間や友人と冗談を言いあうことができなくなったとしても、それはそれでかまわない。結婚生活と家族の絆を救ってくれると思えることだったら、ほかの何を犠牲にしたって惜しくはない。とどのつまり、それが結婚っていうものなんだろう。個性の死。グッドニュースなんて関係ない。わたしはもう何年も前に自殺するべきだった。二階へと続く階段をあがりながら、わたしは、わたしだけの人民寺院に向かっているような気分になる。

グッドニュースが先導し、わたしはデイヴィッドの仕事用の椅子に座る。

「服は脱いだほうがいい?」わたしはその方面でグッドニュースを恐れているのではない。彼に性欲なんてものがあるのかどうかさえわからない。そんなもの、彼の体のなかにすっかりとりこまれてしまって、スピリチュアル・シチューのダシになってしまったんじゃないだろうか。

「いや、いいんだ。コットンの二、三枚、つきぬけられないんだったら、内なるケイティには到達できないだろ？」

「じゃ、どうすればいいの？」

「ただ座ってて。頭のどのへんが痛い？」

わたしは頭痛のしそうな部分を指さす。グッドニュースがそっとふれる。

「ここ？」

「ええ」

しばらくマッサージしてくれる。いい気持ちだ。

「なんにも感じないな」

「どういうこと？」

「ねえ、痛いのは、ほんとにここ？」

「もっとてっぺんのほうかな」

彼は五センチほど指先を動かし、頭をやさしくもみはじめる。

「だめだ。感じない」

「ほんと？　でも――痛っ！――そこでもダメ？」

「ここでもダメだね。ごめん」

わたしが嘘《うそ》をついていることを知りながら、あえてそれを指摘しない――そんな口調だ。

「それだけ?」

「うん。ぼくには何もできないよ。痛みが見つからないから」

「でも、手をあったかくするだけでも、やってみてくれない?」

「そういうもんじゃないんだ。そこに何かないとね」

「どういうこと?」わたしがそう質問したのは、彼が頭痛のことだけを言っているのではないと気づいたからだ。彼はべつのことを言っている。わたしのなかからなくなってしまった何か。きっと彼は正しいのだと思う。わたしのなかからは、何かがなくなってしまった。だからこそわたしは、この部屋に来た。

「わかんないよ。でも、ぼくの手が言ってるんだ。あなたは……ひどい言いかたになったらあやまるけど、あなたはそこにいないんだ、ってね。つまり、スピリチュアルな意味で、ってことだけど」

「デイヴィッドはいたの?」

「そうだろうね」

「でも、そんなのフェアじゃないわよ! デイヴィッドは意地の悪い、皮肉たっぷりの、愛情のかけらもないブタだったんだから!」

「うん、まあ、それはぼくの知らないことだから。でも彼の場合は、ぼくがはたらきかけられる何かがあったんだよ。でもあなたは……車のバッテリーがあがっちゃったみたいな感じなんだ。いくらキーをまわしても、ただ……ブルブルブルって言ってるだけでね」

彼が口にした擬音は、恐ろしいほど見事にわたしの気持ちを言いあてている。

「ブースターが必要なんじゃないかな、たぶん」グッドニュースは明るく言う。「下におりてお茶でも飲もうか？」

14

月曜の朝いちばんにやってきたのは、心痛患者ナンバー・ワン、マヌケのブライアンだ。調子は少しもよさそうではない。診療室なんて、元気がありあまっている人の来るところでないのはわかっているけれど、でもブライアンは三週間ほど前に診たときよりも急激に衰えている。レインコートの下に着ているのはパジャマのようだし、髭《ひげ》もそっていないし、髪はくしゃくしゃだし、顔は土気色だし、吐く息はアルコールか農薬の類《たぐい》に入れたくなるようなにおいだ。

「おはよう、ブライアン」わたしは明るく言う。「今朝は急いでたんでしょ」

「どうしてそんなこと言うんだい？」

「今着てるそれ、パジャマじゃない？」

「ちがう」

ブライアンは常連患者だけれど、わたしのことをまったく信用していない。いつもわたしに嘘をあばきたてられるんじゃないかと思っている。まるでわたしが、彼の人間性まで疑っているかのように——もしかすると、そのとおり、彼は疑いに値する人間なのかもしれない。マヌケのブライアンじゃなくて、頭のおかしいマイクだったり、くるくるコリンだったり、ふらふらレニーだったりするのかもしれない。でも、たとえ彼が誰であろうと、心身ともに正常と言えないのは確かだ。だからこそ、わたしの助けが必要なのだという見立てだけはいつもほぼ一定している。だが彼はそう思っていない。もしわたしの手で仮面がはがされれば、診療室には立ち入り禁止になってしまうとでも思っているらしい。

「なるほどね。じゃ、シャツとズボンをピンクと青のストライプでそろえたってわけだ」

「ちがう」

わたしはそれ以上追いこまないことにする（でも信じてほしい。彼が着ているのは絶対にパジャマだ。否定しているのは、もし認めてしまうと、絶対わたしにはあかしたくない大切な情報をあたえてしまうと思いこんでいるからにすぎない）。マヌケのブライアンへの対処法には不文律がある。少しくらい楽しんでも問題はないが——そうでもしないと、わたしたちまで彼みたいなマヌケになってしまう——楽しみすぎてはいけない。

「今日はどうしたの？」

「おなかがヘンなんだよ。痛くなっちゃって」

「どのへんが?」

「ここ」

彼は腹部を指さす。マヌケのブライアンの体に触れることは、いっさいまかりならない。これまでの経験から、それはわかっている。だがマヌケのブライアンの体の異常は、生理的な機能不全より、彼のあだ名の前半部分を原因とするものがほとんどなので、触診できなかったからといってさほど困ったことはない。

「吐き気を感じたことは? 気持ち悪くなったりした?」

「いいや」

「トイレのほうはどう? 調子いい?」

「それ、どういう意味だよ」不信の口調がもどってくる。

「ねえ、たのむわ、ブライアン。もしおなかに痛みがあるんだったら、わたし、こういう質問をしなくちゃいけないの」数年前、ブライアンは便器に腰をおろしたことなどないと必死になって主張した。やったことがあると認めたのはオシッコだけだった。わたしだっておなかが動いてトイレに行きたくなることはあるのよと、こっちが恥ずかしくなるようなことまでうちあけたのだけれど、彼は聞く耳を持たなかったし、ほかの病院スタッフの告白にも興味を持とうとはしなかった。

「行くの、やめたんだ」

「いつから？」

「二週間くらい」

「じゃあ、それが原因かもね」

「ほんと？」

「ええ。二週間もトイレに行かなかったら、おなかが痛くなるには充分です。食べ物に変化はあった？」

「それ、どういう意味？」

「最近、前とはちがうものを食べてるかってこと」

「ああ。あたりまえだろ」彼は、それがいかにバカな質問であるかを強調するために鼻を鳴らす。

「どうして？」

「だってママが死んだんだからさ。だろ？」

もし今、グッドニュースがわたしの頭に触れたとしたら、切れたバッテリーなど感じなかっただろう。かわりにいろんなものを感じたはずだ。哀れみ。悲しみ。パニック。絶望。ブライアンにママがいたなんて、考えてもみなかったけれど――彼は、わたしのカルテによれば五十一歳だ――でも、いたとしてもなんの不思議もない。いや、もちろんママがいたはずだ。ブライアンを毎回きちんと病院ツアーに出していたのは、ママだったはずだ。でも彼女はいなくなってしまった。だからブライアンはパジャマを着て、おなかの痛みを感じている。

「ごめんなさい、ブライアン」

「とってもとっても年寄りだったんだ。あたしだっていつか死ぬよ、ってママも言ってた。でもさ、ほら、いったいどうやってママは食べ物をあったためてたわけさ？　どれをあっためて、どれをあっためちゃいけないのか、どうやってわかるんだよ？　だってぼくら、ハムを食べたこともあった。ハムは冷たかった。ベーコンを食べたこともあった。ベーコンはあったかかった。なのに買い物するとき、どっちがどっちか、誰も教えてくれないんだ。教えてくれるんだと思ってたのにさ。買い物はしてるけど、でも、それからあとどうしていいのか、わかんないんだよ。レタスやキャベツはどうすりゃいいの？　あったかいチキンと冷たいチキンは？　前に絶対、冷たいポテトを食べたことがあると思うんだけど、でも、店で買えるのはそういう冷たいポテトじゃないんだ。ぼくが買ったポテトは、ものすごくまずかったよ。きっとあったかいポテトをまちがえて買ったんだな。でもそれを、冷たいあったかいポテトにしちゃったんだ。なんだかよくわからないよ。ものを食べてもよくわからなくなるし、今じゃ、ものを買ってもよくわからなくなる。とってもとっても、なんだかよくわからないよ」

こんなに悲しいスピーチを聞いたことがあっただろうかとわたしは考える。できるのはかろうじて、かわいそうなブライアンを抱きしめ、彼の肩で涙をこぼそうとする自分を抑えつけることぐらいだ。「わたしだって、何がなんだかわからないの」と彼に言いたくなる。「みんなそうなのよ。何を生で食べていいか、何を料理すべきなのかわからないなんて、そんなにたいした問題じゃない。ほかの人たちがわからなくなってることにくらべたらね」

「あなたのおなかがおかしくなってるのは、たぶん、生のポテトを食べたりしたからね」ようやくわたしは言う。「でもだいじょうぶ。なおしかたは、いくらでもありますから」

わたしはそのいくつかをためしてみる。流動パラフィンを処方し、おなかをゆるめるためにテイクアウトのカレーをすすめ、いつかディナーを作ってあげるとまで言う。そして彼がいなくなると、わたしは福祉施設に連絡する。

家にもどると、デイヴィッドとグッドニュースが数週間にわたる研鑽《けんさん》努力の結果、「裏返し」の候補をついに決定したと発表する――つまり、彼らにとってのホープやクリストファー。これまで生きてきてもっとも大きな罪の意識を感じている相手だ。わたしは疲れているし、おなかもすいているし、特に興味も持てないのだけれど、ふたりはわたしの目の前に立って、ぜひとも話を聞いてくれと言う。

「じゃ、話してよ」とわたしはうんざりした気持ちをあらわにしながら、そこにちょっとした誇張をくわえて言う。

「ぼくのはナイジェル・リチャーズっていうやつなんだ」デイヴィッドが胸を張る。

「ナイジェル・リチャーズって、誰？」

「学校のころ、その子をよく殴ったんだよ。もちろん、今は子供じゃないけどね。あのころはそうだったんだ。七〇年代のはじめにはね」

「そんな人のこと、何も言ってなかったじゃないの」

「恥ずかしかったのさ」デイヴィッドはほとんど勝ちほこったように言う。

わたしはつい思ってしまう――どうせ罪の意識を感じるなら、最近の人だってもっとおおぜいいるでしょ。以前の仲間だとか、家族のメンバーだとか、もっとはっきり言えば、このわたしだとか。しかしすっかり落ちこんで疲れきっている今日みたいな日でも、デイヴィッドに向かって長くて棘《とげ》のある人名リストを公開しないほうがいいことくらいはわかる。きっと彼は何か月も自分を責めつづけるだろう。彼が今あやまりたいのがナイジェル・リチャーズなんだったら、ナイジェル・リチャーズでかまわない。

いっぽうグッドニュースが選んだのは、自分の姉だ。

わたしはたずねる。「お姉さんに何をしたの？」

「とくに何も。ただ……耐えられないんだよ、それだけ。だから会いもしないし。でもぼくの姉なんだ。だから気が引けてる。わかるだろ？」

「あたし、まだホープと遊ばなきゃいけないの、ママ？」

「あなたは自分の役割をはたしました」

「でも、自分の役割をはたしおわった人間なんていないんじゃないかな」とデイヴィッドが言う。「そういうことって、一生かけてやっていくもんだろう？」

「で、ナイジェル・リチャーズがあなたの新しい親友になるってわけ？　これから先、長い時間リチャーズ夫妻といっしょにすごすの？」

「ぼくがナイジェル・リチャーズの親友になる必要なんてないと思うよ。きっと、数えきれないくらいたくさんの人と、満足できる関係を築いてきただろうからね。でももしそうじゃなかったら、そのときはぼくがその役を買ってでるつもりだよ、うん」

「知りもしない人の親友になるっての？　二十五年前にその人を殴っちゃったから？」

「ああ。そのとおり。あんなこと、しちゃいけなかったんだ」

「しちゃいけなかったことって、それくらいしか考えられない？」

「それだけじゃないよ。でも手はじめとしては、それだな」

長い人生になりそうだ。


正直に告白すれば、一度に全部かたづけてしまおうというのはわたしのアイデアだ

——ブライアンとナイジェルとグッドニュースの姉のカンターナ（それが彼女の名前だ——二十三歳のときロイヤル・フェスティバル・ホールで強烈なLSD体験をしたあと、自分でつけたのだという）をいっしょにディナー・テーブルに座らせ、わたしたちの罪を一挙にばっさりと消しさってしまおうというたくらみ。少なくともデイヴィッドにはそういうふうに説明しておく。たとえナイジェルが今や多国籍資本の銀行の頭取になっていて、そのかたわらに一晩じゅう、下腹部の機能不全をかかえたブライアンが座ることになったとしても、どうせデイヴィッドの目には、楽しい夕べ以外は何も見えていやしない。

わたしはもはや、人とのつきあいに楽しみを見いだそうとする努力をあきらめてしまった。ふつうのつきあいさえ期待してはいない。それが真実だ。だからわたしの提案は、シニシズムとねじまがった絶望から生まれたことになる。どうせだったら、みんな集めちゃえばいいじゃない？　人数は多いほうが陽気にやれるんだし！　イヤな感じになったほうが絶対にいいもの！　少なくとも、そんな夕べはこれから何年も、わたしの友人たちに驚きと笑いを提供するエピソードとなってくれるだろう。愛すべき知人といい感じの夜を過ごしたいというわたしの願いなんて、つまるところブルジョア的で、とがめられるべきものでしかないのだから——いや、非道徳的と言ってもいいかもしれない。

最初はグッドニュースだ。彼は、ずっと前に手に入れたカンターナの番号にかけてみる。そうしてそこで次の番号を手に入れ、また次の番号を手に入れ、ようやくブライトンにあるアパートをつきとめる。

「カンターナ？　グッドニュースだけど」

でも彼女にとって彼はグッドなニュースではなかったのだろう——電話はすぐに切られてしまう。

グッドニュースはその番号にもう一度電話をかける。

「またあんなふうに電話を切らないでその前にぼくの話をお願いだから聞いてくれないか……ありがと。このところ、姉さんのことをずっと考えてたんだ。どんなにぼくがひどいことをしてきたかね。だから……」

「——」

「わかってる」

「——」

「わかってる」

「——」

「だってそれはぼくのせいじゃないだろ？　警察を呼んだのはぼくじゃないんだから。ママだよ」

「――」

「あいつを轢《ひ》いたのはぼくじゃないからね。それにドアをあけっぱなしにしたのも、ぼくじゃない」

「――」

「そりゃないよ、カンターナ。値段なんてたった七十ペンスじゃないか。それに最初からやぶれてたんだから」

「――」

グッドニュースは立ったままぴょんと跳びあがり、また続けて跳びあがる。まるでトランポリンに乗っているみたいだ。というより、これが骨肉の争いを解決しようとしている人間のありのままの姿なのだろう。癒《いや》しの手でも、紙に書かれた答えでも、本に書かれた文章でも解決できない問題。何度も何度も跳びあがらなくてはいられなくなる問題。だって、それ以外、反応のしようはない。わたしも、もう何か月も前に何度も跳びあがってみるべきだった。ほかのどんなことより、ずっと役に立ってくれただろうに。

「ちがうよ！」グッドニュースは叫ぶ。「ちがうちがうちがう！　そっちこそクソでも食らえってんだ！　クソでも食らえよ！」

そして電話を叩《たた》き切り、部屋を出ていってしまう。

「なぐさめてあげないの？」わたしはデイヴィッドにたずねる。

「何を言えばいいんだ？」

「わかんないけど。気分を明るくしてあげるとか」

「あんなこと、言っちゃいけなかったよ。あいつにはがっかりだな。あんなものの言いかたなんて、ぼくら、とっくに卒業したと思ってたのに」

「でもわたしたち、卒業なんてしてなかったってことよね？」

「きみのことを言ってるんじゃないよ。ぼくとあいつのことを言ってるんだ」

「それが問題なんじゃない？　わたしたち、いつだってただの人間なんだから。あなたたち、それを忘れてるのよ」

話をしに行ったのはわたしだ。彼はベッドにあおむけになり、天井を見つめながらじっと考えこんでいる。

「子供たちの前で汚い言葉を使ってごめん」

「いいの。ふたりとも、父親が言うのを何度も聞いてるから」

「ずっと前のこと？」

「そう。そのとおり。ずっと前」デイヴィッドがもう子供たちの前で汚い言葉を使わなくなっていたなんて、考えてもみなかった。それって、いいことなんじゃないだろうか？　確かに、そんな変化のために多くの犠牲を強いられたし、何年間とも思えるような長いあいだ、眉毛《まゆげ》に亀《かめ》をつけた男とひとつ屋根の下で暮らさなければならなかったし、ごく一般的だったわたしたちの家庭生活がすっかり様変わりするという代償を支払わなければならなかったけれど、でもやはり物事はいい面だけを見ていたい。

「自分を責めちゃダメよ」とわたしは言う。「わたしはあなたの言い分を聞いただけだけど、それだけでも、お姉さんの言ってることはかなりひどいんじゃないかって思った。七十ペンスの話ってなんなの？」

「サイモン・ルボンのポスターだよ。絶対に忘れようとしないんだ」

「なるほどね」

「ケイティ、ぼく、あいつのことが耐えられないんだよ。どうしようもない女だからね。これまでもそうだったし、これからも変わらない。カンターナ！　なんてバカな女なんだろ！」

わたしは必死の努力をかさね、そら見たことかと言いたくなる自分を抑える。

「だいじょうぶよ」

「だいじょうぶじゃないよ。ぼくの姉貴なんだから」

「でも、あなたがいなくたって、彼女はひとりでやっていってるじゃないの」

「どうだかね」

「もしあなたのことが必要なんだったら、向こうから連絡してきたはずだもの。サイモン・ルボンのポスターに不幸なことが起きたとしてもね」

「そう思う？」

「あたりまえよ」

「それでも、ぼくがしくじったことに変わりはないさ。これを愛しなさいとか、あれを愛しなさいとか言っておいて、自分の姉貴のことはクソみたいに嫌いだなんてね。汚い言葉でごめん」

わたしに言わせれば彼は正しい。確かに彼はしくじった。グッドニュースに言ってやりたくなる。他人ときちんとした関係も築けないような人間に、どうして世界を救うことなんてできるわけ？「これを愛しなさい、あれを愛しなさい」とはよく言ったものだ。相手がジョージ・クルーニーだろうとモンキーだろうと、よく知りもしない人を愛するのは難しいことじゃない。しかし、クリスマスのターキーをいっしょに食べた人と慈愛あふれる関係を続けるなんて——まさに奇跡みたいなものだろう。もしグッドニュースがあのあたたかい手でそんな奇跡を起こせるんだったら、よろこんでここに住まわせてあげるのに。

「でもあなたが助けた人たちのことを考えてみて。あの人たち、あなたを必要としてたのよ。そのほうが価値のあることじゃない？」

「そう？」

「あたりまえよ」

かくしてグッドニュースは、さらなる混乱をあたえるべく、ふたたび立ちなおる。手助けをしたのは、なんと、このわたしだ。でも――アイロニーにアイロニーをかさねる形ではあるけれど――わたしは正しいことをしている。

ナイジェルの居所を調べるのはかんたんだ。デイヴィッドは学校のOB会に入っている。数分でナイジェルの携帯電話の番号がわかった。わたしたちも、ふたりの会話を聞くことを許される。デイヴィッドは、あたたかくて、涙さえまじっているような声がかえってくるだろうと自信満々だ。

「もしもし、ナイジェルかい？」

「――」

「デイヴィッド・グラントだよ」彼は期待に満ちた笑みを浮かべる。

「――」

「デイヴィッド・グラントだよ。学校でいっしょだった」

「――」

「そう。そのとおり。ハ、ハ。調子はどう？」

「――」

「よかったよかった」

「――」

「ああ、ありがとう。最近はどうしてるんだ？」

「――」

「ほう、ほう。すばらしいね」

「――」

「へええ」

「――」

「ほほう」

「――」

「ほんとに？　よくやったじゃないか。あのさ――」

「――」

「そんなにメガバイトがあるんだ」

「――」

「すごい取引額だね」

「――」

「そりゃマイレージがたまっただろ。なあ――」

「――」

「ほんとに？　おめでとう」

「――」

「いや、十五年なんて今じゃたいしたことないよ。マイケル・ダグラスなんて……」

「――」

「奥さんが？」

「――」

「そんなことを？」

「――」

「それだけ雑誌に出るなんて、すごいよ」

「――」

「へえ。きっとロッドは悲しがってるだろうね。あいつ、そんな話、したくもないと思うよ、ハ、ハ……まあそんな感じで、どうしてるかなって思っただけでさ。よくわかった。じゃあな、ナイジェル！」

彼は電話を切る。その瞬間、忽然《こつぜん》と浮かびあがってきたのは、わたしが以前よく知っていた男の顔だ。怒りと悪意に満ち、嫉妬《しっと》と不満に狂っている男。

「ディナーに招待しなかったじゃない」

「あたりまえだろ。いじめたことなんて、もうあいつにはなんでもないんだからな」

「そうなの？」

「ああ。それにマヌケのブライアンとはうまくいきそうもないし」

「そうね」

「それにあいつはブタだよ。ここにやってきたら、またぶん殴っちまいそうだ」

「ぼくがクリストファーをぶん殴ったみたいに？」トムが陽気に言う。

「そのとおり」デイヴィッドが答える。

「殴んなきゃわかんないやつって、いるんだよ」トムが言う。「どうしようもないんだよね」

デイヴィッドは何も言わない。しかし、したり顔で息子をたしなめないことには、大きな意味があるはずだ。すべてがくっきりと明らかになるこんな瞬間が、夫と息子が暴力のふるいかたを話題にしていた最中にやってくるなんてほんとうは残念なことだけれど、でもわたしにしてみれば、すべてが明らかになってくれるんだったらどんな瞬間だってかまわない。

「次は誰にするの？」ベッドに入る支度をしながら、わたしはデイヴィッドにたずねる。

「わかんないよ」彼はむっつりして答える。「さっきのは、うまくいかなかったからな」

「でもあなたがいったい何をやろうとしてたのか、わたしにはよくわからなかった。でも、たぶんうまくいかなかったのよね、うん」

デイヴィッドは、ベッドルームの椅子《いす》にかけてある、まだそんなに汚くなってはいない服の上にどさりと腰をおろす。彼がそんなことをするせいで、うちには、まるで光を求めてねじまがった窓際《まどぎわ》の植物のように型くずれした服がたくさんある。

「きみがバカにしてることは、よくわかってるよ」

「何を？　もう殴られたことなんて忘れてる人に向かって、悪かったって言おうと思って電話したのに、あやまるのも忘れちゃったこと？」

「ナイジェル・リチャーズだけじゃないよ。何から何までさ」

わたしは何も言わない。ただためいきをついてみせただけだ。彼の質問に対する答えとしては、何より適している。

「ぼくもそう思うよ」彼は言う。「とんでもなくバカなことをしちまった。意味がない。どうしようもない」

「あんな目にあったんだから、今は気落ちしてるだけよ。ほかの人にあやまればいいじゃない？　あなたが新聞でさんざんけなしたかわいそうな大バカ野郎だとか。あなたが結婚式に呼ばなかったお義母《かあ》さんの友達だとか」

「あやまるあやまらないを言ってるんじゃない。すべてのことを言ってるんだ。貧しい人に食べ物をあげたり。おカネを供出しろって言ったり。本を書くって言ったり。全部狂ってるよ。わかってるんだ。もうずっと前からわかってた。ただそれに目をつぶってきただけなんだよ」

さっきグッドニュースとデイヴィッドが電話をかけたときは、たあいのない彼らの計画がまたしても水泡に帰し、狙《ねら》いとはちがった結果を生みだしただけなのだと思っていた。だが今、あれは家族の歴史にとって大きな転換点だったということが明らかになった。ベルリンの壁が崩れたようなものだ。そんなこと、起きるわけがないと思っていたのに、内なる矛盾がどんどん積みかさなって、崩壊を回避できなくなってしまった。実は壁なんて、いつ崩壊してもおかしくなかったわけだ。だからこそデイヴィッドも最終的には、すべてが狂っていると気づいたのだろう。今この瞬間、もとの生活にもどろうとしているなんて、なんとも妙な気分だ。皮肉、意地悪、ろくでもない小説、予備の寝室、扶養家族がひとり減ること……正直に言えば、うれしくもあり、悲しくもある。さっきまでは実に興味深い時代だった。特別な時代でさえあった。

「グッドニュースが、きみは切れたバッテリーみたいだって言ってたの、聞いたよ」とデイヴィッドが言う。「でも、ぼくも同じなんだ。なかには何もない。最初に感じたあの気分は……もう消えちまって、今はもう何も感じないんだよ。だからこそ、どれだけバカなことをしたのか、わかるようになったわけでね。きみにわかってたみたいにさ。そして、すっかり落ちこんじまってどういうふうに人生をすごせばいいのかわからなくなった人たちが、みんなわかってたみたいにね」

わたしは何も言わない。明日になったら、カルト教団の手で洗脳された人にカウンセリングをしてくれる団体の連絡先を探すべきだろうか。でも、生きる目的をすっかり失ってしまったのだから、こんなふうに落ちこむのはごく自然ななりゆきなのだろう。

「でも、だからこそぼくはあきらめない」デイヴィッドは続ける。「そんなことしてる場合じゃないんだ。あきらめたからって、何をすればいい？　新聞にコラムを書きながら、バスに乗ってる年寄りに意地悪を言うのか？　ふん！　イヤだね、そんなの。たぶん、きっと……きっと結婚と同じだと思うんだ。また何かを感じられるようになるまで、いろいろやってみるしかないんだよ。たとえ何も感じられなくても、なんとかしようとしてるんだとは思える。ただ座って文句ばかり言って、意地悪な気分になってるんじゃなくてね」

「だからやっぱりみんなのドアを叩《たた》いてまわって、貯金を供出してくださいってお願いするってわけ？　そんなこと、信じてもいないのに？」

「信じていないってわけじゃないんだ。その、なんていうかな、信じないってことを信じてないんだよ」

「それでいいの？」

「わからない。たぶんよくないんだろうな」彼はわたしを見る。「きみが教えてくれよ」

「わたしに何がわかるっていうわけ？」

「ぼくらふたりとも、同じことをしてるんじゃないのかな」

「そう？」

「きみは、どれくらいの情熱をもって、ぼくらの結婚を信じてる？」

「じゃあ、あなたは、どれくらいの情熱をもってわたしたちの結婚を信じてるの？」

我ながらフェアな質問だと思う。わたしはテニス・プレイヤーみたいにネットへ出ると、彼の言葉のスピードとスピンを利用し、角度のある質問を直接彼に向かって返した。結婚カウンセラーなら誰だって、そんな質問をする権利を擁護してくれるだろう。しかしわたしにはわかっている。ずるい質問だった。関係がこわれかけていると、よくこんな状況が出現するものだ。「愛してる？」「離婚したい？」「幸せ？」——人はそんな質問をそのままくりかえし、回答を避けてしまう。だが、あなたのパートナーは疑いなく、あなたと同じくらい迷っている。だってパートナーもあなたと同じ人間だから——つまり臆病《おくびょう》ではあるけれど、同時に、自分のモラルこそ正しいと思っている存在だからだ。迷っている人は、絶対に、決意や情熱をもって物事を決めたりはしない。そして、決意や情熱が欠けているからこそ、関係はうまくいかなくなる。だからわたしの経験にもとづけば、無益で行き場のない議論には首をつっこまないでいるほうが楽だし、合理的だ。何かを決めるまでに、軽く数年はたってしまう。

この状況がとりたてて悲劇的なのは、デイヴィッドがわたしたちの問題をきちんと話したいと思っていないことだろう。彼は結婚をダシにしてちがうことをしゃべっているだけだ。だがわたしはひっかからない。そこまでバカな人間じゃない。

「わかった、わかりました」とわたしは急いでつけくわえる。「わたしはぜんぜん、情熱をもってわたしたちの結婚を考えたりしてません。ただ、やめてしまうのが怖いだけ。それでいろんなことが変わってしまうから。わたし、悪者にはなりたくないの」

「そのとおりだよ」デイヴィッドが落ち着きはらって言う。「それってつまり……」

「ちょっと待って、待ってよ。そのとおり？　それだけ？　わたしにそんなこと言わせて平気なの？　ずっと前からわかってたってわけ？」

「ケイティ、ここ何か月かできみは浮気をして、おまけに家まで出ていったんだよ。きみだって、花も恥じらう乙女ってわけじゃないだろう？　大切なのは何をするかってことでさ、この……ぼくらの魂が死んだような状態にあるときにね。ぼくは、そうだな、あともどりするにはちょっと遠くまで来すぎちまった気がする。きみももしかすると、ぼくらの結婚に関して同じ気持ちを抱いてるのかもしれない。だとすると、それって、ぼくらがこれから何をしようと、楽なことなんてひとつもないってことだよ。何が欲しくてそれをどうしたいのか、わかってれば話は別だけど、そうじゃなきゃ、とんでもなくキツいことになる。ぼくらの手元にあるのは切れたバッテリーだけ。なのに、それでもなんとかして車を動かさなきゃいけない。どうやったらそんなことができるのか、ぼくにはさっぱりわからないよ。きみにはわかる？」

わたしは首を振る。こんな話はあまり好きじゃない。「愛してる？／愛してる？」なんていうやりとりのほうがいい。だって、永遠にくりかえしていられるから。結論にはたどりつかないから。そして、考える価値のあることなんて、もう誰も、二度と言わなくなるから。

その夜わたしたちは、ほんとうにひさしぶりにセックスする。そして終わったあとふたりで、魂ではなく生殖器のまわりのあたたかさだったとしても、とにかくあたたかさを感じているのはいい気分だということを確認する。これから先、すこしはいいことがあるかもしれない。

「あなたはどれくらいの情熱をもってわたしたちの結婚を信じてるの？」眠りに落ちる直前、わたしは彼にたずねる。この質問をするにはいいタイミングだ。頭を彼の胸に乗せたまま、知りたいからたずねただけ。彼に聞かれた質問への回答を避けたいからではなく。

「ほんとに今、そんな話がしたいの？」

「長い答えになりそう？」

「いや、そんなことはないけどね。わかった。答えは、やめてしまうためのまっとうな理由がひとつも見つからないからだよ。ほかのことをやめてしまう理由が見つからないのと同じでね」

「ってことは、わたし、あなたのお慈悲でここにいるの？」

「ちがうさ。ぜんぜんちがう。でも、結婚生活自体はそうなんだ。結婚って、動物愛護協会のポスターにうつってる犬みたいなもんだと思う。やせてて。いかにも哀れで」

「ところどころ毛が抜けて、皮膚が見えたりしてて。目やにだらけで。煙草《たばこ》をおしつけられたあとなんてあったりしてね」

「まったくね」

　わたしはデイヴィッドに軽い冗談を返したつもりだった。だがそのときふと、デイヴィッドにも冗談を言ってほしくてたまらなくなった。調子に乗ってイメージとイメージをつなげ、話をとんでもないところまでもっていってほしかった。だが彼はそんなことなんてしない。もちろん、しない。

「とにかくさ。ぼくは結婚をそういうふうに考えてるんだ」

「え？　悪いのはわたしってわけ？　犬と同じで、飼い主の責任だっていうの？」

「いや、ちがうよ。つまり、そんな状態のままほうってはおけないってことさ」

「だったら、健康になるまで面倒を見て、それからあなたはいなくなっちゃうってわけなんだ」

「ちがうんだって。そんなことはしないよ。だってもし健康になったら……」

「わかってる。冗談を言ってただけ」

「ああ。ぼく、そういうことを見抜くのがヘタになっちゃったよね。そうだろ？」

「うん、あんまりうまくなくなっちゃったね」

「ごめん」

おかしなことだけれど、ここ数か月のあいだに発せられた謝罪の言葉のなかで、今のがもっとも哀れで、だからこそもっとも許しがたいように思えてしまう。

ブライアンは施設に収容された。だがそこが大嫌いだという。

「だって、おばあちゃんばっかりなんだよ。みんな、緊急用ブザーってやつを持っててさ。そいつが五分おきに鳴るんだ。おばあちゃんが転ぶたびにね。あいつら、いつだって転んでばかりなんだから。ぼく、あそこにいる必要なんてないよ。だってめったに転んだりしないいんだもの。いや、転んだことはあるよ。誰だってそれくらい、あるだろ？」

わたしは、そうね、誰だって転んだことくらいあるわね、と答える。

「そうだよ。先生だって転んだことくらいあるはずだよ。お医者さんだってね。大学に行ったりいろいろしたんだろうけどさ」

わたしは、そうね、大学にも行ったし、それから七年間もさらに訓練を受けたけど、でもときどき足もとがおぼつかなくなることはあるわね、と答える。そうすることでわたしは、まっすぐ立っている能力をつかさどっているのは知性でなく年齢であり、大学に行けるような人間でないからといって、転んでばかりいるおおぜいの人たちと同じ施設に収容されることはないんじゃないかという彼の疑惑をさらに強めてしまう。

「ほうらね」

「でも食べ物はよくなったでしょ?」

「食事はまあまあだよ。まわってくるんだ。転がるワゴンに乗ってね。だからあの人たち、何が熱くて何がどうなのかってことくらいは、わかってるみたいだね」

「よかった」

わたしたちはふと黙りこむ。最後に数えたとき、外には十五人の患者が待っていた。でもわたしたちは、まるでバスを待っているかのようにじっと座っている。ブライアンは天井を見あげ、口笛を吹きはじめる。

「ほかには何かある?」わたしはたずねる。「ほか」というのは、わたしのやさしさのあらわれだ。そう言っておけば、ブライアンがここへやってきたことには、もともと正当な理由があり、わたしの時間をむだにしているわけではないということになる。

「べつに」彼は同じ曲を口笛で吹きつづける。

「じゃあ、会えてよかった。調子がよくなったみたいで、わたしもうれしい」

わたしは言葉のほんとうの意味を強調するために立ちあがり、微笑《ほほえ》んでみせる。

「ディナーを食べに来たんだけどな」とブライアンは当然のように言う。「前に言ったじゃないか」

「ええ、でも……」まだ朝の十一時だ。「わたしが言ったのは、夕食、ってこと。またいつかね」

「夕方まで待つよ。じゃましないから」

「ブライアン、ここでは待てないの。だってほかの患者さんはここで、服を脱いで、って言われるかもしれないのよ。そんなとこ、誰だって見られたくないでしょ？」

「ああ。なるほどね。それは考えなかったな。ぼくもほかの患者さんが服を脱ぐとこなんて見たくない。太った人だって来るんでしょ？　太った人って、あんまり好きじゃないんだよな。だから外で待つよ」

「ブライアン……仕事は六時まで終わらないの」

「かまわないよ」

そうして彼は七時間も待合室で待ち、わたしといっしょに家へ帰る。

デイヴィッドには前もって警告を出しておいた。だからブライアンとわたしが家に着くと、オーブンのなかにはチキンが入っているし、野菜はホットプレートの上で湯気をあげていて、テーブルはととのえられ、花まで飾られている。愛すべきわたしの家族は、ほかの心痛患者たちと同様に、ブライアンの名前も、彼がどんな人であるのかも知っている。だからデイヴィッドには、彼のいる前で名前に形容詞を――どんな形容詞をもいっさいつけないでほしいと、子供たちに伝えてもらった。もしそんなことを口にしたら、クリスマスも誕生日も関係なく、それ以降最低二年間、絶対に家族とはいっしょに食事をさせないということもふくめて。

ブライアンはコートを脱ぎ、わたしがグレイビーを作っているあいだ、子供たちといっしょに『サブリナ、ザ・ティーンエイジ・ウィッチ』を見る。

「これ、何がうつってるの?」

「『サブリナ、ザ・ティーンエイジ・ウィッチ』だよ」トムがぼそぼそと言う。

「どういうこと?」

トムが困ったような表情でこちらを見る。

「それが番組の名前なの」わたしは助け舟を出す。

「ああ、そうなのか。もう一度言ってよ」

「『サブリナ、ザ・ティーンエイジ・ウィッチ』」トムはひとことひとこと区切りながらくりかえす。

ブライアンは長いあいだ大笑いする。

「聞いたことないの？」

「ないよおおお」彼は答える。今でさえそんな番組の存在を疑っているような口ぶりだ。

「でも、その子ってまだ十代なんだろ？」

「うん」

「その年でもう魔女だって？　ひどいもんだ！」

わたしたちは気をつかって微笑む。

「若すぎるよ。そう思わない？」

「それがこの番組のポイントなんじゃんか」とトム。「だって魔女ってほとんどみんな、十代じゃないからね」

「どういうこと？」

「子供たちに番組を見せてあげて、ブライアン」

「ごめん。落ち着いて見る前に、ちょっと頭のなかを整理しておきたくてさ」

彼は落ち着いて番組を見はじめる。心から感心し、そしてときには混乱しながら。だが残念なことに番組はそれから三十分しか続かない。食事の時間だ。

食べ物をならべていると、グッドニュースがやってくる。

「やあ」彼はブライアンに言う。「ぼくは、グッドニュース」

「どういうこと？」ブライアンが心細そうにたずねる。

「どういうこと？」グッドニュースはえらく格式ばってそう言い、ブライアンと握手する。今夜はちょっと変わったお客が来ると言われていたせいで、「どういうこと？」というのが、ブライアンなりのちょっと変わった挨拶《あいさつ》だと思ったのだろう。「はじめまして」の奇人変人バージョンってわけだ。

「ちがうよ！」トムが叫ぶ。「この人、きみの名前がわからないんだってば！」

「わからない？」

「トムとかブライアンとかデイヴィッドとかカー先生とか、そういう名前じゃなきゃだめだよ」とブライアンが言う。「きみのそういう名前は何？」

「そうよ」わたしは言う。「あなたのそういう名前は何？」

「そんなの、どうだっていいじゃないか」グッドニュースがブライアンに言う。「今はグッドニュースってのがぼくの名前なんだ。だってそれが、ぼくのもたらしたいものだからね」

「じゃあ、ぼくはブライアンをもたらしたい」とブライアンがきっぱり言う。「そうすりゃ、ブライアンはディナーが食べられるから」

「いいことだ」とデイヴィッドが言う。

わたしたちは黙ったまま食事をする。ブライアンの場合は、そこにものすごいスピードが付加されている。わたしがグレイビーを掛けおえたばかりだというのに、彼はもう、空っぽのお皿の上にナイフとフォークを置いてしまう。

「これって」と彼は言う。「今まで食べたなかでいちばんおいしい食事だったよ」

「ほんと?」モリーがたずねる。

「うん。もちろん。これよりおいしい食事なんて、ありえなかったもの。ママはこんな食事、作れなかったんだからね」

「あなたはどうなの?」

「ダメ。あのさ、ぼく、何を料理してよくて何を料理しちゃいけないのか、知らないんだ。よくわからなくなっちゃうんだよね」

「ほんと?」

「ああ、そうさ。まったくわからなくなっちゃう」

「テストしていい?」モリーがたずねる。

「してもいいけど、答えなんてわからないよ」

「モリー、黙って食べなさい」わたしは娘に言う。「ブライアン、もっと欲しい?」

「いつもはおかわりなんてないよ」

「でも今はあるの。もし欲しかったらおかわりしていいのよ」

「よけいにおカネがかかったりしない？」

わたしは彼を見て、ふと、ブライアンには冗談を言う能力などないことを思い出す。

「おカネなんてぜんぜん払わなくていいの。わかってるでしょ、ブライアン？」

「どういうこと？」

「ここはレストランじゃないの。あなたはうちのお客さんなんだから」

「でもぼく……ぼく、なんて言ったらいいのかわからないよ。だって先生はぼくに薬を飲めなんて言って、ぼくはそのおカネを払わなきゃいけなかった。カレーを食べたほうがいいとも言ったけど、そのおカネもぼくが払わなきゃいけなかった。だから、ディナーを食べに来なきゃいけないって先生が言ったときも、ぼく、てっきりおカネを払わなきゃいけないと思ったんだ。だから五ポンド持ってきたんだよ。カレーは五ポンドだったからね。四ポンド九十五ペンス」

「おカネなんていらないの、ブライアン」

「びっくりだな。国民健康保険のおごり？」

「国民健康保険のおごりよ」

モリーはすっかりブライアンのことが気に入り、次から次へと質問をあびせかけていく。どこに住んでるの？　一日じゅう何してるの？　友達は誰？　家族はいるの？

答えのひとつひとつが、大人たちの頭をハンマーのようにテーブルへと打ちつけていく。モリーの職務質問が終わるころには、鼻先がローストポテトにくっつきそうなほどだ。ブライアンはわたしに会いに来る日以外、一日じゅうほとんど何もしていない。友達もいない（学校に行っていたころは何人かいたような記憶があるのだが、もうどこにいるのかわからないそうだ）。お姉さんはいるが、彼女も彼をマヌケのブライアンと呼んで、ほとんど行き来をしてくれない（彼がそんなふうに返事をすると、あたりはとくに張りつめた静寂につつまれた。わたしは、目の前においしそうな餌《えさ》がぶらさがっているというのにそれを無視している子供たちに対し、驚きと喜びを感じた）。

「誰かといっしょに暮らしたくないの？」モリーがたずねる。

「暮らしたいよ」ブライアンは答える。「前は、奥さんといっしょに暮らすんだろうって思ってたんだけどね。でも奥さんになる人を見つけられなかったんだ」

「ママ」とモリーが言う。わたしはむせてしまい、立ちあがって喉《のど》に水を流しこみに行く。

「ママ」とモリーは、わたしが水を飲みおえ、何が原因でそんなふうにむせかえってしまったのか、必要以上に長い時間をかけて説明し終えたあとでもさらにしつこく言いつづける。

「もっと食べたい？」わたしは娘にたずねる。娘は無視する。

「マ・マ」

「トムはどう？　デイヴィッドは？　グッドニュースは？」おそかれはやかれ、娘にしゃべらせなければいけないことはわかっている。ある日きっと、遅延のテクニックは底をついてしまうだろう。だがその日が数年後であることを願いたい。「トムもモリーも、もう遊びの時間にしたいんじゃない？」

「マ・マ、ってばあ」

「モリー。お行儀よくしなさい。あなたの言ってることなんて……誰も聞きたくないって思ってるときはね」

「ママ、ブライアンがわたしたちといっしょに暮らしちゃダメ？」

「ありがとう」ブライアンが言う。「そうしたいね。今いるところだと、ほんとにひとりぼっちだし、知ってる人なんて誰もいないし、することもないんだ。みんながぼくの家族になってくれるといいよね。ママがしてくれたみたいに、ぼくの面倒を見てくれたらさ」

「あなたのママはどうしたの？」モリーがたずねる。

「どうもしてないわよ」わたしはさえぎるように言う。だがそのあいだにも、それが適切な答えでなかったことには気づいている。単なるパニックによって引きおこされた言動だ。

「死んだんだよ」ブライアンが答える。「死なないって言ってたんだけど、でもね」

「とっても悲しい話ね」モリーが言う。「そうだよね、ママ？」

「そうね」わたしは認める。「とっても悲しいわね」

「だからブライアンはここにいたほうがいいと思うな」

「ありがとう」ブライアンが言う。「きっと楽しくなるよ」

「モリー、ブライアンはここじゃ暮らせないの」

「暮らせるもん。そうだよね、パパ？」モリーが言う。「ねえブライアン、うちにはしばらく、モンキーって人がいたの。モンキーがいられたんだから、ブライアンだっていられるよ」

「しばらくじゃダメだよね」ブライアンが助かったとでもいうような声を出す。「ずっとずっとじゃないとさ」

「それでもいいよ」モリーが言う。「そうでしょ、パパ？　ずっとずっと。うちではそういうことをやってるんだもんね。すごいんだよ。貧しい人の面倒を見てるの。わたしたち、とってもいい人だから。みんなそう思ってるもん」

「ぼく、貧乏じゃないよ」ブライアンが言う。「おカネならちょっとは持ってる」

「ブライアンは貧乏じゃなくて、かわいそうな人なんだよね」モリーが言う。

気味の悪いほどおしだまっていたトムが、ものすごいいきおいで立ちあがる。ふるえる下唇が、ついに我慢の限界に来たことを教えている。

「もしこいつがここに来たら……」

「座りなさい、トム」わたしは命令する。「ママがなんとかします」

「ママにはどうにもできないよ。だってパパがやれって言ったことをやるだけじゃないか。きっとパパが言うのは……」

「向こうへ行ってテレビを見てなさい。さあ。はやく」

わたしはぼんやりと、今こそが家族の歴史を決定づける瞬間であることをさとる。このままだと、マヌケのブライアンはわたしが生きているあいだじゅう、いや、それからも長いことこの家にいつづけるだろう——彼は、殺人事件の被害者を形どったチョークの線みたいに、家族のありようを決定づけてくれるにちがいない。でもそれだけじゃない。わたしたちが逆の決断をくだし、ここでは暮らせないとブライアンに言ったとしても、今からさき、何かが変わってしまう気がする。

「モリー、聞いて。ブライアンは……ここでは暮らせないの」

「どうして？」モリーがたずねる。

「そうだよ、どうしてだよ」ブライアンもたずねる。「どうして先生には家族がいるのに、ぼくにはいちゃいけないんだよ」

「そうよ」モリーが言う。「フェアじゃないよ」

娘は正しい。フェアじゃない。考えるに、愛というのはおカネと同じように非民主的なしろものだ。すでに充分持っている人のところに集まってしまう。正気で、健康で、愛すべき人のところに。わたしは子供たちからも、両親からも、弟からも、たぶんパートナーからも、そして友達からも愛されている。だがブライアンにはそんな人間なんていないし、これからだってそうだろう。わたしたちがいくら家族や愛の輪をひろげたいと思っても、無理な相談だ。でも、誰より家を必要とする人がいるとすれば、それはブライアンだし、もしブライアンの知っている家がわたしたちの家だけだったとすれば、彼にあたたかい気持ちを見せてあげられるのはわたしたちだけだということになる。わたしはちらりとデイヴィッドの眼を見る。彼にはわかっている。わたしが今歩いているのは、つるつるした氷の坂道だ。ここに足を踏みだせば、誰だって底の底まですべりおちてしまう。

「モリー、いいかげんにしなさい。ブライアンの前で、そんな話なんてしちゃいけません。失礼でしょ。それに、二、三分で決められるようなことじゃないんだから」

「待つよ」ブライアンが言う。「今夜は何もすることなんてないしね」

でも結局、お茶を飲んでスモールサイズのマーズ・バーを食べると、彼は帰途につく。

わたしは車で新しい家まで送ってあげる（正確には、近くの角までだ――ふたりだけになると彼はまたしても、あの不信の気持ちをとりもどしたらしく、自分の住んでいるところをわたしに見せたがらなくなってしまった）。

「ありがとう」車をおりながらブライアンは言う。「どうなったか、明日教えてくれる？　もし引っ越すなら、ここの人たちにも教えなきゃいけないから。荷物もまとめないといけないし」

「ブライアン……あなたはわたしたちといっしょには暮らせないわ」

「先生とみんなで話をするんだと思ってたけど」

「話はするけど、でもどういう結果になるかはもうわかってるの」

「へえ」

「がっかりした？」

「うん。とってもね。ほんとに楽しみにしてたからさ。あの番組が気に入ったんだよ。ティーンエイジなんとか、ってやつ」

「あなたのところのテレビでだって見られるのよ」

「そうなの？」

「ええ」

「ほんとに？　ぼく、見たことないよ」

「ITVでやってるはずだけど」

「へえ。そうか。そのチャンネル、あんまり見ないからな。リモコンだと何チャンネル？」

「3、だったと思う。わたしたちのでは3よ」

「じゃあ、そんなに悪くもないな」

「ほんと？」

「うん。でもチキンは？　あのチキン、また食べさせてくれる？」

「もちろん、いいわよ。うちでローストチキンを作るときには、いつでも来ていいから」

「でもそんなこと言っといて、もう二度とローストチキンは作らないなんて言うんじゃないだろうね。だって、ぼくだったらそう言うからさ。先生をだますためにね」

「わたしはあなたをだましたりしません」

「オーケー、わかった。じゃあね」

そうして彼は通りを歩いていく。

わたしはこれからずっと、数週間に一度、心痛患者のひとりを食事に招待しなければいけないはめになってしまった。数か月前なら、きっとそれを、わたし自身まで大マヌケになってしまった証《あかし》だと思ったことだろう。でも今、そんな事実が指ししめしているのは、わたしが冷徹な精神と実際的な頭脳を持っていたということだ。車からおりて屋根の上で踊りたい。モリーはブライアンよりこの決定をいやがるだろうけれど、でも、こういう善意の示しかただってあるんだってことを教えてやらなければならない。大切なのは、ブライアンのような人にとってどうかではなく、わたしたちにとってどんな結果になるかということだ。

ひとりをのぞいて――トムはまだテレビの前から動かない――家族はみんなわたしの帰りを待っている。

「話をするんだよね」モリーが大まじめに言う。「ブライアンがここでいっしょに暮らせるかどうか、話をするんだよね」

「いいわよ」わたしはテーブルの椅子《いす》に腰をおろす。「でもママから先に話していい？」

「ママがそうしたいならね」

「ブライアンはここでは暮らしません。もうブライアンにもそう言って来ました」

「そんなの、フェアじゃないよ！」

娘に向かって、人生なんてフェアじゃないのだとは言いたくない。それは嫌だ。

「わかってる。ごめんなさい。でも、次にローストチキンを作るときにはまた来ていいから、とは言ったのよ」

「それだって本気じゃないんでしょ？」

「本気。心から本気。でもそれがせいいっぱい。あったかい気持ちにだって、限界はあるの」

「でも、ママ、言ったじゃん……」

「モリー。話すことなんて最初から何もなかったの。ブライアンはここじゃ暮らせません。わたしたちの家族じゃないんだから」

「でも、家族になれるよ」

「いいえ。なれません」わたしはデイヴィッドに視線を送る。彼はそのまま視線を返してくる。助けてくれるつもりはないらしい。

「モリー、今ここにいるのがわたしたちの家族なの。あなたと、わたしと、パパと、トム。それだけ。グッドニュースもちがうし、ブライアンも、モンキーも、ほかのみんなもちがう。つらいことだけど、しかたないの。わたしたちがまず心配しなきゃいけないのは、この四人なのよ」

「どうして？」ついに夫が会話に貢献する。役立つ貢献ではないけれど、貢献であることにちがいはない。

「どうして？　どうして、ですって？　デイヴィッド、わたしたち、かろうじて家族の面倒を見てるだけなのよ。おカネだってほとんどないし、それはあなたが働こうとしないせいでもあるわけでしょ？　おまけにトムは学校で人のものを盗んだりしてる……」熱い言葉の流れが、わたしのなかで渦を巻きはじめている。口をついて外に出ようとする流れを、もう抑えてはいられない。気持ちが悪いときに吐いてしまうのと同じだ。「モリーは鼻持ちならない子になりかけてるし、わたしはわたしで浮気しちゃったし……」

「鼻持ちならないって何？　浮気って何？」

「ママにボーイフレンドがいたってことだよ」とトムが、今見ている番組から一瞬たりとも目をそらさずに言う。

「もう何か月も、あなたとわたしは離婚すれすれの状態でいた。そしてようやく自分たちをひとつのところに閉じこめて鍵《かぎ》をかけ、その鍵を捨ててしまう決意をした。これから一生、欲求不満になったり、お互いをにくみあったりしても、それを相手のせいにできるようにね。なのにあなたは、わたしたちがまずお互いの面倒を見なきゃいけない理由はなんなのか、なんて聞くわけね？　理由は、今のままでも生きてくことがクソみたいにつらいからよ。そういうこと。それに……」

「ケイティ、やめなさい。子供たちが動揺してるぞ」

「そりゃいいわ。動揺くらいするべきね。人生なんて、すべてがOKなわけじゃないし、すべてがすばらしいわけじゃない。この子たちだってそう思って生きてくべきなのよ。もし人生がそんなにすばらしいものだったら、誰におカネをあげようが、誰をいっしょに住まわせようが、どうでもいいはずじゃない？　でも実際は、どうでもよくない。どうでもよかったらよかったのに、って思うんだけどね。ほかの人の生活を助けてあげられるくらい、わたしたちに力があったら、って。でも、そんな力なんて、わたしたちにはないの。むだかもしれないけど、あなたにひとこと言わせて。わたしはこれまでずっと、人を助けたいって思ってきた。医者になりたかったのもそれが理由。そのせいで、一日十時間働いたり、ジャンキーにおどされたりしてきたし、できもしない診察の約束をしたり効きもしない薬をあげたりして、いつもいつもみんなをがっかりさせてきた。そんな失敗をして家に帰ってくると、今度は妻であることにも母であることにも失敗してしまった。もうわたしには、ほかのことで失敗するエネルギーなんて残ってない。だから、ブライアンが施設の生活を続けなきゃいけなかったり、モンキーが外で眠らなきゃいけなかったりしても、どうしようもないの。残念ね、って感じ。もしこれから二十年たって、わたしたちがまだお互いに口をきいてて、モリーの食欲が正常で、トムが引きこもりじゃなくて、わたしが精神安定剤に頼ってなくて、あなたがアル中じゃなくて、あなたとわたしがまだいっしょに暮らしてたら、もうそれだけで最高の奇跡みたいなものなの。それ以上、わたしは何も望まない。その上でホームレスの救済を目ざす雑誌が何冊か買えたり、それをリサイクル・センターに持っていったりできれば、もう万々歳。よくできました、ってことよ。だからわたしたちに、バンザイ。わたしたち、バンザイ。

わたしたち、バンザイ！　ほら！　みんないっしょに！」

誰もいっしょに言ってはくれない。

これで全部だ。わたしは喉《のど》の奥にあったものをすべて、家族に向かってぶちまけた。もう何も残っていない。

「ママ、ほんとに離婚しちゃうんじゃないんでしょ？」モリーがたずねる。娘は泣いている。だが、何も感じてくれないよりはずっといい。

「あなたがいい子だったら、しません」ひどい言いかただってことは、わかっている。しかしこの場にはなぜか、しっくりする言葉だ。

15

父の誕生日プレゼントを買うために、本屋へ行かなければならなくなる。こんなのって、ほんとに何か月ぶりだろう。何を買ったらいいのか、父がどんな本を読みたがっているのかわからないせいで、わたしはあてもなく歩きまわる。以前は長い時間、本屋ですごしたものだった。並んでいるほとんどの本の中身も、その意味も理解していた。だが今は、とまどうばかりだ。かすかなパニックさえ感じている。若い女性作家の小説を手にとり、宣伝文句を読んでみる。これだったらわたしの気に入るかもしれない。ジャネットの家を出たのは、『コレリ大尉のマンドリン』を半分読みおえたときだった。あれ以来、先に進んではいないけれど、新しいミレニアムに向けて新しい本にとりかかるのもいいかもしれないと思っている。でも、これこそ読みたい本だと決心しようとするたび、もうわたしにはそんなことをする能力など残っていないことに気づかされる。この本を楽しめるかどうか、どうやったらわかるんだろう。そんなこと、わかってる人がいるんだろうか。肩のマッサージなら楽しめる。一週間ずっと、陽のあたるプールサイドでうとうとまどろんでいるのも楽しめる。あとでやらなければいけないことさえなければ、大きなグラスに入れたジン・トニックも楽しめる。チョコレートだって楽しめる。だけど本は……。その小説は、政治的迫害を受けた女の子がアフリカの母国からブロムリーへやってきて生活を始め、若くて白人でスキンヘッドで人種差別主義者のバレエダンサーと出会い、恋に落ちるというストーリーだ。裏表紙の寸評には「『リトル・ダンサー』と『ワイルド・スワン』とが結合して『ロミオとジュリエット』を生みだしたような作品だ」とある。わたしは本をもとの場所にもどす。寸評がひどいせいではなく、わたしの母国がアフリカにはなく、わたしがブロムリーには住んでいないからだ。嘘《うそ》じゃなくて！　ほんとにほんと！　これこそ、決心するときに役立ってくれる論理なんだから！　そしてそれはもちろん、道路で死んでいた飼い猫のポピーとわたしとを区別するものがほとんどないということを意味している——確かにわたしは二次元ではなく三次元の生き物として生存しているし、内臓器官もまだりっぱに動いている。でもポピーはなでられることを楽しんでいた。わたしが肩のマッサージを楽しむように。ポピーは魚を楽しんでいた。わたしがチョコレートを楽しむように。だからまったく同じ理由で、ポピーだってこの小説を買ったら、陽のあたる場所へ行き、本をかたわらに置いてうとうとまどろむことを楽しんだはずだ。わたしはポピーと自分との類似点のあまりの多さにあわてふためき、父への贈り物を見つける前に思わずその本を買ってしまう。わたしはペットになんてならない。絶対にならない。

伝記。パパは伝記ものが好きだろうか。ヒットラーは？　モンゴメリー？　ディケンズ？　ジャック・ニクラウス？　テレビの『イーストエンダーズ』に出てきたパブを経営している女の人は？　でもパパは足繁《あししげ》くパブに通う人ではないから、あまり気に入らないだろう……ああ、何を考えてるの、ケイティ。あれはテレビドラマに出てきたパブでしょ？　この本のポイントは、著者の女の人が以前『イーストエンダーズ』に出ていたということだ。しかしパパは『イーストエンダーズ』なんて見ていない。だから、この本をプレゼントしても意味はないだろう。わたしは「スタッフのおすすめコーナー」で、神様の伝記をテーマにした、いかにもプレゼント・サイズの本を見つけ、それをレジへ持っていこうとする。だがそのとき、ヴァネッサ・ベルのことを書いた本が目にとまる。ヴァージニア・ウルフの姉。芸術家だった人。前に読んだ書評によれば、豊かで美しい人生を生きた女性。わたしは、どうやって彼女がそんな人生を生きたのか知るために、その本を買う。デイヴィッドとグッドニュースが『いい人になる方法』を書きおえたら、ゆっくり二冊の本を比較検討してみよう。

デイヴィッドは会社のパンフレット作りの仕事にもどった。小説への興味はなくしてしまったようだ。もしふたたび怒りが甦《よみがえ》ってきたとしても――実際、今の彼は怒っていない——もう地元の新聞でうっぷんをはらすことはできない。ちがう人がコラムを担当しはじめたからだ。デイヴィッドは怒り負けして玉座を追われてしまった。今では、デイヴィッドでさえかなわないほどの怒りをかかえた新しい人が『ホロウェイで最も怒れる男』を書いている。きっとそのほうがいいのだろう。だって新しいコラムニストが、最も怒っているときのデイヴィッドより怒っていないとしたら、彼はホロウェイで二番目に怒れる男になってしまうわけだし、それだと紙面的にはいささかみすぼらしい感じになってしまう。どうせ人間なんて、時代とともに怒りをつのらせていく生き物だ。デイヴィッドの怒りのレベルが九〇年代後半的なものに見えてしまうのは、避けられないのだろう。永遠にタイトルを防衛するなんて彼には無理だった。マルティナが永遠にウインブルドン・チャンピオンの座を守れなかったのと同じだ。若くて、より大きな悪意を持った人が、かならずあらわれる。新しいコラムニストは、ゲイや犬やアル中や子供たちが集まってくるからという理由で、公立の公園を閉鎖しろと主張したばかりだ。わたしたちとしては、降参するしかない。うわてを行く人間が勝つのはあたりまえだろう。

以前のデイヴィッドだったら、怒りのレベルが足りなかったせいでコラムニストの座を追われたと知れば激怒したはずだ——激怒してさらに怒りのレベルをあげ、仕事をとりもどしたことだろう。でも今のデイヴィッドは、前より自分のなかに閉じこもっている。グッドニュースといっしょに書いている本をもとに、ちがった形のコラムを執筆するのはどうだろうかと新聞社に営業をかけてはみたのだが、誰も興味を示してくれなかった。きっとかなり落ちこんでいるはずだ。彼が診療室にやってきたら、しかるべき薬を処方してあげたくなるかもしれない。でも彼は診療室に来たりはしない。今でも暇さえあれば、グッドニュースといっしょに『いい人になる方法』のノート作りをしている。だが会社のパンフレット用の文章をたくさん書かなければいけないせいで、その暇がなかなか見つけられなくなっているのも事実だ。

さんざん自己批判したあと、グッドニュースには新しいすみかを探すまで三か月の猶《ゆう》予《よ》があたえられる。彼は、みんなの重荷になって悪かった、ありがとう、と言う。だってあなたたちは、結局のところ、中流の核家族ってやつなんだし、ぼくはその、なんていうかさ、あなたたちの「核」性ってやつを尊重するべきなんだからね。――わたしたちだって、侮辱されていることくらいはわかる。でもかまわない。少なくとも、わたしはかまわない。デイヴィッドは毎晩眠りに落ちる前、かならず、うちの家族はほんとうに核家族になりたいのか、非核地帯宣言をすべきなのではないかと、ぶつぶつ文句を言いつづける。だが、罪の意識うんぬんの話は、もうあまり出てこない。

子供たちもすっかり落ちこんでいる様子だ。わたしが爆発したせいですっかり動揺してしまい、そのあと、ボーイフレンドのことをすっかり話してやらなければならなかった。今ではわたしたちふたりがいっしょに食事をしたり外出したりするたびに、おろおろしたまなざしでこちらを見ている。ここ数日間でケンカしたのは一度だけ――デイヴィッドとわたしがフライパンのことでもめ、子供たちはそのあとカウンセリングを受けに行くはめになった。これから先、数か月ほど退屈な時間をすごせば、子供たちも今の苦しさなど忘れてくれるだろうけれど、でも、今はふたりが哀れでならない。彼らをこんな不安な気持ちに追いやったのが、わたしでなかったらよかったのにと思う。

でもわたし自身は、あまり落ちこんではいない、と思う。いや、それは正しい表現ではないだろう。気力が萎《な》えてはいる。だが離婚したいかどうかなんて、もう考えてはいない。やさしい女性牧師が選択肢を消してくれたからだ。ただ今は、結婚前に思い描いていた離婚後の自分の姿など、結局夢物語でしかなかったのだと思い知らされつつあるところだ。きっとわたしは、少なくとも子供たちが成人するまで、デイヴィッドといっしょにいるだろう。つまり……十五年ってとこだろうか？　そのときにはわたしも五十代なかばになり、抱いていた希望のひとつは――クリス・クリストファーソンの出てくるやつだ――とっくに実現不可能になっているだろう。しかし、選択肢が残っていないことにはある種の美徳があるんじゃないだろうか。少なくとも気分はすっきりする。それに、デイヴィッドとふたりでいつか「そう言えば別れちゃおうなんて考えたときもあったよね」と話せる日だって来るかもしれないし、そうなったらここ数か月の出来事を、なんてバカなことをしたんだろうと笑いとばせるかもしれない。もちろん、そんな可能性がかすかなものでしかないのは否《いな》めないけれど、可能性が存在することは確かだ。刺されてもナイフをそのままにしておくというのは、たぶんきっと、正しい処置なのだと思う。でも、もう一度調べてみよう。念には念を入れるために。

わたしたちは父の誕生日のディナーを作っているところだ。ママが前もって、お父さんはもう赤い肉なんて食べませんからねと電話で教えてくれた。デイヴィッドが買ってきた地鶏《じどり》が焼きあがろうとしていると、モリーが今日のメニューをたずねる。

「やったあ！」と娘は言う。メニューが喚起したにしてはあまりに大げさな喜びようだ。

「そんなにチキンが好きだなんて知らなかったわね」

「好きじゃないよ。でも、チキンだってことは、ブライアンも食べに来るってことでしょ？」

「おじいちゃんの誕生日なのよ」

「そうよ。でもチキンだもん。約束したんだもん」

約束なんて忘れていた。口にしたときは、考えうるかぎりいちばんかんたんで最高のアイデアだと思っていたのだが、今ではとんでもなく筋ちがいで不合理な約束だったように思える。苦しいときに神頼みをして、喉《のど》もとすぎれば忘れてしまったようなものだ。

「ブライアンは今夜は呼べません」

「でも呼ばなきゃ。だって、だからブライアンはわたしたちといっしょに暮らしてないんだもん。チキンを食べるときはいつだって来ていいって言われたんだもん」

「おじいちゃんはブライアンのこと、気に入らないわよ」

「すぐに破っちゃうのに、ママ、どうして約束なんてしたの？」

本気じゃなかったからだ。苦しまぎれに言ったことだったからだ。ブライアンにはもう充分、いろんなことをしてあげたからだ。——でも実際は、何ひとつしてあげてはいない。彼は絶望的なほど悲しい人だから、どんなに小さななぐさめのかけらでも、放ってあげれば、まるで冬場のアヒルみたいにすぐ食らいつくのだけれど。

「誕生日は計算に入りません」

「誕生日は計算に入れないんだって、ブライアンに言った？」

「モリーの言うとおりだよ」とデイヴィッドが言う。「ブライアンみたいな人に向かって勝手な約束をしておいて、都合が悪くなったからって破るのはよくないな」

「ブライアンは父の誕生日のディナーには呼びません」とわたしは言う。あたりまえだ。火を見るより明らかなことだ。常識ってもんだ。

「じゃ、ママは嘘つきね」モリーが言う。

「それでもいいわよ」

「嘘ついても、どうでもいいんだ」

「そう」

「わかった。じゃ、あたしも嘘つきになる。いつだって好きなときに嘘をついてやる」

わたしはふと、デイヴィッドがチキンを買ってきた裏には何かたくらみがなかったのだろうかと考える。

「わざとチキンを買ってきたのね」とわたしは言う。

「わざと？　まあ、無意識だったとは言えないだろうね。そういうことが聞きたいんだったら、だけどさ」

「そういう意味で言ってるんじゃないのは、わかってるでしょ？」

「OK。カートにチキンを入れたとき、きみがブライアンとモリーに言った約束のことをまるっきり考えないわけじゃなかった」

「つまりわたしを引っかけようとしたわけ？」

「引っかけてやらなきゃとは考えなかった。でも、きみの約束が真剣なものじゃないとも思わなかったけどね」

「嘘つき」

「じゃあ何か？　きみが本気じゃなかったってことをぼくが察してなきゃいけなかったってことか？　きみ自身、本気の本気だって言ったのに？」

「デイヴィッド、結局大切なのって、そういうことなの？　チキンのディナーを利用してわたしの気持ちを確かめること？」

「そういうことになるかな。だって、ほかに何をやったらいいのか、ぼくにはわからないんだからさ。きみには何ひとつ、やらせられなかった。だけどぼくらだって、最後までがんばったんだって気持ちにはなりたいじゃないか」

「わたしはただ、パパにいい誕生日をすごしてほしかっただけ。それって、高望みのしすぎなの？」

「それこそが、問題の中心なんだよ。すべてはそのバリエーションなんだ」

わたしたちは最終的に歩みより、父の誕生日の次の夜にもう一度ローストチキンを作って、そのときブライアンを招くことにする。かくして、ブライアン協定の精神は守られることとなった。二晩続けて同じ肉と三種類の野菜を口につめこむなんて、世界をよりよい場所にする手段としては奇妙に思えるかもしれないが、わたしたちにとってはそれで充分だ。


そう、ヴァネッサ・ベル。彼女は画家だった。つまり、ミセス・コルテンサやマヌケのブライアンやホロウェイにたくさんいるジャンキーの面倒を見ている人間より美しい人生を生きられて当然だったわけだ。おまけに彼女は複数の男性の子供を産んだのだから、そうでない場合より豊かな人生を歩んだことになる。くわえて、彼女が関係を持ったのは作家だったり画家だったり、いわゆるその手の男たちだった。会社のパンフレットなんて作ってはいなかった。だから残念なことだけれど、少なくともデイヴィッドやスティーヴンよりおもしろくて才能もある男たちだったということになる。彼らはおカネなんて持っていなかったけれど、かわりにスタイリッシュだった。わたしたちはちがう。スタイリッシュな人間が美しい人生を生きるのは、かんたんだ。

だからわたしが気づいたのは——まだ本は半分しか読んでいないけれど、後半だってきっと同じ調子だろう——ヴァネッサ・ベルなんてあまり役には立ってくれないということだ。確かにわたしの弟は、ポケットに石をつめこんで川に身を投げてしまうかもしれない。姉のあとを追うようにして。でもそれ以外は……いったいわたしの知り合いのなかで、豊かで美しい人生を生きてる人なんているんだろうか。生活のために仕事をし、都会に住み、スーパーマーケットで買い物をし、テレビを見、新聞を読み、車を運転し、冷凍ピザを食べているような人間にとって、そんな人生なんてもはや高嶺《たかね》の花だ。すばらしい人生なんて、たぶん、大きな運とちょっとした現金がなければ送れやしない。ふつうにいい人生だって、きっと……いや、もうこの話はやめよう。確かなのは、豊かで美しい人生はわたしたちにとって、手の届かない壁の向こうにあるってことだけなのだから。

役に立ってくれたのはヴァネッサ・ベルではなく、ヴァネッサ・ベルに関する本を読んだことだ。わたしはもう、猫のポピーのようにぺしゃんこではいたくない。ジャネットのところを出て家にもどって以来、ずっと何かが欠けているような感じを抱いてきた。でもそれがなんなのかは、うまくつきとめられなかった。欠けているのは、ジャネットのアパートの住人たちでもなければ、ひとりベッドで眠る自由でもない（だって前にも言ったように、デイヴィッドとわたしの相性はぴったりだ。いや、ぴったりするよう学習を積んできたと言ってもいい。だから同じフトンにくるまっているときわたしたちが感じているのは、つらい気持ちより安らぎであることのほうがずっと多い）。欠けているのは、たぶんほかの何か――どちらにせよ、わたしにはあまり大切でない何かだろう。いや、何かが欠けているような気分なのだから、大切でないとは断言できないはずだ。しかし、なくても生きていける程度のものではあるのだろう。だってわたしは、こうやって立派に生活しているのだから、言いかえればそれは、精神的な意味あいでの果物のような存在なのではないだろうか。ふだんはあまり率先して食べようとしない果物。そうして、三度目か四度目に夫や子供たちを締めだしてひとりで部屋にこもり、ヴァネッサ・ベルのほうがわたしよりいい人生を送ったように思えるのはなぜなのか考えていたとき、ようやくわたしは気づく。わたしに欠けていたのは、たとえば、本を読むという行為そのものだ。現実の世界からどんどん遠ざかっていき、空気のよどんでいないスペースを見つけること。家族が千回も吸ったり吐いたりしていない、新鮮な空気のあるスペース。住みはじめたころのジャネットの部屋は、とっても大きく見えた。大きくて静かだった。だがこの本の世界のほうがずっと大きい。これを読みおえたら、もっと大きな世界を持っている次の本にとりかかろう。そしてまた次の本。そうすれば、わたしの家だってどんどん大きくなり、しまいには大邸宅になってくれる。部屋がたくさんありすぎて、どこにわたしがいるのかわからないくらいの大邸宅。もちろん、読書だけではない。音楽を聞くこともそうだし、子供たちが見ているテレビや、退屈でえらそうな夫のご託宣や、わたしの頭のなかでずっとぶつぶつ聞こえているつぶやき以外のものに耳をかたむけてみることもそうだ。

いったいわたしはどうしてしまったんだろう？　どうして、忙しさにまぎれてこんなことも忘れてしまうほど、おかしくなってしまったんだろう？　わたしには豊かで美しい人生なんて無理かもしれない。だけどまわりには、おカネで買える豊かで美しいものがたくさんある。このホロウェイ・ロードだってそうだ。そんなに贅沢《ぜいたく》なことじゃない。それに、買っていればなんとか生きていけるような気分になり、買わずにいるとどんどんダメになってしまうのだから買うしかない。今すぐ、ディスクマンと何枚かのCDと半ダースほどの小説が欲しい。それだって、全部で三百ポンドくらいしかかからないだろう。三百ポンドで大邸宅が買えるなんて！　住宅金融公庫の担当者に、三百ポンドで家が欲しいのだけど、なんて相談するところを想像してみてほしい！　きっとその人は哀れみのあまり、自分のポケットからおカネを出してくれるにちがいない。そしてわたしは、雀《すずめ》の涙ほどのそのおカネをありがたく押しいただくだろう。そのおカネで図書館に行けるし、そうすればCDだって借りられるのだから……でもディスクマンは必要だけれど。わたしの聞いているものは、誰にも聞いてほしくない。一日にたった三十分でいいから、自分の住んでいる世界の痕跡《こんせき》なんてあとかたもなく消してしまいたい。それから……そうだそうだ、三百ポンドで白内障の手術が何度受けられ、お米がどれだけ買えるのかも考えなきゃ。そして、お菓子屋で働いている十二歳のアジア人の女の子が、三百ポンドを稼ぐのにどれくらい働かなければならないのかも。値段の高すぎる消費財にそれだけのおカネをつぎこみながら、わたしはなおかついい人でいられるのだろうか。わからない。でもわかっていることだってある。そういうものがなければ、わたしはダメになるってことだ。

ここ三日間ほど、ずっとずっと雨が降りつづいている——こんなに雨が激しく降りつづくなんて、いつ以来だろう。核戦争のあとの雨みたいだ。国じゅうのあちこちで堤防が破れ、人々はハイ・ストリートの水をかきわけながら歩き、家を砂袋でまもり、車を乗りすて、野原をボートで越えている。ロンドンの交通網もどんどん麻痺《まひ》してついには動かなくなり、電車もとまってしまい、バスは超満員で、手足があちこちからつきだした人間缶詰のようだ。一日じゅう薄暗く、吠《ほ》えるような恐ろしい風音がずっと続いている。苦痛に満ちたひどい死にかたをしたり、愛する人に対して苦痛に満ちたひどいことをしたりして、地上をさまようことを余儀なくされた幽霊――そんな幽霊を信じている人がいたとしたら、まさにうってつけの時間だろう。今なら、あなたたちの話を聞いてあげてもいい。わたしたちには、耳を傾ける以外の選択肢なんて残されていない。だって、あちこちにその徴候があるのだから。

ニュースによれば、これだけの雨が降るのは一九四七年以来らしい。でもそのときは単なる偶然であり、ただの自然の気まぐれだった。しかし今回わたしたちがおぼれかけているのは、地球をないがしろにし、いじめつづけ、めちゃくちゃにしてきたせいだという。地球がついにおだやかな性格を脱ぎすて、意趣返しを始めたというわけだ。世界の終わりってこんな感じなんだろうか。おまけにわたしたちの家――二十五万ポンド以上はするわたしたちの家は、外で何が起きていようと安心できる聖域にはなってくれない。古すぎるし、夜になると明かりはちかちかするし、窓はがたがた鳴る。モンキーや彼の友達が今夜どんなふうにすごしているのか心配しているのは、この家でわたしひとりじゃないはずだ。

ちょうど食事をとっているとき、フランス窓の下のほうからキッチンにざあざあと水が入りはじめる。庭と建物のあいだのへこみにかろうじて立っていた排水管が、ついに音をあげたのだろう。デイヴィッドは、古いゴム長靴とサイクリング用の雨合羽を引っぱりだしてきて、修理できるかどうか確かめようと外に出る。

「ゴミがぎっしりつまっちゃってる」と彼は叫ぶ。「それで、トムの部屋の外の雨樋《あまどい》から水がこぼれてるんだ」

彼は手を使って排水管につまったものをできるだけかきだす。そしてみんなで二階へあがり、雨樋をなんとかできるかどうか確かめる。

「枯れ葉だな」とデイヴィッドが言う。彼は窓枠につかまり、サッシから半分身を乗りだす——しかしわたしの見るかぎり、窓枠はもう腐っている。何年も前に修理しておくべきだったしろものだ。「棒か何かあれば届くんだけどな」

モリーが走っていき、ほうきを持ってもどってくる。デイヴィッドは窓枠にひざをつき、柄のほうで雨樋をがさがさとつっつきはじめる。

「やめて、デイヴィッド」わたしは言う。「危ないから」

「だいじょうぶだよ」

デイヴィッドのはいているジーンズのお尻《しり》のポケットをわたしとトムとで片方ずつつかみ、彼の体をささえてやる。モリーはそんなわたしたちにしがみつき、役には立たないけれど、みんなの心をなぐさめてくれる。これがわたしの家族だ、とわたしは考える。だったら、こうして生きていける。やっていける。絶対に。絶対に。そうだ。これこそ、わたしが感じていたいスパークであり、切れてしまったバッテリーをふたたび目覚めさせてくれるものだ。でも間の悪いことに、わたしはふと、デイヴィッドの向こうに広がる夜空を見てしまう。そこには、何ひとつ、ない。

訳者あとがき

森田義信

現代のイギリスを代表する作家、ニック・ホーンビィの作品も、日本で紹介されるのはこれで四作目だ。愛するフットボール・クラブ、アーセナルとイギリス社会のことを綴《つづ》ったエッセイ、『ぼくのプレミア・ライフ』。ロックやソウルといったポップ・ミュージックを大胆にとりいれた小説としての処女作、『ハイ・フィデリティ』。女性にモテたくてシングル・ファーザーになることを思いたつ男と、シングル・マザーと暮らすひねくれた少年の交流を描いた『アバウト・ア・ボーイ』。そして『いい人になる方法』。この作品は、イギリスで唯《ゆい》一《いつ》読者による投票で決まる文学賞、WHスミス・ブック賞や、国際IMPACダブリン文学賞など、いくつかの賞も受賞している。

ホーンビィはずっと、現代のイギリスに住む普通の人のごく普通の情感を描いてきた。その意味ではこの小説も例外ではない。「この作品が新たな旅立ちだったとは思っていない。むしろ、同じ路線の次の駅って感じだろうね」と本人も言っているくらいだ。だがそれでも、この『いい人になる方法』はニック・ホーンビィの野心作だと言っていいだろう。

これまでの作品の主人公は、ホーンビィとほとんど同年代の男性だった。しかしこの『いい人になる方法』の主人公は、年代こそほぼ同じだけれど、男性ではなく女性だ。おまけにホーンビィはこの小説を一人称で押しとおした。三人称の小説であれば、心理的なモノローグをある程度削除し、客観的な記述に逃げることだってできただろう。しかし彼はそんな方法をとらず、真っ正面から女性の心理の内部に踏み込んで描くことを選んだ。それも、職業と家庭を両立させてきたはずなのに、その両方とも崩壊しつつある状況に直面してしまった女性の心理だ。「最高の女流小説家の作品の男性バージョンのようなものを書いてみたかった」という言葉が、そんな彼の野心をよくあらわしていると思う。

男性作家が女性を主人公にして小説を書くこと自体は、べつに珍しくもなんともない。女性作家が男性を主人公にして書いた作品もまたしかり。そういった形の小説なら、いくつも名前が挙がるはずだ。しかし訳者としては、この作品を翻訳していて、男性が無理に女性の心理を解明していこうとするようなぎごちなさは、少しも感じなかった。もちろん、そんなことを書いているこの訳者だって男性だから、大きなことは言えないだろう。だが少なくともこの小説は、ぼく自身が長いことずっと疑問に思っていたことに対して、ひとつの答えをあたえてくれたような気がする。

その疑問とは「男と女って、そんなにちがうの?」というものだ。

確かに、「男は子供を産めない」というのは厳然たる事実だし、生理的な構造がちがうのだから、ちがう部分だってたくさんあるだろう。もしかしたらほんとうに「男と女のあいだには深くて暗い河がある」のかもしれない。しかしそれでも、巷間《こうかん》言われているように、男と女はそこまでちがう生き物なのだろうか。

ぼくはそう思っていない。親をふくめた社会や制度が「男らしさ」だとか「女らしさ」なんていうおきまりの神話を押しつけなければ、ジェンダーの境目なんてもっともっとぼんやりしてしまうのではないかと思っている。そして、ニック・ホーンビィもそういう考えかたを持っているようだ。女性を主人公にしたことについて、あるインタビューで彼はこんなふうに語っている。

「そんなに不安になったりはしなかった。だって、ぼくらはもうそんなにちがわないんだからね。確かに五十年前なら、ちがうジェンダーのことを書くのは困難だったと思う。でも今は、男性も女性も似たような生活を送っている。雑誌なんかに書いてあるほど、男と女はちがわないんじゃないだろうか。だから、皆目見当もつかないような生き物の立場からものを書いているような気分にはならなかったね」

別のインタビューからの言葉も引用してみよう。

「女性だったらこういう状況でどんなことを言うんだろう、なんて考えたりはしなかった。献辞を見てもらってもわかるとおり、多くの女性に意見を聞いたりはしたけれどね」

「作家として成長するなら、ジェンダーのことをあれこれ考えたりするのはやめて、人を人として、登場人物を登場人物として描かなきゃいけないと思ったんだよ」

イエス！

もちろん、これまでずっと女性を貶《おとし》めてきたのは、男社会だったり、男社会が作ってきた通念であるわけだから、男の側から「男と女にそんなにちがいはない」などと言っても偽善のにおいがたちこめてしまうのは否《いな》めないだろう。それでもぼくは、この小説を訳していてずっと、ある種のすがすがしさを感じていた。ケイティの悩みに、うむうむ、やっぱりそう思って当然だよな、と素直に共感を覚えることができた。それはやはり、ホーンビィの作家としての技術のせいであるとともに、彼の人間としての哲学に共鳴できたからだと思っている。その意味で、この作品に出会えてほんとうによかった。

調子に乗って、男と女のことばかり書いてしまったが、それはホーンビィの作家としての主題の話。作品としての主題は、もちろん、いい人ってどんな人なのか、というものだろう。善とは何か。人間がものを考えるようになってから――つまり、人間が人間でありはじめてからずっと存在してきたはずの疑問だ。

すでにこの作品をお読みになった方ならおわかりのとおり、結局のところ解答はあたえられない。あたえられるわけがない。だがひとつだけわかることがある。それは、自己検証の存在しない「いいこと」や「いい人」には、どうしても信じられない部分がつきまとう、ということだ。ある意味、こんなに皮肉なこともないだろう。自己検証とは、疑ってかかることから始まるものだ。「ほんとうにこんなことをしてていいんだろうか」とか、「これって、ほんとうにいいことなんだろうか」という疑い。そして、そんな疑いのない存在や行為――デイヴィッドやグッドニュースのしているような行為を、疑わずに受けとめることは難しい。ふたりに対するケイティの不信感は、すべてそんな思いから生まれている。いっぽうケイティ本人は、すべてを疑ってしまう人間だ。だから、自分がほんとうにいい人であるかどうかも、いい医者であるかどうかも信じられなくなる。この作品で何度彼女は、自分にもデイヴィッドにも、「どうしてそんなことをする権利があるの?」という問いを発したことだろう。

結局は個人の問題なのだと思う。何を善とし、何を善ではないとするのか。身も蓋《ふた》もない言いかただけれど、そうとしか思えない。だから答えは、陳腐な引用でもうしわけないけれど、いつも「風に舞って」いる。そして、だからケイティは、いくらデイヴィッドやグッドニュースの善行に不信感を抱こうと、自らの「善」のありかたを彼らに押しつけることができない。彼らをただすことができない。

もしかすると、「深くて暗い河」は、ひとりひとりの人間のあいだすべてに横たわっているのかもしれない。それにくらべれば、男と女のあいだの河なんて、ずっと浅くて明るいのかもしれない。結局、人は「男」や「女」、「イギリス人」や「アメリカ人」や「日本人」といった輪郭の怪しい集合体からではなく、自分という存在から出発するしかないのだと思う。ホーンビィはそんなやりかたで、ケイティという人間を描き、デイヴィッドという人間やその他の登場人物を描き、彼らに「いい人になる方法」を考えさせた。大げさな言葉で言えば、個から出発して普遍へと至る道を見つけようとした。そんな思いがこれまでのホーンビィの小説のなかで最もよくあらわれているのが、この作品だろう。

その試みが成功だったのか失敗だったのかは、もちろん、読者のみなさんがそれぞれ判断していただきたい。でもひとつだけ。唐突ですけど、ジョン・レノンっていう人も、そういうやりかたを貫きとおした人でしたよね。

いつものように新潮文庫編集部の若井孝太さんには大変お世話になりました。稿の末尾ながら、最大の感謝を捧《ささ》げさせていただきます。

（二〇〇三年四月）

Title : HOW TO BE GOOD
Author : Nick Hornby

Japanese translation published by arrangement with
Nick Hornby c/o International Literary Agency
through The English Agency (Japan) Ltd.

いい人《ひと》になる方法《ほうほう》

新潮文庫　ホ - 15 - 4

Published 2003 in Japan
by Shinchosha Company

平成十五年六月一日発行

訳者　森《もり》田《た》義《よし》信《のぶ》

発行者　佐藤隆信

発行所　株式会社新潮社

郵便番号　一六二―八七一一
東京都新宿区矢来町七一
電話 編集部(〇三)三二六六―五四四〇
読者係(〇三)三二六六―五一一一

価格はカバーに表示してあります。

乱丁・落丁本は、ご面倒ですが小社読者係宛ご送付ください。送料小社負担にてお取替えいたします。

印刷・錦明印刷株式会社　製本・錦明印刷株式会社

ISBN4-10-220214-5 C0197